# 落英《らくえい》

黒川博行

幻冬舎

# 落英

## 主要登場人物

桐尾武司　大阪府警察本部 刑事部薬物対策課
上坂勤　大阪府警察本部 刑事部薬物対策課
満井雅博　和歌山県警察 日高署 盗犯係
須藤ちあき　ヘルス嬢
藍場謙二　ホスト
石井晃　緋木組 幹部
鎌田一郎　東青会 幹部
北沢明美　スナック経営
安藤庸治　クラブ店員
樋口嘉照　猩々組 元組員
三宅奈津子　洋服販売店 店員
郷田哲彦　黒鐵会 組長
久野秀和　黒鐵会 若頭
米田研一　黒鐵会 組員
中本孝政　揮洋建設 元取締役営業副本部長
与那嶺朝治　揮洋建設 顧問
東郷昭一　海整建設 元大阪本社渉外部長
柿久保勇　元地上げ屋

装画　黒川雅子
装幀　多田和博

# 1

ちあきから電話があったのは夕方だった。

――いま、どこ？

――会社や。仕事してる。

低く、いった。

――珍しいね。

――おれをなんやと思てるんや。デスクワークもするんやぞ。

――今日、早番やねん。なにかごちそうして。

――餃子とラーメンか。

――桐尾《きりお》さん、それはないわ。せめて、イタリアンとかフレンチとか連れてってよ。

――飯のあとはどうするんや。

――映画、見るねん。

――なんちゅう映画や。

──『L・A・コンフィデンシャル』。

──どこでやってるんや。

──DVDやんか。昨日、借りてん。

DVDを見るということは、ちあきの部屋へ行くのだ。行けば泊まりになる。

──分かった。何時にどこや。

──三津寺《みつてら》の『ドナウ』。九時。

──よし、行く。

──桐尾さんがよろこびそうな話もあるからね。

電話は切れた。携帯を閉じる。

ちあきは思い出したように電話をかけてくる。前に会ったのは桜が咲いているころだった。今日は早番、といったから、まだ同じ店にいるらしい。道頓堀《どうとんぼり》の『ミスキャスト』。九十分・三万八千円の高級ヘルスだ。


パソコンで一週間分の報告書を書き、係長のデスクに置いて、八時半に刑事部屋を出た。本町通《ほんまちどおり》でタクシーを停め、三津寺へ。ちあきはドナウの窓際の席でアイスコーヒーを飲んでいた。

「久しぶり。よう灼《や》けてるね」愛想なくいう。

「毎日、毎日、外を歩きまわってるもんな」

コロナビールを注文して腰をおろした。「ちあきは白いな。泳ぎに行ったりせんのか」

すばやく、ちあきの腕を見た。注射痕《こん》はない。眼も充血していない。

「この齢《とし》で泳いだら、お肌ぼろぼろやんか。それに、水着の跡は嫌がられるもん」

「へーえ、そうかな……」

「桐尾さん、ギャルが好きなん」

「おれは、色白のセレブ系お嬢さんや」

茶髪、金髪のコギャルは薬物常習の被疑者として、嫌というほど見てきた。若いやつは軽いノリでドラッグをやる。ヤク中の女が行き着く先はヤクザの情婦か売人だ。まちがっても普通に結婚して家庭におさまることはない。

コロナビールが来た。ライムを瓶に差し込み、ラッパ飲みする。

「なに、食べるの」ちあきが訊《き》く。

「フレンチはめんどい。イタ飯やな。笠屋町《かさやまち》に『ヴェルレ・カミーチェ』いう小洒落《こじゃれ》た店がある」

「じゃ、行こ。お腹空《す》いた」

「ま、待てや。これ飲んでからや」

ビールをテーブルに置き、ちあきの煙草を一本抜いて吸いつけた。ハッカの味がする。

ちあきを知ったのは三年前の冬だ。ハシシやコカイン、ＭＤＭＡが密売されているという情報を得て内偵していた鰻谷《うなぎだに》のライブハウス『モンテクリスティ』をガサ入れし、検挙した十数人の客の中にちあきがいた。須藤ちあき、二十一歳。千年町《せんねんちょう》のキャバクラのホステスだった。ちあきのバッグからは通称〝エクスタシー〟と呼ばれるＭＤＭＡの錠剤、八錠が押収された。

桐尾は府警本部でちあきの取調べをし、尿検査をしたところ覚醒剤反応が出たため、本人を同行して島之内《しまのうち》のアパートを捜索した。古ぼけたビルの六階、１ＤＫ。寝室の炬燵《こたつ》の上に〝炙《あぶ》り〟の道具——使い捨てライター八本、スプーン、アルミホイル、ストローなどと、覚醒剤のパケ（〇・四グラム）を押収した。

ちあきは素直に取調べに応じた。モンテクリスティに初めて行ったのは一年前で、当時つきあいはじめた黒田という近畿学院大の学生に誘われたからだといい、黒田がイラン人の売人からハシシを買った。代金一万四千円はちあきが払った。黒田は売人と顔見知りだったという。

ハシシは翌朝、黒田のアパートで試した。チョコレートのような少し柔らかい塊から耳掻き三杯ほどの分量をナイフで削りとり、細かく刻んで煙草の葉に混ぜて吸った。少し吐き気がしたが、我慢した。一本も吸わないうちに身体《からだ》が重くなり、ぐったりしてソファにもたれ込んだ。五感が鋭敏になり、外のスズメの鳴き声が耳もとで聞こえた。どこからか花の匂いがし、見るものすべてが虹《にじ》色に輝く光に包まれた。時間の流れが遅く、感覚だけが身体を離れて漂っている。煙草でも酒でもない、それまで経験したことのない不思議なトリップだった。

ちあきはハシシにはまった。黒田に金を渡してハシシを手に入れ、ひとりでも吸った。薬物に対する抵抗感はなくなり、エクスタシーやスピードもやった。黒田には会うたびに金をたかられるから半年で別れた。ちあきはクスリを買う金を稼ぐため、キャバクラを辞めてヘルス勤めをはじめた。モンテクリスティのガサ入れで検挙されたのは、覚醒剤を初めてやった半月後だったという。

「おれがよろこびそうな話がある、いうてたな。なんや」

「それは桐尾さん、あとでいうわ」

「いま、いうてくれ。……ひょっとして、これか」

左腕に注射する仕種《しぐさ》をした。ちあきは、うんとも、ちがうともいわない。

「まさか、おまえ……」

「うちはしてへん」

ちあきは首を振って、「話を聞いただけよ」

「誰に」

「友だち」

「男か、女か」

「男」

「そいつはヤク中か」

「ううん、ちがう……」

ちあきは口ごもる。「ちがうけど、やめさせたいねん」

「そいつはなにをやってるんや。葉っぱか、スピードか、コカインか」

「シャブやと思う」汗に甘い匂いが混じることがあるという。

「パケやポンプを見たことは」

「ないけど……」これは嘘だ。

「おれにその男を挙げろというんかい」

「売人を捕まえてよ。そしたら、その子もやめるやろ」

「そんな簡単なもんやないぞ、シャブをやめるのは」

ヤク中はMDMAなどの合成麻薬やマリファナでクスリを憶《おぼ》え、コカイン、覚醒剤、ヘロインなどのよりヘビーな薬物にはまっていく。その男がいまシャブをやっているということは、マリファナやハシシ、スピードなどをすでに経験しているはずだ。

「けど、シャブが手に入らんようになったら、やめんとしゃあないやんか。それに売人が捕まったら、その子も怖いと思うやろ」

「売人を挙げてもヤク中は懲りへん。ほかを探すだけや」

「それでもいいねん。うちは桐尾さんに売人を逮捕して欲しいねん」

「その男の名前は」

「いう前に約束して。その子はスルーして、売人だけを逮捕すると」

「分かった。約束する」

男とちあきはできている。そう思った。「誰や、名前は」

「藍場《あいば》謙二」

「職業は」

「ホスト。……宗右衛門町《そえもんちょう》の『アンバサダー』」

「ヤサは」

「ヤサ？」

「家や」

「島之内の『パイントゥリー』いうマンション。三階の六号室」

すらすらと、ちあきは答える。藍場の部屋に何度か泊まったのだろう。ちあきのマンションがある高津《こうづ》から島之内へは歩いて十分ほどの近さだ。

「藍場の齢は」

「二十二かな」

「年下かい……」

「しっかりしてるねん。年下やけど」

おいおい、しっかりしてる男がシャブをやるか――。思ったが、口には出さない。「藍場とはいつからの知り合いや」

「この五月」

「まだ、三カ月かい」

「戎橋《えびすばし》でキャッチされて、店に行ってん」

　こともなげに、ちあきはいう。「いつもは無視するんやけど、感じがよかったから」

「つきおうてるんか、藍場と」

「微妙やね。うちはそのつもりでも、向こうは営業やわ」

「それが分かってるのに、シャブをやめさせるんか」

「桐尾さん、いつかいうたよね。シャブの行き着く先は地獄やて。……あの子といっしょにいたら、うちもまたやってしまうような気がするねん」

「そんなシャブ中に近づかんかったらええやないか」

「でも、すごい優しいし……」

「それがホストの手練手管や」

　ビールを飲みほした。「ちあきは売人を知ってるんか」

「知らん。謙ちゃんにも訊いたことない」藍場を〝謙ちゃん〟と呼んでいるらしい。

「ほな、藍場はどこで買《こ》うてるんや、シャブを」

「たぶん、電話で買うてるんやと思うわ。注文して、お金を振り込んだら、宅配で送られてくる」

「そうか宅配か……」

　最近、増えてきた取引の方法だ。宅配便は郵便とちがい、受取人が対面で直《じか》に荷物を受けとるシステムだから、事故が起きにくい。発送元の住所、会社名などはもちろん架空のもので、電話番号（闇市場の携帯）だけがほんとうのことが多い。

ちあきから情報をもらうのは、これが三回目だ。ちあきはヘルス嬢だから、毎日、いろんな客をとる。堅気の会社員もいれば、総身に刺青《スミ》を入れたヤクザもいる。

初めての情報は、一昨年の夏、馴染《なじ》み客がちあきの前でコカインらしい粉末を鼻から吸引した、というものだった。客が帰ったあと、ちあきは桐尾に電話をしてきて経緯を話し、その客の携帯電話番号と名前――鈴木といった――を教えてくれた。

桐尾は携帯の番号から所有者を割り出した。橋本功雄《いさお》、四十一歳――八尾《やお》市堤町の土建会社の副社長だった。桐尾は薬物対策課の班長、永浜に報告して橋本を内偵し、自宅の捜索に入って、コカイン二グラムと覚醒剤一・三グラムを押収した。橋本は取調べに対して、コカインと覚醒剤は〝西《にし》成《なり》の路上で買った〟としかいわず、あとはシラを切りとおしたため、入手先を特定するまでにはいたらなかった。橋本は麻薬及び向精神薬取締法、覚醒剤取締法違反等により、懲役一年、執行猶予三年の有罪判決を受けた。

二回目の情報は、去年の夏、ちあきがアメリカ村の路上で白人の男女に呼びとめられ、エクスタシーとコカインらしい薬物を買わないかと誘われたものだった。値段を訊くと、エクスタシーは一錠三千円、コカインは一包が一万三千円だと女のほうがいう。ちあきは金がないといって断わり、次の日に桐尾に連絡してきた。

桐尾は課員三人で手分けし、アメリカ村を張ったが、ちあきのいった白人の男女を見つけることはできなかった。結果的に捜査は空振りに終わったが、そんな事例は山ほどある。ちあきの協力に感謝したのはいうまでもない。桐尾はちあきの勤めるミスキャストに行き、その日、初めて関係をもった。

「――とにかく、藍場のことはよう分かった。あとは任してくれ」

煙草を消した。「行こ。イタ飯」

伝票をとって立ちあがった。


目覚めたのは七時すぎだった。暑い。エアコンが切れている。

ちあきを起こさないよう、そっとベッドを出た。トイレへ行く。

バスルームでシャワーを浴び、裸のまま洗面所の鏡の前に立った。疲れた顔だ。無精髭《ぶしょうひげ》、眼が落ちくぼんでいる。ここ一週間、ろくに寝ていない。大正区平尾の暴力団、東青会幹部組員の内偵捜査が大詰めを迎えているのだ。

洗面台の抽斗《ひきだし》を開けて、女性用の剃刀《かみそり》を見つけた。髭に石鹸を塗りつけて剃《そ》る。刃が滑ってあごの下を切った。タオルで血を拭きとる。寝室にもどってトランクスを穿《は》き、ワイシャツを着る。ちあきはあくびをしながら桐尾を見た。

「帰るの」

「仕事や」

「そう……」ちあきは背中を向けた。

桐尾はリビングで靴下とズボンを穿き、上着を持って部屋を出た。


大阪府警察本部、刑事部薬物対策課——。刑事部屋に入ると、上坂《うえさか》が紙コップのコーヒーを飲んでいた。

「この暑いのに、ホットのコーヒーかい」

「アイスコーヒーは不味《まず》い」

「どっちみち、インスタントやないか」

デスクに腰をおろした。煙草を吸いつける。「——勤《きん》ちゃん、『L・A・コンフィデンシャル』いう映画、知ってるか」

「知らんでどないするねん。ジェームズ・エルロイの原作を映像化した、どえらいハードボイルドやないか」

「あの女優、誰や。娼婦の役してた」

「ああ、あれな……。キム・ベイシンガーや」

「ええ女やな」

「ああいうのが好みかい」

「金髪《パツキン》のスレンダーがな」

「キム・ベイシンガーを見るんやったら『ナインハーフ』や。めちゃセクシーやで」

「『ナインハーフ』、な」

メモ帳に書いた。いつか見てみよう。

八時五十分、班長の永浜と係長の西田が現れた。小脇にファイルを抱えている。朝から会議をしていたらしい。桐尾と上坂は東青会組員の捜査をするといい、刑事部屋を出た。

谷町筋まで歩き、地下鉄に乗った。谷町六丁目駅で長堀鶴見《つるみ》緑地線に乗り換え、終点の大正駅で降りる。大正通を南へ歩いた。

「暑い。汗が噴き出す。雲ひとつないがな」空を見あげて、上坂はいう。

「帽子でも買えや。今年はパナマ帽が流行《はや》ってるらしいで」

「そういや、若者がかぶっとるのう」

「しかし、勤ちゃんがかぶったらハゲ隠しやな」

「桐やん、わしはハゲやない。薄毛というてくれ」

上坂の前頭部はみごとに抜けあがっている。小肥《こぶと》り、赤ら顔、猪首《いくび》、手足が短い。外見的にはどうかと思うが、表情とものいいに愛敬《あいきょう》がある。桐尾と同期の三十四歳、京都芸術工科大の映像学科を出て大阪府警の採用試験を受けた変わり種だ。

ＪＲ環状線の高架をくぐった。大正郵便局の交差点を左に折れて木津川に向かう。堤防の手前の宗玄寺《そうげんじ》に入った。住職が庭木の水やりをしていた。

「おはようございます。精が出ますね」

「このところ雨が降らんさかい、大変ですわ」

住職は水やりの手を休め、首に巻いたタオルで汗を拭く。

「また、お願いします」

「どうぞ、どうぞ、あがってください」

靴を脱ぎ、本堂にあがった。宗玄寺の本堂には二階がある。八畳と六畳の二間だが、住職一家が使うことはなく、仏具を収納する倉庫代わりになっている。この六畳間の窓から道路を挟んで『エンブル大正』を遠張りしているのだ。

七月末、桐尾の携帯にネタ元のひとりから電話がかかった――。大正区平尾の東青会の組員がシャブを捌《さば》いている、組員は自宅の近くにシャブを隠匿し、週に一、二度、そこに立ち寄って、密売するシャブを持ち出す、というものだった。

組名は聞いたが組員の名前は分からず、隠匿場所も不明だが、桐尾は直感で、この情報はものになると思った。永浜に報告すると、あたってみろという。上坂とふたりで内偵捜査に入った。

東青会の表向きの名称は『東青総業』といい、指定暴力団神戸川坂会系の四次団体で構成員八人、組長の金子亮介《りょうすけ》（五十五歳）が九年前の平成十二年、上部団体の青山組から独立して興した組織だった。資金源は土建と日雇い労働者の斡旋《あっせん》、派遣で、大正区平尾に労働者の宿泊および居住施設として部屋数三十あまりのアパートを所有し、その敷地の一角に組事務所を置いている。組員は朝、マイクロバスを運転して西成の労働センターへ行き、労働者を集めて大阪近郊の建設現場へ送りとどけるのが稼業だが、この不況で現場がほとんどないらしい。桐尾と上坂が事務所を遠張りしたときは、いつも三台のマイクロバスが駐車場に駐《と》められていて、その日の仕事にあぶれた労働者がアパートを出入りしていた。

金子を含む組員八人の犯歴を洗ったところ、覚醒剤前科があるものがふたりいた。ひとりは木村敏晴《としはる》（二十六歳）で、十八歳のとき覚醒剤を譲受、使用したとして検挙、起訴されていた。その後、木村には覚醒剤事犯はない。

もうひとりは鎌田《かまた》一郎（四十一歳）で、二十九歳のときに営利目的で所持、譲渡したとして懲役二年、三十四歳のときに営利目的で所持、譲渡、使用したとして懲役四年の刑を受けている。鎌田には傷害と脅迫の前科もあった。

桐尾は標的を鎌田一郎に絞った。鎌田は金子の舎弟で、若頭の今野《こんの》泰彦《やすひこ》（三十九歳）に次ぐ幹部組員だから手配師の仕事はせず、組事務所にもあまり顔を出さないようだった。自宅は平尾から東へ一キロほど行った三軒家《さんげんや》北の分譲マンション、エンブル大正２０３号室。部屋の所有者は北沢明《あけ》美《み》（三十二歳）といい、ミナミの玉屋町で『フライト』というスナックを経営していた。北沢に前科前歴はない。

桐尾と上坂はエンブル大正の遠張りをしようとしたが、一方通行の前面道路は狭く、車を駐められるスペースがなかった。また、２０３号室の外廊下からは道路が間近に見おろせる。地下駐車場の出入口もその道路に面していた。

　桐尾はエンブル大正の周辺を歩いて、宗玄寺本堂の二階に窓があることに気づいた。遠張りにはまたとない場所だ。桐尾は住職に会い、身分を明かして、本堂の二階を貸してもらうよう交渉した。住職は快く了承し、それからは上坂とふたりで連日、宗玄寺に通っている――。


　耳もとで羽音がした。首筋を叩《たた》いたが、蚊はいない。

「勤ちゃん、蚊とり線香が要るな」

「線香よりエアコンや。わしはもう茹《うだ》ってる」

　上坂は窓の隙間《すきま》から外を見やりながら、せわしなげに団扇《うちわ》を使う。「住職にエアコンを入れてくれともいえんしな」

「一日二千円では無理やで」

　部屋のレンタル料だ。捜査協力費から出る。「蚊を虫偏《へん》に文と書くのは、ブーンと飛ぶからか」

「このくそ暑いのに、そういうこと考えるのは、桐やんだけやで」

「おれも暑いがな。けど、文句いうたところでどうにもならん」

「わし、肥えてるから茹るんかな」

「ちょっとは痩せたらどないや」

「食いたいもん食わずにダイエットするくらいなら、行き倒れるほうがええ」

「今日で何日や、この座敷牢《ざしきろう》は」

「そろそろ半月か……」

上坂はこちらを向いた。「永浜のおっさん、誰も応援にやるといいよらんな」

「応援なんぞあるかい。ガサをかけるまでな」

鎌田の遠張りをはじめて三日目だった。先々週の木曜日の午後一時ごろ、鎌田はひとりでマンションを出た。桐尾と上坂は距離をとって尾《つ》ける。鎌田は歩いて五分ほどの木津川堤防沿いの『大田パーキング』という月極駐車場へ行き、六番のガレージに入ってシャッターをおろした。鎌田は三十分もの長いあいだガレージ内にいて、車に乗って出てきた。シャッターをおろして施錠し、また車に乗って駐車場を出ていった。

鎌田がガレージ内でなにをしていたか想像はつく。シャブの小分けだ。鎌田は小分けしたシャブを車で配達しているのだろうと、桐尾は見当をつけた。鎌田がエンブル大正の駐車場契約をせず、歩いて五分の月極駐車場を使っているのは、シャッターつきのガレージが必要だったからだ。

鎌田の車はシルバーのベンツSクラスで、駐車場の所有者である『大田回漕店《かいそう》』に訊込《ききこ》みをすると、六番のガレージの借り主は、三軒家北一丁目の村上貞雄という人物だった。

桐尾は村上貞雄をあたった。村上は架空の人物ではなく、当該の住所に居住していたが、七十六歳の老人だった。鎌田はおそらく、通りすがりに村上の家の表札を見て、駐車場の契約に名前を使ったのだろう。契約申込書に書かれた電話番号は携帯の番号だが、大田回漕店の担当者が電話をかけたことはない。鎌田は毎月、きちんと駐車場料金を払っていた。桐尾は担当者に訊込み云々《うんぬん》を口外しないよう、念を押した。

桐尾と上坂は遠張りをつづけた。鎌田は二、三日に一度、大田パーキングへ行ってベンツを出すが、ガレージ内にいる時間は短い。そのときは小分けはしていないと考えられた。

そうして、鎌田は先週の木曜日も昼すぎに大田パーキングへ行って、三十分ほどガレージ内にいた。シャッターをおろして施錠し、ベンツに乗って走り去ったのも同じだった。鎌田はどうやら木曜日の昼にシャブの小分けをすると決めているようだ——。

「桐やん、鎌田はいつ、ブツを仕入れてるんや」

「さぁ、それはどうやろな……」

一回にキロ単位で大量に仕入れているのか、百グラム単位で仕入れているのか、まるで分からない。大田パーキングのガレージにベンツ以外の車が入ったことはないから、卸元の存在もつかんではいない。

「わしは鎌田がブツを仕入れたときにガサをかけたい」

「しかし、鎌田の周辺をうろうろしたら気取《けど》られる。おれはやっぱり、金の流れを追いたいな」鎌田がシャブの売買代金をどう決済しているのか、それが知りたい。

三菱東京ＵＦＪ、三井住友、みずほ、りそな、大同、協和など——大正区内に支店を置いている銀行とゆうちょ銀行、地元信金には薬物対策課から照会し、鎌田一郎名義の口座を調べたが、該当するものはなかった。北沢明美の口座は協和銀行大正橋支店とゆうちょ銀行にあったが、預金残高は六十万円と二十万円で、入出金の額も一回あたり数万円と少なく、犯罪性は感じられなかった。

「銀行に鎌田の口座がないということは、マンションに現金を置いてるんか」

「それはないと思うな。よめはんでもない女に札束を見られとうはないやろ」

「ほな、ガレージか」

「シャブと現金をいっしょに隠すのはヤバいで。おれやったら別々にする」

「しかし、鎌田の口座がどこにもないというのは妙やで」

「銀行の口座は闇で買える。キャッシュカードつきで二十万までや」

鎌田はヤクザだ。入手ルートはあるだろう。「鎌田は他人名義の口座を持ってる。まちがいない」

「鎌田に訊くか、キャッシュカードを見せてくれ、と」

「それもええな」

桐尾は笑った。上坂も笑って、

「桐やん、暑気払いや。今日は飲むか」

「ああ、飲も」

「玉屋町で飲もうや」

「玉屋町？　女の店かい、鎌田の……」

「今日は早仕舞いや」

上坂は煙草を吸いつけた。


永浜に直帰をすると連絡し、七時に宗玄寺を出た。ドーム前駅まで歩いて阪神なんば線に乗り、近鉄日本橋駅で降りる。上坂は「ちょっとつきあえ」といい、日本橋でんでんタウンの中古ビデオショップに入った。

「ここは桐やん、十万本のビデオとＤＶＤがあるんや」

「そうか、そら大したもんや」

別に興味はないが、確かに数は多い。床から天井まで棚という棚にぎっしりビデオカセットが詰まっている。一階は洋画ビデオ、二階は邦画と音楽ビデオ、三階はポルノビデオとＤＶＤの売場だ。

上坂は馴《な》れたようすで《な》の棚に行き、『ナインハーフ』を抜き出した。

「ほら、これや。キム・ベイシンガー」

ビデオカセットを受けとった。百円の値札が貼《は》ってある。

「この店は勤ちゃん御用達か」

「月にいっぺんは来る。ライブラリーの充実や」

「ライブラリーな……。家になんぼほどあるんや」

「二千本までは数えたけどな……」

四畳半の部屋をビデオとＤＶＤでつぶしてしまったという。「いまに床が抜けるかもしれん」

「そんなやつがおったな、埼玉に」

「あんなネズミ男といっしょにせんとってくれ」

「ビデオを溜《た》めてどないするんや。見る暇、ないやないか」

「刑事《デカ》を辞めてから、ゆっくり見るんや」

「その前に、よめはんもらえや」

「へっ、どこの物好きが、わしみたいなとこに来るんや」

上坂は旭《あさひ》区千林《せんばやし》の棟割《むねわり》長屋に母親といっしょに住んでいる。

「桐やんも考えたらどないや。わしよりちょっとはモテるやろ」

「要らん、要らん。骨身に沁《し》みた。おれは結婚生活に向いてへん」

佳美《よしみ》と別れたのは四年前だ。双方が弁護士を立てて離婚調停をした。子供がいなかったから親権や養育費で揉《も》めることはなかったが、それでも調停終了までに一年半を要した。あんな厄介ごとは懲り懲りだ。

「桐やん、昨日、家に帰ったか」

「ん？　なんのこっちゃ」

「服がいっしょや。どこかに泊まったやろ」

「ちゃんと見ろや。パンツと靴下は替えてる」

「旨《うま》い饅頭《まんじゅう》はひとりで食うもんやない。ええ女がおったら、わしにもまわせよ」

上坂は笑いながら《の》の棚に行った。『ノー・マーシイ』を探せという。

桐尾が見つけてカセットを抜いた。表紙にキム・ベイシンガーが写っていた。

「勤ちゃん、これくらいでええ。同じ女優をなんべんも見とうないんや」

「そうかい」

上坂はうなずいて、「ほな、待っててくれ」

それから三十分、上坂はビデオカセットを二十本も買って店を出た。


宗右衛門町のうどん屋で腹ごしらえをし、玉屋町へ行った。午後九時半、盛り場がいちばん繁華な時間帯なのに人通りは少ない。盆明けの水曜日だからだろうか。

フライトはハーフミラーのビルの七階にあった。エントランスホールは二階まで吹き抜けで、壁と床は大理石張りだ。その大理石がところどころヒビ割れている。

「このビル、古いで」ビデオショップのポリ袋を提げた上坂がいう。

「バブルのころは、こういう建物が流行ったらしいな」

「もう二十年前やないか。わしら、中学生やで」

「先輩がそういうてたんや」

エレベーターで七階にあがった。ワンフロアに二店。右の寄木《よせぎ》のドアを引いた。

いらっしゃいませ――。狸のような女がいった。小柄で色黒、目張りがきつい。

「初めてやけど、ええかな」

「けっこうですよ。どうぞ」

店内に入った。カウンターが五、六席、ボックス席が三つだ。カウンターの中にバーテンダー、奥のボックス席にふたりの客と三人のホステスがいる。桐尾と上坂は手前のボックス席に座った。

「暑いですね」

狸がおしぼりを広げる。「お飲み物は」

「焼酎、あるかな」

「あります。麦と芋」

「麦がええな。ボトル入れて」

高い酒は頼めない。領収書をもらっても無駄だ。どうせ捜査費は出ないのだ。

「今日はお仕事の帰りですか」

「そう。知り合いに聞いてきた。フライトいう店がおもしろいと」

「どなたですか、お知り合い」

「鈴木さんや」適当にいった。

「国際証券の？」

「ああ、そうや」

「ありがとうございます」

「おたくは」

「アンナです」

「本名かいな」

「あはっ」弾《はじ》けたように笑った。「ちがいますよ」

「この店はいつから」

「五年になります。わたしは去年からですけど」

「ここはバイトかいな」

「そう見えます？」

「初々しいから」

「昼は美容院に行ってます」

「美容師さんか」

「働き者でしょ」

アンナは愛想がいい。にこやかによく喋《しゃべ》る。

バーテンダーが焼酎のボトルとグラスを運んできた。つまみはナッツとチョコレートだ。

アンナは焼酎を注《つ》ぎわけて氷を入れる。軽くかきまわして桐尾と上坂の前に置いた。

「あの、ボトルのお名前は」

「北沢や」

「あら、ママと同じじゃないですか」

「ほう、奇遇やな」

水割りに口をつけた。「北沢健夫。彼は坂井や」

「よろしく。アンナです」

アンナは上坂にいった。「お静かなんですね」

「わし、人見知りするんや」上坂はいう。

「会社のお友だちですか」

「そう、映画の配給会社や」

上坂は足もとに置いたビデオカセットに眼をやる。「むかしの映画も見なあかんのや」

「いいですね。わたし、映画、好き」

「最近、なにを見た」

「さぁ、なんやったかな。題は忘れたけど、韓国の映画。川の中から蛙《カエル》みたいな大きな怪物が出てきて、女の子を攫《さら》うの」

「それ、『グエムル』やろ。最近やないで」

「けど、おもしろかったわ」

「へーえ、あんなもんがな……」

上坂は焼酎を飲んで、「あれは日本のアニメーション映画の盗作やと噂された、いわくつきの作品やで」

「わたし、アニメなんか見ぃひんもん」

「あ、そう……」

「じゃ、どんな映画が好きなん?」

「一概にはいえんな。韓《ハン》流やったら『猟奇的な彼女』とか『殺人の追憶』とか『アジョシ』、いろいろあるけど、基本的にはあんまり好きやない」

「字幕、読まなあかんもんね」

「しかし、日本の映画はもっとひどい。いまや壊滅状態や」

上坂は映画の話をつづけるが、アンナは興味がなさそうだ。桐尾もない。

奥のボックスから黒いワンピースの女が来た。いらっしゃいませ、と頭をさげる。ママです、とアンナがいった。

「国際証券の鈴木さんに聞いてきたんですわ。北沢です」桐尾はいった。

「えっ、わたしも北沢ですよ」

「出身はどこです」

「和歌山です。海南市の下津《しもつ》町」

「おれも和歌山」

話を合わせる。「有田《ありだ》です」

北沢明美は上坂の隣に座った。軽くウエーブさせた長い髪、切れ長の眼、鼻筋のとおった、いい女だ。言葉つきや動作にシャブをしている気配はない。

「いつ、大阪に出てきたんですか」

「高校を卒業して、こちらで就職したんです」

「おれは中学生のときです。親父の転勤でね。……たまには実家に帰るんですか」

「お盆とお正月くらいですね。兄夫婦がいますから」

「和歌山はよろしいな。人間がおおらかや。美人も多いし」

「北沢さん、お上手ですね」

明美は笑って、「あの、こちらの方は」

「同僚ですねん。名前は坂井。彦根の出ですわ」

上坂が彦根生まれというのはほんとうだ。桐尾は東住吉区の長居で育った。

「お名刺、いただけますか」

「すんません、営業グッズは会社に置いてますねん」

咄嗟《とっさ》にいった。「今日はボトルを入れたし、また近いうちに来ますわ」

「じゃ、わたしの名刺を」

明美はアンナにいって、店の名刺を二枚持ってこさせた。上坂と桐尾に配る。《フライト　北沢明美》と、住所、電話番号を書いただけのシンプルな名刺だった。

奥の客がカラオケを歌いはじめた。ひどい音痴だ。いまどき珍しい。

「わしも歌う」

負けじと上坂がいった。「『なごり雪』」

奥の客につづいて上坂が歌った。音痴がふたりもいた。

2

八月二十日、木曜――。

朝、永浜に復命したあと、車両係で車を手配した。目立たないよう白のカローラにした。

刑事部屋にもどって、捜査共助課の須川に内線をかけた。須川とは前任の刀根山《とねやま》署でいっしょだった。

――おはようさん。桐尾です。

――おう、おはよう。

――和歌山県警からデータをとってくれませんかね。

――どういうデータや。

――海南市下津町出身の北沢明美、三十二歳。いまは大阪の大正区に住んでるんやけど、北沢の家族関係と履歴を知りたいんですわ。

――照会の目的は。

――シャブです。覚醒剤取引捜査のため、とでもしといてください。

――北沢明美の本籍と生年月日は。

――本籍は大阪に移してます。大正区三軒家北一丁目三の七の五の二〇三。現住所も同じです。

……生年月日は昭和五十二年二月十四日。

明美の本籍と生年月日は、協和銀行大正橋支店の口座を開設したときの申請書から割り出した。それをもとに個人データを調べて前科前歴のないことは分かったが、和歌山県生まれとまでは分からなかった。犯歴のない人物のデータは抜けが多くある。

――北沢明美の両親は下津町に居住してます。たぶん、兄夫婦が同居してるはずですわ。

――了解や。和歌山県警に照会する。

電話は切れた。隣の上坂があくびをしている。

「何時に寝たんや」

「今朝の四時や」

『フライト』を出たのは零時すぎだった。近くにラーメン屋があったので誘ったが、上坂は手を振り、堺筋《さかいすじ》まで歩いて別れたのだ。一万七千円の飲み代は割り勘にした。

「なんで、そんなに遅かったんや」

「ビデオを見た。昨日、買うたビデオ」

早送りで五本も見た、と上坂はいう。「駄作ばっかりやったわ」

「そう思うんやったら、無理に見んでもええやろ」

「そこが桐やん、映画マニアの悲しい性《さが》やないか」

「マニアとなんとかは紙一重やな」

「桐やん、出よ。宗玄寺で昼寝したい」

上坂は一眼レフカメラと望遠レンズを手にして立ちあがる。桐尾は上着をとり、双眼鏡を肩にかけて刑事部屋を出た。


桐尾がカローラを運転して大正区へ向かった。三軒家北に着いたのは十時半、『大田パーキング』を見わたせるコインパーキングにカローラを駐め、宗玄寺へ歩いた。住職は坊主頭にタオルを巻き、噴霧器を背中に担いで生垣の消毒をしていた。

「毛虫ですか」桐尾はいった。

「アリマキがついてますんや」

生垣には棒状の葉が密生している。風通しがわるそうだ。

「その木は」

「槇《まき》です」

「剪定《せんてい》もしはるんですか」

「年中、暇なしです」

住職はうなずいて、噴霧器のハンドルを押した。

桐尾と上坂は本堂の二階にあがった。窓を細めに開けて『エンブル大正』を見る。車寄せに宅配のトラックが停まり、制服のドライバーが台車に段ボール箱をおろしていた。このマンションは午前八時から午後七時まで出入りが自由で、それ以降は集中オートロックになる。訪問者は玄関横のインターホンで住人と連絡をとり、住人が部屋から玄関ドアのロックを解除する方式だ。泥棒除《よ》けにはならないが、とりあえず防犯対策はしてますよ、という免責のためのシステムだろう。

「桐やん、眠たい」

「分かった、分かった。鎌田が出てきたら起こしたる」

「すまんな、頼むわ」

上坂は六畳間の真ん中で座布団を枕に横になった。寝息が聞こえはじめる。この暑いのによう寝られたもんや、と桐尾は感心した。

午後一時十五分――。２０３号室のドアが開いて鎌田が姿を現した。黒のニットシャツに生成《きな》りのズボン、セルフレームのサングラス、外廊下を歩いて階段を降りていく。

「勤ちゃん、鎌田が出た」

上坂にいった。起きて、こちらに来る。汗みずくだ。

「おれは先に駐車場へ走る。勤ちゃんは鎌田に尾いてくれ」

「よっしゃ、行こ」

一階に降りて本堂を出た。桐尾は宗玄寺の裏口から外に出てエンブル大正を迂回《うかい》し、木津川の堤防へ走る。大田パーキング前のコインパーキングに入り、カローラに乗った。

ほどなくして、鎌田が来た。六番のガレージの錠を外してシャッターをあげる。ベンツのフロントフェンダーが見えた。鎌田はガレージ内に入り、シャッターをおろした。

上坂がコインパーキングに入ってきた。カローラのドアを開けて助手席に座った。

「桐やん、精算はどうする」

「ベンツが出たら精算しよ」

鎌田はいつもガレージからベンツを出して前に停め、シャッターをおろして施錠するのだ。そのあいだにこちらはコインパーキングの料金を払ってベンツを待つのだ。ベンツが大田パーキングを出たら尾行する。鎌田は今日、小分けしたシャブを売人か客に配達するはずだ。

「うまいことといくかな……」

「ま、やるだけはやってみんとな」

テレビや映画とはちがって、現実の尾行の成功率は高くない。特に昼間の車の尾行は半分が失敗する。近づきすぎると気取られるし、離れすぎると見失う。信号のある交差点をひとつ渡り損なうと、そこで終了だ。単車での尾行も考えたが、車より目立つ。それに、上坂は単車の免許を持っていない。

「暑い。エアコン入れてくれ」

「ああ、忘れてた」

エンジンをかけた。上坂の開襟シャツは襟元から胸のあたりまで色が変わっている。見るだけで暑苦しい。

「勤ちゃん、ちょっとは痩せたらどうや」

「毎日、それをいうな」

上坂はカメラに望遠レンズをセットする。「わしは幼稚園のときからずっと肥満児でやってきた。痩せた自分は想像できん。アイデンティティーの喪失や」

「アイデンティティーな……」

そういうものなのかもしれない。理解はしにくいが。


一時三十五分──。大田パーキングに黒いクラウンが入った。ウインドーには遮光フィルムが貼られている。クラウンは六番のガレージ前に停まった。

「勤ちゃん、カメラや」

桐尾は双眼鏡をとり、上坂はカメラをかまえる。

シャッターがあがって鎌田が出てきた。クラウンのサイドウインドーがおりてグレーのハンチングをかぶった男が顔をのぞかせる。鎌田はハンチングと言葉を交わし、ズボンの後ろポケットから茶封筒を抜いてハンチングに渡した。上坂は連続してカメラのシャッターを切る。

クラウンのトランクリッドが開いた。鎌田はリアにまわってトランクからショッピングバッグを出した。バッグの重さを確かめるように二、三度振ったあと、トランクリッドをおろす。フェンダーミラーに向かって手をあげた。

クラウンはバックして切り返し、パーキングを出ていった。鎌田は見送って、またガレージに入り、シャッターをおろした。

「撮ったか、ナンバー」

「撮った」

上坂はカメラのモニターを見ながら画像を送る。「これや。……和泉《いずみ》・330・ふ・75××」

桐尾は本部に電話をした。

──はい、永浜班。

西田が出た。

——桐尾です。車の照会願います。

——ちょっと待て。

西田はメモの用意をしている。

——よし、いえ。

——現行型のクラウン、黒。ナンバーは、和泉330……。

伝えて、電話を切った。小一時間で回答があるはずだ。

「勤ちゃん、あのショッピングバッグの中身はなんや」

「中元でないことは確かやな」上坂はにやりとする。

「ハンチングが卸元か」

「十中八九、な」

上坂はまた画像を送った。桐尾も見る。

取引の瞬間が克明に撮れていた。鎌田がハンチングに渡した茶封筒の中身は、その厚みで二百万か三百万円の札束だと思われた。ショッピングバッグは白地に花柄が輪になっている。

「このバッグ、見憶《みおぼ》えがあるな」

「髙島屋の紙袋や」

「ハンチングの顔は」

「これやな」

上坂は画像を拡大した。少し粒子は荒いが、人相は充分に判《わか》る。齢は五十前後、眉が薄く、眼が細い。よく灼けている。

「思わぬ収穫とはこのことやな」

「中元や。鎌田からわしらへの」

上坂はカメラを置いて、煙草をくわえた。


シャッターがあがり、ベンツが出てきたのは二時十五分だった。おそらく、小分け作業をしていたのだろう。鎌田はいったんベンツを停め、シャッターをおろして施錠する。上坂はそのあいだにコインパーキングの精算をした。

ベンツが大田パーキングを出た。少し遅れてカローラを出す。堤防沿いの道路は南行きの一方通行だ。

ベンツは自動車教習所の角を右折し、大正通に出た。交差点を右折して北へ向かう。桐尾はあいだにトラックを一台挟んでベンツを追った。

ベンツは大正橋を渡り、千代崎から九条へ走る。みなと通を越えて九条商店街の脇道に入り、煉《れん》瓦《が》タイルの雑居ビルの前で停まった。ビルの一階は沖縄料理店だ。桐尾は五十メートルほど離れた歯科医院の前にカローラを停めて双眼鏡を覗《のぞ》く。

鎌田はベンツから降りず、携帯で話をしている。ひとを待っているのかもしれない。

「桐やん、あのベンツ、なんぼや」ふいに、上坂がいった。

「現行型のS350は千百万ほどやろ。中古でも五、六百はするんとちがうか」

「鎌田は現金で買うたんか」

「普通はローンやろ。……なんでそんなこと訊くんや」

「わし、気がついたんや。車のローンを組むには引き落としの口座が要る。ディーラーをあたってみたら、鎌田の口座が分かるんとちがうか」

「けど勤ちゃん、鎌田一郎の銀行口座はどこにもなかった。それは調べたやないか」

「鎌田は闇の口座を持ってるんやろ」

「闇で買うた口座は他人の名義や。車は鎌田の名義で登録して、ローンは他人の口座から引き落とすてなことは不可能やで」

「そうか、そういうことか……」

「しかし、ベンツの名義を洗《あろ》うてみる必要はあるな。なんでいままで気がつかんかったんやろ」

桐尾は本部に電話をした。西田が出た。

――桐尾です。

――もうちょっと待て。まだ交通部から回答が来てへん。

――クラウンとは別に、もうひとつ車を照会して欲しいんですわ。ベンツのＳ３５０。現行型で、色はシルバーです。

――そのベンツ、鎌田が乗ってる車か。

――ええ、そうです。ディーラーが知りたいんですわ。

――ナンバーは。

――なにわ・３３３・せ・９０××です。

電話を切ったとき、鎌田がベンツから出た。リモコンキーでロックし、沖縄料理店の横の通路へ入っていく。

「勤ちゃん、ベンツを見ててくれ」

桐尾は車外に出た。ビルに向かって歩く。最上階の壁面に《入居者募集中　ＡＳＵＫＡ九条ビル

Ⅲ》とあった。

通路の奥はビルの玄関だった。ガラスドアの向こうに鎌田の姿は見えない。

ビル内に入った。エントランスは狭く、薄暗い。エレベーターは四階で停まっている。鎌田は四階にあがったのかもしれない。

桐尾はメールボックスを見た。ビルは六階建で、一階は沖縄料理店と食品卸会社、二階は歯科診療所と設計事務所、三階は商事会社、四階から六階は賃貸住宅だと分かった。住宅は各階に六室、うち半分は空き部屋のようだ。

携帯でメールボックスを撮影し、階段で五階にあがった。階段室から廊下を見る。左に三室、右に三室あった。突きあたりは非常出口だ。

携帯を開いて短縮ボタンを押した。

——勤ちゃん、おれはいま、ビルの五階や。

——鎌田はどこや。

——それが分からん。ここで鎌田を張る。……ベンツは。

——駐まってる。

——よっしゃ。なにかあったら連絡してくれ。

電話を切り、階段室の壁にもたれた。煙草を吸いたいが、我慢する。エレベーターの作動音がした。下へ降りていく。廊下は静かなままだ。

携帯が震えた。

——はい、桐尾。

——鎌田が出てきた。ベンツに乗った。

――なんやて……。

――あかん。走りだした。

――尾けてくれ。ひとりで。

電話を切った。

桐尾は四階に降りた。廊下を挟んで左右に三つずつ茶色の鉄扉が並んでいる。足音をひそめて、表札――手書きのプラスチックプレート――を確認した。左は《岡本》と《阿部》、右は《安藤》で、あとの三室には表札がなかった。

三階に降りた。《(有) タカヤマ商事》とある。なんの会社かは分からない。ワンフロアを一社で使っている。

二階は《山本歯科》と《一級建築事務所・横井オフィス》だった。

四階か三階やな――。そう見当をつけた。鎌田は岡本、阿部、安藤の部屋か、『タカヤマ商事』の事務所を訪れたにちがいない。

一階に降り、食品卸会社に入った。こちらを向いた初老の女性にビルの管理会社を訊くと、みなと通の『飛鳥《あすか》恒産』だといい、場所を教えてくれた。


桐尾はみなと通へ歩いた。信号の向こうに牛丼屋がある。そのビルの二階に《飛鳥恒産》という袖看板が出ていた。

横断歩道を渡り、牛丼屋のビルの二階にあがった。飛鳥恒産のドアを引く。カウンターの向こうにグレーのスーツの若い男が座っていた。立って、こちらに来る。

「すんません。二、三、お訊きしたいことがあるんやけど、よろしいか」

手帳を提示した。男は徽章に眼をやって、

「警察の方ですか」驚いたようにいった。

「九条の『ＡＳＵＫＡ第三ビル』は、こちらさんが管理してはるんですな」

「あ、はい……」男はうなずく。

「三階のタカヤマ商事いうのは、なんの会社です」

「パチンコとスロットの販売代理店です。メンテナンスもしてるはずですわ」

「従業員は何人くらいですか」

「テナントさんのことは詳しくは知りませんけど、広さを考えたら、十人以上はいてはるんとちがいますかね」

　ワンフロアの占有スペースは五十坪だと男はいう。

　それを聞いて、桐尾はタカヤマ商事の可能性を消した。まともな企業活動をしている堅気の会社にシャブの売人が昼間から出入りするとは思えない。

「二階の『横井オフィス』は何人でやってます」

「横井先生と、助手が何人かいてはります」

　横井オフィスの可能性も消した。

「四、五、六階は賃貸住宅ですね」

「はい。各階に六室です。間取りは１ＤＫです」

「現在、居住してるのは」

「えーっと……」

　男は上を向いて指を折った。「四階が三室、五階も三室、六階は四室ですね」

「入居者名簿と契約申込書は」

「あります。もちろん」

「見せてもらえますか」

「すみません、刑事さんのお名前は」

「桐尾です」

　もう一度、手帳を見せた。男は桐尾の顔写真を確認して、壁際のキャビネットのところへ行き、ファイルを持ってきた。

「四階の入居者を見せてください」

「はい……」男はカウンターにファイルを載せて広げた。

　４０１の入居者は岡本恭一、４０３は阿部隆、４０６は安藤庸治《ようじ》だった。契約申込書に添付された履歴書によると、岡本は四十三歳で妻と長男がいた。阿部は三十三歳で独身、安藤は三十一歳で独身だった。

「阿部と安藤は独り住まいですな」

「いえ、それは分かりません。同居者のあるひともいます」

　契約時に同居人の有無を訊くが、入居してからは関知しないという。

「阿部と安藤は」

「たぶん、おひとりやと思いますけど……」

「確かめたわけではない、ということですな」

「はい、そうです」男はファイルに視線を落とす。

「家賃はいくらです、４０３と４０６号室の」

「月額、六万八千円です」

「駐車場は」

「ありません。必要な方は月極めの駐車場を借りてはります」

「これ、メモしてもよろしいな」

「はい、どうぞ」

桐尾はメモ帳を出した。岡本、阿部、安藤の入居の日付、職業、勤務先、本籍、生年月日を書き写してファイルを閉じた。

「刑事さん、なにかあったんですか」男が訊く。

「いや、大したことやない。こうして訊込みをするのが我々の仕事ですわ」

笑ってみせた。「ぼくが来たことは口外せんとってください」

男はこくりとうなずいた。桐尾は礼をいい、飛鳥恒産を出た。


暑い。空には雲ひとつない。街路樹の陰に入って上坂に電話をした。

——勤ちゃん、どこや。

——千日前や。

——鎌田は。

——前を歩いとる。

鎌田は堺筋の駐車場にベンツを駐め、千日前家具専門街の通りを西へ歩いているという。

——いま、左に曲がった。細い路地や。

——分かった。そっちへ行く。

電話を切り、タクシーに手をあげた。

堺筋、千日前家具専門街の信号でタクシーを降り、上坂に電話をした。上坂は千日前道具屋筋の一筋東、『ミス千日前』というキャバレーのそばにいるといった。桐尾は足早に道具屋筋へ歩いた。

上坂はキャバレーの向かい側、コンビニの店内で週刊誌を手にとっていた。額の抜けあがった大きな顔と鼈甲《べっこう》色の眼鏡は遠くからでもすぐ分かる。桐尾はコンビニに入った。

「鎌田は」低く訊いた。

「そのマンションや。キャバレーの隣」

前面にだけ白磁のタイルを張った古ぼけた建物だ。四階建、各部屋の窓に黒い唐草模様の手すりがついている。庇《ひさし》の下は洗濯物だらけだ。

「鎌田はどの部屋に入った」

「分からん。マンションの中まで尾いていけんしな」

鎌田がマンションに入ってから、そろそろ三十分になる、と上坂はいう。

「カローラはどこに駐めた」

「堺筋や」

「路上駐車か」

「駐車場を探す暇はなかった」

違反票を貼られているかもしれない。カローラは警察車両だからキップを切られることはないが。

コンビニの店員がそばに来た。わざとらしく雑誌や週刊誌を整理する。

「勤ちゃん、出よ」

「外は暑いぞ」

「夏は暑いんや」

コンビニを出た。二軒隣の喫茶店に入って窓際に席をとる。桐尾はアイスコーヒー、上坂はアイスココアを注文した。

「あれ、ホステスマンションやな」煙草を吸いつけた。

「たぶん、な」上坂は眼鏡を外してハンカチで拭く。

「鎌田はやってるんとちがうか」

「かもしれん」

女にシャブを入れてセックスしているのだ。シャブをとどけるだけで三十分というのはおかしい。

「桐やんはどないしたんや。あのあと」

「不動産屋に行った。みなと通の飛鳥恒産――」

経緯を話した。上坂は黙って聞いている。「――おれの勘では、阿部か安藤が怪しい。どっちかが売人のような気がする」

「ふたりの仕事は」

「阿部は派遣社員、安藤は水商売やろ」

メモ帳を繰った。「阿部隆、『OSスタッフワークス』。……安藤庸治、『クラブ・カリビアン』」

「よっしゃ。ふたりのデータをとろ」

上坂は眼鏡をかけた。「しかし、遅いな」マンションを見やる。

「この調子やと、一時間や二時間では出てこんぞ」

「そういや、鎌田のやつ、駐車場に車を駐めよったもんな」

アイスコーヒーとアイスココアが来た。桐尾はミルクを落とし、ストローを差して飲む。甘い。シロップを別にしてくれというべきだった。

携帯が震動した。西田だ。

——はい、桐尾です。

——クラウンの所有者は石井晃《あきら》、五十三歳。緋木《ひき》組の幹部や。

——緋木組いうたら、西成の……。

——そう、津守《つもり》の緋木組や。

——石井のヤサは。

——鶴見橋や。

西成区鶴見橋と大正区三軒家北は近い。直線距離なら約三キロ。石井は西成から木津川橋を渡って鎌田のところへブツを持ってきたのだろう。

——鶴見橋の住所をいうてください。

——七丁目六の十八の一一〇四。

メモ帳に書いた。〝一一〇四〟はマンションの部屋番号だろう。

——石井の家族関係は。

——よめはんと娘がおる。よめはんは五十二、娘は三十や。

鎌田の尾行が済んだら、鶴見橋へ行こうと思った。ガサ入れに備えてヤサを見ておく必要がある。

——それと、ベンツの所有者は分かりましたか。

——鎌田一郎やない。北沢明美や。

——そうか、女の名義でしたか……。

——ディーラーは『東和モータース西大阪』。ローン会社は『東和オーナーズクレジット』。北沢明美は認定中古車を七百八十万で買うた。

——ローンの引き落とし口座は。

——大成信用金庫西心斎橋支店。

——了解。すんませんでした。

——桐やん、どこにおるんや。

——千日前です。鎌田の尾行中です。

鎌田は女の部屋にシケ込んでいる、といった。西田は「ご苦労」とだけいい、電話は切れた。

「勤ちゃん、ベンツは明美の名義や。大成信金の西心斎橋支店に口座がある」

「その支店はフライトの近くやな」

「そういうこっちゃ」

「クラウンの所有者は緋木組の極道か」

「石井晃。五十三や」

「またぞろ出てきよったな、緋木薬局が」

「叩かれても蹴られても、シノギは変えられんわな」

津守の三代目緋木組は、ヤクザの世界では〝緋木薬局〟とも呼ばれている組織だ。初代は博徒だったが、二代、三代と看板が替わるにつれて覚醒剤の密売に手を染め、いまはそれがいちばんのシノギになっている。去年の春、薬物対策課の野村班は捜査四課と合同して緋木組にガサをかけ、組員ふたりを逮捕した——。

「緋木組の兵隊は何人や」上坂はアイスココアを飲む。

「川坂の枝の枝やから、せいぜい十人やろ」

覚醒剤を資金源にしている組織は受刑者と弁当持ち——執行猶予つきの有罪判決を受けているもの——が多い。いま娑婆《しゃば》にいるのは四、五人ではないだろうか。

「読めてきたな」

上坂はいう。「石井が卸元で鎌田が売人やろ」

「阿部か安藤が小売人《コシャ》やな」

シャブは、大元締め、元締め、中間卸元、売人、小売人、客、というルートで流れる。大元締めは北朝鮮や韓国、中国、台湾といった外国からシャブを百キロ単位で密輸入し、日本各地の元締めに卸す。元締めは一キロ単位に小分けし、一回あたり三百グラム程度を卸元に売る。卸元は仕入れたシャブを百グラムから五十グラムほどに小分けして売人に売り、売人は五グラムほどに小分けして小売人に売る。小売人はそれを〇・一グラムから〇・五グラムと、小さなビニール袋に詰めて客に売るのだ。

ビニール袋に詰める方法は、ポリシーラーという包装用の機器を使うか、それがない場合は割り箸などを使ってシャブを入れた袋の口を挟み、ライターの火で炙る。溶けたビニールを割り箸で押さえると袋が密封され、〝パケ〟ができる。パケはいま、〇・一グラム入りが一万円、〇・三グラム入りが二万円ほどで売られている——。

「石井と鎌田と阿部か安藤でワンセットや。これに緋木組や東青会が噛んできたら、大きな捕り物になるぞ」上坂は真顔でいう。

「おれと勤ちゃんの手に余るかもしれんな」

「いや、キリのええとこまで、ふたりでやろ。最初にネタをつかんだんは桐やんや。美味《おい》しいとこだけおっさんに食われたら癪《しゃく》やろ」

上坂のいわんとすることはよく分かる。班長の永浜だ。なにかといえば組織捜査を振りかざして班の捜査員を道具扱いする。永浜は去年の春、薬物対策課に来た。前任は金剛《こんごう》署の生活安全課長だ。どういうコネを使って府警本部に来たのか分からないが、永浜は薬物対策課十班の中でいちばんの新参だから功をあせる。特に暴力団のからんだ薬物事犯は捜査四課と連携して捜査にあたるのだが、永浜は顔がないだけに四課のいいなりになる。つまるところ、永浜には班長としての骨がない。そのくせ、独断専行で班員には高飛車に出る。係長の西田は古狸《ふるだぬき》だから表向きは永浜を立てているが、心中では侮っている。面従腹背というやつだ。西田は無能ではないが、定年を三年後にひかえて万事にやる気がない。


鎌田が姿を消して一時間半が経《た》った。テーブルの灰皿は吸殻でいっぱいだ。

「勤ちゃん、おれはマンションを見たい」

グラスの水を飲みほして、桐尾はいった。

「けど、下手にうろうろしてたら、鎌田と鉢合わせするかもしれんぞ」

「おれは玄関で張る。勤ちゃんは上にあがれ」

こんなときに便利なのは上坂の風体だ。小肥りで背が低く、髪が薄くてレンズの厚い鼈甲色の眼鏡をかけている。白の開襟シャツに膝《ひざ》の抜けた紺のズボンは、まちがっても刑事には見えない。

「分かった。行こ」

「待て」

十円玉を指で弾いた。空中で受ける。「どっちや」

「裏」

「表」

指を開いた。裏だった。桐尾がコーヒー代を払って喫茶店を出た。

マンションの名は《ハイム千日前》だった。安易な名称が隣のキャバレーと似ている。メールボックスを見ると、一階から三階までワンフロアに十二室で空き部屋はなかった。女の名がほとんどだ。

上坂は足音をひそめて廊下を進み、階段をあがっていった。桐尾は外へ出て建物の右にまわり、自転車置場から玄関を張る。スレート屋根の下に三十台あまりの自転車と原付バイクが駐められ、ブロック塀の隅には雑草が生えていた。ゴミも散らかっている。管理人などいないのだろう。

玄関から女が出てきた。ラメを散らしたピンクのTシャツに下着の見えそうなショートパンツ。桐尾は原付バイクの陰にかがんだが、女は自転車置場に来て、なに、このおやじ——、という顔をした。

「暑いね」

桐尾は立って話しかけた。「ここ、レディースマンション？」

「ちがうよ」女は応《こた》えた。

「間取りは」

「ワンルーム」

「家賃は」

「なんで……」

「いや、安かったら借りよかなと思て」

「いま、いっぱいのはずやけど」

「家主は」

「そのキャバレー。事務所に行ってみたら」

女は自転車を押して塀の向こうに消えた。


上坂は二十分ほどして出てきた。桐尾を一瞥《いちべつ》して、こちらへ来る。

「あかん。皆目、見当がつかん」

上坂は三階から一階まで、聞き耳をたてながら廊下を歩いた。どの部屋も静かで、注意をひく話し声や物音は聞こえなかったという。「古いけど、造りは頑丈や。ドアも壁も厚いんやろ」

「廊下を張る場所はないんか」

「階段室はあるけど、ひとがよう通る。エレベーターがないからな」

「おれはマンションの家主を聞いた。隣のキャバレーや」

「家主にあたるのは、まだやで。鎌田がどの部屋に行ったか、それを突きとめてからや」

「しかし、そのためには廊下を張らんとな」

「そういや、突きあたりに非常口があったけどな」

「それや。勤ちゃんはここにおれ」

壊れた自転車や割れた植木鉢を避《よ》けながら建物の裏にまわった。赤錆《あかさ》びたジグザグの非常階段が屋上まで延びている。桐尾は一階の非常口に近づいた。スチールドアに週刊誌大の窓があり、ワイヤー入りのガラスには内側からグリーンのシートが貼られていた。ドアに鍵穴はあるが、ノブはない。二階、三階のドアも同じだった。

桐尾は自転車置場にもどった。

「勤ちゃん、中に入って非常口の錠を外してくれ。おれは裏で待つ」

「分かった」

上坂は玄関からマンションに入っていった。桐尾はまた裏にまわる。

一階のスチールドアが開いて、上坂が顔をのぞかせた。桐尾は中に入り、シートの端を少し剝《は》ぐ。窓の下に三角の隙間があいた。桐尾は外に出て非常階段をあがり、上坂は中から鉄扉を閉めた。

二階、三階と、同じようにドアのシートを剝ぎ、上坂も非常階段に出てきた。あとはどの階を張るか、だ。

「確率は三分の二……。おれは三階を張る」

「ほな、わしは一階や」

上坂は階段を降り、桐尾は壁にもたれて三角の隙間から廊下を見張る。

西陽が正面から照りつけた。風はそよりとも吹かず、じりじりと炙るような熱気が足もとからあがってくる。非常階段の床は薄い鉄板だ。暑い。汗が背中を伝い落ちる。

屋外の張込みは冬よりも夏のほうが辛《つら》い。冬は厚着をして使い捨てカイロを二つ、三つ、首筋や背中に貼っていればしのげるが、夏はどうしようもない。シャツもズボンも蒸れて身体にまとわりつく。

桐尾は時計に眼をやった。午後五時二十分。鎌田がこのマンションに入って二時間が経つ——。

## 3

そして四十分――。非常階段の手すりがコツンと鳴った。桐尾は非常口を離れ、一階に降りた。上坂はスチールドアの窓を覗き込んでいる。

「鎌田が出た。右側の階段室の手前の部屋や」

「勤ちゃん、尾けてくれ」

「桐やんは」

「あとで走る。堺筋で会お」

「よし、分かった」

上坂は通路を走っていった。

桐尾は少し遅れて自転車置場から玄関にまわり、マンション内に入った。誰もいない。上坂のいった階段室の横の部屋の表札を確認する。《105　三宅奈都子》とあった。メモ帳に書いてマンションを出た。

桐尾は来た道を通らず、歩行者専用道路を走って堺筋に出た。白のカローラは《日本橋三丁目》のバス停近くに駐められていた。上坂はいない。ゆっくりカローラに近づいた。フロントウインドーに駐車違反票が貼られていた。

上坂は家具専門街の通りから現れた。小走りでこちらに来る。

「鎌田は」訊いた。

「あれや」

上坂は振り返った。横断歩道を鎌田が渡っている。鎌田は堺筋の東側の駐車場にベンツを駐めたようだ。

上坂はウインドーに貼られた駐車違反票を剝がしてポケットに入れ、カローラに乗った。桐尾も乗る。上坂はエンジンをかけ、エアコンを最強にした。

「鎌田のやつ、シャブを入れとる。歩くんが速いんや」

『ハイム千日前』に行ったときと、堺筋へもどるときの足どりがちがったと上坂はいう。

「腰が軽いんやろ。運動して」

「鎌田の相手は」

「105号室、三宅奈都子《みやけなつこ》。表札だけ見てきた」

「前歴がありそうやな」

「たぶんな」

鎌田が一時預かりの駐車場に入った。係員と言葉を交わす。シルバーのベンツが出てきた。鎌田はベンツに乗り込み、堺筋を北へ走りだした。上坂はあとを追う。

ベンツは千日前通を越え、日本橋を渡って右折した。一方通行の道を島之内へ入っていく。ふたつめの信号を左折し、三角屋根の教会の前で停まった。上坂も離れてカローラを停める。

「おいおい、懺悔《ざんげ》でもするんやないやろな」

「わたしはシャブの売人です、多くのひとをシャブ中にして地獄に追いやりました。お許しください、てか。洒落《しやれ》にならんで」

鎌田は携帯を耳にあてた。日は暮れかかっているが、リアウインドー越しに見える。

ほどなくして、教会横の路地から男が現れた。鎌田はサイドウインドーをおろす。男は車内に手を入れ、なにかを受けとった。男はベンツを離れ、脇道にもどる。ベンツはスモールランプを点《つ》けて走りだした。

「勤ちゃん、行け。おれは降りる」

桐尾は車外に出た。カローラは走り去った。

桐尾はすばやく路地に近づき、電柱の陰からようすを見た。男の姿はない。

くそっ、どこ行ったんや——。路地に入った。左は民家で、右にアパートがある。

路地を歩きながらアパートを覗いた。観音開きの玄関ドアは閉まっている。アパートは木造モルタルの二階建で、壁一面に葡萄《ぶどう》の蔦《つた》のようなクラックが入っている。玄関横の表札は墨が薄れているが、《大安荘》と読めた。

桐尾は路地を抜けて少し広い道に出た。左右を見渡したが、さっきの男はいない。上坂に電話をかけた。

——勤ちゃん、どうした。

——あかん。ベンツを見失《みうしの》うた。

——どこで。

——松屋町筋や。赤信号にひっかかってしもた。

尾行に無理追いは禁物だ。鎌田に気取られたら元も子もない。

——おれも男を見失うた。たぶん、『大安荘』いうアパートに入ったと思うんやけどな。

——しゃあない。男の人相を見ただけでもよしとしよ。

望遠レンズつきのカメラは持っていたが、撮影する暇がなかったのだ。

——おれを拾うてくれ。
——島之内か。
——いや、堺筋にもどる。さっきのバス停のとこで待つわ。
電話を切り、堺筋へ歩きながら本部にかけた。
——はい、永浜班。
西田が出た。
——桐尾です。データとってください。
——名前は。
——三宅奈都子。鎌田がシケ込んだ部屋の住人です。
——ナツコは、季節の〝夏〟か。
——ちょっと変わってます。奈良のナに都のツです。
——ナミコとも読めるぞ。
——ああ、そうですね。
西田は細かい。どっちでもいいだろう。
——おれはシャブの犯歴がありそうな気がします。
——分かった。それやったら、ひっかかるやろ。
鎌田の尾行中か、と西田は訊く。松屋町筋で失尾した、と桐尾はいった。
——このあと、鶴見橋へ行きます。石井晃のヤサを確認します。
——了解。ご苦労さん。
電話は切れた。

七時すぎ――。堺筋でカローラに乗った。腹が減った、と上坂がいう。鶴見橋の近くで食べることにした。

長堀通を西へ行き、御堂筋《みどうすじ》を南下した。難波《なんば》、大国町《だいこくちょう》を走って西成へ。出城《でしろ》のファミリーレストランに入った。上坂はハンバーグ定食、桐尾はオムライスを食べ終えて、コーヒーを注文したとき、テーブルに灰皿がないことに気づいた。レストランは禁煙だった。

「愛煙家は肩身が狭いの」

「ニコチンもシャブも毒なんや」

早々にレストランを出た。桐尾が運転して鶴見橋へ向かった。

花園北の交差点を右折した。こぢんまりした住宅と町工場、マンションとアパートの混在する下町だ。

「鶴見橋六丁目……。そろそろやけどな」

電柱の住所表示を確かめながら、ゆっくり走る。カローラにはカーナビがついていないから東西南北が分からない。桐尾は子供のころからの方向音痴だ。

銭湯の角を曲がると、自動車整備工場の塀越しに高いビルが見えた。

「あれやな」

ほとんどの窓に明かりがともっている。桐尾は建物を目指して走った。

コンクリート塀に突きあたった。長い打ち放しの化粧塀。下部の植栽スペースに丸く刈り込んだ玉黄楊《たまつげ》が植わっている。

「こいつはイメージがちがうぞ」

て降りた。

「シャブ屋のヤサとは思えんな」

二十階以上はありそうな高層マンションだ。まだ新しい。出入口は左にあった。塀際に車を寄せ
桐尾と上坂はゲートをくぐり、敷地内に入った。全面ガラス張りの玄関。ドアの前に立ったが開かない。オートロックだ。右横のブロンズの銘板には《カーサベルデ鶴見橋》とある。

しばらく待っていると、マンションの住人だろう、スーツ姿の男が入ってきた。オートロックの受光部に向けてキーのボタンを押す。ドアは左右に開き、桐尾と上坂は男につづいて中に入った。

ロビーは床も壁も柱もベージュの大理石張りで、エレベーターは四基もあった。

メールボックスを見た。一階から十階は各階に約十室、十一階から二十階は七室、二十一階から二十五階は五室――。１１０４号室には《石井》のプレートが差さっていた。

エレベーターで十一階にあがった。廊下の床はベージュの合成タイル、壁は同色のペイント仕上げだ。廊下は静まりかえって、住人の声も物音も聞こえない。ワンフロアに七室だから、部屋はけっこう広いのだろう。こんな生活臭のない高層マンションが、いまは流行りなのだ。１１０４号室の表札には《石井晃・妙子》とあった。

「石井の娘、齢はなんぼや」小さく、上坂が訊く。

「三十やったな」

「ほな、ここには住んでへんな」

「よめはんとふたりやろ」

このマンションは分譲だ。ガサ入れの前に販売会社へ行って間取りを確かめておく必要がある。

携帯のカメラで廊下を撮り、エレベーターで地下一階に降りた。エレベーター室から駐車場には

出られるが、駐車場からはリモコンキーがないと入れない。

「わしはこの階を見る。桐やんは下を見てくれ」

いって、上坂は駐車場に出た。桐尾はまたエレベーターに乗る。

地下二階の駐車場は広かった。柱も壁もコンクリートの打ち放しでがらんとしている。駐車区画は手前の左から奥へ《46》《47》……と並んでいた。

桐尾は黒のクラウンを探して歩いた。《78》に一台、駐まっていたが、ナンバーがちがった。区画は《46》から《90》まであった。

エンジン音が聞こえてスロープから車が降りてきた。桐尾は柱の陰に隠れる。白いミニバンだった。女が降りてエレベーター室に入っていった。

桐尾はスロープから地下一階にあがった。上坂が近づいてくる。

「《32》や。石井のクラウンが駐まってる」

「よっしゃ。上出来や」

ガサをかけるときは車もその対象になる。車室内はもちろん、トランクの底からエンジンルームの隅まで徹底して調べるのだ。去年、住之江《すみのえ》区南港《なんこう》の売人の車を捜索したときは、ダッシュボード上の芳香剤と野球のバブルヘッド人形の胴体から三十個のパケ——総量七グラムのシャブ——を見つけた。たとえシャブが発見できなくても、掃除機をかければ微量の粉末が採取されることもある。

「次はどうする」

「ついでや、津守に行ってみよ」

スロープをあがってマンションを出た。

鶴見橋から津守まで五分で着いた。津守四丁目の光津神社《こうしん》。その裏に緋木組がある。事務所は木造モルタルの二階建で、シャッターの前に旧型のセルシオが駐まっていた。一見したところはこぢんまりした普通の住宅だが、玄関ドアはスチール製で、防犯カメラが二台、庇下と壁に取り付けられている。緋木組はこれまでに何度もガサをかけられているから、事務所内にシャブや銃器は置いていないはずだ。

「若頭は」

「緋木の組長は誰やった」

「湯川忠男。七十すぎの爺《じじい》や」

「新井とかいうたな。去年の春、野村班がパクった」

「緋木薬局もそろそろ店じまいか」

「かもしれんな」

ヤクザ世界で〝薬局〟というのは、たぶんに侮蔑《ぶべつ》をふくんだ言葉で、仲間内からは軽く見られている。シャブは稼ぎが大きいが、密告《タレコミ》が多く、挙げられたときは刑が重いから、決して割のいいシノギではない。神戸川坂会や薫政会《くんせい》といった指定暴力団は傘下の組織にシャブを禁じているが、それは表向きで、上納金さえ持ってくれば、その資金源をとやかくいうことはない。要は金だ。ヤクザの値打ちは金を稼げるかどうかの一点であり、シノギのできないヤクザは一生、使い走りのチンピラのままで終わる。その徹底した競争原理は表社会より厳しいかもしれない。

「石井はしかし、どこからブツを引いてるんや」

「さぁ、どこかな……」

いま、日本全国にシャブが蔓延《まんえん》している。今年一月から六月までの覚醒剤密輸入摘発件数は百件を超えて前年同期の四倍以上、摘発人数は約百三十人で前年同期の五倍以上、押収量は約二百六十キロで、前年同期の六倍以上に急増した。むかしは大元締め、元締めと、数人の大物ヤクザが流通ルートの頂点にいたが、いまはルートが崩れている。極端にいえば、どこでもシャブを仕入れることができるのだ。

「石井をパクったら元締めが割れるか」

「いや、そいつは望み薄やろ」

売人や卸元が入手先を吐くことはないと考えていい。喋れば命を狙われるし、ブツの仕入れ先もなくなる。シャブで食ってきた人間は、シャブを離れてシノギをする方法を知らないのだ。

桐尾はセルシオのナンバーをメモし、カローラを運転して新なにわ筋に向かった。

府警本部庁舎——。車両係にカローラを返却し、三階の薬物対策課にもどったのは九時だった。刑事部屋には二十人ほどいる。自販機のコーヒーやジュースを飲みながら談笑している刑事もいれば、パソコンの前に張りついて報告書を書いている刑事もいた。薬物対策課は課長以下、約九十人。課に籍を置いたまま警察庁や近畿管区警察本部に出向している人員もあり、管理部門や庶務部門の人員もいるので、実際に捜査にあたる班員は五十人ほどか。二人から七人の班が十個班あり、各班ごとに机の島を作っている。

桐尾と上坂は今日の捜査を永浜に復命した。永浜はメモをとりながら聞く。緋木組の石井を割り出したことについては、ようやった、と一言だけ褒めた。

桐尾と上坂は隣の野村班へ行った。田代が椅子にもたれて煙草を吸っている。

「ちょっと、よろしいか」

「なんや……」田代はこちらを向いた。

「去年の春、津守の緋木組にガサかけましたね」

「ああ、かけた」若頭の新井と組員の手塚を逮捕した、と田代はいう。

「緋木組はいま、何人です」

「四、五人とちがうか、娑婆におるのは」

「石井晃いうのは、いてましたか」

「おったような憶えがあるな。組長の湯川の舎弟やろ。新井よりは年上のはずや」

田代は煙草を揉み消した。「石井がどうかしたんか」

「うちの捜査にひっかかったんですわ」

「しぶといのう。組長は病気。若頭もパクられたのに、まだごそごそやってるか」

「湯川は病気ですか」

「糖尿病や。よめはんに車椅子押してもろてたな。ちょっと認知症も入ってた」

「ほな、新井がパクられてからは」

「組はバラバラやろ。組員どもは自分で食うしかない」

「緋木組のシャブの入手先は」

「中国や。新井が差配して引いてた」

田代は詳細を話しはじめた――。

去年の四月二十五日、神戸川坂会系白燿会《はくよう》（東大阪市小阪）周辺者で運び役の富永博茂（57）が関西国際空港に覚醒剤三・二キロを隠した木製家具を中国の瀋陽《しんよう》桃仙国際空港発の航空機で持ち込み、張り込んでいた府警捜査四課と薬物対策課野村班の捜査員に逮捕された。共犯者は飛行機に同乗していた白燿会舎弟の徳山鐘守《かねもり》（62）と川坂会系緋木組組員の手塚輝夫（28）で、同乗はしていなかったが組織的に関与していたとして、緋木組若頭の新井哲朗《てつろう》（47）と緋木組組長の湯川忠男（73）の計五人を逮捕した――。

「湯川は処分保留で釈放。あとの四人は覚醒剤取締法違反と関税法違反で四年から九年の懲役や」

「九年は新井ですね」

「そう、新井や」徳山と富永は五年、手塚は四年、と田代はいう。

「白燿会はどうなりました」上坂が訊いた。

「びくともせん。白燿は兵隊が三、四十人もおる大きな組や」

徳山と富永は組の関与を頑強に否定したという。

「石井の調べはしたんですか」

「そら、したやろ。四課の中澤班や」

「中澤班の誰です」

「知らん。中澤班に訊け」

田代は両手を頭の後ろに組み、椅子にもたれかかった。田代は捜査四課の連中が嫌いなのだ。なにかと横柄な四課の刑事は、桐尾もうっとうしい。

「すんません。ためになりました」

一礼し、田代のそばを離れた。デスクに腰をおろして、上坂がいう。

「石井はひょっとして、中国からブツを引いてるんかもしれんな」

「それはあるな」

桐尾はうなずく。「新井のルートを継いだとしたら、可能性はある」

「チャイナ・コネクションか」

「瀋陽コネクションや」

北京、上海《シャンハイ》ルートは警戒がきつい。瀋陽、杭州、青島《チンタオ》あたりの国際空港から関空へ飛ぶのだろう。

「石井の渡航歴を洗お」

上坂はデスクの電話をとった。内線で鑑識課の海外渡航担当係にかける。

桐尾は交通捜査課に内線電話をかけて、亀田を呼んでもらった。亀田は捜査共助課の須川の友人で、何度かいっしょに飲んだことがある。

――はい、亀田。

――薬対の桐尾です。

――ほい、なんです。

――車の所有者の照会をしてくれませんか。

――ナンバーは。

――〝なにわ・33・せ・03××〟。白のセルシオです。

亀田は陸運事務所のデータセンターにアクセスできる。いま端末のキーを叩いているはずだ。

――忙しそうですな。

――このところ、毎日、張込みですねん。

――そら、暑いのに大変ですやろ。

――茹りますね。眩暈《めまい》がしますわ。

――外で張り込んでますんか。

――いや、寺の二階やけど、エアコンがないんです。

——蒸し風呂ですな。

——ま、給料のうちですわ。

しばらく無駄話をするうちに、セルシオの所有者が出たようだ。亀田はいう。

——よろしいか、メモ。

——はい、いうてください。

——館野《たての》行正。昭和四十年四月十八日生まれ。現住所は大阪市西成区玉出南一丁目六の二十一。

——どうも、お世話さんでした。

——また飲みましょ。

——近いうちにね。

電話を切った。上坂も受話器を置いたところだった。

「どうやった」桐尾は訊く。

「当たりや」

上坂はにやりとした。「石井は去年二回、今年一回、中国に行ってる」

去年の二月八日から十三日、八月十三日から十七日、今年は五月一日から五日まで、石井は中国に渡航している。いずれも関空から北京へ飛び、帰りは去年の二月と八月が青島流亭国際空港発、今年の五月が瀋陽桃仙国際空港発の便に搭乗していた——。

「まちがいない。石井は中国からシャブを引いとる」

「海老を追いかけてたら鯛がひっかかったな」

海老は鎌田、鯛は石井だ。「石井は元締め兼卸元、鎌田が売人やで」

「セルシオの所有者は」

　桐尾は立ちあがった。

「しゃあない。行こ」

「四課へ行くか」

「館野行正。四十四やな」


　捜査四課は薬対課よりひとまわり規模が大きい。人員も二百人はいるはずだ。桐尾は刑事部屋を見まわして、中澤班の篠原《しのはら》のそばに行った。篠原は捜査チャートを眺めていた。

「精が出ますね」後ろからいった。

「ああ、桐尾か」

　篠原は桐尾と上坂を振り仰いだ。「その顔は、なんぞ頼みごとやな」

「去年、野村班と合同で津守の緋木組を叩きましたよね」

「なんや、おまえんとこは緋木組をやってんのか」

「いま、内偵してますねん。ちょっと教えてください」

「おう、訊かんかい」

　篠原はチャートを抽斗に入れた。スポーツ刈りの縁なし眼鏡、身長は百八十以上で、がっしりしている。外見はヤクザよりヤクザらしいが、ひとはわるくない。

「まず、緋木組の構成員を」

「待て。資料を見る」

　篠原は立って、キャビネットからファイルを抜き出した。厚さが七、八センチはある厚いファイルだ。机に置いて、繰る。ヤクザの顔写真――ブロマイドと呼ばれる逮捕写真――が並んでいる。

「これやな」

篠原は手をとめた。ページの上端に《神戸川坂会　玄地組　三代目緋木組（大阪市西成区津守）》とある。緋木組は川坂系の三次団体なのだ。

緋木組の構成員は組長の湯川以下、計八人だった。序列順に、新井、石井、館野、市坪、末永、手塚、澄田と写真が貼られ、つづくリストに各々の生年月日、本籍、現住所、家族、前歴、前科、その事件内容と刑罰が詳細に書かれている。現在の受刑者は新井、市坪、手塚の三人で、湯川と石井のほかには館野と末永と澄田が組にいると分かった。

「去年、石井の調べをしたんは篠原さんですか」

「わしは手塚や。石井の担当は主任やったな」

中澤班の主任は加瀬谷《かせたに》という巡査部長だ。

「石井を本部に引いてきて調べたんですか」

「いや、石井は直接の被疑者やないから、今宮署の調べ室を借りたんやないかな。明日、主任に訊いてみいや」

「分かりました。そうしますわ」

「この写真とデータ、コピーしてもよろしいか」上坂がいった。

「ああ、好きにせんかい」

「お借りします」

上坂はファイルを持ってコピー機のところへ行った。

「上坂は薬対に来て何年目や」篠原が訊く。

「そろそろ一年半ですね」

「あんたは」

「三年半です」

「薬対はおもしろいか」

「とりあえず、おもしろいです」

「三年すぎたら異動希望が出せるやろ。四課へ来たらどうや」

「いまは別に希望はないけど、行くんやったら二課がいいですわ」

四課でヤクザばかりを相手にするのは願い下げだ。二課で詐欺、横領、背任などの知能犯事件をやるのが性に合っているように思う。

「二課は地味やぞ。一課で〝殺し〟とかやるのは嫌なんか」

「おれ、血を見たらクラッとしますねん」

「わしもそうや」

「へーえ、ヤクザも震えあがりそうな、その顔で」

「わしはな、顔は強いけど、気が弱いんや」

さもおかしそうに篠原は笑った。前歯が一本抜けている。

上坂がもどってきた。篠原にファイルを渡す。礼をいって、四課を出た。


薬対課には西田がいた。近くのコンビニで買ってきたのか、デスクに缶ジュースを置き、サンドイッチを食っている。

「おう、どこ行ってたんや」

「四課で緋木組の資料をもろたんです」桐尾はいった。

「三宅奈都子《なつこ》、データがなかったぞ」

「三宅奈都子《なみこ》も？」

「読み方はちごうても、字はいっしょやろ」

三宅奈都子に犯歴があればヒットしたかもしれないが、個人データをとるにはやはり、生年月日が必要なのだ。明日、千日前に行って訊込みをしないといけない。

「あと三人ほど、調べてください」

「誰や」

「鎌田が行った九条のマンションの住人ですわ」

メモ帳を広げた。「岡本恭一、阿部隆、安藤庸治。……阿部か安藤が売人のような気がします」

三人の生年月日を伝えた。西田はデスクダイアリーに書き、パソコンを立ちあげてデータ照会センターにアクセスする。ヒラの捜査員も照会センターにはアクセスできるが、記録が残るため、あとでセンターの管理官に理由を訊かれるから、桐尾や上坂がデータをとることはほとんどない。これは市民のプライバシー保護という観点ではなく、犯歴データなどを金で売る警察官の不祥事を防止するための規制だ。

桐尾と上坂は自分のデスクに座った。上坂はさも疲れたように首をまわす。

「今日はよう動いたな」桐尾は煙草に火をつけた。

「ほんまにな。尾行はしんどい」

上坂は長い息をついた。「飲みに行くか」

「あんまり寝てへんのやろ。ビデオの見すぎで」

「桐やん、わし、シナリオ学校に行ってたことがあるんや」

「そうかい」

「なんや、もっとびっくりしてくれや」

「ほう、そらびっくりや」

「大学の三回生のころにな、太秦《うずまさ》のシナリオ学校に行ってた」

「太秦いうたら、東映の撮影所があるとこやな」

「東映でアクション書いてた脚本家が教えてたんや」

「大学にもシナリオの先生はおったんとちがうんか」

「講師はいてたけど、映画のプロやない。わしはちゃんとしたシナリオの作法を習得したかった」

「勉強熱心な若者やないか」

「シナリオ学校の面接で訊かれたんや。どんなもんを書きたいんやと。わしは『仁義なき戦い』と答えた」

「ああ、あれはええ映画や」

「脚本は笠原《かさはら》和夫。広島弁のやりとりに痺《しび》れましたというたら、君は活劇のなんたるかを知ってる、と褒めよった」

「で、書いたんか。シナリオ」

「書いた。ポリスアクションや。……車で容疑者を尾行する場面を書いたら、リアリティーのかけらもないと突き返された」

「そら、なんでや」

「容疑者の車にぴったりついて一時間も尾行したら勘づかれるやろ、と脚本家がいうから、わしは街中《まちなか》でカーチェイスするほうがもっとリアリティーがないと反論した」

「どっちもどっちやな」眼くそ鼻くそを笑う、のたぐいだ。

「このおっさんにはセンスがないと見切りをつけて、シナリオ学校をやめた」

「一年ぐらいは行ったんかい」

「三回、行ったな。月謝、丸損や」

「それで、いまはほんまもんの尾行をしてるんか」

「またいつか、シナリオを書く。リアルな捜査もんや」上坂は小さく笑った。

「おい、あったぞ」

西田が手招きした。桐尾と上坂は立って、そばへ行く。

「こいつがそうやろ。犯歴がある」

いわれて、モニターを覗いた。

《安藤庸治　昭和五十三年六月三日生　本籍・兵庫県南あわじ市滝本8―3―16　現住所・大阪市西区九条南6―15―3―406》とあった。家族関係なし。婚姻歴なし。血液型O。病歴なし。職業は建設会社員（――以前の職業か）。

平成五年八月―道路交通法違反（集団暴走行為）。平成六年九月―傷害。平成十一年二月―覚醒剤取締法違反（所持、使用）。平成十三年十一月―覚醒剤取締法違反（所持、使用、譲渡）。平成十六年六月―覚醒剤取締法違反（所持、使用、譲渡）――で、兵庫県警淡路島署や大阪府警北淀《きたよど》署等に検挙され、三回の執行猶予と二回の実刑判決を受けている。懲役は計四年六カ月。未成年のころは暴走族で、二十歳をすぎたころからシャブに染まったことが分かる。

「まちがいない。こいつが鎌田の下の売人や」

安藤庸治の素行欄には《暴力団員との交際を認める》とある。

「安藤の携帯を特定せなあきませんな」上坂がいう。

「ドコモとａｕとソフトバンクモバイルに照会する」西田はうなずいた。

売人の携帯電話番号を特定するのは、携帯で商売をしているからだ。売人の携帯番号には客がついており、客から携帯に連絡が入ると、売人は客の近くへ行って金を受けとり、ブツを渡す。売人がなにかの事情で商売をやめるときは仲間に携帯を売るのだが、最近は客ひとりあたり十万円が相場だといわれ、客つきのいい携帯は最高で二千万円の値がつくという。二千万円がその携帯の一月《ひとつき》あたりの売上高だとみていいだろう。安藤はおそらく、四、五台の携帯を持っているはずだ。

「安藤の顔写真が欲しいな」

「北淀署にブロマイドがありますやろ。明日、もろてきますわ」

「よっしゃ。今日はこれぐらいにしとけ」

西田は腕の時計を見る。「十時半や」

「ほな、お先に」

「ご苦労さん」

西田は缶ジュースを飲んだ。

## 4

スズメの鳴き声で目覚めた。ベランダの壊れたテレビのそばに五、六羽、集まっている。早く餌《えさ》をくれ、と鳴いているのだ。

桐尾は起きて、ベッドを降りた。トイレへ行って放尿し、歯ブラシをくわえてリビングへ行く。小鳥の餌を持ってベランダの掃き出し窓を開けると、スズメはいっせいに飛び立った。桐尾はテレビの上に置いた皿に餌を入れる。スズメは近くの電線にとまってようすを見ている。桐尾がいなくなると、降りてきて餌を食うのだ。スズメの餌付けをしているとは、誰にもいったことがない。

台所へ行き、冷蔵庫を開けた。ビールと発泡酒はたくさんあるが、食えそうなものは食パンと卵とチーズだけだ。

卵をふたつ出し、フライパンでスクランブルエッグにした。食パンにケチャップを塗り、スクランブルエッグを盛る。干からびたチーズを齧《かじ》り、ペットボトルの水を飲みながらエッグパンを食った。旨くもなんともない。ただ腹を膨らませているだけだ。

佳美と離婚し、独り暮らしになって四年がすぎた。この公団住宅は桐尾のほうが出ていくはずだったが、離婚調停がはじまる段になって、佳美が荷物をまとめた。そうして、佳美は実家のある尼《あまが》崎《さき》へ越していった。佳美が再婚したのか、まだ独りなのか、知りもしなければ興味もない。

佳美は桐尾より四つ、年上だった。結婚しても看護師を辞めず、子供も欲しいとはいわなかった。桐尾にはそれが不満だった。疲れて家に帰っても、佳美は夜勤でいない。食事を作ってテーブルに並べておくようなこともなかった。佳美は仕事が好きで料理は苦手だった。

いま思うと、離婚の原因は桐尾も佳美も多忙だったからだ。どちらに非があったというものでもない。ふたりはいつも疲れていて会話が少なく、時間的なすれちがいが多かった。いっしょになった当初から、いつか別れるかもしれないという予感が桐尾にはあった。

佳美は桐尾の前任の刀根山署警備課長の姪《めい》だった。課長の紹介で交際をはじめ、仲人は署長がした。警察官は世間が狭いから、結婚も身内でまとめようとする。

たった二年の結婚生活だったが、佳美と別れたことで桐尾の昇進の道はほぼ閉ざされた。桐尾は刀根山署生安課長から転任を打診され、府警本部の刑事部薬物対策課に来た。刀根山署署長はいま第三方面本部副本部長で、警備課長は横堀署の副署長だ。上坂は桐尾の別れた妻が府警幹部の縁戚《えんせき》だったとは知らない——。

シャワーを浴び、着替えをして、桐尾は公団住宅を出た。春日丘《かすがおか》から藤井寺《ふじいでら》駅は歩いて五分だ。近鉄南大阪線で阿部野橋《あべのばし》まで十五分、地下鉄谷町線に乗り換えて十分ほどで谷町四丁目に着く。駅から府警本部は歩いて五分だ。

午前八時——。上坂は刑事部屋にいた。紙コップのコーヒーを飲んでいる。薬対課永浜班は班長の永浜以下、六人。森と村居《むらい》はまだ来ていなかった。

桐尾は永浜に北沢明美の口座を洗うといい、上坂とふたり、刑事部屋を出た。

「勤ちゃん、今日はすっきりした顔してるな」

「さすがに、昨日は早ようから寝た。風呂あがりにビール二本飲んで、バタンキューや」

「お母さん、元気かい」

「元気やな。このくそ暑いのに、毎日、ゲートボールしてる」

上坂の母親は七十前だ。一度、夕食に招かれたことがある。上坂には似ておらず、齢にしては背の高い、きれいなひとだった。上坂の父親はＪＲの吹田《すいた》機関区で貨車の保全をしていたが、定年後、膵臓《すいぞう》癌で亡くなった。大酒呑みだった、と上坂はいう。上坂も酒が切れる日はない。

「桐やんに見せたいわ。おふくろは麦わら帽にサングラスかけて、キャッチャーミットみたいなでかいマスクをしてゲートボールしてるんやぞ。いまさら陽灼《ひや》けしたってかまへんやないか」

「そこが勤ちゃん、女は灰になるまで女なんや」

「不思議な生きもんやの」

「罰があたるぞ。なにからなにまで世話してもろて」

「おふくろの生き甲斐《がい》なんや。わしの面倒みるのは」

「おれと代わるか」

「要らん。わしはいまの暮らしで不足はない」

上坂はハンドタオルで汗を拭《ぬぐ》う。ワイシャツの背中が斑《まだら》になっていた。


西心斎橋の大成信用金庫に着いた。シャッターがおりている。九時の営業開始まで、あと二十分だ。上坂は建物の横にまわり、通用口のボタンを押した。

——はい、どちらさまでしょう。

——警察です。ちょっと訊《たず》ねたいことが。

上坂はインターホンのレンズに向かって手帳をかざした。

通用口の鉄扉が開き、制服の警備員が顔を出した。支店長は、と上坂は訊く。警備員はうなずき、お名前を、といった。上坂と桐尾は名刺を渡した。

警備員の案内で二階の応接室にあがった。布張りのソファに座る。白いブラウスに臙脂《えんじ》色のスカートの女性が麦茶を持ってきてテーブルに置き、一礼して出ていった。

「桐やん、ええ女やったな。ああいう色白で鼻筋がとおって、腰がくびれて脚の細いのが、わしのタイプや」

「それは勤ちゃんのタイプやない。万人の好みや」

「あれはどう呼ぶんや。女性行員、か」

「ここは信金やから、銀行員ではないやろ」

「ほな、女性金庫員、か」

「女にキンはないで」

ばかばかしくてあくびが出る。麦茶を飲んだ。

ノック――。スーツの男が入ってきた。上坂と桐尾の名刺を手にしている。

「山本と申します」

男は自分の名刺を差し出した。《大成信用金庫　西心斎橋支店　支店長　山本嘉孝》とある。桐尾は名刺をメモ帳に挟んだ。

山本は緊張した面持ちで、

「薬物対策課というのは、麻薬の捜査をされるんですか」と訊く。

「麻薬全般ですわ。大麻、覚醒剤、コカイン、ヘロイン、合成麻薬から向精神薬まで、法で禁じられてる薬物はすべて捜査の対象です」上坂がいった。

「あの、当支店の誰かが……」

「いや、ちがいます」

上坂は笑った。「薬物捜査に関連して支店長に教えて欲しいことがあるんです」

「そうでしたか」ほっとしたように、山本はいった。

「これは内密でお願いしたいんやけど、この支店に北沢明美という人物の口座があるはずです。その入出金明細をいただきたいんですわ」

上坂はテーブルのメモ用紙に北沢の名前を書き、山本に渡した。「――おたくさんには守秘義務があるかもしれんけど、必要なら正式な令状を用意します」

「いえ、協力するに吝《やぶさ》かではありません。しばらくお待ちください」

山本はメモ用紙を手に、応接室を出ていった。

「桐やん、ヤブサカてなんや」

「物惜しみする、というような意味とちがうか」字は知らない。

「ほな支店長は、協力を惜しみません、というたんやな」

「ああ、そうやろ」

この男、ほんとうに脚本家志望だったのだろうか。

上坂は煙草を一本抜いて、部屋を見まわした。

「くそっ、灰皿がないの」

「禁煙やろ」

「金庫員は禁煙でも、客はちがうで」

上坂は立って、サイドボードの抽斗を開けた。いちばん下の抽斗にガラスの灰皿があった。テーブルに置いて、煙草を吸いつける。桐尾も煙草をくわえ、火をつけた。

いらっしゃいませ――。おはようございます――。営業がはじまったのか、ロビーのほうから声が聞こえた。ちょうど九時だ。

「勤ちゃん、脚本家をやめて、監督とかプロデューサーになろうとは思わんかったんか」

「そら、わしの最終目標は監督やった」

上坂は天井に向かってけむりを吐く。「けど、そのためにはまずシナリオや。シナリオを書くのが監督への第一歩なんや」

「しかし、映画と警察いうのは相当に離れてるな」

「そう、異次元や」

「なんで異次元に来た」

「別に理由はない。成り行きや」

しれっとして、上坂はいう。「わしは映像学科やったし、映画会社とかテレビ局に行きたかったんやけど、三流大学にはまるっきり募集がなかった。小さいプロダクションで追いまわしのADぐらいやったら、どこぞに潜り込めたかもしれんけど、うちは親ひとり子ひとりやし、半分フリーターみたいな職に就く余裕はない。学生課で自衛官と警察官の募集を見て、大阪府警やったら遠くへ飛ばされることもないと思たんや」

「それでよう採用試験に受かったな」

「勉強したがな。参考書を何冊も買うて。四カ月間、みっちりやった。わしは桐やんみたいな遊び人やないし、つきあう女もおらんかったからな」

「おれは遊び人やないで。まじめな学生でもなかったけど」

桐尾の出た大学も三流だった。近畿学院大の経済学部経営学科。一学年千五百人ほどの卒業生のうち上場企業に就職するのは百人前後で、あとは中小企業に行くか、家業を継ぐか、就職先がない連中もたくさんいた。桐尾のように地方公務員になれたのは、せいぜい二、三十人だろうか。その意味で桐尾も上坂も〝就職エリート〟とはいえるかもしれない。団塊二世のふたりが採用試験を受けた年の倍率は十倍を超えていた。

桐尾が警察学校に入校して驚いたのは生徒数の多さだった。A区分は四年制大学卒業者を対象とする六カ月間の短期課程、B区分は高卒者を対象とする十カ月間の一般課程で、それぞれが六クラスの、計十二クラスあった。一クラスが約五十人の編成——うち、女子が三、四人——だったから、六百人ほどの入学者がいたことになる。生徒の出身地は半数が大阪で、あとの半数は近畿、四国、九州で占められていた。

全寮制の警察学校の起床は午前六時半で、就寝は午後十時。そのあいだ自由時間はほとんどなく、刑法や刑事訴訟法などを学習する「法学」、各分野の実務内容を学ぶ「基本実務」、逮捕術などを習得する「術科」など、警察官になるための基本を叩き込まれた。上下関係にはとりわけ厳しく、教官に逆らうような顔をしようものなら、途端に殴られる。徹底した強制と服従は学校というより軍隊というほうがふさわしく、入校から一週間で十二クラスが十クラスに減った。

桐尾と上坂は同じクラスではなかったが、行進訓練のときなど、いつもへばって遅れるやつがいた。小肥りの眼鏡。どう見ても警察官には向いていないのが上坂だった。上坂はクラスのみんなに助けられ、山道では背中を押してもらったりしながら、歯を食いしばって訓練に耐えていた。上坂は入校したときの体重が八十キロ以上あったが、卒業時は七十キロを切っていたという。桐尾の同期で警察学校を卒業し、大阪府警に配属されたのは四百五十人ほどだった。

去年の春の異動で上坂が登美丘《とみおか》署生安課から本部薬対課に来たとき、桐尾はすぐに同期だと気づいたが、上坂は桐尾のことを憶えていなかった。上坂は警察学校の課題をクリアするのが精一杯で、ほかのクラスの生徒など見ている余裕はなかったらしい。上坂は上新庄《かみしんじょう》の単身寮に十年間いて、一昨年から千林の実家で母親と暮らしている——。

ノック——。山本がもどってきた。ファイルを持っている。

「ご指摘の口座がございました」

山本はファイルを広げてA４のコピー用紙をテーブルに置いた。

用紙は十数枚あった。普通預金口座で、名義は北沢明美。入出金および取引明細が一枚あたり三十行にわたって印字されている。

「五年分の還元帳票です。マイクロフィルムで検索できるのはそこまでですから」

「それでけっこう。充分です」

「説明はよろしいでしょうか」

「すんません。あとは自分らで読みますわ」

「じゃ、わたしは失礼します」

山本は出ていった。桐尾は用紙を取りあげ、上坂と手分けして読む。

一月に預け入れが六、七回、引き出しも六、七回あった。預け入れは一回に百万円から三百万円といった金額が大きいものと、二、三十万円程度の少額のものに分かれており、引き出しも同じように金額の差があった。

「勤ちゃん、この口座は『フライト』の金とシャブの金がごっちゃになっとるな」

「ああ、ややこしいのう」

「とりあえず、分けてみよ」

「マーカーが要るな」

上坂は応接室を出て、黄色と赤の蛍光ペンを借りてきた。

「まず、フライトの金や」

少額の入出金に黄色のペンでアンダーラインをひいた。月に四、五回、週明けに二十万円から三十万円ほどの預け入れがあり、それがフライトの売上らしい。月に均《なら》せば、百万円から百二十万円か。引き出しは月末が多く、一回に三、四十万円ずつおろしている。これは店の賃貸料や酒屋などの支払い、ホステスやバーテンダーの給料だろう。ほかに電気、ガス、水道、電話料金の振替、カラオケ会社の引き落としもあった。トータルすると黒字の月もあれば赤字の月もあり、潰《つぶ》れない程度に店を維持しているのが判る。

シャブ売買の決済と思われる金額の大きい入出金には赤のアンダーラインをひいた。こちらは日付がバラバラで月初めも月末もなく、最高で一回あたり二百六十万円の預け入れ、三百四十万円の引き出しがあった。ベンツのローン会社である『東和オーナーズクレジット』の振替は、毎月十六万円だった。預金残高は五年前の八月末に七十万円だったのが、去年の五月から増えはじめ、今年の七月末で七百三十万円になっている。

「鎌田はやっぱり、去年の春ごろからシャブ稼業をはじめよったな」

「パクられた新井のルートを継ぎよったんや」

ベンツのローン振替がはじまったのは去年の九月。鎌田は見るまに金まわりがよくなったようだ。

「これではっきりした」

上坂はペンを置いた。「北沢明美は鎌田のシノギに関与しとる」

「しかし、口座を利用させてるというだけではな……」

「共犯関係は問えんか」

「本筋はシャブや。おれは明美もシャブをやってるような気がする」

「フライトのホステスはどないや。……アンナとかいうたな」

「あれはやってへんやろ。昼は美容師やというてた」

「どっちにしろ、フライトにガサかけたら、全員、尿検やな」

「よっしゃ。勤ちゃん、行こか」

コピー用紙をたたんでメモ帳に挟み、立ちあがった。上坂も立つ。支店長に礼をいって、大成信用金庫西心斎橋支店を出た。

御堂筋を南へ歩いた。暑い。汗が噴き出す。この一週間、晴れの日がつづいている。

道頓堀橋を渡り、松竹座裏のうどん屋に入った。桐尾は細ざるうどん、上坂は昼定食を注文する。上坂は大食いだ。

「勤ちゃん、いま何キロや」

「さぁな、八十キロを超えてからヘルスメーターに乗ってへん」

「いつ、超えたんや」

「忘れた。五年ほど前やろ」

「ダイエットは」

「四十になったらする。そう決めたんや」

「あと六年か」

「五年と三カ月や」

上坂は十一月が誕生日だ。桐尾は九月だから、来月、三十五歳になる。

「おれ、昨日、四課に来いといわれた。篠原に」

「行くんかい」

「行くわけない。極道に染まる」

たとえ桐尾が希望しても、所属長の推薦と受入れ側のヒキがなければ、その部署には行けない。府警の刑事は幹部による〝スカウトシステム〟で異動するのがほとんどだ。

「わしはどこも行きとうないな。こうやって桐やんといっしょにシャブ中を追いかけてるのが、いまはけっこうおもしろい」

「勤ちゃんは働き者《もん》や。なにをしても勤まるがな」

「名前のとおりか」上坂は笑った。

細ざるうどんと昼定食が来た。うどんは腰があって旨かった。


千日前、道具屋筋の東側——。キャバレー『ミス千日前』に着いたのは十二時前だった。正面ガラスドアの向こうには明かりがなく、立て看板も引っ込めている。桐尾と上坂は横の通用口から中に入った。甘ったるい香水の匂いがする。狭い通路の奥に寄木のドアがあり、《金城興業》というプレートがかかっていた。

桐尾はドアを引いた。窓際のスチールデスクに初老の男が座って弁当を食っている。男のほかにひとはいない。

「お食事中、すんません。よろしいか」

上坂がいった。「わしら、警察のもんです」

と、手帳を提示する。男は眼をしばたたいた。

「隣の『ハイム千日前』はおたくのマンションですな」

「ええ、そうですけど……」

「105号室の三宅奈都子さんのことで、訊きたいことがありますねん」

「なにか、しでかしましたんか」男は箸を置いた。

「いや、なにをしたわけやない。ちょっとした訊込みですわ」

上坂は男のそばへ行く。「三宅さんが入居したときの申込書とか契約書があったら、見せてくれますか」

「わし、マンションのことは関係ないんですわ」

加藤という事務員が家賃などを管理しているが、ついさっき食事に出た、と男はいう。

「そら、タイミングがわるかったですな」

上坂はハンカチで汗を拭きながら、「出直しましょか」

「それは気の毒や。待っててください」

男はデスクの電話をとり、ボタンを押した。加藤の携帯にかけたらしい。少し話をして受話器を置き、立って衝立《ついたて》の向こうへ行った。なかなかに親切な男だ。

桐尾と上坂は椅子を引き寄せて腰をおろした。事務所は広く、入口横にタイムレコーダーがある。そばのラックに五十枚ほどのタイムカードが差さっていた。

「わし、期待したんやで。ケバいおねえさんがパンツとブラジャーで化粧してるとこを」

「そういうこと考えるのは勤ちゃんだけやで。ここはキャバレーで、ストリップ劇場やない。それに、ホステスはまだ出勤してへん」

こんな寂れたキャバレーに若い女がいるとも思えない。

「桐やん、アルサロとかキャバレーに行ったことあるか」

「アルサロはないけど、ピンサロは行ったな、十三《じゅうそう》の『ピンクドール』。北野署の新任のころ、主任に連れてってもろた」

「どうちがうんや、アルサロとピンサロ」

「よう分からん。樽《たる》みたいな女がおれの膝にまたがって胸を広げた」

「それで、どないしたんや」

「吸いついたわ。乳首に」

「ようやるな」

「どうぞ、といわれて吸わんかったら失礼やろ」

ピンクドールは北野署ご用達だった。いくら遊んでも請求書が来ることはない。生安課の先輩連中はみんな、管内にフリードリンクの店を持っていた。ピンクドールは桐尾が刀根山署に異動したあと、潰れたらしい。

男がもどってきた。二枚の紙片をデスクに置く。ハイム千日前、１０５号室の入居申込書と賃貸契約書だった。契約の日付は一昨年の十月十日。入居者の名は三宅奈都子ではなく、《三宅奈津子》と書かれていた。

「なるほどな。字がちごたか」上坂がいう。

「あの、なにか不備が……」

「いや、こっちのことですわ」

上坂は手を振って、「これ、コピーしてくれませんか」

「はい、はい、すぐに」

男は申込書と契約書をとって、コピー機のところへ行った。

「すんません、我々が来たことは黙っててください」

桐尾は声をかけた。男は振り向かず、黙ってうなずいた。


ミス千日前を出た。薬対課に電話をする。

──はい、永浜班。

西田だった。

──桐尾です。三宅奈津子のデータをとってください。奈良の奈、大津の津、です。

──都ではなかったんやな。

──津より都のほうが好きなんでしょ。

──生年月日は。

──昭和五十八年七月二十二日です。

──了解。いま、どこや。

──千日前です。

──大成信金は。

──行きました。北沢明美の口座の入出金明細をもらいました。鎌田は明美の口座を使《つこ》うてシャブの決済をしてます。

去年の五月から金の出入りが大きくなり、いまの残高は七百三十万だといった。

──よっしゃ、上出来や。緋木組の石井の口座も洗いたいの。

──石井のクラウンは。

──いま、問い合わせてる。もうちょっと待て。

西田はクラウンのディーラーを突きとめ、そこからローンの引き落とし口座を割り出そうとしている。石井の口座も鎌田と同じように大きな金の出入りがあるはずだ。

──このあと、どないするんや。

──三宅の面をとりますわ。

——無理するなよ。感づかれたら元も子もないぞ。

——分かってます。ほな、また。

電話を切った。西田は細かいことにうるさい。

桐尾はハイム千日前に入った。一階、105号室の前に立ち、ドアに耳をつける。物音は聞こえず、中にひとがいる気配はなかった。桐尾は外に出た。

「三宅は留守みたいや」

「勤めに出とるんかな」

上坂は入居申込書を広げた。「職業は、『WAVE』販売員、となってる」

「電話番号は」

「書いてへん」

「WAVEはチェーン店やな」

アメリカンブランドのカジュアルウェアショップだ。藤井寺駅前にもある。

桐尾は一〇四でWAVEの電話番号を訊き、かけた。

——はい、WAVE統括本部でございます。

——ちょっと教えて欲しいんやけど、三宅奈津子さんというひとは在籍してますか。

——申し訳ございません。当社スタッフに関することはお答えできません。

——ほな、大阪の中央区にショップは。

——二店、ございます。南せんば店となんば店です。

——電話番号、教えてください。

メモ帳に番号を書き、千日前に近い、なんば店にかけた。

――お電話ありがとうございます。WAVEなんば店です。

――三宅さん、お願いします。三宅奈津子さん。

――お客さまは。

――西田です。

――お待ちください。

そこで、桐尾は電話を切った。

「勤ちゃん、当たった。なんば店や」

難波に向かって歩きながら、またWAVE本部に電話をし、なんば店の場所を聞いた。

WAVEなんば店は大阪府立体育会館の向かい側、倉庫のようなビルの一階にあった。上坂を残して、桐尾だけが店内に入った。従業員は臙脂色のポロシャツにジーンズ、白のスニーカーといった揃《そろ》いの格好で、胸にネームプレートを吊るしている。桐尾はTシャツのコーナーから店内をひとまわりした。

いらっしゃいませ――。ジーンズコーナーで眼が合った女のプレートが《みやけ》だった。ショートカットの赤い髪、セルフレームの眼鏡、鼻筋のとおった整った顔だちだ。シャブをやっているような印象はない。

「なにか、お探しですか」愛想よく、三宅はいった。

「靴下をね。……指つきの靴下は」

「こちらです」

三宅はソックスのコーナーまで案内し、離れていった。桐尾は靴下を手にとり、携帯を出した。

ジーンズコーナーにもどって、ショーケースの陰から三宅を撮る。靴下を買って外に出た。

「どうやった」上坂が来た。汗みずくだ。

「三宅がおった。携帯で写真撮った。横顔やけどな」

「シャブ中の顔か」

「いや、けっこうきれいやった。荒《すさ》んだ感じもせえへん」

「わしも見たいのう」

「あとで写真見たらええ」

「その袋はなんや」

「靴下買うた。五本指の靴下」

「桐やん、水虫か」

「爪水虫。二十年のつきあいや」

左足の小指の爪は肥厚して黒ずんでいる。

「いま、爪水虫は治るんやで。服《の》み薬で」

「治す気はないんや。痒《かゆ》いこともないし、白癬菌《はくせんきん》にも生存権があるやろ」

「変態やな、桐やん」

「そうかな……」上坂にいわれたら世話はない。

地下鉄なんば駅に向かった。次は北淀署で安藤庸治の面とりだ。

北淀署生活安全課薬物対策係――。主任の河野に安藤の面をもらった。逮捕写真の拡大コピーだ。

正面と横向きの二枚。横向きの写真は《734》という番号札と《平成16年6月27日・北淀警察署》のプレートがいっしょに撮影されている。

「小男ですね」正面写真の肩幅で小柄だと分かる。

「身長、百六十一センチ。体重、五十八キロですな」河野が逮捕時のデータを読む。

「安藤の異性関係、交友関係は」

「つきおうてる女はおらんかったね。暴走族のころの連れに組員が何人かおったけど、安藤自身は組員やない。特定の組に出入りしてるということもなかったですわ」

「調べは河野さんが？」

「そう。パクったんもわしですわ」

河野はうなずいて、「平成十六年やから、安藤が二十六のときですな。見てくれはおとなしいやつで、調べにも素直に応じるんやけど、シャブの引き元だけは頑として口を割らんかった。あれは筋金入りの小売人《コシャ》ですわ。……ま、一生、更正することはないやろね」

「当時はどこに住んでました」

「新高《にいたか》の文化住宅でしたな。六畳一間に板張りの台所がついた、いまにも崩れそうな部屋でした」

河野はガサをかけ、パケを二十数個、計五・六グラムのシャブを押収したという。「いまは西区のマンションでっか。多少は出世しよったんですな」

「安藤は何年、食ろうたんです」

「三年と二カ月やなかったかな」

「河野さんが調べはったとき、東青会の鎌田一郎いう男は浮かばんかったですか」

「いや、知りませんな」

「緋木組の石井晃いうのは」

「それも聞いてません」

河野はかぶりを振って、「鎌田と石井いうのが安藤の引き元ですか」

「そこまでは分からんけど、ま、関係者です」

曖昧《あいまい》にいった。部外者の河野にサービスをする必要はない。

「安藤をパクったきっかけはなんです」上坂が訊いた。

「市民相談ですわ。それが生安にまわってきたんです」

相談者は母親で、その相談内容は——。最近、息子の言動がおかしい。金遣いが荒くなり、三日おきくらいに金をせびる。金をやらないと家財道具を持ち出して金に換えている。むかしはおとなしかったのに、このごろは暴力をふるう。なにかクスリをやっているように思う。このままでは家庭が崩壊するし、息子も廃人になる。息子にクスリを売りつけている人物がいるのなら捕まえて欲しい。息子は二十歳、フリーター——。

河野は母親に覚醒剤の形状、使用方法、使用器具を説明し、息子の身のまわりにこれらの器具はないか、腕に注射痕はないか、汗のついた下着などを入手できないか、と訊いた。

これに対して母親は、息子は親ですら疑っており、また警戒している。少しでも変な素振りを見せると暴力をふるうから、調べられない。今日もなけなしの金を二万円、持って出た、といった。

河野は今度、金をせびられたら連絡するよう、母親にいった。

一週間後、母親から連絡があった。息子がまた、金が欲しいといっている、と。

河野は二時間後に金を渡すよう母親に指示し、捜査員ふたりを車に乗せて東三国の自宅に急行した。付近で張込みをはじめる。

日が暮れて、息子は車で家を出た。東三国から十三方面へ向かう。河野は尾行した。

息子は十三商店街入口近くの路上に車を駐め、商店街のゲームセンターに入った。河野たちもひとりずつ入る。

息子はシューティングゲーム機の前に座ったが、ゲームはせず、誰かを探しているようすだった。そこへ野球帽の男が近づいた。息子と野球帽は二言、三言話したあと、なにかのやりとりをした。シャブを買ったのはまちがいないと、河野は判断した。

野球帽はゲームセンターを出て、商店街を歩いていった。捜査員ひとりが尾行する。

息子は商店街から車のところにもどった。河野は距離をつめる。

息子が車に乗った。エンジンをかける。河野たちは走って車の前にまわり込み、警察手帳を示して、車を降りるよう指示した――。

「咄嗟の判断やったけど、冷や冷やもんでしたな。捜索差押許可状を持ってなかったさかい、所持品検査を拒否されたら厄介なことになる。ところがうまい具合に、息子が車の窓からパケを投げよったんですわ。……簡易検査で覚醒剤反応陽性。息子を覚醒剤所持現行犯で緊急逮捕しました」

息子の供述から売人、安藤庸治の逮捕状をとり、通常逮捕した、と河野はいった。

「母親は泣いたでしょ。売人だけやのうて、息子も逮捕されて」

「案外、冷静でしたな。これで息子もクスリから縁が切れると思たんとちがいますか」

「息子は社会復帰したんですか」

「さぁね……。執行猶予判決が出たあと、一家は引っ越しましたわ」

息子は安藤逮捕の仕返しを恐れたのかもしれない。シャブ中は家庭を崩壊させる。

「どうも、ありがとうございました。ためになる話を聞かせてもらいました」

桐尾は礼をいった。河野の手柄話を聞かされたような気もするが……。「ほな、失礼します」

安藤のブ、ロ、マ、イ、ドをメモ帳に挟んで立ちあがった。

5

北淀署を出たのは午後二時だった。暑い。外に出ると暑い。

「桐やん、ひと休みするか」

「氷、食いたいんやろ」

バス通りの喫茶店に《氷》の幟《のぼり》が立っている。

「なんで分かった」

「顔に書いたぁる」

喫茶店に入った。上坂はミルク金時、桐尾は宇治金時を注文し、冷たいおしぼりで顔を拭う。

「わし、ときどき思うんや。この仕事は賽《さい》の河原《かわら》に石積んでるんやないかと」

上坂はシートにもたれて水を飲む。

「どういうことや」

「シャブ中や売人をなんぼ引っ張ったところで、こっちを叩けばあっちが出る、あっちを叩けばこっちが出る。モグラ叩きのモグラが減ることはないんや」

「とりあえずモグラを叩いてたら給料にはなる。それがおれらの稼業やないか」

「ま、分かってるんやけどな、こう暑い日がつづくと、石を積むのが嫌になるんや」

「ビールでも飲むか」

「いや、ミルク金時とビールは合わんで」

上坂は笑う。桐尾も笑って、煙草を吸いつけた。

携帯が震えた。モニターを見る。西田だ。

——はい、桐尾。

——いま、どこや。

——北淀ですわ。安藤のブロマイドをもろて、署を出たとこです。

西田がこちらの所在を訊くのは口癖のようなものだ。部下の行動をいちいち管理するつもりはないのだろうが、桐尾にはうっとうしい。送信専用の携帯電話があれば、自費で買うのだが。

——石井晃の口座が判った。日邦銀行の鶴見橋支店。クラウンのローン振替をしてる。

——了解です。西成へ行きますわ。

——それともうひとつ。三宅奈津子のデータがとれた。無車検走行と人身事故で罰金前科二犯。ほかに犯歴はない。

本籍は愛媛県今治《いまばり》市吉海《よしうみ》町名駒《なごま》。無車検走行で検挙されたのは平成十四年、愛媛県警吉海署。業務上過失致傷で検挙されたのは平成十六年、大阪府警鴫野《しぎの》署だから、三宅は十九歳まで愛媛に居住し、二十歳すぎに大阪へ出てきたと考えられる。人身事故を起こしたときの三宅の住所は城東区放《はな》出《てん》で、職業は契約社員。その後のデータはない——と、西田はいい、電話は切れた。

「勤ちゃん、三宅奈津子にシャブ前科はない。十九のときまで愛媛におった」

「愛媛から大阪へ来て、千日前に住んだんか」

「いや、その前は放出や」

三宅が『ハイム千日前』の賃貸契約をしたのは平成十九年十月だから、放出には四年ほど居住したのだろう。三宅がいつシャブに染まったのかは分からない。「大阪へ来てからの勤め先は転々としたんやないかな。いまの『WAVE』もパート社員やろ」

「三宅は売人やないな」

「そういうこっちゃ」

売人のほとんどは無職だ。三宅はセックスと引き換えに鎌田からシャブをもらっているのかもしれない。

「三宅の顔、見せてくれ」

いわれて、携帯を開いた。さっき撮った画像を出して上坂に渡す。

「きれいやないか」

「けっこう、な」

「新地は無理としても、ミナミのキャバクラくらいは行けるで」

「三宅をパクったら、そういうたれ」

ミルク金時と宇治金時が来た──。


新大阪まで歩いて地下鉄御堂筋線に乗り、大国町駅で四つ橋線に乗り換えた。花園町駅で降り、地上に出る。日邦銀行は鶴見橋交差点近くにあった。四階建、白いタイル張りのビルは、午前中に行った大成信金に比べるとかなり大きい。午後三時の閉店まで、あと三分だ。

「勤ちゃん、早よう歩け」

「ええがな。銀行が逃げてなくなるわけやない」

ATMコーナーから銀行内に入った。案内係がロビーとのあいだのシャッターをおろそうとしている。桐尾は案内係に手帳を提示して、支店長と話したい、といった。

桐尾と上坂は一階の応接室に通された。ソファに腰をおろして支店長を待つ。女性行員がアイスコーヒーを持ってきた。

「申し訳ありません。支店長はただいま外出しております」

「ほな、次長さんをお願いしますわ」

「承知しました。お待ちください」

女性行員はコーヒーをテーブルに置き、丁寧に頭をさげて出ていった。

アイスコーヒーにミルクを落とし、ストローで混ぜたところへ、ブルーのクレリックシャツに紺のネクタイをした男が入ってきた。

「堀田《ほった》と申します」

いって、名刺を差し出した。桐尾と上坂も名刺を渡す。《日邦銀行鶴見橋支店　次長　堀田政彦》とあった。

「どういったご用件でしょうか」名刺に視線を落として堀田はいう。

「石井晃という人物の口座を調べたいんです」

「そのお客さまは当行に?」

「預金口座があります」

「どのような目的でお調べでしょうか」

「薬物捜査です。五年分の入出金明細をもらえますか」

「それは警察からの要請でしょうか」

「なんやったら令状を用意しましょか」

「失礼ですが、もう一度、お名前を」

「石井晃です」

メモ帳に字を書き、堀田に見せた。堀田はうなずいて、応接室を出ていった。

「ごちゃごちゃ講釈たれて、嫌みったらしいやつや」上坂は舌打ちする。

「ああいうのを慇懃《いんぎん》無礼というんやろな」

「インギンブレイ？　どういう意味や」

「くそ丁寧に見せて、ほんまはえらそうにしてるということやろ」

上坂はコーヒーを飲んだ。


三十分も待って、堀田がもどってきた。大成信金でもらったのと同じような入出金明細――還元帳票とかいった――のコピーを持っている。

「マーカーを貸してもらえますか。二、三色。チェックしたいんで」

「イエローとピンクでよろしいでしょうか」

「はい、お願いします」

堀田はコピーを置いて出ていき、さっきの女性行員が蛍光ペンを持ってきた。

明細は八枚あった。一枚あたり四十行だから、ここ五年間で三百二十回の入出金があったことになる。現在の預金残高は三千二百四十五万円だ。

「さすがに元締めや。鎌田より金を持っとる」

桐尾は比較的高額の入金に黄色のアンダーライン、出金に赤のアンダーラインをひいていった。

「石井は五年以上前からシャブを引いとるな」上坂がいう。

「ああ。こいつは大物や」

月に一、二回、百万単位の入出金があった。緋木組若頭の新井が逮捕された去年の四月以降は、とりわけその金額が大きい。去年の八月十一日に八百万円の出金、今年の四月三十日に九百万円の出金があった。

「この八百万と九百万は仕入れの金やな」

石井は去年の八月十三日から十七日、今年の五月一日から五日まで中国に渡航している。その渡航前にシャブの購入資金をおろしたのだ。シャブの取引はどこで行われようとブツと現金の交換であり、振込は絶対にしない。

石井が盆とゴールデンウィークに渡航したのは、海外へ行く観光客が多く、空港での税関検査が手薄になるためだ。

「いま、中国で引くシャブはなんぼくらいや」

「さぁな……。キロあたり、二百五十から三百万いうとこちがうか」

ここ数年、北朝鮮からの海上ルートが遮断されてシャブの相場はあがっている。〝キロ＝二百七十万〟と仮定すると、石井は去年の八月に三キログラム、今年の五月に三・三キログラムのシャブを密輸入したことになる。粒の粗い結晶状のシャブはけっこう嵩《かさ》があり、一キロでも週刊誌四冊ほどの大きさになるから、大型のスーツケースとかトランク、洋酒の木箱などを二重底にしてシャブを隠し、手荷物にして空港の税関検査をすり抜ける手口が多い。

「石井は運び役を使いよったな」

「たぶん、三人や」

石井は金主であり、取引を差配する立場だから、自分でブツを運ぶことはない。石井はおそらく三人の運び役を連れて中国に飛び、シャブを入手したあと、ひとりに一キロほどを持たせて帰りの飛行機に乗った。機中、四人は離れた席に座って他人を装い、関空に着いてからも個別行動をとったはずだ。石井は手ぶらで通関し、運び役三人も税関を抜けた。四人は関空の駐車場に駐めた車に集合し、石井は三キロのシャブを回収して、運び役に数十万円ずつ渡しただろう。運び役は組員が多いが、組員とつきあいのある半堅気もいる。愛人やフリーター、シャブを買う客を運び役に仕立てることも少なくない。そんな連中に限ってシャブの密輸が無期懲役もある重大犯罪だとは認識していないのだ。

　中国から日本に入るシャブは北朝鮮で製造されたものが多い。とりわけ、中朝国境に近い瀋陽のシャブがそうだ。瀋陽には朝鮮語と日本語の達者なブローカーがいて、シャブの入手から手荷物の細工、飛行機のチケット手配から搭乗まで、至れり尽くせりの便宜をはかるという。日本の元締めはブローカーとのコネクションさえ作ればいい。金を用意し、運び役を仕立てるだけで純度百パーセントのシャブが入手できるのだ。

　いま、日本国内のシャブの末端価格はグラム七万円だといわれ、石井が密輸入したシャブは二十数倍から三十数倍の値で闇の市場に流れている。

「鎌田の仕入れ値はどれくらいかのう」上坂は蛍光ペンを置いた。

「どうやろな。グラム一万前後とちがうか」

　元締め兼卸元の石井の買い値がグラム二千七百円。石井は売人の鎌田にグラム一万円で売り、鎌田は小売人《コシャ》の安藤にグラム三万円で売る。安藤はシャブを小分けして〇・一グラムから〇・三グラム程度のパケにし、グラムあたり七万円前後の値で客に売ると考えて大きな相違はないだろう。末端へ行くほど利益率が高いのは、その分、逮捕の危険性が高いからだ。

「安藤庸治は運び屋を使うとるかな」

「おれは使うてるような気がする」

安藤は札付きの小売人だ。配下に運び屋がいるとみたほうがいいだろう。

小売人は客の中から運び屋として利用できそうな常用者を選んで、プリペイドか闇サイトで買った携帯電話を持たせておき、客から注文を受けると運び屋に会ってパケを渡し、待ち合わせの場所に行かせる。運び屋には客の名前などは告げず、客の服装とアルファベットや数字の合言葉だけを教えておく。運び屋は客に会って合言葉をいい、客もそれに応える。そこで運び屋は金を受けとり、パケを渡す（パケを先に渡すことは絶対にない）。

運び屋が客の名前を知らされないのは、逮捕されたときに接触を否認するためであり、また営利目的とされる量のシャブを所持していなければ運び屋だと疑われにくい。運び屋は一日に何度も小売人に会ってパケを受けとり、せっせと客のところへ運んでいく。文字どおりの〝運び屋〟なのだ。

「九条へ行って安藤を張るか」

「ああ、張ろ」

「よっしゃ。撤収や」

上坂は入出金明細をメモ帳に挟み、立って大きく伸びをした。


西区九条──。商店街の脇道に入った。『ASUKA九条ビルⅢ』が見える路地で立ちどまる。

「桐やんはここで張ってくれ。わしはマンションに入る」

四階の階段室で張る、と上坂はいった。

「おれが行こか」

「いや、外は暑い。ビルの中のほうが多少は涼しいやろ」

「その暑いとこで張れというんかい」

「桐やん、わしは体脂肪率が高いんや」

「はいはい、分かった。おれは炎天下の路地で黒焦げになる。それでええんやろ」

「すまんな。ほな……」

上坂は路地を出た。沖縄料理店の横の通路からマンション内に入っていく。

桐尾は電柱に寄りかかって空を見あげた。今日もまた快晴だ。風もない。焼けたアスファルトから熱気がのぼってくる。ひとが脇道を通るたびに、桐尾は路地の奥に隠れた。

そして四十分。携帯が震えた。

——桐やん、安藤が部屋を出た。エレベーターを待ってる。

——分かった。尾いてくれ。

ほどなくして、沖縄料理店の横から男が現れた。黒のポロシャツに膝丈《ひざたけ》のショートパンツ、素足に紐《ひも》つきのサンダル。背が低く、痩せている。頭は丸刈りだ。逮捕写真で見た安藤にまちがいない。

安藤は脇道を向こうへ歩いていく。少し遅れて、上坂が現れた。桐尾は路地を出る。

安藤は九条商店街からみなと通に出た。横断歩道を渡り、北へ歩く。上坂と桐尾は距離をとって尾行した。

安藤は松島公園に入り、歩を緩めた。桐尾は公園の入口手前で上坂に追いついた。

「あのガキ、公園で売《バイ》しとるんか」上坂がいう。

「どうかな……」

安藤は大きな樟《くすのき》の木陰で立ちどまった。桐尾と上坂は公園に面した集合住宅に移動し、塀の陰から安藤を張る。

公園の奥から女が近づいてきた。白のＴシャツにジーンズ。女は樟の木陰に入って安藤からなにかを受けとり、なにかを渡した。女は背を向けて歩いていき、安藤は手の中のなにかを確かめる。

「桐やん……」

「あれは客やないぞ。運び屋や」

安藤と女は言葉を交わさず、すぐに離れた。安藤が女に渡したのはパケ、受けとったのは金で、それは前に渡したパケの売上だろう。

「どうする、桐やん」

「勤ちゃんは安藤を張れ。おれは女を尾ける」

桐尾は塀の陰から出た。


女は松島公園の東出口に向かった。桐尾は公園の外を迂回して女を追う。

女は公園を出て、木津川にかかる伯楽橋を渡った。ときどき立ちどまって、さも疲れたように肩で息をする。周囲を見まわしたりはしない。女はヒールではなく、白いスニーカーを履いている。

桐尾は百メートル近い距離をとって女を尾けた。

女は西区役所前のコンビニに入った。駐車場の白い軽四のミニバンに近づいていく。桐尾は歩を速めた。

ミニバンのサイドウインドーがおりた。女の背中に隠れて車内の人物は見えない。女はドア越しに金とパケのやりとりをした。ミニバンは駐車場を出る。ナンバーを確認する余裕はなかった。

女は駐車場を出た。緩慢な足どりで南へ歩いていく。日吉稲荷《ひよしいなり》神社をすぎ、古ぼけた茶色の建物に入った。木造モルタルの三階建、玄関庇に大きく《日吉いすず荘》と書かれていた。

桐尾は上坂に電話をした。

――勤ちゃん、どこや。

――ASUKAビルの近くや。安藤は松島公園からまっすぐヤサに帰りよった。

小売人《コシャ》が運び屋を部屋に呼ぶことはない。桐尾が尾けた女は安藤のヤサを知らず、名前も知らないだろう。安藤はおそらく複数の運び屋を使い、パケを渡す場所も定期的に変えているはずだ。

――おれはいま、日吉や。

――日吉？　どこや。

――新なにわ筋と木津川のあいだで、南へちょっと行ったら道頓堀川や。まわりはネジ屋とか鉄工所とかの町工場が多い。さっきの女は区役所前のコンビニまで客にパケをとどけたあと、日吉へ歩いて『日吉いすず荘』いうアパートに入った。

――何号室や。

――いや、おれはアパートに入らんかった。

――桐やん、どないする。

――おれはここで張る。女はまた出るやろ。

――了解。なにかあったら連絡するわ。

電話は切れた。

桐尾は日吉稲荷神社の境内に入った。狛犬《こまいぬ》の台座にもたれて汗を拭き、煙草を吸う。社務所のそばで立木に水をやっている五十がらみの女と眼が合った。煙草を見て、迷惑そうな顔をする。いちいち面倒だが、桐尾は手帳を出した。

「すんません、ちょっと場所をお借りしてます」

手帳を開いて徽章を見せた。女は水やりの手をとめて、

「張込みですか」

「ま、そんなとこです」

近ごろの市民は刑事ドラマをよく見ている。

「大変ですね」

「これも仕事ですわ」

「椅子、お貸ししましょか」

「ありがたいです」

うなずくと、女は社務所に入ってアルミの折りたたみ椅子を持ってきた。魚釣りなどに使う布張りのパイプ椅子だ。桐尾は礼をいい、狛犬の陰に椅子を広げて座った。女はまた水やりをはじめた。

桐尾は薬対課に電話をした。

――はい、永浜班。

永浜が出た。

――桐尾です。

――おう、ご苦労さん。

――いま、西区の日吉で運び屋を張ってるんですけど、応援をもらえませんか。

――なんでや。

――運び屋を特定したいんです。

応援が来れば遠張りを任せて、桐尾はアパート内を張る。さっきの女は安藤から連絡を受けてア

パートを出るはずだから、そのときに部屋を突きとめるのだ。

――上坂はなにしてるんや。

――九条で小売人《コシャ》を張ってます。

――応援は出せん。森も村居も外に出てる。

村居と森は永浜班の同僚だ。班長、永浜。係長、西田。兵隊は森、村居、上坂、桐尾といった六人編成の小隊だから人員に余裕がない。それは分かっているのだが……。

――係長はおらんのですか。

――西さんはドコモに行った。安藤庸治の携帯を洗うてる。

――了解。応援はけっこうです。

電話を切った。


午後六時――。陽は翳《かげ》り、風が吹いてきた。頭上で蟬《せみ》が一匹鳴いている。八月の半ばをすぎて鳴くのはツクツクボウシだろうか。

上坂からも西田からも連絡はない。遠張りにも厭《あ》きた。

桐尾は立ちあがった。椅子をたたんで社務所に持っていき、窓口から声をかけた。

「すんません。いてはりますか」

はい――。と返事があって、さっきの女が奥から出てきた。

「これ、ありがとうございました」

椅子を屋根の下に置いた。「ちょっと、お願いですけど、輪ゴムをもらえませんか。三十本ほど、欲しいんです」

「はいはい、ここに」

　女は机の抽斗を開けて輪ゴムの箱を出した。桐尾はひとつかみの輪ゴムを受けとり、また礼をいって神社を出た。

　日吉いすず荘に入った。玄関は狭く、薄暗い。猫の糞のような臭《にお》いがする。廊下の左側に合板のドアが四つ、並んでいた。メールボックスはなく、郵便物や新聞はドアの郵便受けに差し込むようになっている。どの部屋も狭そうだ。

　桐尾は三階にあがった。部屋は四室で、ハイム千日前のような非常出口はない。

　ポケットから輪ゴムを一本出して、奥の部屋のドアの上端に挟んだ。ドアが開くと輪ゴムは廊下に落ちる。誰も気にはとめないだろう。

　三階の四室、二階の四室、一階の四室――。同じように輪ゴムを挟んで、いすず荘を出た。また神社の境内に入って遠張りをする。

　そうして十分――。いすず荘から男が出てきた。紺の半袖シャツにジーンズ、学生風だ。男が遠ざかるのを待って、桐尾はアパートに入った。廊下の輪ゴムを探す。三階の三号室の前に落ちていた。桐尾は輪ゴムを拾い、アパートを出た。

　少し経って、グレーの作業服を着た初老の男がいすず荘に入った。桐尾もあとを追って中に入る。輪ゴムは一階の四号室前に落ちていた。

　午後六時五十分――。運び屋の女がいすず荘を出た。ゆっくり北へ歩いていく。
　桐尾はいすず荘に入った。一階の廊下に輪ゴムはない。二階の二号室の前に落ちていた。ドアの右横の表札には、フェルトペンの手書きで《南原》とあった。

桐尾はいすず荘を出て、北へ走った。小学校の裏門のあたりで女を見つけた。上坂に電話をした。

――勤ちゃん、女がアパートを出た。名前は南原《なんばら》。そっちはどうや。

――いま、安藤も出た。九条商店街のほうへ歩いてる。

――さっきと同じやな。松島公園で会うんやろ。

――わしは安藤を尾ける。公園で合流しよ。

電話は切れた。携帯を閉じる。

南原は千代崎橋を渡った。バス通りを北へ行く。二百メートルほど先が松島公園だ。

桐尾は距離をとって南原を追った。さも疲れたふうに南原は歩く。顔ははっきりと見ていないが、まだ若い。二十代から三十代前半か。

南原は松島公園に入った。桐尾は入らず、手前の道を西へ行く。公園の南入口に上坂がいた。

「安藤は」

「あれや」上坂は指さした。

欅《けやき》の下に安藤がいた。南原が来る。ふたりは金とパケのやりとりをし、別れた。

「どないする」

「南原を尾けよ。安藤はヤサへもどるやろ」

ふたりで公園の東入口に向かった。

南原は公園を出て、伯楽橋を渡った。長堀通を東へ行く。

「あの女、運びをしてるくせに、とろとろ歩くのう」

「シャブ中が進んでるんやろ」南原の手足は細い。かなり痩せている。

「フルネームは」

「分からん。アパートの表札は《南原》だけやった」輪ゴムの細工はいわなかった。

「さっき、売《バイ》をしたコンビニは」

「この先のローソン。客はミニバンに乗ってた」

日が暮れてきた。長堀通を行き交う車はヘッドライトを点けている。

南原はローソンに入らなかった。西区役所前をすぎてまだ東へ歩き、新なにわ筋を渡った。あみだ池筋の角のセブンイレブンの駐車場に入り、シルバーのセダンに近づいていく。車種は分からない。

南原は車内を覗き込んだ。ウインドーがおりる。金とパケを交換し、車は走り去った。

「安藤の売はコンビニやな」

小売人《コシャ》の安藤は運び屋の南原に、コンビニの店名と客の車を教えているのだろう。南原の配達エリアは長堀通一帯のコンビニのようだ。

南原はセブンイレブンを出た。横断歩道で信号待ちをする。上坂と桐尾は尾行をやめた。

北堀江四丁目——。区民センター近くの交番に入った。にきび面の制服警官が顔をあげる。手帳を示して所属をいうと、畏《かしこ》まって敬礼した。

「頼みがある。日吉稲荷神社の向かいの日吉いすず荘やけど、案内簿を見せて欲しいんや」

案内簿とは、外勤警察官が管内の各戸を訪問し、家族構成（全員の氏名、生年月日、勤務先や学校）、非常の場合の連絡先、保有自動車、その他の留意事項などを収集して作成した個人情報資料をいう。

「そちらの方は」警官は上坂を見る。

「刑事《デカ》や。薬対課の上坂」

「すみません。もういっぺん手帳を見せてもらえますか」

「えらい堅苦しいな」

「上から指示されてるんです」

警官は桐尾の階級と氏名、職員番号をメモした。キャビネットに鍵を挿し、日吉地区の案内簿を出す。デスクに置いて当該のページを広げた。

※賃貸用集合住宅『日吉いすず荘』南堀江7—5—37
※経営者—柳本誠一郎（06・6534・98××）

「なんや、これだけかいな」

「外勤がなんべん巡回しても、質問事項に答えてくれるひとは少ないです。それに、この経営者は警察に対して非協力的です」

「しかし、部屋の住人の名前くらいは書けるやろ」

「表札と居住者が一致してるとは限りません」

「どこに住んでるんや、この大家《やぬし》は」

「アパートの裏手です。路地の奥の家です」

「了解。すまんかったな」

経営者の電話番号を書いて交番を出た。

「生意気なやっちゃ」

上坂が怒る。「あいつは住人の調べをしとらんぞ」

「勤ちゃんは外勤のころ、まじめに巡回したんかい」

「自治会の役員に質問票を配ったがな」

「それは回覧や。巡回とはいわんで」

笑ってしまった。上坂も笑う。

柳本《やなぎもと》の訊込みはあとにして、通りかかった中華料理店に入った。壁の品書きを見て、桐尾は酢豚定食、上坂は青椒肉絲《チンジャオロース》定食と餃子を注文する。上坂はいつも、桐尾より一品多い。

「ビール、飲みたいな」

「やめとけ。今日は直帰できへん」

さっき班に電話したとき、永浜は西田がドコモに行ったといっていた。本部に帰って、西田から結果を聞かないといけないだろう。

「おねえさん、コーラちょうだい」

振り向いて、上坂はいった。


日吉いすず荘横の路地を入ると、奥にプレハブ三階建の家があった。一階と二階の窓に明かりがともっている。門柱の表札を見て、インターホンのボタンを押した。

――はい、どなたさん。

――警察です。

インターホンのレンズに向けて手帳をかざした。

——なにか？

——いすず荘のことでお訊きしたいことがあります。ちょっと出てもらえませんか。

返事はなかった。誰や、という男の声が聞こえる。少し待って、玄関ドアが開き、ダボシャツとステテコ姿の男が出てきた。齢は七十すぎ、さも迷惑そうな顔をしている。

「なんやねん、警察がいきなり」嚙みつくように男はいった。

「202号室の南原さん、入居の契約書とかありますよね」

「そら、あるがな」

「見せてもらえませんか」

「なんで見せなあかんのや」

「捜査の一環です」

ムッとしたが、顔には出さない。「協力願えませんか」

「どういう捜査や」

「わるいけど、それはいえんのです」

「ほな、わしも答えることはない。帰ってくれ」

「しかし、柳本さん……」

「住人のことをべらべら喋るのはわしの流儀やない。人権侵害や」

「南原さんの氏名と生年月日。それだけ、お願いしますわ」

上坂がいった。「でないと、いつまで経っても帰れんのです。残業代もつかんのに」

両手を揃えて頭をさげる。桐尾もさげた。

「名前と生年月日だけやな」

思い直したように柳本はいい、「待っとけ」と家に入った。

「えらそうな爺やな」桐尾は舌打ちした。

「いや、ああいう頑固爺はおもしろい」

上坂はにやりとする。「気に入った。一本筋が通ってる」

「変わってるな、勤ちゃんは」

「わしの祖父《じい》さんも大の警察嫌いやった」

上坂はティッシュペーパーを出して洟《はな》をかみ、表札になすりつけた。植込みに捨てた。

柳本がまた、出てきた。

「南原ひでみ。昭和五十九年九月二十八日生まれ」

まだ二十四か――。思っていたより、ずっと若い。なのに小売人《コシャ》の手先とは。

桐尾はメモ帳に書き、礼をいって路地を出た。


府警本部――。薬対課に帰り着いた。午後十時をすぎているのに、刑事部屋には多くの捜査員がいる。金曜の夜だからか。

永浜に復命をし、西田のそばに行った。

「安藤の携帯、あたってくれましたか」

「ドコモとａｕとソフトバンクモバイル、みんな調べた」

西田はうなずく。「安藤庸治名義の携帯はない」

「ほな、安藤は……」

「プリペイドの携帯か他人名義の携帯を闇で買うてるんやろ」

「運び屋の南原の携帯を洗うたら、安藤からの着信履歴があるはずです」

「南原の携帯は安藤から支給されたんとちがうんか」

「それは調べてみんと分かりませんわ」

「南原の氏名、生年月日は」

「これです」メモ帳を開いた。

西田はパソコンのキーを叩いてデータ照会センターにアクセスした。自分の氏名、所属、IDナンバーを入れ、南原ひでみの氏名、生年月日を打ち込んで、照会項目ごとにパスワード（二、三カ月ごとに変更される）を入れる。

南原ひでみの個人データが出た──。

本籍と現住所は《福井県敦賀市壺井2─45─3》で、家族関係は《母、兄、姉》とあるから、ひでみは大阪に住民票を移していないのだろう。婚姻歴なし。病歴なし。職業は接客業（──以前の職業か）。平成十七年五月、覚醒剤所持で福井県警敦賀《つるが》東署に検挙され、懲役六カ月に執行猶予二年の判決を受けている。素行欄の《暴力団員との交際を認める》は、敦賀のヤクザで、その男にシャブを仕込まれたのかもしれない。

「南原はいつから日吉のアパートに住んでるんや」永浜が訊いた。

「それは聞いてないんですわ」と、上坂。

「調べがゆきとどいてるやないか」

「大家が変人でね」

「南原ひでみはシャブで引かれて地元にいづらくなった」

桐尾はいった。「それで大阪に出てきたんでしょ」

「シャブ中か、南原は」

「かなり痩せてます。体力もないみたいです」

「飲まず食わずで運びをしとるんやな」

独りごちるように永浜はいって、椅子にもたれかかった。

「安藤の運び屋は南原だけか」西田が訊いた。

「いや、ほかにもおるような気がします」

「明日も安藤を張れ。運び屋を割るんや」

「班長、ガサはいつです」永浜に訊いた。

「今月いっぱいやな。それを目途《めど》にしよ」

永浜はうなずいて、「緋木組の石井晃、東青会の鎌田一郎、小売人《コシャ》の安藤庸治、運びの南原ひでみ、流れは見えてきた。周辺をもっとつめるんや」

「鎌田は昨日、島之内の小売人《コシャ》にブツをとどけました」

桐尾はつづける。「横堀教会の近くの『大安荘』いうアパートが、そいつのヤサみたいです」

「分かった。大安荘は森と村居に振る」

森と村居は別件の内偵捜査をしているが、しばらく中断させるのだろう。

「よっしゃ。今日は終了。ご苦労さん」

永浜はいい、湯飲みの麦茶を飲んだ。

# 6

八月二十二日、土曜——。刑事部屋に現れた上坂は眠そうな顔をしていた。

「おはよう。またビデオか」

「こないだ、日本橋で買うたやろ。あれをチェックしてたら三時になってしもた」

上坂はデスクの椅子を引いて座り、首をまわす。

「睡眠時間を削ってまで見んとあかんのかい」

「そういうな。わしのルーティンや」

「おもしろい映画はあったんか」

「『ターミネーター3』。前も見たけど、あれはやっぱり『2』より落ちるな」

液状金属のロボットが進化していない、辻褄《つじつま》合わせも多い、と上坂はいう。「『エイリアン』もいっしょや。『2』が最高作で、『3』『4』と出来がわるうなった」

「おれはまだ『ナインハーフ』を見てない」

「『グロリア』と『バグダッド・カフェ』、『スモーク』と『ノーカントリー』は」

「見てへんな」以前、勧められた映画だ。

「『グロリア』のジーナ・ローランズを見てくれ。監督は旦那のジョン・カサヴェテス。めちゃ、かっこええんやから」

「分かった。見る」

口先だけそういった。家のビデオデッキは壊れている。

「さ、九条へ行くか。安藤の遠張りや」

「車は」

「乗っていこ」今日も暑くなりそうだ。屋外の張込みは身体にわるい。

「エアコンかけて寝られるな」上坂はにやりとする。

「寝るのはええけど、交代やぞ」

立って上坂にカメラを渡し、双眼鏡を肩にかけた。


車両係で白のイプサムを借り、西区へ向かった。九条商店街の一筋南、特定郵便局の近くに車を駐めて安藤のヤサ——『ＡＳＵＫＡ九条ビルⅢ』を張る。午前八時四十分。人通りは少ない。

「桐やん、我慢できん。わしは寝る」

上坂はシートを倒した。眼の上にハンカチを置く。すぐに寝息が聞こえはじめた。

桐尾も眠い。昨日、寝たのは十二時すぎだ。今朝は七時に起きてシャワーを浴び、なにも食べずに家を出た。

車を降り、酒屋の自販機で缶コーヒー二本と煙草を買った。コーヒーを飲みながら車にもどる。上坂は起きる気配がない。桐尾もシートにもたれて眼をつむった。


「桐やん、起きろや」

肩を叩かれ、桐尾は我に返った。見ると、ＡＳＵＫＡビルのそばに男がいる。坊主頭で背が低い。安藤だ。商店街のほうへ歩いていく。

上坂は車外に出た。桐尾もエンジンをとめ、車を降りる。ドアをロックした。腕の時計は十一時を指していた。

「勤ちゃん、いつ起きたんや」

「つい、さっきや。桐やん、鼾《いびき》かいてたぞ」

「ふたりとも寝てたら世話ないな」

「ええがな。安藤は機嫌よう歩いとる」

距離をとって安藤を尾けた。安藤は九条商店街を西へ歩き、地下鉄中央線の高架をくぐった。

「おいおい、どこ行くんや。今日は松島公園とちがうんかい」

「売《バイ》をするんかもな」

小売人が運び屋を使わず、自分でパケをとどけることも少なくはない。

九条商店街は長い。みなと通から源兵衛渡《げんぺいわたし》まで一キロあまりアーケードがつづいている。

安藤はお好み焼き屋に入った。藍《あい》染めの暖簾《のれん》に《よなみね》とある。

「なんや、昼飯食いに出ただけか」

「どうする」

「こっちも食お」

お好み焼き屋の向かいの喫茶店に入った。窓際に席をとり、上坂は日替わりランチ、桐尾はオムライスを注文して、煙草をくわえた。

「桐やん、決まった煙草はないんか」

「なんのこっちゃ」

「昨日はマイルドセブン。今日はロングピース。一昨日はマルボロやったんとちがうか」

「ひとの煙草、よう見てるんやな」

　桐尾は笑いながらライターを擦った。「自販機に五百円玉入れて、適当にボタンを押す。出てきた煙草が、その日の煙草や」

「子供のガチャガチャみたいやな」

「子供は煙草吸わんやろ」

　低い天井に向かってけむりを吐いた。白いビニールクロスがヤニ色に変色している。

「おれ、ほんまに鼾かいてたか」

「かいてた。それで眼が覚めたんや」

「このあいだ、ちあきにもいわれた。うるさくて寝られないと」

　日替わりランチが先に来た。上坂は箸を割り、コロッケをつまんだ。


　十二時──。お好み焼き屋の暖簾を割って、安藤が出てきた。桐尾と上坂も喫茶店を出る。

　安藤はアーケードを外れて南へ歩いた。バス通りを渡り、食品工場の角を右へ曲がる。行く手に小さな児童公園が見えた。

「あれやな」

「たぶんな」

　食品工場の塀に肩をつけて安藤を張った。安藤は藤棚の下のベンチに座って煙草を吸う。

　ブランコに乗っていた赤い野球帽の男が安藤に近づいた。ふたりは言葉を交わさず、なにかをやりとりした。安藤はベンチを立たず、男は向こうへ歩いていく。

「桐やん、まずいぞ」

「二手に分かれよ。勤ちゃんは右へ行け。おれは左から行く」

安藤がいるから、児童公園には入れない。公園を左右から迂回し、野球帽の男を追うのだ。男はおそらく運び屋だが、客かもしれない。

桐尾は足早に歩いた。付近に土地勘はないが、男は中央大通へ向かっているような気がする。

中央大通に出た。赤い野球帽を探す。

いた——。横断歩道の前に立って信号待ちをしている。桐尾は間隔をつめた。

信号が変わり、男は横断歩道を渡った。後ろを振り返るようすはない。黒い長袖シャツにジーンズ、髪は長めだ。

桐尾は電話をした。

——勤ちゃん、野球帽を見つけた。中央大通の南側や。

——わしも中央大通や。北側におる。

——そこから銀行が見えんか。ＵＦＪ銀行。

——ああ、見える。

——おれはいま、その下や。野球帽が先を歩いとる。

——分かった。そっちへ走る。

電話は切れた。

男は辰巳《たつみ》橋交差点近くのコンビニに入った。立ちどまって駐車場の車を見まわし、シルバーのフェアレディに近づいていく。

桐尾はナンバーを見た。《大阪・33・つ・54××》——。すばやくメモした。

フェアレディの左のウインドーがおりた。髪の長い水商売風の女だ。野球帽はかがみ込んで上半身を車内に入れ、金とパケを交換した。

フェアレディは駐車場を出ていった。運転していたのは中年の男だった。野球帽はコンビニの店内に入っていった。飲み物でも買うのだろうか。

「桐やん……」

振り向くと、街路樹の下に上坂がいた。

「あの男は運び屋や。いま売《バイ》をした」

「わしも見た。……車のナンバーは」

「書いた」メモ帳を振った。

「フェアレディでシャブを買うとはな」

「これからホテルにシケ込むんやろ」

男と女がシャブをズケれば、することはひとつ、セックスだ。

桐尾と上坂はコンビニを離れ、ガソリンスタンドのそばに立った。

野球帽がコンビニから出てきた。提げているポリ袋は弁当だろう。桐尾と上坂はスタンドに入り、野球帽をやりすごした。

「あの男、ええ齢やな」

「五十は充分いってるやろ」色黒のネズミ顔だった。

「情けないのう。五十をすぎて運びをするとは」

「シャブ中の成れの果てや」

野球帽はまた中央大通を渡った。さっき安藤に会った公園を目指して歩いていく。シャブの代金をとどけるのだろうか。

野球帽は金物屋の角を曲がり、狭い路地に入った。桐尾は小走りで距離をつめ、ようすを窺《うかが》う。

路地の先は袋小路だった。突きあたりのアパートに野球帽が入っていく。玄関ドアが閉まるのを待って、桐尾と上坂は路地に入った。二階建、木造モルタル塗りのアパートはいまにも崩れそうな安普請だ。

「『日吉いすず荘』より、まだひどいな」

「ええがな。寝起きするとこがあるだけマシや」

低いブロック塀に墨の薄れた表札がかかっている。《境川ハイツ》とあった。

「わしが見てくる。桐やんは待っとけ」

上坂はアパートに入っていった。桐尾は引き返す。近くの電柱の住所表示は《西区境川2―13―5》だった。


鉄工所の資材倉庫の前で上坂を待った。周辺には町工場が多いが、シャッターをおろしているところが目立つ。市内の工場街はどこも同じような光景だ。長びく不況で仕事がないのだろう。

二十分ほど待って、上坂がもどってきた。

「野球帽の部屋、分かったか」

「分からん。……けど、見当はついた。二階の二号室か、六号室や」

一階と二階に六室ずつあり、メールボックスを見ると半分は空き部屋で、三室が女の名前だったと上坂はいう。「アパートに入ったとき、奥でカンカンと階段をあがる音がした。裏にまわったら、錆《さ》びた鉄骨階段があったんや。202号室が《秋野啓二》、206号室が《樋口嘉照》。その、どっちかやろ」

「アパートの所有者は」

「金物屋で訊こかと思たけど、やめた。アパートを張るほうが早い」

『境川ハイツ』の裏手は一方通行の道路で、そこから二階の外廊下が見えるという。「桐やん、車とってきてくれ。わしは裏で張っとく」

「よっしゃ。そうしよ」

うなずいて、桐尾は資材倉庫を離れた。


イプサムのところにもどると、駐車違反票が貼られていた。一昨日につづいて二枚目だ。この近所の住人が通報したにちがいない。違反票を剝がしてポケットに入れ、イプサムに乗った。ナビを見ながら境川に走った。境川ハイツ裏の一方通行路に入る。上坂は電柱の日陰に入って煙草を吸っていた。

電柱に車を寄せて駐めた。上坂は煙草を捨てて乗る。

「勤ちゃん、吸殻を捨てるのはようないぞ」

「ちゃんと消したがな」

「またひっかかった。駐車違反」

「あほくさい。警察が警察を取り締まってどないするねん」

「野球帽は」

「姿を見せん。さっき買うた弁当、食うとんのやろ」

上坂はハンカチで首筋の汗を拭く。「いずれ出てくる。安藤から電話がかかって」

「運び屋はふたりか」

「そんなとこやろ。三人も要らんわな」

小売人が使う運び屋は、通常、ひとりかふたりだ。ひとりが一日に五回の運びをすると、ふたりで十回。一回あたり〇・三グラムのパケを捌くとして、売上は二万円——。安藤は一日に二十万円を売り、一万円ずつを運び屋に渡していると考えれば、十八万円が手もとに残る。鎌田からの仕入れがその半値としても、ざっと計算して一月に二百七十万円という大金を稼いでいるのだから、シャブ商売はボロい。上客のついた小売人の携帯には最高で二千万の値がつくという話も分かるような気がする。

「桐やん、眠たい」

「寝ろや」

「すまんな」

上坂はひとつあくびをし、シートを倒した。


そうして一時間——。境川ハイツ二階のドアが開いた。赤い野球帽の男が現れてドアに錠をかける。

「勤ちゃん、野球帽が出た」

上坂を揺り起こした。「206号室、樋口嘉照《ひぐちよしてる》や」

桐尾は車を降りた。上坂も降りる。左右に分かれて走った。

境川ハイツの玄関側に出た。赤い野球帽が北へ歩いている。さっきの公園へ行くようだ。桐尾は遠く離れて樋口を尾ける。途中で上坂が追いついた。

「安藤のガキ、商売繁盛やのう」

「せいぜい稼がしたれ。もうすぐ娑婆の見納めや」

尾行しながら電話をかけた。

――はい、永浜班。

西田だ。

――桐尾です。データをお願いします。

――名前は。

――樋口嘉照。生年月日は不明やけど、シャブの犯歴があるはずです。

――いまどこや。

――境川です。樋口は安藤の運び屋です。

――了解。データをとる。

電話は切れた。


児童公園に安藤がいた。服を着替えたのか、黒いTシャツの上にアロハシャツをはおっている。ピンクのハイビスカス模様だ。

樋口は安藤に近づいて金を渡し、パケを受けとった。安藤は公園を出る。樋口も出た。桐尾と上坂は樋口を尾けた。

樋口は中央大通を南に渡り、住宅街を抜けて、みなと通に出た。西消防署近くのセブンイレブンの駐車場に入って白のライトバンに歩み寄る。ライトバンのウインドーがおり、樋口は上半身を入れた。あたりのようすを窺うこともない馴れた取引だ。桐尾はライトバンのナンバーを控えた。

ライトバンが走り去り、樋口は境川ハイツへ歩きはじめた。赤い野球帽、グレーの長袖シャツ、ベージュのチノパンツ、焦げ茶色のスニーカー。

「このくそ暑いのに、なんで袖のボタンをとめてるんや」上坂がいう。

「刺青《え》を入れてるんかもな」

「極道かい」

「元極道やろ」

ヤクザもシノギがなければ落ちぶれる。ヤク中ならなおさらだ。ヤク中で使いものにならないヤクザは組に迷惑をかける恐れがあるため、些細《ささい》なことで破門、絶縁され、組を放り出される。代紋を失ったヤクザに行き場はなく、かといって働く意欲もない。それまで正業に就いたことがないから、生活保護の不正受給すらむずかしい。ヤク中の元ヤクザにとってシャブの運びはこれ以上堕《お》ちるところのない最後の生業《なりわい》なのだ。

遠く離れて樋口を尾けた。樋口は境川ハイツに入り、桐尾と上坂は裏にまわってイプサムに乗った。車内は蒸し風呂のようになっている。桐尾はエンジンをかけ、エアコンの風量を最大にした。

「さて、どうする」

「安藤を張ろ」

「よし。そうしよ」

シートベルトを締めて走りだした。安藤のヤサに向かう。

「桐やん、わし、足が痛いんや」

「おう、それがどうした」

「右の親指の付け根がジンジンする」

「ひょっとして、痛風とちがうんか」

「わしもそんな気がするんや」

上坂はうなずく。「前の定期検診で医者にいわれた。尿酸値が12もあるのに発作が起こらんのは不思議やと」

「12いう数値は高いんか」

「かなり高い。7以下が普通や」

「痛風て、風が吹いても痛いんやろ」

前任の刀根山署生安課の係長がそうだった。発作が起こった日はサンダルを履き、足を引きずるようにして署に出てきた。痛風には特効薬がないと係長はいい、薬罐《やかん》の茶をがぶ飲みしていた。そのくせ、発作が治まると肉や脂っこいものを食い、酒やビールを飲む。係長も上坂と同じくらい肥《ふと》っていた。

「わし、怖いわ。このジンジンがギンギンになったらどうしよ」

「ヒイヒイいうて泣かんかい」

笑いはしたが、桐尾にも持病はある。偏頭痛だ。睡眠不足や疲れがたまると頭が重くなり、視野にちらちらする光が見えて視力が低下する。その光が消えると頭痛がはじまるのだ。痛みは二、三日もつづき、眩暈と吐き気もするから、ひっきりなしに鎮痛薬を服む。桐尾の偏頭痛は高校生のころ発症し、いまも年に一、二回、発作が起きる。

携帯が震えた。西田だ。

——桐尾です。

——樋口嘉照のデータがとれた。組員や。

——いまもですか。

――いや、平成十七年に組を離れた。絶縁や。

絶縁と破門は重みがちがう。破門は処分が解かれて組織に復帰できる可能性があるが、絶縁にはそれがない。ヤクザ社会からの永久追放だ。

――神戸川坂会系巣鷹《すたか》連合尾車《おぐるま》組内猩々《しょうじょう》組。樋口はそこの組員やった。

猩々組の事務所は泉南にあり、表稼業は土建だと西田はいう。

――樋口は昭和二十九年十一月二十六日生まれの五十四歳。京都府与謝《よさ》郡伊根町《いねちょう》立井戸中学卒。傷害、窃盗、脅迫、恐喝、大麻取締法違反、覚醒剤取締法違反等、前科十一犯。十八のときから娑婆と塀の中を行き来してる。婚姻歴なし。家族関係なし。

詐欺や文書偽造などの知能犯罪がなく、賭博《とばく》、銃刀法違反などの組織犯罪もないのは、ヤクザとして上がり目のない、その日暮らしの下っ端だったのだろう。

――樋口のヤサは。

――境川です。境川ハイツの２０６号室。

樋口は二件、運びをしたといった。

――客の車を割ってください。シルバーのフェアレディ。ナンバーは〝大阪・33・つ・５４××〟。それと白のライトバンで、〝大阪・55・み・０６××〟。

――了解。これからどうするんや。

――安藤のヤサを張ります。

――よっしゃ。また連絡する。

電話は切れた。桐やん、そこ入ってくれ――と、上坂が指をさす。

桐尾はバス通りのコンビニに車を停めた。

「水、買うてくる」

いうなり、上坂は車を降りて店内に入っていった。桐尾はおかしくてしかたない。水を飲む前に痩せればいいものを。

上坂は二リッター入りのペットボトルを持って出てきた。助手席に乗る。ボトルの栓をあけてらっぱ飲みした。

「ビールはなんぼでも飲めるけど、水はそう飲めんな」

「いっぺん痛風になってみいや。なにごとも経験や」

「ようそんなことがいえるな。身体の弱い相棒に」

「それ、みんな飲むんやぞ。張りをしながら」

コンビニを出た。次の通りを左へ行くと、ＡＳＵＫＡ九条ビルⅢだ。


安藤庸治は昼すぎから夕方にかけて三回、外出した。行ったのは松島公園に二回、九条南の児童公園に一回で、南原ひでみと樋口嘉照に運びをさせた。南原と樋口の尾行はしなかったが、安藤が使っている運び屋はそのふたりだと、桐尾は判断した。

午後七時半――。日が暮れた。腹が減ったと上坂がいう。

「沖縄料理、食うてみるか」

「ああ、それもええな」

ＡＳＵＫＡビルの一階は『首里城』という沖縄料理店だ。入口が赤い瓦《かわら》屋根の正殿を模していて、それらしい雰囲気がある。

「足はどうや」

「まだジンジンしてる。けど、マシになった」

上坂は空のペットボトルを振って見せた。

桐尾と上坂は車を降り、足早に歩いて首里城に入った。店内はけっこう広く、円テーブルの席が七つあった。先客は二組、ふたりは窓際の席に腰をおろした。

ウェイトレスが水とメニューを持ってきた。上坂は自分の水を飲み、桐尾の水も飲んでメニューを広げる。

「桐やん、なににする」

「なんでもええ。任せるわ」

「そういう主体性のないとこが桐やんの美点やな」

上坂はグルクンの煮つけと豚三枚肉の角煮、海ぶどうの酢の物、ゴーヤチャンプル、ソーキ骨汁を注文した。

「ビール、飲みたいの」

「やめとけ。痛風のくせに」

ほどなくして料理が来た。グルクンの煮つけは味が濃い。豚の角煮は脂が抜けてさっぱりしている。海ぶどうはぷちぷちした食感がいい。ゴーヤチャンプルとソーキ骨汁もいける。この店は旨い。

いらっしゃいませ——。ドアが開き、客が入ってきた。桐尾のそばを通って奥へ行く。厨房《ちゆうぼう》近くの席に座った。

「桐やん……」

「ああ……」

坊主頭のアロハシャツ、客は安藤だった。ウェイトレスと親しげに言葉を交わし、煙草を吸いつける。ウェイトレスが瓶ビールとグラスをテーブルに置いた。

安藤はシャブ中独特のぎらぎらした目付きではなかった。アロハシャツは半袖だから、腕を出している。遠目には確認できないが、肘《ひじ》の内側に注射痕もなさそうだ。

「あいつ、ズケてへんのか」低く、上坂はいった。

「いや、それはないやろ」桐尾も小さくいう。

「炙りか」

「どうやろな」

炙りをするのは初心者だ。玄人《くろうと》は注射器《ポンプ》を使う。炙りと注射は効き目に大差がある。

がしかし、安藤が炙りをするのは考えられた。売人がシャブに溺《おぼ》れたらシノギができない。安藤は毎日、せっせと売《バイ》をしているのだから。

「勤ちゃん、ビール飲め」

「なんでや」

「大の男がふたり、酒も飲まずに晩飯を食うてるのはおかしい」

「分かった」

上坂は手をあげてウェイトレスを呼び、ビールを頼んだ。

八時半に店を出た。イプサムに乗る。本部に電話をした。

——永浜班。

村居だった。

——桐尾です。班長か係長は。

――飯や。ふたりとも。

――今日は直帰すると伝えてください。いま、小売人《コシヤ》の安藤を張っている。安藤は料理屋で酒を飲んでいるから遅くなりそうだといった。

――分かった。いうとく。

――村さんは島之内に行ったんですか。

――行った。昼前からさっきまで遠張りした。

島之内の『大安荘』に出入りした住人の中に、小売人らしい男が浮かんだという。その男は働いているようすがなく、外出して二十分ほどするともどってくる。長身、長めの茶髪、セルフレームの眼鏡、齢は三十歳前後。その風体は桐尾が見た男と合致した。

――峰岸恒夫《みねぎしつねお》。データがとれん。

――家主に込《い》みはかけんかったんですか。

――かけた。賃貸契約書も見た。名前と生年月日を偽ってるみたいや。

――そらまちがいない。小売人《コシヤ》ですわ。

――明日も張る。なんとかして人定《じんてい》する。

人定とは容疑者の身元を特定することをいう。

――ほな、切りますわ。伝言、頼みます。

――おう、がんばれや。

電話は切れた。

「勤ちゃん、直帰や。今日はもうやる気が失《う》せた」

「この車、どないするんや」

「明日、返そ」

「ほな、飲むか」

「どこで」

「千林。うちの家の近くに一晩千円のコインパーキングがある」

「よっしゃ。行こ」

シートベルトを締めた。

7

鼾で眼が覚めた。上坂の顔がすぐそばにある。部屋は明るい。

腕の時計を見た。七時だ。

しばらく上坂を観察した。タオルケットを足もとに蹴り、ランニングシャツがまくれあがって臍《へそ》が見えている。大きな腹だ。鼾と連動して上下する。

味噌汁の匂いがした。いい匂いだ。台所のほうから水音がする。

「勤ちゃん、起きろや」

鼾がやんだ。

「ああ、朝か……」

枕に頭を埋めたまま、上坂はいう。「よう寝た」

「どえらい鼾、かいてたぞ」

「大酒、飲んだもんな」

「飲んだな。焼酎の一升瓶を空けたやろ」

「あかん。足が痛い」

上坂は起きあがった。布団にあぐらをかく。「こら本物や。とうとう痛風が出た」

桐尾も起きて、上坂の足を見た。右足の親指の付け根が赤くなっている。

上坂は膝をつき、立ちあがった。あいたた、と顔をしかめる。

「病院、寄っていくか」

「今日は日曜や」

「あ、そうか……」

最近、曜日の感覚がない。いったん内偵捜査に入ると、休日返上なのだ。ガサに入って容疑者を逮捕し、取調べをして一件書類をまとめたら、そこでようやく一段落つく。そのときは一週間くらいの休みをもらえるが、だらだら寝ているばかりだから、あっというまにすぎてしまう。刑事の労働時間は圧倒的に長い。

「桐やん、顔洗うてこい。歯ブラシ置いてるから」

桐尾はズボンを穿き、部屋を出た。トイレで用を足し、洗面所で顔を洗う。鏡に映った顔は髭が伸び、浮腫《むく》んでいる。歯を磨いたら吐き気がした。

ダイニングへ行くと、上坂の母親がいた。おはようございます、とにこやかにいう。

「あ、どうも。お久しぶりです」

頭をさげた。「ご挨拶《あいさつ》もせずにあがり込んで申しわけありません」

母親に会ったのは二度目だが、名前を知らない。

「そんなちぢこまってんと、座れや」

上坂にいわれ、腰をおろした。テーブルに皿が並んでいる。卵焼き、炒《いた》めたソーセージとベーコン、じゃこおろし、あさりの味噌汁、ナスとキュウリの浅漬け——。料理旅館のような朝食だ。母親がごはんをよそってくれた。

「めちゃ、旨そうですね」

「母さん、桐尾はよめさんに逃げられて、まともに食うてへんのや」上坂は笑った。

「これっ、そんなこというもんやないの」母親はたしなめる。

「いや、ほんまに逃げられたんですわ。ぼくが好き勝手するもんやから」

「桐尾さん、優しいんやね」

母親も座った。「勤《つとむ》には女のひと、いないんですか」

「さぁ、どうですかね」

「もう、暇さえあったら映画見て、ほかのことはなにもしないんですよ」

「ええやないですか。それぐらい好きなもんがあるんやから」

「話はええから、飯食お。今日も仕事や」

上坂がいう。桐尾は箸を割り、味噌汁に口をつけた。


上坂は靴を履かず、靴下にサンダルをつっかけて家を出た。右足を引きずるようにして歩き、ときどき立ちどまっては、痛い、痛い、と顔をしかめる。

「病院、行ったほうがええんとちがうか。救急病院ならやってるやろ」

「痛風には特効薬がないんや。いったん発作が出たら我慢するしかない」

上坂は朝食のあと、鎮痛薬を服んだ。まだ効いていないようだ。

「昨日のビールがわるかったんやろ」

「ビールは関係ない。主犯は肥満や」

上坂はコンビニでペットボトルの水を買い、コインパーキングに駐めていたイプサムに乗った。

桐尾は本部に電話をして、今日は東青会の鎌田と緋木組の石井のヤサを調べる、といった。

大正区三軒家北の『エンブル大正』を分譲したのは三協銀行系の『三協エステート』で、『近畿三協システム』という傍系会社が管理をしている。桐尾はイプサムを運転し、浪速《なにわ》区湊町《みなとまち》の三協エステートに向かった。


午前九時――。湊町に着いた。産経新聞社の向かいのビルが『大阪三協ビル』だ。

「勤ちゃん、待っとけ。おれが行ってくる」

「おう、わるいな」上坂はペットボトルの水を飲む。

桐尾はビルに入った。三協エステートは一階ロビーの南側だ。ガラスのパーティションの向こうにひとがいる。不動産販売会社は日曜日も営業しているのだ。

三協エステートに入った。いらっしゃいませ――。ベージュのブラウスの女性がこちらへ来た。短いカウンターを挟んで応対する。

「当社分譲物件のご案内でしょうか」

「いや、ちょっとお訊きしたいことがありますねん」

手帳は出さなかった。「大正区のエンブル大正やけど、担当の方は」

「申しわけありません。エンブル大正は平成十六年に分譲を終了しております」

「すんません、間取りを知りたいんですわ。できたら、二階の東側の部屋……。当時の分譲案内とかあったら、いただけませんかね」

「あ、はい……」

女性は怪訝《けげん》な顔をしたが、おかけになってお待ちください、といい、カウンターを離れていった。

桐尾はベンチソファに腰かけた。マガジンラックにパンフレットが差してある。一枚を手にとった。《緑と水に彩られた憩いの地。グリーンヒルズ北高槻・分譲開始。三協エステートがご提案する、自由設計で自分スタイルの暮らし。毎週、土曜日、日曜日、現地説明会開催。全102区画・先着順申込受付――》

阪急高槻《たかつき》駅からバスで二十五分、とある。環境はよさそうだが、通勤には遠い。坪四十五万円というのは相場なのだろう。

女性がファイルを抱えてもどってきた。桐尾はパンフレットをラックに差して立つ。

「エンブル大正の分譲案内です」

女性はファイルを広げた。そこには五タイプの間取り図が載っていた。

「二階の東側の部屋は」

「これだと思います」

女性は〝Bタイプ〟の間取り図を指で押さえた。《2LDK・71平方メートル――3290万円》とある。

「どこも同じような間取りなんですね」

「隣合わせの部屋で左右反対になってます」

「この分譲案内、もらえませんか」

「申しわけありません。これは保存書類なので」

「ほな、コピーを」

「それも、ちょっと……」女性は首を振る。

桐尾は警察手帳を提示した。女性はハッとする。

「コピーをお願いします」

「はい、これをお持ちになってください。まだ何部かありますから」

女性はファイルから分譲案内を抜き、桐尾に差し出した。


イプサムに乗ると、上坂はペットボトルを抱え、シートを倒して寝ていた。

「どうやった」

「分譲案内をもろた。2LDK、間取り図がある」

「わしはもう使いもんにならんぞ。めちゃくちゃ痛い。頭にまで響く」

「鎮痛剤は」

「さっき、また服んだ」

もともと薬が効きにくい体質だと上坂はいう。「この調子やと、松葉杖が要る」

「車があって、よかったな」

「一週間ほど、レンタルしよ」

「よっしゃ、次は石井のマンションの間取りや」

石井晃が居住する『カーサベルデ鶴見橋』を分譲したのは、阿倍野《あべの》の『酉井《とりい》恒産』という不動産会社だ。

桐尾はシートベルトを締め、ハンドブレーキを解除した。

阪堺電軌上町《はんかいでんきうえまち》線阿倍野駅前の酉井恒産を出たのは十時前だった。コンビニの駐車場に駐めたイプサムに乗る。上坂はまた寝ていた。

「勤ちゃん、起きろや。間取り図をもろてきた」

「いつの分譲や。石井のマンション」

「平成十四年やから、エンブル大正より二年前か」

３ＬＤＫの八十五平米、分譲価格は三千九百八十万円だった。「契約書の写しがあったから、それも見た。１１０４号室の所有者は石井妙子《たえこ》となってる」

ヤクザの家は妻名義が多い。納税証明書をとれないヤクザに住宅購入資金を融資する金融機関はないからだ。

「さて、どうする。本部にもどるか」

「やめてくれ。こんなぶざまな格好を見られとうない」

上坂は手を振って、「大正へ行こ。鎌田の遠張りや」

「しゃあないの。今日はサービスデーや。勤ちゃんのいうとおりにしたろ」

上坂は宗玄寺で寝るつもりなのだ。

桐尾は西田に電話して鎌田の遠張りをするといい、イプサムを運転して大正に向かった。

宗玄寺本堂の二階からエンブル大正を張った。鎌田は姿を現さない。桐尾は二時まで遠張りをし、上坂と交代した。

五時——。桐尾は起こされた。北沢明美がマンションを出たという。

「どんな格好やった」

「黒のブラウスに白いズボン、小さいバッグを提げてた」

「ミナミへ出勤か」

「桐やん、今日は日曜や」

「あ、そうか……」

「晩飯の買い物にでも出たような感じやった」

「ほっとこ。明美は売人やない」

桐尾は眼をつむった。眠い。頭が畳に吸い込まれそうだ。

携帯が震えた。

——はい、桐尾。

——どうや、ようすは。

——変わりなしです。

——それやったら帰ってこい。会議や。

——会議？　なにかあったんですか。

——ガサを早める。その打ち合わせや。

——了解。六時までに帰ります。

電話を切った。

「なんや」上坂が振り向く。

「係長や。ガサを早めるんやと」

「班長は今月末やというてたやないか」

「情勢が変わったんやろ」

森か村居がしくじったのではないか——。そんな気がした。

「よりによって、こんなときにガサとはな」

上坂は前に投げ出した右足を見つめる。「わし、満足に歩けんぞ」

「気合や。気合で行かんかい」

あいたたた——。上坂は四つん這《ば》いになり、柱につかまって立ちあがった。


車両係にイプサムを返し、刑事部屋に入った。西田が上坂のサンダルに眼をやる。

「靴も履かずに、なにしとるんや」

「すんません。痛風ですわ」

「痛そうやの」

「そら、もう足がもげそうですわ」

上坂は椅子を引き、そろそろと腰をおろした。

「班長は」桐尾は訊いた。

「課長のとこや。ガサの段取りしてる」

捜索対象が複数にわたるとき、ガサ入れは一個班ではできない。ほかの班から応援要員をもらい、所轄署の刑事課、生安課とも連係して動かないといけないのだ。今回のガサは元締め、売人、小売人、運び屋、常習者とすべてが揃っており、捜索箇所も多いため、かなり大がかりなものになるだろう。

永浜がもどってきた。

「よし、みんなおるな。はじめるぞ」

と、デスクに座る。全員が永浜に注目した。

「今日、森と村居が島之内の『大安荘』の近くで小売人《コシャ》と鉢合わせした。ひょっとしたら気取られた可能性がある。……明日、地裁に令状を請求して、明後日の朝、ガサをかける」

「大安荘の小売人《コシャ》は」上坂が訊いた。

「峰岸恒夫こと畠中《はたなか》和義。二十九歳。シャブ前科二犯」

「捜索対象は」

「緋木組の石井晃、東青会の鎌田一郎、小売人の安藤庸治、畠中和義、運び屋の南原ひでみ、樋口嘉照。南原と樋口からシャブを買うた客は、後日、引っ張る」

永浜は捜査図を配った。


《元締め、大卸　緋木組幹部・石井晃（53）——大阪市西成区鶴見橋7—6—18　カーサベルデ鶴見橋1104。妻・妙子。所有車——クラウン（黒）〝和泉・330・ふ・75××〟。カーサベルデ地下一階駐車場〝32〟。

卸元、売人　東青会幹部・鎌田一郎（41）——大阪市大正区三軒家北1—3—7—5—5　エンブル大正203。同居人・北沢明美（32）スナック経営・東心斎橋フライト。所有車——ベンツSクラス（銀）〝なにわ・333・せ・90××〟。契約駐車場——大阪市大正区三軒家北6—3—19大田パーキング〝6〟。

小売人、安藤庸治（31）——大阪市西区九条南6—15—3　ASUKA九条ビルⅢ406。同居人・なし。所有車・なし。

小売人、峰岸恒夫こと畠中和義（29）――大阪市中央区島之内4―8―25　大安荘102。同居人・不明。所有車・不明。

安藤の運び屋、南原ひでみ（24）――大阪市西区南堀江7―5―37　日吉いすず荘202。同居人・なし。所有車・なし。

安藤の運び屋、樋口嘉照（54）――大阪市西区境川2―13―8　境川ハイツ206。同居人・なし。所有車・なし。

常習者（小売人?）、三宅奈津子（26）――大阪市中央区千日前南3―6―22　ハイム千日前105。同居人・なし。所有車・なし。》

「現在、判明してる事項だけを書いた。この八人にガサをかけて一斉検挙する」

永浜は説明する。「石井のクラウンと鎌田のベンツ、鎌田が借りてる月極駐車場、北沢が経営するスナックの捜索も同時に行う」

「どういう分担です」森が訊いた。

「石井はわしがやる。鎌田と北沢は、桐尾と上坂。……安藤、畠中、南原、樋口、三宅奈津子は、西さんと森、村居でやってくれ」

「応援は」と、村居。

「世良《せら》班から四名、坂本班から三名や」

本部薬対課の人員は永浜班、世良班、坂本班を合わせて、計十三人だ。所轄署から三十人ほどもらえば、四十人以上の陣容になる。捜索対象はカーサベルデ鶴見橋、エンブル大正、大田パーキング、フライト、ＡＳＵＫＡ九条ビルⅢ、大安荘、日吉いすず荘、境川ハイツ、ハイム千日前の九カ所だから、一カ所あたり四人から五人を投入できる――。
「各所轄署には課長から応援依頼をした。細部の分担は各々でつめてくれ」

「世良班と坂本班は誰です」西田がいった。

「それはまだや。明日、向こうの班長が割り振りする」

「森さんと村さんが畠中と鉢合わせしたんは、どういう状況でした」上坂が訊いた。

「島之内の教会の近くで張ってたんや」

　森がいった。「大安荘から畠中が出てきたから、村居とふたりで尾けた。堺筋へ行く四つ角で、畠中がふいにＵターンした。わしら、隠れるとこもないから、そのまま、まっすぐ歩いた。畠中とすれちごたとき、眼が合《お》うたんや」

「畠中はわざとＵターンしたんですか」

「いや、そんな感じやなかった。なにか忘れ物でもしたようなふうやった」

　森と村居はそのまま堺筋へ出て、遠張りは中止したといった。「よほど鼻の利くやつでないと、気はついてへんと思うけどな」

「畠中が運び屋を使うてるかどうか、そいつはあとまわしや」

　永浜がいった。「明日は所轄へ行って段取りするんや。ガサの時間は二十五日の午前八時。それでええな」

「了解です」西田がいった。ほかの四人もうなずく。

「ほな、今日は早いけど解散や。夜遊びせんと帰れ」

　渋面で永浜はいった。

府警本部を出た。上坂は右足を引きずり、しょっちゅう立ちどまっては、ふう、とためいきをつく。痛いという元気もなさそうだ。

「鎮痛剤、服んだらどうや」

「さっきも服んだ。頭がボーッとしてる」

「タクシー、拾うか」

「あかん、あかん。もったいない」

「おれ、帰るぞ」

上坂につきあっていたら地下鉄の駅まで三十分はかかる。

「桐やん、飲みに行こ」

「あほいえ。家でおとなしいに映画でも見とけ」

「まだ七時前やで。夜は長いんや」

「もうええ。二日もつづけて酒飲めん」

「な、桐やん、病人の頼みを聞いてくれや」

「しゃあないの。一軒だけやぞ」

根負けした。上坂のいうとおり、今日は夜が長い。「どこ行くんや」

「堂山や。冷麵食うて、ゲイバー行こ」日曜もやっているところがあるという。

「やめてくれ。おれは鬼瓦《おにがわら》みたいなおばはんでも女のほうがええ」

「桐やん、『プリシラ』いう映画見たか」

「見るわけないやろ」

「三人のニューハーフがオーストラリアの砂漠を旅するロードムービーや。淡々とした描写の奥に情がある。ぜひ見てくれ」

「分かった。よう分かったから、冷麵食お」

餃子で生ビールを飲みたかった。

「ラーメン屋の冷麵やない。平壌《ピョンヤン》冷麵やぞ」

上坂は手をあげてタクシーを停めた。


八月二十四日、月曜――。

食堂の自販機でクラッシュアイス入りのコーヒーを買い、刑事部屋にあがった。おはようございます――、永浜と西田に挨拶をし、デスクに腰をおろした。

身体が重い。頭に靄《もや》がかかっている。昨日も飲みすぎた。二時すぎまで堂山にいたのだ。

ゲイバーは年に一、二回しか行かないが、行くとけっこうおもしろい。彼らは話題が豊富で客を飽きさせない。不思議なことに、上坂はモテた。痛風で歩けないというと、今日はうちに泊まりなさいと、店のみんなに誘われていた。あとで知ったが、その店は〝デブ専バー〟だった。

上坂が来た。素足にサンダル、右足は布テープでサンダルを固定している。親指の付け根が赤く腫《は》れあがっていた。永浜がそれを見て、

「ガサ、大丈夫か」と訊いた。

「大丈夫です。いざとなったら走れますわ」

「ほんまかい」

「班長、痛風で死んだやつはいてませんせん」

「車、使え。そんな格好で外を歩くな」

「すんません。そうします」

上坂は桐尾を見て踵《きびす》を返した。桐尾は資料を持って刑事部屋を出る。エレベーターのボタンを押した。

「勤ちゃん、えらい強がりいうたやないか。いざとなったら走るんやろな」

「満足に歩けもせんのに、走れるわけないやろ」

上坂は眉根を寄せる。「くそっ、昨日はまっすぐ帰るべきやった」

「班長にいえ。堂山のデブ専バーでようモテましたと」

「へっ、監察が来るわ」

上坂がそういったのはあながち嘘でもない。警察はがちがちのアナクロ体質だから、性的嗜好《しこう》に問題あり、とチェックされる。どこにどんな陥穽《かんせい》があるか知れないのが、警察一家という閉鎖組織なのだ。

一階に降り、車両係でまたイプサムを借りた。桐尾が運転して大正区へ向かう。

「今日も暑うなりそうやな」

上坂はサイドウインドーをおろして煙草を吸う。「もう何日、降ってないんや」

「盆のころから降ってへんな」

琵琶《びわ》湖の水位がさがったと、ニュースに流れていた。

「天気と痛風は関係あるみたいやな」

「どういうことや」

「暑い、汗をかく、小便の量が減る、尿酸値があがる、発作が起きる……」

「雨乞《あまご》いでもせいや」

「わし、嫌いなんや。雨」

コンビニがあったら停めてくれ、と上坂はいった。


大正区、泉尾《いずお》署に入った。交通課の婦警に手帳を見せて、生安課の川添《かわぞえ》に会いたいといった。婦警はカウンターの電話で取り次いだ。

二階にあがり、生安課に入った。課長の川添には宗玄寺で遠張りをはじめたとき、エンブル大正に居住する被疑者──鎌田一郎を内偵している、と仁義を切っている。そうしておかないと、泉尾署の生安課と捜査がダブる可能性もなくはないからだ。

川添が立って、こちらに来た。昨日、本部薬対課の課長から電話を受けたという。

「ガサ、かけるそうですな」

「明日の午前八時を予定してます。よろしくお願いします」頭をさげた。

「会議室、行きましょか」

川添は刑事部屋を出て、向かいの部屋に入った。照明を点ける。長テーブルが二脚とパイプ椅子が十数脚、左の壁際にホワイトボードがあった。

「痛風ですか」川添は上坂にいった。

「いや、大したことないです」上坂は笑う。

「うちの地域課長がそうですわ。痛風は体質やそうですな」

「痩せなあかんとは思てますねん」

上坂はパイプ椅子に座った。桐尾も座る。

「これ、捜査図です」

桐尾はファイルを開き、コピーを渡した。川添は眼鏡をかけ、捜査図を手にとって、

「八人か……。けっこう大きな捕り物やね」

「元締めをやるのは久しぶりですわ」

「緋木組は相変わらず薬局をしとるんや」

川添は十年ほど前、西成署で緋木組組員をふたり引いたことがあるといった。「もう出所したはずやけどね」

「名前は」

「高橋と館野やったかな」

「館野は組にいてますわ」

組事務所に駐めていたセルシオの所有者だ。「緋木組は若頭の新井が服役中で、組内はバラバラです」

「いまは何人ほどいてます」

「組長の湯川を含めて五人です。石井は新井から仕入れルートを引き継いだみたいやし、石井を引いたら、薬局は閉店ですやろ」

「石井のガサは」

「うちの班長が入ります」

「鎌田のガサは」

「わたしと上坂、あと薬対課の応援要員がふたりほど来ます」

世良班と坂本班から誰が来るかは、まだ聞いていない。「泉尾署からは何人ほどもらえます」

「五人です」

「そうですか……」

本部班員が四人、泉尾署捜査員が五人、計九人でエンブル大正と大田パーキングとフライトを捜索するのはきつい。

「すんません、あと何人か増やしてもらえませんか」

上坂がいった。「このとおり、半人前ですねん」

「うちも余裕はない。五人がいっぱいですわ」

川添は大げさに手を振った。なんといわれようと五人以上は出さない、といった顔だ。

「了解です。よろしくお願いします」

桐尾はいった。「夕方、また来ます。詳しい打ち合わせはそのときに」

「顔合わせは六時。それでよろしいか」

「けっこうです。ありがとうございました」

立って、一礼した。


泉尾署から宗玄寺へ行った。近くのコインパーキングに車を駐め、境内に入る。住職が水やりをしていた。

「おはようございます。毎日、大変ですね」

愛想よくいった。この住職は暇さえあれば庭の手入れをし、読経しているところは見たことがない。週に三日、近くの小学校でパートの校務員をしているというが、それで食えるのだからけっこうなものだ。世襲の伝統仏教関係者はある種の特権階級だと桐尾は思う。

住職は上坂の足を見て、どうされたんですか、と訊いた。痛風です、と上坂は答える。お大事に、といわれて、上坂は力なく笑った。

本堂の二階にあがった。暑い。窓を小さく開け、扇風機をかけた。

「なんで、みんな、わしの足を見てごちゃごちゃいうんや」

上坂は舌打ちする。「痛いのはわしやぞ。ほっといてくれといいたいわ」

「それやったら靴を履いて、すたすた歩かんかい」

「桐やんみたいにぼろくそにいう人間も珍しいのう」

上坂はペットボトルを手に窓の隙間からエンブル大正を見る。「この屋根裏部屋も今晩までか」

「何日、張った」

「半月は超えた」

そう、八月四日の火曜日に遠張りをはじめたのだ。鎌田から石井、安藤、畠中、三宅――。安藤から南原、樋口――と被疑者をつかんだのだから、この捜査はうまくいった。仕上げは明日だ。

薬物捜査の根幹は内偵だ。ガサに入ったとき、勝負は終わっている。下拵《したごしら》えをし、煮炊きをし、料理を作り終えて皿に盛りつけるのがガサだ。捜査一課や捜査三課のように、まず犯行があり、その犯人を追って動きだす捜査とは流れが逆だといえる。

「わし、ひとつ気になるんやけどな」

「なんや……」

「昨日、森やんがいうたやろ。小売人《コシャ》の畠中とすれちごたとき、眼が合うたと……。あれ、ほんまにそれだけか」

「気取られた、といいたいんか」

「森やんも村さんも目付きがわるい。おまけにふたりとも短髪で、白の半袖シャツに黒のズボンや。刑事《デカ》丸出しやないか」

「しかし、畠中が怪しんでも鎌田にはいわんやろ」

小売人が売人に警戒するようなことをいうと、ブツをまわしてもらえなくなる。畠中がほんとうに身の危険を感じたときはシャブを始末し、しばらくはなりをひそめているはずだ。「――どっちにしろ、ガサは明日や。畠中はともかく、鎌田と石井はパクらんとあかん。安藤と運び屋もな」

「桐やんとわしの苦労が報われるか」

「足の痛みも忘れるやろ」

「桐やんもいっぺん、なってみいや」

上坂は壁にもたれてペットボトルの水を飲んだ。

8

午後六時五分前――。泉尾署に入った。二階の生活安全課にあがる。川添のそばに本部薬対課世良班の清水と佐伯がいた。
うっとうしい――。桐尾は思った。清水と佐伯は桐尾たちと同じ巡査部長だが、年上で薬対課も長い。なにかと気をつかうガサになりそうだ。桐尾は川添に挨拶し、
「どうも、ご苦労さんです」
清水と佐伯にいった。上坂も挨拶する。

「足、どうしたんや」佐伯がいった。

「痛風です」と、上坂。

「ガサ、いけるんか」

「ノープロブレム。大丈夫です」

「そうかい……」

佐伯は視線をあげ、「大捕り物になりそうやな」と、桐尾にいう。

「被疑者は八人。ガサの対象箇所も多いんですわ」

「糸口はなんや。密告《タレコミ》か」

「そんなとこです」

「どんなネタやった」

「大正区の東青会の組員がシャブを捌いてるという話でした。班長に報告したら、あたってみいということで、内偵に入ったんです」

「それで鎌田が浮かんだんか」

「シャブ前科があったし、組事務所にもあんまり顔を出さんようやったから、こいつにちがいないと目星をつけて、自宅マンションを張りました」

「緋木組の石井は」

「鎌田が借りてる駐車場にブツをとどけに来よったんです」

「そらツイてたな」

「ええ、ツイてました」

お手柄だ、と清水はいわない。ほかの班のガサに駆り出されて機嫌がわるそうだ。

「さ、はじめましょか」

時計を見て、川添が立ちあがった。刑事部屋を出て、向かいの会議室に入る。五人の捜査員が座っていた。

川添はひとりずつ、名前と所属をいった。生安課の伊藤と山田、地域課の渡辺と松本、児玉——。桐尾も薬対課の三人を紹介した。

「捜査図です」

桐尾はファイルを開き、コピーを配った。「ガサをかけるのは『エンブル大正』203号室。東青会幹部、鎌田一郎と内妻の北沢明美が居住してます。鎌田が契約してる月極駐車場の『大田パーキング』と、北沢が経営してる東心斎橋のスナック『フライト』も同じく、ガサに入ります」

「分担は」清水がいった。

「清水さんと伊藤さん、松本さん、佐伯さんとわたしがエンブル大正。上坂が大田パーキング。渡辺さんと山田さん、児玉さんがフライトでどうでしょうか」

「そら、あかんな」

佐伯がいった。「フライトは泉尾署のひとだけになる。わしが行こ」

「ほな、児玉さんと代わってください」

「よっしゃ。そうしよ」

「令状は」川添がいった。

「明日、わたしが持参します」

午前七時に生安課に集合し、捜索差押許可状、押収品目録交付書、鎌田の逮捕状等、必要な令状を渡すといった。「北沢についてはフライトの捜索立ち会い後、泉尾署に任意同行を求め、採尿と事情聴取をして、覚醒剤使用が疑われる場合は身柄《ガラ》をとってください」

北沢明美は鎌田の覚醒剤取引の決済に北沢名義の信用金庫口座を利用させているため、積極的関与をしているといった。

「大田パーキングの立ち会いはどうする」

清水が訊いた。「鎌田を同行するのはややこしいぞ」

「鎌田に確認をとり、大田パーキングの経営者に立ち会いを依頼します」

「ガサは、ばらばらで行くんですか」児玉がいった。

「上坂を除く全員がエンブル大正に入ります。その後、大田パーキングとフライトに分かれます」

『三協エステート』で入手した間取り図を配った。「203号室は2LDKです。玄関を入って廊下の突きあたりがリビングとダイニング。奇数号室は廊下の左側にキッチン、右側に洗面所と風呂場という配置になってます」

「これ、何平米です」松本が訊いた。

「七十一平米です」

「うちの家より十平米も広いがな。シャブの売人がこんなとこに住んだらあかんで」

「値段はなんぼですねん」渡辺がいった。

「パンフレットには三千二百九十万と書いてましたね」

「くそっ、舐《な》めとるな」渡辺は嘆息する。

「ガサのとき、拳銃は」伊藤が訊いた。

「わたしが」

桐尾は手をあげた。泉尾署の捜査員に向かって、「鎌田はシャブ中やし、傷害前科もあります。

念のため、もう一丁、携行してもらえますか」

誰も返事をしない。拳銃など、持ちたくないのだ。

「伊藤くん、君が携行せい」

川添がいった。伊藤はうなずく。

「ほかは全員、警棒や。防弾チョッキも忘れるな」

了解——。全員がいった。

「ほか、質問は」

質問、なし。

「よっしゃ。明日は七時集合。くれぐれも事故のないようにな」

解散——。川添の声で、会議室を出た。


清水と佐伯は本部に帰った。桐尾は階段の踊り場で電話をする。

——永浜班。

——桐尾です。いま泉尾署です。打ち合わせ、終わりました。

——おう、ご苦労さん。何人や。

——世良班の清水、佐伯を入れて、総勢九人です。

——そうか。九人やったら足るやろ。

——ほかはどうです。

——問題ない。石井のガサの段取りはできた。

安藤、畠中たちのガサも予定どおりだという。

——令状は。

——とれた。夕方、西さんが地裁からもどった。

——明日の朝六時に、令状をもらいに行きます。

今晩は宗玄寺で鎌田を張るといった。

——よし、分かった。あと、ひとがんばりや。上坂と交代で寝るんやぞ。

——ほな、これで。

電話を切った。

「桐やん、飯食お」

「なに食うんや」

「鮨《すし》にしよ。久しぶりに」

「まわるやつか、じっとしてるやつか」

「じっとしてるやつはたらふく食えん。まわるやつでええ」

「その足で、たらふく食うか」

「わしはな、飲み食いと映画だけが楽しみなんや」

上坂は背を向けて、一歩ずつ階段を降りていく。

　宗玄寺本堂二階にあがったのは七時半だった。蛍光灯は点けず、豆球だけにしてエンブル大正を張る。２０３号室の窓——間取り図では六畳の洋間——は明かりがともっている。

「鎌田のやつ、おるな」

「たぶんな」

北沢明美は五時前に２０３号室を出ていった。赤い髪をアップにし、派手な花柄のワンピースを着てヴィトンのバッグを提げていたから、フライトに出勤したのだろう。いま家にいるのは鎌田ひとりのはずだが、今日は一度も鎌田の姿を見ていない。午後三時に大田パーキングのようすを見に行ったときはガレージのシャッターがおりていた。

「けど勤ちゃん、鎌田がおること、確かめんとあかんで」

「どうやって」

「さぁな……」

明日の朝までに鎌田の所在を確認しておかないとまずい。ガサに入ったのはいいが、鎌田がいなければ大失態になる。

「電話かけるか」

「家にか」

「鎌田が出たら、それでよし。黙って電話を切る」

「無言電話は怪しまれるぞ」

「よし、分かった」

携帯を開いた。永浜班にかける。西田が出た。

――桐尾です。

――ああ、なんや。

――いま、エンブル大正を張ってるんですけど、電話かけてくれませんかね。誰か婦警に頼んで、鎌田のマンションの固定電話にかけて欲しいんです。坂上さんですか、とかいうまちがい電話を。

――鎌田はどこや。

——部屋にはおると思うんですけど、念のために。

——よっしゃ。交通課で婦警をつかまえる。

——お願いします。

電話を切った。……と、そこへ、

「桐やん、電話は要らん。鎌田が出てきた」

「なんやて」

窓のそばへ行った。鎌田がマンションの外廊下に立ってドアに錠をかけている。

「おれが尾ける。勤ちゃんはここにおれ。係長に、電話は中止やというんや」

いって、一階に降りた。縁側に置いた靴を履き、境内を走る。

鎌田はマンションを出て、大正通のほうへ歩いていく。ベンツに乗るつもりはなさそうだ。桐尾は離れて鎌田を追う。真っ赤なサマーセーターに白のズボンはよく目立つ。

大正通に出た。鎌田はタクシーを拾おうとして、車道のそばに立っている。桐尾は距離をつめた。

信号が変わり、空車のタクシーが来た。鎌田は停めて乗る。桐尾もタクシーを停め、乗り込んだ。

「あの黄色いタクシーを追いかけて」

「お連れさんですか」と、運転手。

「いや、尾行や」

手帳を提示した。「見失わんように頼むわ」

「任してください」

運転手はスピードをあげた。

桐尾は携帯を出した。

——勤ちゃん、鎌田はタクシーに乗った。大正通を北へ走ってる。

——桐やんもタクシーやな。

——とことん尾けたる。

——すまんな。ひとりで。

——気にすんな。

前のタクシーに追いついた。鎌田の頭が見えた。

大正通から千日前通を抜け、黄色いタクシーは相合橋《あいあうばし》筋の手前で停まった。鎌田が降りる。桐尾も料金を払い、領収書をもらって降りた。

鎌田は信号が変わるのを待って横断歩道を渡った。桐尾は離れて鎌田を追う。人通りが多いから尾けるのは易《やす》い。

鎌田はまっすぐ南へ歩き、『ハイム千日前』に入った。桐尾は筋向かいの喫茶店に入って窓際の席に座る。アイスコーヒーを注文し、電話をかけた。

——いま、千日前や。鎌田は三宅のマンションに入った。

——また、やるんかい。明美がおらんあいだに。

——三宅から電話があったんとちがうか。シャブが切れたし、持ってきてと。

——しかし、鎌田が泊まりよったら困るな。

——それはないやろ。おれは出てくるまで待つ。

電話を切った。《ミス千日前》のネオンが赤や青に点滅している。昼間の寂れた感じはない。サラリーマン風のふたり連れが立て看板を見て、入っていった。

アイスコーヒーを二杯、アイスティーを一杯飲んで閉店まで粘った。零時すぎに喫茶店を出て隣のコンビニに入り、雑誌を見ながら張込みをつづける。そうして、零時半に鎌田が姿を現した。桐尾は週刊誌を一冊買ってコンビニを出た。

鎌田は北へ歩き、千日前通でタクシーに乗った。桐尾も乗って尾行する。

タクシーは千日前通を西へ走り、大正橋を渡った。桐尾は上坂に電話をした。

──勤ちゃん、鎌田が帰る。いま大正駅をすぎたとこや。

──そうか。あと、二、三分やな。

──おれは大正通でタクシーを降りる。

──了解。あとはわしが張る。

桐尾は三軒家の交差点の手前でタクシーを降りた。吉野家でテイクアウトの牛丼と味噌汁をふたつずつ買う。ポリ袋を提げて宗玄寺本堂の二階にあがったのは一時前だった。

「どうやった、鎌田は」上坂に訊いた。

「さっき、玄関前にタクシーを乗りつけて、部屋に入りよった」

「明美は」

「まだや」

「これ、食うか」

扇風機の前に座り、牛丼と味噌汁を出した。

「桐やん、ええやつやな」

「みんな、そういう」

「しんどいやろ。桐やんは寝ろや。あとはわしが張る」

桐尾がここを出たあと、上坂は五、六時間、眠ったという。

「ほな、頼む」

座布団を枕に横になった。すぐに眠り込んだ。


八月二十五日、火曜――。

桐尾は五時半に起き、イプサムを運転して府警本部に走った。六時に薬対課に入り、永浜から捜索令状一式をもらう。西田の付添いで拳銃保管庫へ行き、持ち出し手続きをして、拳銃と実包五発を受けとった。ホルスターを左脇に装着し、特殊警棒と防弾チョッキ、捜索用活動服と活動帽、カメラと覚醒剤検査試薬キットをバッグに詰めて刑事部屋を出た。

泉尾署二階の会議室に入ったのは七時十分前。本部薬対課世良班の清水と佐伯、泉尾署生安課の川添以下、伊藤と山田、地域課の渡辺、松本、児玉の全員が揃っていた。

「よし、はじめよ」

川添がいい、桐尾をうながした。

「捜索開始は午前八時ちょうどです」

桐尾は立って説明する。「203号室に入り次第、鎌田一郎の身柄を捕捉《ほそく》し、捜索差押許可状を提示します。同時に北沢明美の身柄も捕捉してください。ブツをトイレに流す等の証拠隠滅を図る恐れもありますので、捕捉は迅速に行うよう留意願います」

「インターホンを押してもドアを開けんときはどないします」渡辺が訊いた。

「その場合は、強く説得します」

「説得しても開けんときは」

「東青会に連絡をとり、組長に説得させます。不測の事態に備えて、バールとワイヤーカッターを用意しておいてください」

「マスターキーはないんですか」

「エンブル大正は分譲住宅ですから、マスターキーはありません。管理人も常駐してません。玄関と地下駐車場出入口のオートロックは七時五十分に解除されます」

永浜が管理会社に申し入れたのだ。「──それと、鎌田の部屋は二階なので、裏のベランダから下に降りて逃走することも考えられます。佐伯さんと伊藤さんは裏を張ってもらえませんか」

「了解」伊藤がいった。伊藤は拳銃を携行する。

「写真は」清水が訊いた。

「エンブル大正は清水さん、フライトは佐伯さん、お願いできますか。大田パーキングは上坂が撮ります」

「車両は三台や」

川添がいった。「マンションの地下駐車場に駐めて、そこから二階にあがる」

「川添課長には本部との連絡をお願いして、現場指揮はわたしがとらしてもらいます」

桐尾は一礼し、上坂に電話をした。

──ようすはどうや。

──変わりなし。鎌田も明美も部屋におる。

──よし。勤ちゃんは大田パーキングに行ってくれ。我々はこれから出る。

川添に向かってうなずいた。

「みんな、203号室の間取りは頭に入れたな」

川添がいった。「ほな、防弾チョッキを装着して、活動服に着替えるんや」

全員が服を着替え、特殊警棒を持った。紺色の捜索用活動服の背中には《大阪府警察》と白抜きで書かれている。


イプサムを含むミニバン三台に分乗し、エンブル大正の地下駐車場に入ったのは七時五十五分だった。駐車場に人影はない。

七時五十七分、地階出入口のドアが開いた。赤いTシャツの女とスーツを着た男が出てきて、白い軽四に乗り、女が運転してスロープをあがっていった。近くの駅まで夫を送っていったのだろう。

八時――。全員が車外に出た。佐伯と伊藤はスロープをあがって建物の裏側にまわり、残る六人は地階出入口からマンション内に入った。エレベーターで二階へ。みんな無言だ。

二階の外廊下を進み、203号室の前に立った。

桐尾はインターホンのボタンを押した。

――はい。なんです。

声の主は明美だった。

――すんません。ちょっと開けてもらえませんか。

――どちらさん？

――警察です。府警本部薬物対策課。

――えっ……。

声がやんだ。

――北沢さん、ドアを開けてください。

北沢の名をいった。早くしないと、ブツを処分される。

――警察がなんの用です。

――家宅捜索です。

じりじりした。早く開けろ。

ドアが開き、明美が顔をのぞかせた。桐尾はすばやく靴先を入れ、令状をかざした。

「鎌田一郎さん宅にまちがいないですね。覚醒剤取締法違反容疑で捜索します」

「分かりました……」

力なく、明美はいった。化粧気はなく、顔色は白い。動揺しているのか、桐尾がフライトの客だったとは気づいていないようだ。

全員が中に入った。靴を脱ぎ、廊下にあがる。鎌田の所在を訊くと、明美は洗面所の向かいの部屋を指さした。

桐尾はドアを開けた。八畳ほどの洋間、男がベッドにあぐらをかいている。ランニングシャツに縞柄《しまがら》のトランクス。胸から二の腕にかけて刺青《ほりもの》が入っていた。

桐尾は清水とふたりで部屋に入り、

「鎌田一郎やな」

声をかけた。「逮捕状や。覚醒剤使用及び譲渡譲受容疑」

そばに寄り、書面を見せた。鎌田はあくびをする。

「こっちは捜索差押許可状や。立ち会いしてくれ」

「好きにしたらええがな」

鎌田はせせら笑った。「立ち会いなんぞ、めんどくさい」

「腕、見せてくれ」

「へっ……」

鎌田は左腕を出した。肘の内側、静脈のまわりに黒痣《くろあざ》ができている。

「けっこう、食うとるな」

「シャブはええで。やめられまへんわ」

「使用を認めるんやな」

「認めるもなにも、この腕が証拠やないけ」

鎌田はサイドテーブルの煙草をとって吸いつけた。天井に向かってけむりを吐く。

「北沢もやるんか」

「なにを」

「シャブや」

「あいつはやらへん」

「おまえがやるのに、よめはんがやらんのはおかしいやろ」

「あいつはよめはんやない。いっしょにおるだけや」

「それを内縁関係というんや」

「おまえ、名前は」

「桐尾や。本部薬対課」

「手帳、見せたれや」

清水にいわれ、警察手帳を提示した。鎌田は一瞥し、

「そっちは」

「清水」清水も手帳を見せた。

「何人、来たんや」

「八人や」と、桐尾。

「えらい、たいそうやのう」

「フライトと大田パーキングも捜索する」

「あほ、ぬかせ。店までガサ入れてどないするんじゃ」

鎌田は眉根を寄せた。「それに、あの駐車場をやってるんは堅気やぞ」

「捜索令状はある。立ち会いせいや」

「じゃかましい。ぶち殺すぞ」

鎌田はわめいた。片膝を立てる。桐尾は警棒に手をやった。

「おいおい、そういう態度はようないの」

清水がいった。「なんなら、東青会の事務所にガサかけてもええんやぞ」

「組は関係ない。シャブはわしのシノギや」

「それやったら、素直に協力せんかい」

「くそボケ」鎌田はまた、あぐらになった。

「シャブ、どこにあるんや」

「ないわい」

「おまえがいうたら、家中を引っかきまわさんで済むんや」

清水はでたらめをいう。鎌田が吐こうと吐くまいと、この部屋は天井裏からトイレのタンクまで、徹底的に捜索されるのだ。

——と、ドアが開き、佐伯と伊藤が入ってきた。佐伯は週刊誌大の紙袋をかざして、

「これがベランダから落ちてきた。こいつが捨てよったんやろ」

「鎌田さんよ、あんたが捨てたんか」

清水が訊いた。鎌田は横を向く。

「知らんふりしても、指紋がついとんのやぞ」

「…………」鎌田は袋を見て舌打ちした。

「これ、なんや」

「知るかい」

「開けるぞ。ええな」

清水は手袋をはめ、紙袋の口を開いた。中のものを取り出す。赤いプラスチックのペンケースだった。落ちた衝撃だろうか、角に小さくヒビが入っている。

「この中身はなんや」

清水はいちいち質問する。鎌田が答えれば、それがなにかを認識していることになり、自供の一部にもなる。

鎌田は灰皿をとって煙草を消し、トランクスに手を入れた。

「なにしてるんや」

「チンチンが痒いんや。掻いてくれるか」

「勝手に掻け」

清水はペンケースを開けた。注射器、スプーン、ライター、パケが二包、入っていた。パケの一

包はシャブの量が少ない。

「これは、なんや」

清水はパケをつまんでみせる。鎌田は答えない。

「おい、訊いとるんやぞ」

「砂糖かい」

「おまえが外に捨てたんやな」

「知らん、知らん」

「これはシャブやな」

「しつこいぞ、こら」鎌田は凄《すご》む。

桐尾はポケットから覚醒剤検査試薬キットを出した。マルキス試薬とも、マルキース試薬ともいい、対象物にこの試薬をかけると、覚醒剤なら、オレンジ色から橙色《だいだいいろ》、茶褐色に変色する。

「いまから予試験をする。これはマルキース試薬というて、シャブの分析をするんや」

「やかましい。要らんことすんな」

「要らんことやない。おまえは被疑者で、この検査を見とかんとあかんのや」

「あほんだら。勝手にさらせ」鎌田は股間を掻く。

桐尾は反応の仕方を説明し、白いガラスプレートにパケの中身をひとつまみ載せた。アンプルの栓を抜き、試薬をかける。白い粉は見るまに茶褐色になった。

「どうや、シャブにまちがいないな」

「シャブや、シャブや。見たら分かるやろ」

鎌田はふてくされて、ベッドに寝ころんだ。

清水が手錠を持って鎌田のそばに行った。

「手ぇ出せ」

「なんじゃい、こら」

「覚醒剤所持で逮捕する」

「この、くそボケッ」

鎌田はわめいたが、抵抗はしない。両手を揃えて前に出す。清水は手錠をかけた。

「大田パーキングの六番ガレージと、ベンツのキーを貸して欲しいんやけどな」桐尾はいった。

「ごちゃごちゃ、うるさいのう。勝手に探せや」

「手間をとらすな。ちょっとは協力したらどうや」

「へっ、明美にいわんかい」

鎌田はベッドに仰向きになったまま、動かない。

桐尾は検査キットを持って部屋を出た。リビングへ行く。明美はソファに浅く座り、両膝に手を置いて、じっと前を見つめていた。清水が室内を写真撮影している。児玉と山田、松本はトイレやキッチンを捜索しているようだ。

桐尾は明美の前に腰をおろした。

「北沢さん、シャブは」

「なによ、シャブて」

「覚醒剤」

「そんなん、するわけないでしょ」

「腕、見せてくれますか」

「ほら……」

明美は左腕を出した。注射痕はない。右の腕にもなかった。

「あとで採尿したいんですけどね」

「なんのことよ」

「尿検査をするんです」

「そんなん、お断わりや」

「シャブをやってないんなら、検査ではっきりさせたほうがよろしいやろ」

「いやや。恥ずかしい」

明美はテーブルのメンソール煙草をとって吸いつける。「――あんた、お店に来たでしょ、先週」

「ああ、行きました」水曜日に行ったのだ。

「映画の会社とかいうたんは嘘やったんやね」

「ま、そういうことです」

「最低やね、あんた」

「すんませんな」

この女はシャブをやっていると思った。たぶん、炙りだろう。

「このあとで、大田パーキングとフライトの捜索をします。立ち会いしてください」

「なにをあほなこというてんのよ。お店は関係ないでしょ」

「これ、見てください。フライトも捜索対象になってますわ」

許可状を広げた。明美は横を向く。

「あんたが立ち会いせんと、捜索が長びく。夕方になって、女の子やバーテンダーが出てきたら、まずいのとちがいますか」

「わたしが行ったら、夕方までに終わるの」

「そのつもりです」

「じゃ、早くして」

「大田パーキングとベンツの鍵はどこです」

「下駄箱の抽斗」

「服、着替えてください。立ち会い頼みますわ」

「待ってよ。煙草吸うてんやから」

明美の指が小さく震えていた。

9

桐尾は清水と伊藤にあとを任せて203号室を出た。明美を同行させ、佐伯といっしょに地下駐車場へ降りる。イプサムを運転して『大田パーキング』へ向かった。

上坂は大田パーキングの屋根つきガレージの前にいた。そばに白髪の男が立っている。桐尾はパーキングに入って通路の突きあたりにイプサムを駐め、降りた。

「桐やん、立ち会いをお願いした『大田回漕店』の大田昭博さんや」上坂は隣の男を紹介した。

「府警本部薬物対策課の桐尾です」

手帳を提示し、一礼した。「お手間をとらせて申しわけありません」

「いや、わしは隠居やし、暇ですねん。なんでもいうてください」

大田は愛想よくいった。齢は七十前後、赤ら顔で小肥り。生成りの半袖シャツにポケットのたくさんついた釣り用のベストを着ている。

「六番ガレージの契約者は〝村上貞雄〟ですよね」

「ええ、そうです」

「契約時に、このガレージでベンツの車庫証明とか保管証明をとりましたか」

「いや、とってませんわ」

「村上貞雄は偽名です。ほんまの借り主は『エンブル大正』２０３号室に居住する鎌田一郎ということを確認してください」

桐尾は鎌田の顔写真を大田に見せた。大田は首をかしげて、

「申込みに来はったんは女のひとですわ」

「なるほどね」

桐尾はイプサムに向けて手をあげた。佐伯が明美をうながして車を降りる。明美は拗《す》ねたような顔でこちらを見た。

「あのひとが契約申込書を書いて判を押したんですな」

「はい、そうです」大田はうなずいた。

「これが捜索差押許可状です。確認してください」

令状を手渡した。大田は眼鏡をかけて読み、はい、確かに、と小さくいった。

「ほな、六番ガレージを開けます」

桐尾はかがんで、明美から預かったキーをシャッターの鍵穴に挿し込んだ。錠を外し、把手《とって》をつ

かんで引きあげる。ガレージに光が射《さ》し込んだ。それを上坂がカメラで撮る。

中はけっこう広かった。天井高は約二・四メートル、ベンツの左右には五十センチほどのスペースがあり、後ろの壁とは一メートル以上の間隔があった。そこに天井までのスチール棚が据えられ、タイヤや脚立《きゃたつ》、工具箱、オイル缶、クリーナー、ワックス、タオル、バケツ、ホースなどのカーケア用品と洗車用品が置かれている。棚の右側には大型のスチールキャビネットがあった。

上坂は外から写真を撮り、桐尾はベンツに乗り込んでエンジンをかけた。車体の半分ほどをガレージの外に出し、エンジンをとめて車を降りる。上坂はガレージの中をひととおり撮影した。

「八月二十五日、午前九時十五分、覚醒剤取締法違反容疑により、大田パーキング六番ガレージの家宅捜索を開始します」

腕の時計を見て、桐尾はいった。「立会人は大田回漕店の大田昭博さんと、鎌田一郎の内妻、北沢明美さん。よろしくお願いします」

「わたし、こんな埃《ほこり》っぽいとこ、嫌やわ。排気ガスの臭いがするし」明美がいう。

「外から見てたらええんや」佐伯がいう。

「なんやの、えらそうに」

「ま、そういわんと」

上坂がいった。「煙草でも吸うててくださいな」

「あんたも、お店に来たよね。映画会社とかいうて」明美は突っかかる。

「ちゃんと勘定払いましたがな。自腹でね」上坂は笑う。

「二度と来んといて」

「はいはい、行きません」

「その足はどうしたんよ」

「痛風ですねん」

「罰があたったんや。嘘ばっかりつくから」

明美は煙草をくわえ、大田は肩をすくめて明美を見た。

桐尾と佐伯はガレージ内に入り、スチール棚のタイヤとアルミホイールを一本ずつ外に出した。棚は埃をかぶり、円い跡がついている。カーケア用品と洗車用品もひとつずつ検《あらた》めて外に出した。

工具箱を開けた。レンチやスパナなど、工具のほかに注意をひくものはない。

スチールキャビネットには鍵がかかっていた。

「これ、キーは」明美に訊いた。

「そんなもん、わたしが持ってるわけないでしょ」

「このキャビネットはもとからここにあったんですか」大田に訊いた。

「いや、棚は据付けやけど、それはちがいますわ」

鎌田が購入して、ここに持ち込んだようだ。

「勤ちゃん、写真や」

上坂がそばに来て、カメラをかまえた。桐尾はホイールレンチをキャビネットの扉の隙間に差し込んで力任せにこじる。弾けたように扉が開いた。

シャブがあった。十グラムほどを小分けにしたビニール包みが四つと、その横に髙島屋の紙袋があった。上坂がたてつづけにフラッシュを焚《た》く。

紙袋をベンツのトランクリッドの上に置き、中のものを取り出した。煉瓦を半分に割ったくらいの四角いビニール包み。白く粗い結晶を大田と明美に見せた。ふたりは黙りこくっている。

キャビネットにはデジタル秤《ばかり》やスプーン、空のビニール袋、割り箸、使い捨てライター、セロハンテープ、ポリシーラーなど、シャブを小分けにする道具が揃っていた。桐尾はデジタル秤に煉瓦を載せる。百三十五グラムを表示した。四つのビニール袋も載せると、百七十五グラムだった。末端価格で千二百万円を超える大量のシャブだ。

桐尾は覚醒剤検査試薬キットを出した。明美と大田に向かって、

「念のため、検査をします。このアンプルはマルキース試薬というて、対象物が覚醒剤やったら、オレンジ色から茶褐色に変化します」

カッターでビニール袋の端を切り、ひとつまみの結晶を出してガラスプレートに載せた。試薬をかける。白い結晶は溶けて茶褐色になった。そのようすを上坂が撮影する。

「覚醒剤です」

桐尾はいった。「令状により、これら物品を押収します」

大田はうなずいた。明美は知らん顔だ。

佐伯がイプサムから段ボールをおろして、いくつかの箱に組み立てた。シャブはひとつの箱に入れ、小分けの道具類は別の箱に入れていく。

桐尾はベンツのドアを開けた。ボンネットとトランクリッドもあげる。桐尾は車室内を捜索し、上坂はトランクを捜索する。

グローブボックス、ドアポケット、シート後ろのポケット――。収納部はすべて調べた。シャブもパケもない。シートの下、ダッシュボードの裏、フロアマットも外して調べる。半時間ほどかけて捜索したが、ベンツの車内からシャブは発見されず、トランクとエンジンルーム内にも不審物はなかった。

「勤ちゃん、車のほうは〝なし〟としよか」

桐尾はガレージの外に出て一息ついた。

「充分や」

上坂は手袋をとり、滴る汗を拭う。「百七十五グラムものシャブを押収したんやからな」

「ご苦労さんです」

大田がいった。「警察の捜索、初めて見ましたわ」

「いやいや、大田さんこそご苦労さんです。ありがとうございました」

「桐やん、車を出してくれ。空のガレージを撮っとく」

いわれて、桐尾はベンツを通路に出した。上坂はガレージに入って撮影する。カメラを上に向けたとき、あれっ――、と声をあげた。

「どうした、勤ちゃん」

「天井や。シャッターボックスのカバーが浮いてる」

桐尾も中に入って天井を見た。ボックスの右端、スチールカバーが曲がって少し隙間が開いている。曲がったカバーをネジで押さえているように見えた。

桐尾はガレージ奥のスチール棚から脚立をおろして組み立てた。シャッターボックスの下に置く。脚立にあがった。

「佐伯さん、プラスドライバーありますか」

「ある」

佐伯は段ボール箱に入れた工具箱からドライバーを出した。桐尾は受けとってネジを外す。カバーをずらし、中を覗くと、黒いビニールが見えた。

「勤ちゃん……」

「シャブか」

「らしいな」

「待て」

上坂はカメラをシャッターボックスに向けて撮影する。

桐尾は腕を差し入れてビニール包みを引き出した。またフラッシュが光る。

「ええか、出すぞ」

包みは重く、ゴツゴツしている。触った形で分かった。

「チャカや」

「ほんまかい……」

「ああ、まちがいない」

包みを上坂に渡した。懐中電灯をもらってボックス内を見る。なにも残っていなかった。

桐尾は脚立を降りた。上坂は包みを床に置く。黒にグレーの水玉模様、ビニール製の風呂敷のようだ。

「これ、開けます」

大田と明美にいい、付着指紋を消さぬよう慎重に結び目を解いた。新聞紙の包みが現れる。油染みで濡れたようになっている。

新聞紙を開くと、薄茶色の布が現れた。布は油でべっとりしている。

布包みを開いた。鈍色《にびいろ》の拳銃……オートマチックだ。

「トカレフや」佐伯がいった。

いわれなくても分かった。銃は無骨な形で厚みがなく、グリップの真ん中に星のマークが刻まれている。旧ソ連軍用拳銃の標《しるし》だ。

「どえらいもんが見つかったな、え」

上坂がいう。「シャブとチャカの二点セットやで」

「この銃に見憶えは」明美に訊いた。

「あるわけないわ」明美は大げさに首を振る。

「鎌田が拳銃のことを話題にしたことは」

「そんなこと、いうわけないでしょ」

「韓国やフィリピンに行って、拳銃を撃ったことぐらいあるんとちがうんかいな」

「あほらしい。知らんわ」

明美はガレージを出ていった。

「これ、本物ですか」大田が訊いた。

「たぶんね」上坂がいう。

「ピストル見たん、初めてですわ」

「そら、一般のひとは見んでしょ」

「刑事さん、ピストルは」

「普段は持ち歩かんのです」

桐尾は携帯を開いた。永浜の携帯に電話をする。長いコールのあとでつながった。

――はい、永浜。

――桐尾です。

――おう、どうした。

――いま、大田パーキングのガサに入ってるんですけど、シャブ百七十五グラムと、拳銃一丁を発見しました。

――拳銃やと。

――トカレフです。

――モデルガンやないやろな。

――油だらけの布と新聞紙に包まれた真正拳銃です。ガレージ内のシャッターボックスに隠してありました。

実包《タマ》は発見していないが、銃に装塡《そうてん》されているのだろうといった。

――現場の指紋採取等、より詳しい調べが必要です。鑑識を寄越してもらえませんか。

――分かった。鑑識課にいうて、そっちへ行かせる。

――班長は。

――いま、石井のマンションや。

――シャブは。

――未発見。

電話は切れた。

「勤ちゃん、鑑識を待と」

「こいつは長びくぞ」

上坂はカメラを胸に提げ、明美のそばで煙草を吸いはじめた。

府警本部鑑識課から三名の捜査員が来たのは十時四十分だった。捜査員は手分けしてガレージ内とベンツ内の写真撮影、指掌紋採取、足痕跡《そくこんせき》採取などを行った。トカレフには触らず、ビニール包みのまま段ボール箱に入れて科捜研に持ち込み、旋条等の詳細鑑定をするといった。

十二時半――。鑑識作業が終わり、捜査員は帰っていった。桐尾はベンツをガレージ内にもどし、シャッターをおろして施錠した。六番ガレージは被疑者の調べが終わるまで使用禁止とし、鍵を預かりたいと大田にいうと、快く了承してくれた。

大田に立ち会いの礼をいって帰ってもらい、桐尾は清水の携帯に電話した。

――桐尾です。大田パーキングのガサを終えました。

――あったか、ブツは。

――百七十五グラムです。

――大漁やな。

――チャカも見つけたんです。トカレフを。

――そら、おまえ、金星やないか。

そう、覚醒剤押収と拳銃押収では重みがまるでちがう。拳銃を挙げることは刑事にとって最重要事項であり、極端にいえば覚醒剤十キロ――末端価格七億円――より、拳銃一丁のほうが値打ちがあるのだ。このトカレフ発見で、桐尾と上坂の刑事部長賞はまちがいなく、うまくいけば府警本部長賞をもらえるかもしれない。清水に金星といわれ、桐尾は胸が躍った。

――そっちはどうです。

――あかんな。まだ鎌田が捨てたブツだけや。

――応援しましょか。

――かまへん。数は足りてる。おまえらは『フライト』のガサに入れ。

――ほな、そうしますわ。

このガサの主担は永浜班の桐尾であり、世良班の清水におまえ呼ばわりされる筋合いはないが、腹は立たなかった。

泉尾署の川添にも電話をして状況を報告し、八番ガレージのシャッター前に座り込んでいる明美のそばに行った。

「さ、行くか。フライトへ」

「うち、お腹空いたわ」

「ガサの途中で飯は食えん」

「なにいうてんのよ。わたしは頼まれて立ち会いしてるんやで。朝ごはんも食べずに」

「夕方までにガサを済ましてくれというたんは、あんたやで」

「そのあとはどうなるの。わたしは店に出ていいわけ？」

「そら無理や。あんたには府警本部に来てもろて事情を訊かなあかん」

「いや、というたら」

「そういわれたら、しゃあない。今日は採尿して、明日も出頭してもらう」

「そんなん、犯人扱いやんか」

「犯人扱いしとうないから協力して欲しいんや」

「強引やね」

「あんたがどうしても採尿を拒否する場合は強制採尿もできる。身体検査令状と捜索差押許可状でな。……けど、そのときはあんたを拘引せなあかんし、あんたもうっとうしいやろ」

「そうやって市民をいたぶるのが警察なん？」

「北沢さん、あんたはシャブの売人といっしょに暮らしてるんや。鎌田のシャブを知ってて大成信金の口座を決済に使わせてたんは、共犯とみなされてもしかたないんやで」

「…………」明美は抗弁しなかった。大成信金が効いたらしい。

「我々はガサに入るまでに、鎌田とおたくの周辺捜査を終えてますねん」

上坂がいった。「ここは機嫌よう協力してもらえませんか」

「わたしは、お腹が空いたというただけや」気弱に、明美はいう。

「分かった。昼飯、食いましょ」

上坂は笑った。「なにがよろしい」

「なんでもいいわ。うどんでもラーメンでも」

「それやったら、フライトへ行って出前でもとりましょ」

上坂は腕を添えて明美を立たせる。桐尾と佐伯は先にイプサムに乗った。


午後一時半——。フライトの捜索をはじめた。明美は四時ごろ、従業員五人に電話をし、今日は臨時休業すると伝えた。

捜索は五時すぎに終了した。シャブや大麻、ＭＤＭＡなどの薬物は発見されなかったが、カウンターの抽斗から裏物の無修整ＤＶＤのコピー十二枚を見つけたのはご愛敬だった。明美に訊くと、バーテンダーが店に持ち込み、馴染みの客に進呈していたものだといった。進呈ではなく、売りつけていたと思ったが、追及はしなかった。

桐尾は薬対課に電話をした。永浜が出た。

——フライトのガサを終えました。収穫なし、です。

——そうか。ご苦労さん。泉尾署の川添さんには、わしから挨拶しとく。

——石井のガサはどうでした。

——難渋した。マンション中をひっくり返したけど、どこにもブツがない。こらあかんかなと思たとき、石井のクラウンからガンコロが出た。

〝ガンコロ〟とは覚醒剤の結晶をいう。北朝鮮で製造された覚醒剤は、通常、小豆《アズキ》大の状態で密輸入され、石井たち元締めは結晶のままで売人に卸す。鎌田たち売人はそれを安藤たち小売人に売り、小売人はガンコロを細かく砕いて粉状にし、〇・一グラムから〇・三グラムに小分けしてパケにし、常習者に売るのだ。

——トランク底のタイヤハウスや。スペアタイヤの下にガンコロが三つ、ころがってた。ビニール袋の隙間からこぼれたんやろ。

——石井はどこです。

——留置場に放り込んだ。

石井は覚醒剤所持と譲渡を否認しているという。

——ほかはどうです。

——安藤、南原、樋口、三宅を引いた。いま、森やんが畠中のヤサを張ってる。

——畠中、フケたんですか。

——どうやろな。『大安荘』にガサをかけたけど、おらんのや。

畠中はやはり、森と村居の尾行に気づいたのかもしれない。

——応援、行きましょか。

島之内はすぐ近くだ。歩いていける。

——北沢の身柄《ガラ》は。

——上坂に任せますわ。あとは採尿です。

——分かった。畠中のヤサにまわってくれ。

——了解です。

電話を切った。

「勤ちゃん、おれは島之内へ行く。北沢を本部に同行して採尿してくれ」

「あいつ、ひっきりなしにトイレ行っとるわ」

店のボックスシートに座っている明美を見やって、上坂はいう。「あれはまちがいなく、シャブを食うとるで」

「その足で運転できるか。イプサムの」

「アクセルぐらい踏めるやろ」

「ブレーキも踏むんやぞ」

捜索服を私服に着替え、フライトをあとにした。


玉屋町から島之内へ歩きながら、森の携帯に電話した。

——はい、森。

——桐尾です。どこですか。

——教会の近くや。弁当屋があるから、横の階段をあがれ。

さも面倒そうに森はいった。

島之内――。三角屋根のカトリック教会そばの四つ角にテイクアウトの弁当屋が見えた。ビルは五階建で、左にコンクリートの外部階段がある。

桐尾は階段をあがった。五階から屋上へ行く踊り場に、森と男がひとりいた。

「本部薬対課の桐尾です」傍らの男に一礼した。

「中央署生安課の大久保です」

男は若い。三十前後だろう。チェックの半袖シャツにチノパンツ、タイガースの野球帽を手にしている。

「大久保さん、ガサの応援で？」

「はい、そうです」

大久保はうなずいた。「畠中がもどったら、すぐガサをかけられるように、あとふたりが署に待機してます」

「朝、四人で来たんや」

森がいった。「大安荘の102号室。ノックしたけど、返事がない。そのまま昼前まで張ったけど、ひとの気配はなかった。それで、ここに移動した」

「畠中は感づいたんですかね」

「それはないと思うけどな」

明日の朝までに畠中がもどらないときは大安荘の家主に立ち会いを頼んでガサに入る、と森はいう。「――班長に聞いたけど、鎌田のガレージでチャカを見つけたんやてな」

「トカレフです。鑑識を呼んだりして、ひと騒動でした」

「おまえら、運がええ。わしなんか刑事《デカ》を十五年もやって、挙げたチャカは一丁だけや」

森はそういうが、運だけの問題ではない。森は無能で、万事にやる気がない。内偵情報を上にあげたことは数えるほどしかなく、それも対象はアメリカ村界隈《かいわい》にたむろする小売人《コシヤ》ばかりで、中卸はおろか売人までつながったことすらない。森は班長の永浜より二期下の四十代半ばだが、巡査部長のままで定年《あがり》になるだろう。

「ここ、ロケーションがよろしいね」

話題を変えた。「大安荘がよう見える」

踊り場の手すり越しに前の道路が一望できる。水商売らしい男女がよく行き来するのは、安いアパートやマンションの多い島之内の特徴だろう。

「交代や。疲れた」

森は階段に腰をおろして煙草をくわえた。桐尾は壁に寄りかかって大安荘を張る。午後五時四十分。西陽がまともに照りつける。

「暑いですね」

大久保がいった。「なにか、冷たいもん買うてきましょか」

「いや、あとでもらうわ」

踊り場にはコンビニのポリ袋と、下の弁当屋の空容器がある。

「ぼくが張ります。桐尾さんも一服してください」

大久保は野球帽を目深《まぶか》にかぶった。耳がつぶれている。

「それ、柔道かいな」畳擦れだろう。

「子供のときからやってますから」

「段は」

「いちおう、四段です」

「そら、めちゃくちゃ強いわ」

「一昨年まで強化選手でした」

「クラスは」

「六十キロ級です」いまは七十キロを超えているという。

「減量、辛かったやろ」

「それで引退したんです。若いときはそう苦労せんでも体重を落とせたんですけど」

「彼は強いぞ」

森がいった。「府警の柔道大会でメダルを何個もとってる」

「いえ、井の中の蛙《かわず》ですわ。上にはなんぼでも強いのがいてます」

にこやかに大久保はいう。こんな人懐っこさは訊込みに向いている。

「ほんま、気にせんと休んでください。自分は体力だけは自信ありますから」

「わるいな。ほな、頼むわ」

桐尾は踊り場の床に座った。さすがに疲れている。今朝は午前一時前まで鎌田を尾行し、五時半には起きてガサの準備をしたのだ。ホルスターの銃が重い。

「上坂はなにしとんのや」森が訊く。

「採尿ですわ。北沢明美の」

「あの足でガサに入れたんか」

「がんばってました。鎮痛剤服んで。チャカを見つけたんは勤ちゃんです」

「そうかい……」

森は脚を伸ばしてふくらはぎを揉む。

桐尾は壁にもたれた。無性に眠い。腕を組み、眼をつむった。


畠中です——。大久保の声で我に返った。

桐尾は立って手すりのそばへ行った。下の道路は薄暗く、畠中の姿はない。

「いま、大安荘に入っていきました」大久保がいう。

「まちがいないんやな」

「写真で見たとおりです。ひょろっと背が高《たこ》うて、髪の毛を後ろに括《くく》ってました」

畠中は長髪だから、髪を括ることがあるかもしれない。

「桐やん、行くぞ」

森がいった。階段を降りていく。桐尾と大久保もつづいた。

大安荘の玄関前で立ちどまり、森はひとりで中に入っていった。桐尾は時計を見る。七時二十分——。一時間半ほど眠ったらしい。

森はすぐに出てきた。102号室にひとがいる、という。

「十分後にカチ込む。君は裏をかためてくれ」

森は大久保にいった。大久保はうなずいて、横の路地に消えた。

「桐やん、ここで張っててくれ。わしは管理人を連れてくる」

「どこですねん」

「この一筋向こうの質屋や」質屋の経営者が大安荘の所有者だという。

「中央署の待機要員は」

「要らんやろ。桐やんが来たんやから」

いって、森は足早に去っていった。

桐尾は玄関前から離れた。酒屋の自販機のそばへ行き、缶入りコーヒーを買う。煙草を吸いながらコーヒーを飲んだ。

森はすぐにもどってきた。後ろに初老の男がいる。

「『宮下質店』の宮下さんや。立ち会いをお願いした」

「どうも、お忙しいところをありがとうございます。府警薬対課の桐尾といいます」

桐尾は頭をさげた。宮下もさげる。紺のポロシャツにグレーのズボン、素足に革のサンダルを履いていた。

「畠中はいつ入居しました」

「一昨年の春です」

「契約は本人が？」

「そうです」

「独り住まいですね」

「そのはずです」

「102号室の間取りは」

「2DKです」

手前にダイニングキッチンとバス、トイレ、奥に六畳の和室と洋室が並んでいるという。

「裏にベランダは」

「ベランダはないけど、洋室の掃き出し窓から外に出られます」

裏の通路幅は約一メートル、隣家との境界はブロック塀だという。

「了解です。……マスターキーは」

「ここに」宮下はポケットからキーを出して見せた。

「ほな、お願いします」

森がいった。宮下はこっくりうなずいた。

大安荘に入った。廊下は狭い。天井の蛍光灯が点いたり消えたりしている。

１０２号室の前に立った。桐尾はドアに耳をつける。テレビの音が聞こえた。

森がノックした。はい——。返事があった。

「畠中さん、開けてください」

誰や——。

「警察です」

それきり、いくら問いかけても返事がない。テレビの音もやんだ。

「畠中、開けるんや」

森はノブを引くが、施錠されている。

「開けてください」

宮下にいった。宮下はマスターキーを挿そうとするが、慌てている。桐尾が手伝って解錠し、ドアを開けた。

狭い玄関三和土《たたき》に男物のローファーが二足と、下駄箱の上にスニーカーが三足。ダイニングのテーブルにビール缶がころがり、泡まじりのビールが床に滴っている。トイレのドアが開いていた。

「畠中！」

桐尾は靴を脱ぎ、トイレに飛び込んだ。赤いTシャツの男が便器の前にかがみ込んでいる。腕を逆手にとり、引きずり出した。

「なにしとったんや」

森が訊いた。畠中は黙って桐尾の手を振り払う。桐尾はトイレに入った。タンクの上に破れたパケが散乱している。便器の中はシャブだらけだ。

「おまえ、シャブを流そうとしてたな」

「…………」畠中は横を向く。

「座れ」

ダイニングの椅子を引き、肩を押さえて座らせた。

「捜索令状や」

森が捜索差押許可状を見せた。「覚醒剤取締法違反、所持、譲渡容疑で家宅捜索する」

「…………」畠中は口をきかない。

桐尾は奥の洋室に入った。掃き出し窓の外に大久保がいる。クレセント錠を外すと、大久保は靴を脱いで入ってきた。ふたりでダイニングにもどる。畠中は椅子に座って頭を抱え、森はこぼれたビールを雑巾《ぞうきん》で拭いていていた。

「管理人は」森に訊いた。

「外やろ」

いわれて、桐尾は玄関ドアを開けた。宮下が廊下に立っている。

「宮下さん、ありがとうございました」声をかけた。

「もう、よろしいんか」

「はい、けっこうです」

「ほな、これで」

宮下はアパートを出ていき、桐尾はドアを閉めて施錠した。

森は雑巾を流しに放り、畠中に向かい合って座った。

「腕、見せてみい」低くいう。

畠中は右腕を出した。注射痕はない。

「左もや」

畠中は左腕を出した。肘の内側が黒ずんでいる。

「いつから、やってるんや」

「…………」

「いっぺんにどれくらいやるんや」

「…………」

「おい、聞こえてんのか」

「…………」

「こいつはガサのショックで言葉を忘れたらしい」

森は嘆息し、ジャケットのポケットから覚醒剤検査試薬キットを出した。ケースの蓋《ふた》を開け、マルキース試薬のアンプルとガラスプレートを出して、捜索差押許可状と並べて畠中の前に置く。それを桐尾は写真に撮った。

「桐やん、ブツをくれ」

桐尾はトイレに入り、中の状況を撮影した。手袋をはめて破れたパケのひとつをとり、森に渡す。

「知ってるやろけど、これは覚醒剤の分析をするマルキース試薬や」

さも面倒そうに森は説明する。「この白い粉が覚醒剤やったら、茶褐色に変色する。ええな」

森はパケからひとつまみの粉をとり、プレートに載せた。アンプルの栓を抜いて試薬をかける。粉は茶褐色になった。

「どないや、覚醒剤にまちがいないな」

「…………」畠中は眼をつむっている。

「往生際がわるいぞ。売人なら売人らしいに、シャブでございますと認めんかい」

「…………」

「そうかい。分かった。いつまでても黙っとれ」

森は手錠を出して大久保に渡した。「畠中和義。覚醒剤所持容疑で逮捕する」

大久保は畠中の腕をとり、手錠をかけた。

# 10

八月二十六日、水曜、午前七時──。永浜班六人はミニバン二台に分乗して府警本部を出た。永浜は緋木組幹部石井晃の所有車から覚醒剤が押収されたことにより、昨夜、大阪地裁から緋木組事務所と、組長湯川忠男の自宅、幹部館野行正の自宅を対象とする捜索差押許可状をとっている。

「勤ちゃん、顔が浮腫んでるぞ」

運転しながら、桐尾はいった。「痛風が顔にまわったか」

「わしの顔は真《ま》っ赤《か》っけか。風が吹いても痛いんかい」上坂は笑う。

「おまえ、その足でようガサかけたな」リアシートの西田がいう。

「鎌田のマンションには行かずに、駐車場で待ってたんですわ」

「びっくりしたやろ。チャカが出たときは」

「いや、正直びっくりしましたわ」

上坂はいい、「科捜研から、なにかいうてきましたか」

「あのチャカはソ連製やない。中国製のトカレフや。マガジンに弾《たま》が三発、装填されてた」

付着指紋なし。発射痕あり。銃を包んでいた新聞は紀伊新聞という地方紙だという。

「聞き馴れん新聞ですね」桐尾はいった。

「会社は田辺や。発行部数は三万八千。そのうち七割が田辺市内で購読されてる」

「鎌田のやつ、和歌山に知り合いの極道がおるんかな」

「どうやろな。このガサが済んだら、じっくり締めあげたろ」

鎌田はいま、府警本部の留置場だ。石井の房とは離している——。

「おまえら、ようやった。チャカを挙げて、班長は機嫌ええぞ」

永浜は府警本部長賞を申請するだろうと、西田はいう。「褒賞金で一杯、奢《おご》れや」

「なんぼ、もらえるんです」と、上坂。

「さぁな……。五千円か、一万円か、そんなとこやろ」

「えらい大金やないですか」

「本部長に、そういうてみい」

「会えるんですか、本部長に」

「んなわけないやろ」

西田はそれきり、口をきかなかった。


七時三十分、津守に着いた。光津神社の裏手、緋木組事務所前に車を停める。永浜たちの車も停まった。

全員が車外に出た。永浜が玄関ドアをノックする。すぐに開いて、茶髪の男が顔をのぞかせた。二十代半ば。派手なアロハシャツを着ている。

「府警本部薬対課や」

永浜は令状を示した。男は一瞥し、

「警察がなんですねん」

「ガサや。覚醒剤取締法違反容疑」

「そら、ご苦労さんです」

男はせせら笑った。昨日の石井の逮捕で、家宅捜索を予想していたのだろう。

「あんた、名前は」

「曽根《そね》いいます」

この男は初顔だ。緋木組に曽根という組員はいなかった——。

「盃《さかずき》は」

「なんのことです」

「ここの組員かと訊いてるんや」

「さぁ、どっちでっしゃろな」

「舐めるな」

永浜は曽根の肩をつかんで突き放した。六人が事務所内に入る。

住宅の一室を改装してプリント合板を張りめぐらせた安っぽい造作だった。薄いフェルトカーペットを敷いた床がぎしぎし軋《きし》む。スチールデスクが三脚と応接セット。右の壁際の長押《なげし》に神棚をしつらえ、飾り提灯《ちょうちん》をずらりと並べている。提灯に代紋はなく、《緋木》とだけ墨書きされていた。

「おまえ、ひとりだけか」西田がいった。

「おれ、当番ですねん」

「館野、澄田、末永は」

「家ですやろ」

「身柄《ガラ》を躱《かわ》したというわけか」

「そんなん、知りまへんがな」

「湯川は」

「ここには出てきはりまへん」

「バリアフリーやないもんな」

西田は床に眼をやった。組長の湯川の車椅子を示唆したつもりだろうが、曽根に反応はない。バリアフリーの意味が分からないようだ。

「シャブ、あるか」

「どこに」

「この事務所や」

「あほなことというたら困りまっせ。手が後ろにまわるやないですか」

「腕、見せてみい」

「おれ、ちがいまっせ」

曽根は交互に腕をあげた。注射痕はなかった。

「あとで採尿する。協力してくれ」

「小便、採るんでっか」

「そういうこっちゃ」

「おれ、抗生物質、服んでますねん」

「なんでや」

「性感染症とかいうやつですわ」

安い風俗はあきまへんな、と曽根は笑った。

「フルネームと生年月日を教えてくれるか」西田が訊いた。

「曽根尚之《たかゆき》。昭和五十八年二月十一日」

西田はメモ帳に書きとった。あとで犯歴データをとるのだ。

「二階はなんや」村居がいった。

「倉庫です。六畳と八畳の」

「当番はどこで寝るんや」

「六畳間にベッド置いてますねん」

二階はエアコンがないから事務所のソファで寝ることが多い、と曽根はいう。桐尾は宗玄寺の本堂二階を思い出した。

「石井は週になんべんほど顔出すんや」

「さぁ、この一月ほどは見てませんね」

「石井の手伝いはせんのかい」

「どういう手伝いです」

「シャブの売《バイ》とか配達や」

「刑事さん、冗談きついわ。シャブなんか見たこともありませんで」

「いつから、この組に出入りしとんのや」

「さぁ、今年の春ごろかな」

「ここが薬局と知っててか」

「なんのことです」

「もうええ。そこでガサを見学しとけ」

「すんまへん。勉強させてもらいますわ」曽根は傍らの椅子を引き寄せて座った。

　この男は刑事の対応に馴れている。前科の二つや三つはありそうだ。

「さ、はじめるか」

　永浜がいった。班員は四方に分かれる。桐尾は村居とふたりで二階にあがった。

　六畳と八畳の和室だった。あいだの襖《ふすま》は取り払われて壁に立てかけられている。奥の八畳間に洋《よう》簞笥《だんす》、和簞笥、鏡台、書棚、丸めた敷物、ストーブ、布団、座卓、ソファ、テレビ、ラジカセなどが乱雑に置かれ、大小の段ボール箱が三、四十個は積まれて、畳の見える隙間もない。手前の六畳間にはスチールベッドと座卓が置かれ、その上にはペットボトルやラーメン鉢、黴《かび》の生えたフライドチキンなどが散乱している。縁の欠けた火鉢の灰には煙草の吸殻が針山のように刺さっていた。

「これは倉庫やない。ゴミ溜めや」村居はためいきをつく。

「こんなゴミ、分別《ぶんべつ》できませんで」

「押入、どこや」

床の間もある。洋箪笥の裏だ。

「あの鏡台の後ろあたりでしょ」

「昼までに押入までは行きつかなあかんの」

「長い道程《みちのり》ですね」

「ま、ぼちぼちやろ」

村居はベッドのタオルケットをとって床に放った。敷き布団をはぐって裏を見る。

「臭いのう。染みだらけや」

「何年も洗うてないんでしょ」

「留置場の布団でも、これよりマシやぞ」

「登美丘署はきれいでしたか」

「シーツも枕カバーもちゃんと洗濯してた。房は古かったけどな」

村居には看守の経歴がある。若いころ、登美丘署で二年、留置場係をしていた。村居はよくいえば生真面目《きまじめ》、わるくいえば融通の利かない堅物だから、収容された被疑者と馴れ合いもなく、規則を厳守させて、事故ひとつなく二年間を過ごしたのだろう。村居は登美丘署から池島署生安課に異動し、四年前、本部薬対課に来た。堺の公団住宅に家族四人で暮らし、酒も煙草もやらず、ギャンブルもしない。給料はみんな家に入れて、月に一万五千円の小遣いをもらっているという。なにが楽しみで働いているのかと桐尾は思うが、ひとそれぞれに生き方はある。

桐尾は八畳間に入った。テレビとラジカセを座卓の上に置き、裏板を見る。細工の跡はない。ラジカセのプラグをコンセントに差し、イジェクトボタンを押してカセットを出す。北島三郎の演歌だった。

　段ボール箱をひとつずつ開けた。雑誌、漫画本などに混じって二十年ほど前の《神戸川坂会月報》が出てきた。バブルのころはヤクザが月刊誌を発行していたのだ。

「村さん、こんなん知ってました？」

「噂には聞いてた。本物を見るのは初めてや」

「記念にもらいますか」

「やめとけ。洒落にならん」

　村居は六畳間のキャビネットにとりかかった。下から順に抽斗を抜いて中のものを調べはじめる。

　桐尾は月報をめくった。巻頭に川坂会綱領と〝組長の辞〟。次に若頭の時局随想。その次に直系組長のエッセイがつづき、右翼関係者からの特別寄稿もあった。〝法律教室〟は刑事訴訟法の解説で、投稿欄には詩や短歌、俳句が並んでいる。どれも素人《しろうと》ばなれした、いい作品だと思えた。告知板には日本各地の放免祝いや葬儀の日程が掲載されている。

「桐やん、いつまで遊んでるんや」村居が振り返った。

「いや、高校生のころ、『唐獅子《からじし》株式会社』いう小説を読んだんやけど、それを思い出したんです」

　桐尾は月報をもどした。「こんなガサ、無駄ですよね」

　シャブが見つかるとは思えない。

「これはセレモニーや。石井のヤサにガサかけて、組事務所をほっとくわけにはいかんやろ」こともなげに村居はいう。

「セレモニーなら適当にやりますか」

「ごちゃごちゃいわんと、まじめにやれ。宝の山と思て」

「了解。ちゃんとやりますわ」

次の段ボール箱を開けた。


緋木組事務所の捜索は予想どおり不発に終わった。曽根を天王寺区北山町の警察病院に任意同行して採尿したが、覚醒剤成分は検出されないだろう。

永浜班は分担して、逮捕した被疑者の取調べをした。桐尾と上坂は出頭してきた北沢明美を取調室に入れ、身体検査令状を示して採尿を要請する。明美は頑強に首を振った。

「――なんで、うちが検査されなあかんのよ。お店は開けられへんし、ただでさえ迷惑やのに、これ以上いうとおりにはせえへんわ」

「こうして令状までとってますねん。ええ加減で、ウンというてくださいな」

できれば強制採尿はしたくない。粘り強く説得して納得させ、任意提出書、同意書を書かせた上で採尿するのだ。強制採尿は公判廷で、長時間にわたって身柄を拘束された、脅迫を受けて強制的に採尿された、偽計をもって採尿された、などと主張されることが多い。特に北沢明美の場合は腕に注射痕がないため、尿鑑定だけが決め手になる。

「いうとくけど、うちは女やで。あんたらは男や。いやらしいことせんとってよね」

明美は懸命にいいつのる。尿を提出することで起訴されるのは自明なのだから。

「しゃあない。強制採尿ですな」

桐尾は身体検査令状を明美の前に差し出した。「婦警を呼びますわ」

「やめてよ。見も知らん女に……」

「北沢さん、抵抗するのは無理ですわ」

上坂がいった。「なにがどうあろうと、我々は退《ひ》きません。これが仕事ですねん。北沢さんが『フライト』で、どんな客にも機嫌よう飲ませてるようにね」

「どういう意味よ」

「おたくは接客のプロ、我々は捜査のプロ。仕事に妥協はないんです」

「そう……」明美は俯《うつむ》いた。

「それと、教えて欲しいことがありますねん」

「なによ」

「拳銃の入手先ですわ。ガレージにあったトカレフの」

「うちは知らんていうたやろ。あんな物騒なもん、知るわけないわ」

「けど、話ぐらいは聞いたんやないんですか」

「あほなこといわんとって。うちはほんまに、なにも知らんねん」

『大田パーキング』へ行ったのは契約時だけだったと、明美はいう。

「鎌田がガレージにシャブを隠してたんは知ってたんやろ」桐尾はいった。

「あんたもしつこいね。うちはシャブなんか関係ないんや」

「鎌田は東青会の関係者から拳銃を預かったんかいな」

「あのひとはね、シノギのことはいっさい、うちには話さへんねん」

「シノギいうのはヤクザの専門用語やで」

「あんた、いちいち細かいこというけど、干支《えと》はなに？　ネズミ？」

「トラですわ。ふたりとも」

「トラのくせにセコいんやね」

さもばかにしたように明美はいう。「ここ、灰皿は」

「あいにく、禁煙ですねん」

「最低やな、警察て」

明美は椅子を引き、脚を組む。

「採尿、お願いしますわ」

「嫌や。絶対、嫌や」

明美は大きく首を振る。ラメ入りのニットの胸も揺れた。

「勤ちゃん、婦警や」

「ああ……」

上坂は取調室を出ていった。

「北沢さん、ものは相談ですわ」

桐尾は上体を寄せた。低くいう。「拳銃のことで情報ないですか。どんなことでもええし、教えてもろたら、強制採尿はおれの権限で中止します」

「…………」明美は訝《いぶか》しげに桐尾を見る。

「正直なとこ、おたくは鎌田のおまけですわ。おまけを引いたところで我々の成績があがるわけやなし、おたくにはフライトをつづけて欲しいと思てますねん」

「それって、ほんま?」

「嘘と悪態はつかんことにしてます」

「今年の春やったわ」

「なにが……」

「あのひとが、脚立を買うてこいというた。なにするん、と訊いたら、ガレージに置いとくというから、なにに使うんやろと思た。……だって、あんな狭いとこで脚立なんか要らんやんか。けど、買わんかったら、あのひと怒るから、三軒家のホームセンターで買うてパーキングに持ってった」

　そう、ガサに入ったとき、ガレージ奥のスチール棚に高さ一・五メートルほどのアルミ脚立がたたんで置いてあった。桐尾はあの脚立に乗ってトカレフを発見したのだ。

「鎌田が脚立に乗ってシャッターボックスのカバーを外したりするとこ、見たんですか」

「ううん……」明美はいいよどむ。

「ビニール包みを入れるのを見たんですか」

「そんなん知らん。うちは先に帰ったから」

「それ、今年の春にまちがいないんですね」

「うん、そう」明美はうなずく。

「何月でした」

「四月の初めやったと思う。ガレージの裏手の桜が咲いてたし」

　以来、明美は大田パーキングに行っていないという。

「鎌田は拳銃とかチャカとか、口にしたことありますか」

「聞いたことないわ」

「今年の四月ごろ、鎌田がよう会《お》うてた人間いてますか」

「憶え、ないね」

　明美は言下に答えた。とぼけているふうもない。拳銃に関しては知らないようだ。

「鎌田は月に何日ほど、組事務所に行くんです」

「週にいっぺんくらいかな」

「組のシノギはせんのですか」

「あのひと、今野さんとはうまくいってないみたい。羽振り利かす、とかいうて」

東青会若頭の今野泰彦は三十九歳で、鎌田は四十一歳だ。年下に風上に立たれておもしろいはずはないだろう。

「北沢さん、三宅奈津子いうひと、知ってますか」

「誰よ、それ……」

「いや、知らんかったらええんですわ」

「ミナミの女？」

「ま、そうです」

「あのひとを尾けたん？」

「内偵捜査でね」

「やっぱりや」

明美は舌打ちした。「その女、どこに住んでるのよ」

「それはいえません」

「千日前？　島之内？　日本橋？」

「さて、どこでしたかな」

この女は気性が激しい。三宅のことを訊こうと思ったが、やめた。

そこへ、ドアが開いて上坂がもどってきた。婦警をふたり連れている。

「なによ、あんたら」明美は振り返った。

「採尿ですわ」と、上坂。

「あほいいな。うちは協力したんやで」

明美は桐尾を見る。桐尾は笑った。

「騙《だま》したんやね」

「なんのことです」

「さ、採尿して」

上坂はテーブルの身体検査令状をとって婦警に渡した。行きましょ、と婦警は明美をうながす。

「触るな。あほ」

明美は立ちあがった。「おしっこでも髪の毛でも採らしたる」

捨てぜりふを吐き、婦警に挟まれて出ていった。

「どうやった、桐やん」上坂が訊いた。

「今年の四月や。桜の咲いてるころ、鎌田はトカレフをシャッターボックスに隠した」

「ほかは」

「それだけや。明美はチャカにはかかわってへんやろ」

「しかし、えらい怒ってたな」

「怒りもするやろ。おれの口車にひっかかって」

「シャブを食うといて処罰がないと考えるほうが甘いわ」

「さて、次の調べは」

「三宅奈津子や」

留置場へ連れに行こうと、上坂はいった。

三宅奈津子を取調室に入れ、手錠を外した。桐尾が質問して上坂が調書を書く。まず人定質問からはじめ、本題に入った。

「──いつ、大阪に出てきたんや」

「二十歳のときです」

「平成十五年やな」

「九月でした」

「城東区の放出。……アパート？　マンション？」

「高校の友だちが住んでたアパートです。隣の部屋を借りました」

三宅は背筋を伸ばし、桐尾の眼を見て丁寧に答える。化粧気はないが、目鼻だちが整っている。こんなまじめそうな女がなぜ、鎌田のようなヤクザとつきあい、シャブをやっていたのか、不思議でならない。

「当時は派遣社員やったな」

「いまはなくなりましたけど、『ダイレックス』という派遣会社です。森之宮《もりのみや》のパソコンパーツ販売会社で事務をしてました」

「平成十六年の暮れに事故を起こしたんは」

「友だちの軽四で和歌山までドライブしました。その帰り、アパートの近くまで来て、追突してしまいました」

「それで、業務上過失致傷か」

「相手は女のひとでした。首を捻挫《ねんざ》したんです」

　その事故で軽四は廃車になり、被害者に対する補償などで三宅は愛媛の実家から四十万円を借りた。アパートにもいづらくなって浪速区桜川のアパートに転居した。宗右衛門町の『ラビアン』というラウンジに勤めはじめたのは、少しでも高い収入を得たかったからだという。

「でも、わたしはお酒が飲めないんです。酔ったお客さんも苦手でした。水商売には向いてないと分かりました」

「鎌田とはいつ知り合《お》うたんや」

「三年前です」

「平成十八年やな」

「五月か六月だったと思います」

　鎌田はひとりで店に来た。席についた三宅を気に入ったのか、それからは三日にあげず店に来て三宅を指名した。三宅はいつしか鎌田に惹《ひ》かれたという。

「鎌田が筋者やとは気づかんかったんか」

「建築関係の会社を経営しているといってました。バツイチで子供はいないと。……疑問には思わなかったんです」

　鎌田は優しかった。三宅のいうことはなんでも聞いてくれた。知り合って二カ月後、ふたりは白《しら》浜《はま》のリゾートホテルで関係をもった――。

「そのとき、鎌田の刺青《ほりもの》を見たんやな」

「びっくりしました。……いえ、でも、薄々は感じていたのかもしれません。このひとはちがう世界のひとじゃないかと」

「逃げようとは思わんかったんか」

「駄目です。好きだったから」

認めたくはないが、鎌田は男ぶりがいい。シャブの稼ぎで金も切れたのだろう。

「シャブを初めてやったんは」

「平成十八年の秋でした。これ、やってみろって」

「炙りで？」

「注射です。鎌田さんが」

「どうやった」

「足の先からスーッと寒気がして、頭に向かってゾクッとしてきました。すごい高ぶった気持ちになって、身体が宙に浮きました。……そう、想像もできない強烈な快感でした」

その一発のシャブが人生を変えてしまったと三宅はいう。「それからはもうクスリの虜《とりこ》になってしまいました。鎌田さんからも離れられなくなりました」

涙が一筋、三宅の頰を伝った。取調べのとき、シャブの常用者はみんなこうして後悔し、反省する。三宅は重度の中毒ではなさそうだが、いずれは禁断症状に襲われる。三宅がほんとうにシャブをやめられるかどうか、それは誰にも分からない。シャブは日本中に蔓延し、金さえあれば簡単に手に入れられるのだから。

「ラビアンはいつ辞めたんや」

「平成十九年の二月です。『ウイニング』って金融会社に移りました」

「ウイニング？　所在地は」

「阿倍野です。阪堺線の阿倍野駅前」

ウイニングは鎌田の紹介だった。三宅は勤めはじめたときから、まともな会社ではないと感じたという。「——表向きは事業者金融ですけど、俗にいう街金です。経営者は組関係のひとだったし、出入りするひともみんな強面《こわもて》でした」

「ウイニングにシャブ中はおらんかったんか」

「それは分かりません。わたしがクスリをしてることも分からなかったはずです」

三宅は三カ月でウイニングを辞めた。ハローワークに通って『ＷＡＶＥ』の面接を受け、契約社員に採用されて、なんば店に配属されたという。

「ＷＡＶＥに勤めはじめてから、『ハイム千日前』に入居したんやな」

三宅が１０５号室に入居したのは平成十九年の十月だった。

「歩いてお店に行けるところを探したんです」

「大阪から離れて、シャブと縁を切ろうとは思わんかったんか」

「それはもちろん、何度も考えました。……でも、できませんでした。弱かったんです」

三宅は俯き、肩を震わせた。桐尾はやりきれない思いがする。なぜ愛媛に帰らなかったのだ。やり直せる契機は何度もあったろうに。

「あんた、売《バイ》もしてたんやな」

「——ごめんなさい」

三宅は携帯を二台持っていた。一台は私用、もう一台はシャブ取引専用らしく、非通知の着信が一日に三、四件は入っていた。

「売《バイ》はいつからや」

「——今年です。春ごろから」

「鎌田に勧められたんか」

「携帯をもらいました」

〝客つき携帯〟をもらったのだろう。

「WAVEの勤務時間は」

「午前九時から午後四時です」

「ほな、売《バイ》は夜やな」

「はい……」

「ブツは鎌田が持ってきたんか」

「そうです」

「一回あたり、どれくらいや」

「五グラムのときが多かったです」

「あんたがパケにしたんやな」

「はい……」

三宅の部屋には秤《はかり》やビニール袋、鋏《はさみ》、ポリシーラーなど、小分けの道具が揃っていた。

「パケの分量は」

「〇・一グラムから〇・三グラムです」

「それをなんぼで売ったんや」

「〇・一グラムは一万円、〇・三グラムは二万円です」

「で、鎌田には」

「お金を渡しました。五グラムで十五万円」

グラムあたり三万円だ。鎌田は愛人まで売人に仕立てて稼いでいたらしい。

「あんた、そうやって売《バイ》をして、WAVEを辞めようとは思わんかったんか」

「働くのをやめたら、わたしはほんとうに駄目になります。だから、絶対につづけようと思ってました」

パケを作ってシャブを売り捌いていながら、三宅の意識の中では、自分は売人ではないらしい。こういう身勝手な思考をするのは、大麻を栽培して知り合いに売る連中に多いのだが。

「鎌田から拳銃の話を聞いたことはないか」

「鎌田さん、拳銃も売ってたんですか」

「いや、それを商売にしてたかどうかは分からんけどな」

「聞いたこと、ありません」

「鎌田と海外に行ったことは」

「ありません」

三宅は小さく首を振る。「わたしはもう、鎌田さんが好きじゃないんです」

「けど、情交関係はつづいてる。……そうやな」

「哀《かな》しいですね」

三宅は机に突っ伏して嗚咽《おえつ》した。


供述調書を三宅に読み聞かせて署名をさせ、留置場にもどしたのは午後三時。桐尾と上坂は食堂に降りて、遅い昼食をとった。

「勤ちゃん、三宅は更正すると思うか」うどんをすすりながらいった。

「どうやろな。いっぺんシャブ漬けのセックスを憶えたら、やめられんというもんな」

上坂は肉じゃがの糸こんにゃくを食う。

「そんなにええんかな」

「ええんやろ。したいとは思わんけど」

「脚、どうなんや」

「もう大丈夫や。腫れがひいた。そう痛いこともない」

ガサの当日がいちばんきつかった、と上坂は笑う。「ほんまに痩せなあかんかのう」

「そう思うんやったら、そんなに食うな」

上坂は肉じゃが定食に鯵《あじ》の干物をつけている。

「石井の調べはどうなんやろな」

「むずかしそうやぞ。まるで喋らんらしい」

石井晃の取調べには西田と村居があたっている。石井の尿を検査したところ、覚醒剤成分は検出されなかった。覚醒剤使用容疑はなし。永浜は石井を覚醒剤所持と譲渡容疑で立件するつもりだが、肝腎《かんじん》の覚醒剤がクラウンのトランクから発見されたガンコロ三つではいかにも心もとない。元締めの石井はキロ単位のシャブをどこかに隠しているはずだが、容易に口を割るとは思えない。

「アイスコーヒー、飲むか」

「飲む」

「裏か表か」

十円玉をテーブルの上でまわした。裏、と上坂はいう。

「――裏や」

桐尾は立って、自販機のところへ行った。

11

午後四時――。鎌田一郎を取調室に入れた。腰縄を椅子の背に固定し、手錠を外す。煙草くれ、と鎌田はいった。

「すまんな。禁煙なんや」

「あんたら、吸わんのかい」

「吸う。庁舎を出たらな」

「不自由やの」

「肩身が狭いんや。喫煙者は」

「ほな、茶をくれや」

「取調室は飲食禁止や」

「へっ、つまらんのう」

鎌田は脚を伸ばし、椅子にもたれかかる。

「ちゃんと座れ」上坂がいった。

「座っとるやないけ」

「背筋を伸ばして、膝まげるんや」

「やかましわい。ごちゃごちゃぬかすな」

その瞬間、上坂は立って鎌田を蹴った。鎌田は椅子ごと倒れる。

「なにさらすんじゃ」

鎌田はわめく。そのみぞおちを上坂は蹴りあげた。鎌田はまた横倒しになり、背中を丸めて呻《うめ》いた。

「ほら、ちゃんと座れ」

上坂は椅子を起こした。鎌田の髪をつかんで立たせる。鎌田は咳き込みながら腰をおろした。

「薬対を舐めんなよ」

桐尾はいった。「ここは府警本部や。極道に大きな顔はさせへん」

鎌田は舌打ちし、横を向く。

「つまらん虚勢は張るな。それが身のためや」

「…………」

「こっち向け。分かっとんのかい」

鎌田は黙ってうなずいた。上坂は傍らの机に座り、調書の用意をする。

「名前、生年月日、本籍、現住所をいえ」

「鎌田一郎。昭和四十三年――」鎌田は答えた。

「シャブはいつからやってるんや」

「忘れた」

「忘れたんなら思い出さんかい」

「二十九のときや」

そう、鎌田は平成九年に覚醒剤を営利目的で所持、譲渡したとして懲役二年の刑を受けた。平成十四年にも同罪で懲役四年の刑を受け、ほかにも傷害と脅迫の前科がある。

「平成十八年に出所して、またシャブを食うたんやな」

「頭ではやめようと思うんやけどな、身体がいうこときかんのや」

「どこでシャブを手に入れた」

「ミナミや。難波を歩いてるとき、売人と眼が合うた」

「難波のどこや」

「吉本の劇場の前あたりや」

「なんで売人と分かった」

「そんなもんは匂いで分かるがな」

「買うたんか。パケを」

「買うた。一万円やった」

「ポンプは」

「売人が持ってた。五千円や」

「口から出任せか。そんな絵空事を誰が信じるんや」

睨《にら》みつけた。「いつ、石井に渡りをつけたんや」

「今年や。今年の春」

「誰の仲介や」

「仲介なんかおらん。緋木組がシャブを卸してるんは大阪中の極道が知っとるわ」

「おまえは去年の八月にベンツを買うてる。大成信金の北沢明美の預金残高が増えはじめたんは去年の五月からや。おまえは去年の春ごろから石井に渡りをつけて、シャブ稼業を再開したんや」

「なんじゃい、おまえら。明美の預金までほじくり返しとんのかい」

「おまえはええ極道や。よめはんから愛人までシャブに引きずり込んで屁《へ》とも思てへん」

「極道は金や。金を稼いでこそ羽振り利かして外を歩ける。おまえらも金のためにドブ板剝がしてこそこそ嗅《か》ぎまわっとんのやろ」

鎌田は笑った。上坂が立つ。

「分かった、分かった」

鎌田は手をあげた。「そんな、顔色変えんなや。つい本音が出ただけや」

「おまえ、よう喋るな」

桐尾はいった。「けど、調子のったらあかん。おれも切れるがな」

「怖いのう。薬対の刑事《デカ》は」鎌田は上を向く。

「ジュースでも飲むか」

「飲食禁止とちがうんかい」

「おれが飲みたいんや」

紙コップのジュースならかまわない。

桐尾は立って、取調室から顔を出した。野村班の田代がいる。

「すんません。ちょっと代わってください」

田代に張りを頼んで取調室を出た。

刑事部屋のアルミトレイを持って二階の食堂に降り、クラッシュアイス入りのコーラを四つ買った。紙コップをトレイに載せて三階にもどると、永浜が手招きした。

「なんです」デスクのそばへ行った。

「鎌田、どないや」

「したたかですね。馴れてますわ」

「トカレフのことは」

「これから訊きます」

「さっき、科捜研から連絡があった。あのトカレフは訳ありや」

「訳あり？」

「九三年の南紀銀行副頭取射殺事件、知らんか」

「南紀銀行事件ね。聞いたことはありますわ」事件は迷宮入りになったはずだ。

「旋条痕《せんじょうこん》が似てる。あのトカレフから発射した弾と、副頭取の体内にあった弾や」

科捜研は押収した銃を緩衝材に向けて発射し、その弾の旋条痕を記録するとともに過去の犯罪資料と照合する——。

「似てる、というのは、一致したわけやないんですね」

「同一銃から発射された可能性は八十パーセント以上や」

副頭取は三発撃たれ、一発は貫通、二発は胸腔《きょうこう》内から摘出されたという。「胸腔の弾は割に原形をとどめてて、旋条痕も残ってた。八十パーセント以上というのは、ほぼ一致したと考えられる」

「しかし、そんな前科持ちのヤバいチャカを捨てもせずに残しとくもんですかね」

「そやから、訳ありなんや」

ひとを殺傷した銃は分解され、ばらばらにされて海中に投棄されるか山中に埋められるのが普通だ。それが十六年間も生《い》き存《ながら》えて、なおかつシャブの売人のガレージに隠匿されていたのは、よほどの事情があったにちがいない。

「それと、トカレフを包んでた紀伊新聞は二〇〇一年六月二十八日発行や」

ビニール製の風呂敷から採取された指紋は鎌田のものだけで、薄茶色の布とともに出処《でどころ》は特定できないだろうという。

「二〇〇一年の六月まで、トカレフは和歌山にあったんですかね」

「かもしれんな。けど、予断は禁物や」

永浜はひとつ間をおいて、「南紀銀行の件は鎌田にはいうな。ただし、そのことを頭に入れて調べをせい」

「了解です」

うなずいた。「しかし、どえらいチャカが出たもんですね」

「そのどえらいチャカを、おまえと上坂が見つけたんや」

眉をひそめて、永浜はいった。


取調室に入り、田代にコーラを渡して交代した。上坂のデスクにもコーラを置いて、桐尾は椅子に座る。

「なんや、ジュースを買いに行ったんやないんかい」鎌田がいう。

「気が変わったんや。嫌なら飲むな」

「飲むがな。なんでも」

鎌田にもコーラをやった。鎌田は舐めるように飲む。桐尾も飲んだ。

「シャブでどれくらい稼いだ」調べを再開した。

「さぁな……。小遣い稼ぎにはなったやろ」

「大成信金の預金残高は今年の七月末で七百三十万や。おまえは去年の五月から一年ちょっとで五千万以上、金を動かしてる」

「あれはわしだけの金やない。明美の金もいっしょや」

「『フライト』の入出金は月に百万から百二十万や。十四カ月で千四百万から千六百万。それを別にして、おまえの金の出入りは五千万以上や」

「シャブはタダで手に入るんやない。仕入れには金が要るんや」

「石井からグラムなんぼで仕入れた」

「知らんな。忘れた」鎌田は氷を嚙みくだく。

「グラム一万五千から二万くらいとちがうんか」

「しつこいのう。忘れたというとるやろ」

「おまえは三宅奈津子にグラム三万でシャブを売ってた。小売人《コシャ》の安藤と畠中にも三万で売ったんやな」

「ええ加減にせんかい。勝手に値段をつけんなや」

「それが嫌なら、おまえの値段をいわんかい」

「あほぬかせ。そこらの商売人でもほんまの勘定はいわんやろ」

「おまえはまともな商売人やない。シャブの卸元や」

「わしはただの売人や。卸元は石井やないけ」

「石井は元締めの大卸や。石井もおまえも小物やない」

鎌田が動かした五千万円の内訳は、ざっと見て利益が二千万、経費が一千万、仕入れが二千万といったところだろう。仕入値がグラム一万五千円なら、鎌田が石井から買ったのは約一・三キロ、二万円なら約一キロだ。石井も鎌田も大量のシャブを扱っている。

「一回あたり、どれくらい石井から買うた」

「ほんのちょっとや。せいぜい四、五十グラムやろ」

「おまえは大成信金の口座から、だいたい月に一回、二百万以上の金を引き出してる。グラム二万なら百グラムやないか」

『大田パーキング』のガレージから押収したシャブは百七十五グラムだった。

「待たんかい。わしが二百万おろしたら、二百万でシャブを買うとでも思とんのか。わしも飯食わなあかんし、明美に金もやらなあかん。いっぺん飲みに行ったら、十万や二十万は飛ぶんやぞ」

「おまえ、組になんぼ納めとんのや」

「なんのこっちゃ」

「一月の維持会費。上納金や」

「そんなことは関係ない。わしのシノギは組に内緒や」

「おまえのほかにシャブをやっとるやつはおらんのか」

「やかましわい。シャブはわしひとりのシノギやというとるやろ」

「東青会の木村敏晴。シャブの使用前科がある」

「トシはシャブなんぞやってへん。毎朝、西成の労働センターに行っとるわ」

鎌田は椅子にもたれかかった。「うちのオヤジはシャブが嫌いや。わしもこれで破門やで」自嘲《じちょう》するようにいう。

「チャカは誰から買うた」

「なんじゃい、いきなり」鎌田は上体を伸ばした。

「誰からトカレフを買うた、と訊いとんのや」

「あれはわしのもんやない。預かりもんや」

「誰から預かった」

「知らんな」

「あのトカレフは中国製で発射痕があった。マガジンに弾が三発装塡されてたということは、四、五発、発射されたと考えられる」トカレフの弾薬装塡数は八発だ。

「ほう、そうかい。わしはチャカに興味ないし、弾の入れ方も知らんがな」

「おまえも極道なら、撃ったことはあるやろ」

「チャカなんぞ触りとうもないわ」

　トカレフに付着指紋はなかった——。

「フィリピンや韓国へ行って撃つやつはおるぞ」

「わしはな、シャブは射ってもチャカは撃たんのや」

「おまえ、渡航歴は」

「なんじゃい、トコウレキて」

「外国はどこへ行ったことがあるんや」

「香港とマカオ、韓国や。中国も行ったな」

「誰と行った」

「これやないけ」

　鎌田は小指を立てる。「明美にはいうなよ」

「三宅奈津子と行ったんか」

「わしは女にゃ不自由してへんのや。おまえらとはちごてな」

いわれて、ちあきを思い出した。もう一週間以上会っていない。電話もしていないのだ。

「あのチャカをなんに使うつもりやった」

「つもりなんかあるかい。預かっただけじゃ」

「それでは筋が通らんやろ。拳銃は所持するだけで一年以上の懲役や。それに実包がついたら三年以上の懲役やぞ」

「しゃあないのう。シャブとチャカで何年食らうんや」

「ま、求刑は十年以上やろ。おまえは極道やから、ほとんど満額をもらう。仮釈もない」

「娑婆へ出たときは五十すぎか。わしの人生、終わったのう」鎌田は薄ら笑いを浮かべる。

「終わりついでにチャカのこと吐いたらどうや。みんな被《かぶ》って懲役行くのは癪やろ」

「吐いたら、無罪放免かい」

「調書の書きようを変えたる。求刑も一年や二年は減るやろ」

「それ、ほんまかい」

「おれはおまえの重罪を求めてるわけやない。チャカのことが知りたいんや」

「分かった。喋ろ」鎌田はコーラを飲みほした。

「あのトカレフ、誰から預かったんや」

「すまんのう。忘れたわ」

鎌田は鼻で笑った。「わしは川坂の代紋張った極道やぞ。おまえらみたいな半端刑事《デカ》に腰まげるとでも思たんかい。十年でも二十年でも好きなだけ打ったれや」

「おう、よういうた。おまえはやっぱり金筋のシャブ漬け極道や。とことん勝負したろ」

「煙草、吸いたいのう」

「ほざいとけ」

煙草を抜いてくわえた。鎌田は眼をつむる。鼻先にけむりを吹きかけてやった。


午後六時――。捜査会議がはじまった。永浜がトカレフの報告をする。

「今日、科捜研から連絡があった。鎌田のガレージで押収したトカレフは中国でライセンス生産された〝M54〟。……九三年に南紀銀行の副頭取を射殺した拳銃や」

「それ、ほんまですかいな」森がいった。

「旋条痕がほぼ一致した。まず、まちがいないやろ」

「南紀銀行事件、教えてください」と、村居。

「九三年の七月二十六日、月曜日、午前七時五十分。和歌山市鷹匠町《たかじょうまち》の住宅街で――」

南紀銀行副頭取、澤口章治《さわぐちあきはる》が出迎えの社用車に乗り込んだところを、黒ヘルメットにゴーグルの男が右後部のドアを開け、澤口さん、と呼びかけて、オートマチックの拳銃を三発撃った。副頭取は収容された日赤和歌山病院で出血多量により、五十分後に死んだ。

社用車の運転手と、副頭取を玄関先まで見送りに出ていた夫人は、犯人に見憶えがなかった。齢は四十歳前後、身長は百六十五から百七十センチ、灰色の作業服上下を着ており、南に向かって逃走した。県道13号近くに単車か車を駐めていたと思われる。「拳銃の扱いに習熟したプロの犯行」と和歌山県警本部はみたが、具体的な犯人像は絞り切れず、事件は迷宮入りとなった。

射殺された澤口副頭取は南紀銀行の不良債権回収と系列ノンバンク二社の経営再建を陣頭指揮し

ていたが、回収の仕方が荒っぽかったことから穏健派の下村哲雄頭取はいつも眉をひそめていた。澤口は南紀銀行の前身である『南紀無尽』の創業者一族で和歌山大経済学部を卒業後、南紀相互銀行（南紀銀行の前身）に入行し、押しの強さと声の大きさで副頭取まで昇りつめたという。頭取の下村も創業者一族のひとりで、事件当時、南紀銀行は下村派と澤口派に二分され、熾烈《しれつ》な派閥争いをしていたために澤口が功を焦り、強引な取立てで融資先の怒りを買って、闇社会の住人に消された、との見方があった——。

「——具体的にいうと、澤口射殺にはいくつかの説がある。ひとつは、回収の際のトラブルに巻き込まれたというもので、もっとも有力なのは、和歌山の川坂会直系組長の妻が役員をしてる不動産会社との争いという説や。南紀銀行はこの組長が所有する土地を担保に十二億五千万の根抵当権を設定して融資してたけど、この融資は結局、全額未返済のまま、南紀銀行が債権放棄した」

第二の説は、銀行の内部犯行説で、直接手を下したのは中国か東南アジアから来たヒットマンだというもの。澤口が射殺された夜に祝杯をあげた頭取派のグループがあったし、和歌山斎場での通夜の席でスピーカーから哄笑《こうしょう》する男の声が洩《も》れ、会葬者のあいだで話題になったこともあった。幹部行員のあいだでは「ヒットマンへの報酬は二百万円で、半分が事前に渡され、残り半分は事件直後に渡された」という噂話がまことしやかに囁かれたともいう。

第三の説は、「約束手形が落ちなかったため、見せしめに殺《や》られた」というもの。この場合の〝約束手形〟とは闇の世界に対する無担保融資の約束を意味し、副頭取の澤口には「暴力団との接点が多すぎる」との批判が絶えずあった。金額は十億とも二十億ともいわれ、澤口はそこから億単位のペイバックを受けようとした形跡がある。澤口はメモ形式の日記をつけていたが、その日記には暴力団関係者の名前がイニシャルで数多く登場するという——。

「副頭取はとにかく敵が多かった。仕事もできたけど、トラブルも多かった。殺しの動機が多すぎて、捜査はばらばらやった。ヒットマンもプロとみられたし、迷宮入りは当然の帰結やったかもしれん」

「南紀銀行はいつ潰れたんです」上坂が訊いた。

「九九年の一月や。南紀銀行は同族会社で〝難儀銀行〟と呼ばれるほど経営が杜撰《ずさん》やった。そもそも経営体質が弱いとこへ、九三年の副頭取射殺が足を引っ張ったんやろ」

　永浜は手もとのファイルを見る。「それと、これは事件と関係ないかもしれんけど、南紀無尽は田辺が発祥で、紀伊新聞も田辺の新聞社や。……トカレフを包んでたんは二〇〇一年六月二十八日の紀伊新聞。トカレフはおそらく、和歌山から来た」

「新聞とボロ布に染みついてた機械油の成分は」村居が訊いた。

「それはまだや。科捜研で分析してる」

「ヒットマンが中国か東南アジア系というのは、話ができすぎてませんか」

「ヘルメットの男が社用車のドアを開けたときに、澤口さんと呼びかけた。そのイントネーションが日本人みたいではなかったという妻の証言や」

「わざとそういうものいいをしたんやないんですか」

「それは分からん。澤口の妻も二〇〇七年に亡くなった」

「科捜研の鑑定結果は、和歌山県警には」

「どうやろな……。たぶん、まだ伝えてへんやろ。どっちにしろ、上の判断や」

　早急に鎌田の調べを進める必要がある、と永浜はいう。

「鎌田は吐きそうか」西田が訊いてきた。

「いや、今日のようすでは容易やないですね」桐尾は答える。

「班長、わしがやりましょか」

西田は俄然《がぜん》、やる気を見せた。

「鎌田の調べは桐尾と上坂に任してる」

「しかし、ぐずぐずしてたら四課が出てきまっせ」

「鎌田を引いたんはうちの班や。四課に攫わしたりはせえへん」

「とことん突っ張ってくださいよ」

「いわれんでも突っ張る」

永浜は不機嫌そうにいい、「石井の調べはどうなんや」

「あきません。黙秘ですわ」

「無駄話もせんのか」

「しませんね。弁護士を呼べと、それだけです」

石井は接見交通権――身体的拘束を受けている被疑者または被告人が外部の人物と面会し、書類や物品の授受をすることができる権利――を知っている、と西田はいう。

「知り合いの弁護士がおるんか、石井には」

「いや、弁護士名簿を見せてくれと、それだけですわ」

「吐いたら名簿を見せたるというたんですけどね」

村居がいった。「その手には乗らん、いう顔してます」

「石井にチャカのことは訊いたんか」

「訊きました。鎌田に売ったんやろ、と」

「それで」

「反応なし。顔色ひとつ変えません」

「所詮《しょせん》はシャブの売人や。本筋の極道やない。じっくり攻めたら崩れる」

「弁護士、どうします」

「ほっとけ。当番が来たら面倒や」

当番弁護士は若い弁護士が多い。概してヤル気があるから取調べの邪魔になる——。永浜はそれをいったのだ。

「北沢明美はチャカのこと、どういうた」

「今日の調べでは、知らんみたいです」

桐尾は答えた。「今年の四月の初め、鎌田にいわれて、三軒家のホームセンターでアルミ脚立を買うてガレージに持ち込みました」

「そこんとこ、もっと詳しいに訊いてみい。なにか隠してるかもしれん」

「明日、尿検査の結果を見て、北沢を逮捕します。三宅奈津子にもチャカのことを訊きますわ」

「安藤、畠中、南原、樋口もいっしょや。徹底してチャカのことを訊け」

全員を見渡して永浜はいう。「ぐずぐずしてたら四課が出てくる。和歌山県警も黙ってへん。それまでに道筋をつけるんや」

はい——。全員がうなずいた。

「よっしゃ、晩飯食うてこい」

会議は終わったが、これで解散ではない。取調べは連日、午後十時ごろまでつづく。被疑者にとっても捜査員にとっても体力勝負なのだ。

桐尾と上坂は庁舎を出た。谷町筋の牛丼屋に入って、桐尾は大盛り、上坂は特盛りの牛丼と味噌汁を注文する。

「班長、えらい張り切ってたな」上坂がいった。

「そら、そうやろ。売人のガレージからチャカが出てきた上に、南紀銀行事件のチャカときたもんな。ここで張り切らんかったら刑事やないで」

「わしはひとつもうれしないな。余計な調べを押しつけられて、うっとうしいだけや」

「自分で蒔《ま》いた種やないか。シャッターボックスのカバーが浮いてる、いうたんは勤ちゃんやで」

「あれは不覚やった。見つけたチャカが〝前科なし〟やったら、刑事部長賞もろてシャンシャンやったのにな」

上坂のいうとおりだ。あのトカレフはいま、お荷物になっている。張り切っているのは班長の永浜だけで、西田も森も村居も本心では迷惑がっているはずだ。

「これからどうなるんやろな」

「さぁな……」茶を飲む。

「さっさと和歌山県警に報告して、丸投げしたらええんや。わしらは薬対で暴対やない。銃器捜査は本来の業務から離れてるやないか」

「班長に意見具申してみいや」

「できるわけないやろ」

牛丼と味噌汁が来た。上坂は七味を山のようにかける。桐尾は味噌汁をすすり、紅生姜《べにしょうが》をとる。

「桐やん、『アウトレイジ』見たか」箸を割って、上坂がいう。

「なんや、いきなり」

「映画や。北野武監督の」

「知るわけないやろ」

「ヤクザが山のように出てくるんやけど、どいつもこいつもチャカ持ってる。それが街中で撃ち放題や。警察はカヤの外やし、リアリティーのかけらもないけど、映画としてはおもしろい」

上坂は特盛りの牛丼を食う。「あれが九州とか関西のヤクザやったら、せりふがもっとイキイキするのにな」

「勤ちゃん、なんでも映画やな」

「映画はわしの学校や。生き方を学んだ」

「それくらい好きなもんがあるのはええな。おれにはなにもない」

「桐やんは結婚もしたし、離婚もした。飲み屋でも、わしよりモテる。わしは自慢やないけど、素人さんとはしたことないんやで」

「ほんまかい……」どうにもいいようがない。

「わしはこうして朽ち果てるんかのう。愛も恋も知らずに」

「結婚相談所に登録したらどうや。公務員は条件ええやろ」

「桐やん、結婚相談所いうのは安うないんやで。入会時に十万、月会費が一万五千円、一年で三十万ほどかかるんや」

「あ、そう……」そんなに高いとは知らなかった。

「刑事はあかん。世間が狭い。デートの時間もない」

上坂は白菜の漬物をとり、七味をかけた。

七時すぎ――。樋口嘉照を取調室に入れた。上坂が樋口の正面に座り、桐尾はその右横につく。

「名前、生年月日、住所、本籍をいえ」上坂はいった。

「樋口嘉照。昭和二十九年十一月二十六日生まれ。大阪市西区境川二の十三の八、『境川ハイツ』206。本籍は京都府与謝郡伊根町延津三の一五二八です」

「齢は五十四やな」

「そうです」

樋口は痩せて顔色がわるい。見たところ、六十代半ば。桐尾たちが尾行していたときは赤い野球帽をかぶっていたが、いまはほとんど髪のない頭をさらしている。シャブ中特有のぎらぎらした、濁った眼だ。

「家族関係は」

「なんです」

「よめはん、子供や」

「わし、独りです」

結婚歴はあり、娘がいるという。「昭和五十九年に別れました。拘置所で判子ついたんです。それきり音沙汰《おとさた》なしですわ」

「娘さん、いくつやった」

「四歳でした」

「ほな、いまは二十九歳か」

「わしみたいな父親もってかわいそうなことしました」しおらしく、樋口はいう。

「シャブはいつからや」

「二十八……いや、二十七のときです」

樋口は昭和五十七年に覚醒剤使用で逮捕された。それ以降、昭和五十九年、昭和六十三年、平成八年に覚醒剤所持、使用、譲渡等で逮捕され、合わせて十一年、服役している。シャブのほかにシノギがなく、シャブで人生を棒に振ったヤクザの典型だ。

「いま、組関係は」

「とっくに抜けました」

「どこにおった」

「西成の義詢会《ぎじゅん》です」

川坂会系でも真湊《しんそう》組系でもない独立系組織でシノギが細り、平成十七年に解散した。ヤクザの組は消長が激しい。

「いつ、義詢会を抜けた」

「四十一のときです」平成八年の逮捕時だったという。

「自分から抜けたんか」

「いや、ちがいます」

「破門か」

「そんなとこです」

「その指は」樋口の左手小指は第一関節から先が欠損している。

「ちょっとした不義理です」

組の金をごまかしたか、組のシャブを食ったのだろう。

「運びはいつからや」

「去年です。去年の十一月ごろかな」

「安藤庸治とはどういうつながりや」

「ダチに教えてもろたんですわ。うちの近くでシャブを買えるとこはないかと」

「初めは客で、運びをするようになったんやな」

「はい、そうです」

「ダチの名前は」

「田中ヒロシ。むかし、義詢会に出入りしてました」

田中に出会ったのは九条の商店街だったという。「立ち話をして、すぐに別れたから、ヤサも電話も知りませんわ」

「そんなやつがほんまにおるんかい」

「わし、嘘はついてませんで」

田中ヒロシは存在しない。追及するのは時間の無駄だ。

「運びをして、安藤からなんぼもらうんや」上坂はつづける。

「一回、二千円です」

「安藤は運びだけでシャブを捌いてるんか」

「配りもしてると思いますわ」

「宅配便やな」

ゆうパックと宅急便の配達伝票を安藤のヤサから大量に押収した。安藤は馴染み客には宅配便でパケを送りとどけていたのだ。

「おまえの携帯、安藤からもろたんか」

「そうです。これ使え、いうて」

プリペイドの〝客つき携帯〟で、非通知の着信が一日に七、八件、入っていた。運びが一回二千円なら一万五千円前後の日給になる。樋口はその金で自分用のシャブも買っていたのだろう。

「一回あたり、どれくらい射つんや」

「なんです」

「おまえが食うシャブや」

「だいたい、〇・一から〇・二グラムぐらいです」

「そら食いすぎやぞ」

樋口は中毒傾向が進んでいる。初心者ならショックで倒れるほどの量だ。

「歯ぁ、見せてみい」

樋口は口をあけた。前歯はぼろぼろで茶色に変色している。奥歯は二、三本ない。ＣＴを撮ったら脳にも隙間ができているはずだ。

「シャブが切れたらどうなるんや」

「毛虫やネズミが身体中にとりつきますねん」

樋口は俯く。「幻覚を見るようになったらお終《しま》いですな」

「それが分かってて、なんでやめんのや」

「やめられたら、こんなザマにはなってませんわ」淋しげに嗤《わら》う。

「安藤から一回に預かるパケは何グラムや」

「〇・一から〇・三グラムが多かったです。たまに〇・五グラムのときもありました」

そのときどきによって値段は上下するが、〇・一グラムで一万円、〇・三グラムで二万円、〇・五グラムは三万円だったという。これは三宅奈津子の売値と同じくらいだ。

こうして複数の証言をとり、それを積みあげて、小売人の安藤や卸元の鎌田、元締めの石井の取引量と利益を把握するのだ。

「卸元の鎌田、知ってるか」

「鎌田……。聞いたことないです」

「大正の東青会の幹部や。齢は四十一。シルバーのベンツで安藤のヤサにシャブをとどけてた」

「わし、安藤のヤサ知りませんねん。いつも公園やホームセンターの駐車場で会うてましたから」

「九条商店街から南へ一筋入った雑居ビルや。一階は『首里城』いう沖縄料理店」

「刑事さん、わし、この一年ほど、まともな料理屋に入ったことないんです」

「シャブをやめたら入れるやろ」

「すんまへん。料理屋には入れんけど、ムショに入れますわ」

禁断症状が怖い、と樋口は震えて見せる。

この男はあかん、どうしようもない――桐尾は思った。シャブとは縁が切れないまま廃人のようになって生涯を終えるのだろう。〝覚醒剤やめますか、それとも人間やめますか〟。あの標語そのままの中毒患者をまたひとり、桐尾は見た。

午後十時――。長い取調べは終わった。桐尾はひとりで本部を出て、ちあきの携帯に電話した。

コール音は鳴るが、つながらない。店に電話した。

――お電話、ありがとうございます。『ミスキャスト』です。

――ちあきさん、いてますか。

――ごめんなさい。本日はお休みをいただいてます。

――そうですか。

電話を切った。こんな時間になにしてるんや――。

ちあきの部屋に電話をした。

――はい、なに？

――なんや、おったんか。

――ご挨拶やね。こんばんは、くらいいうたら。

――携帯と店に電話したんや。

――携帯、友だちのとこに忘れてん。明日、とりに行く。

――それ、男か、女か。

――男に決まってるやんか。

――いま話をしてる男に会うつもりはないか。

――暇なん？　今日。

――さっき残業が終わった。会社のそばにおるんや。

――いいよ。美味しいもの、ごちそうして。

――どこで会う。

――迎えに来てよ。マンションの前から電話して。

――分かった。そうする。

電話を切り、タクシーに手をあげた。

高津――。『ミッドハイツ高津』の玄関前でタクシーを降りた。ちあきに電話をする。

――いま、着いた。どうする。

――待ってて。すぐ行く。

すぐ行く、といいながら、ちあきは十分後に現れた。オフホワイトのキャミソール風カットソーにピンクのマイクロミニ、ヒールの高いパープルのミュールを履いている。

「眼の毒やな、そのスカート」

「中はレースのTバック。見たい？」

「あとで見せてくれ」

「愛想ないひとやね」

「勃《た》ったら歩きにくいやないか」

ちあきは肌が白く、脚が長い。胸はそう大きくないが、形がいい。

「なに食べるの」

「こないだはイタ飯やったな」

「じゃ、お鮨」

ちあきは腕を組んできた。桐尾は堺筋へ歩いた。

黒門市場近くの鮨屋に入り、つけ台に座った。ちあきはにぎりを注文し、桐尾は刺身でビールを飲む。

「ね、前に頼んだ話、どうなった」顔を寄せて、ちあきは訊いた。

「ああ、宗右衛門町のホストな……」

名前は確か、藍場謙二とかいった。「いま、忙しいんや。毎日、取調べでな。一段落ついたら、そっちにかかるわ」

「なんや、せっかく教えてあげたのに」ちあきは口を尖《とが》らせる。

「内偵はおれひとりではできへん。それに、宅配のブツを挙げるのは正式な令状が要る」

「早くしてよ。謙ちゃんがほんとの中毒になる前に」

「中毒にほんとも嘘もないやろ」

シャブは一回したら病みつきになる。いつでもやめられると思うのは大まちがいだ。

「謙ちゃんはスルーして、売人だけを捕まえてよね」

「分かってる。そのつもりや」

うなずいてはみたが、ちあきの要求はむずかしい。シャブの客を見逃して売人だけを逮捕できるだろうか。

「さっきの、携帯を忘れた友だちのとこいうのは、藍場のアパートか」

「そう、島之内の『パイントゥリー』。３０６号室」

「藍場はちあきにヤクを勧めるか」

「ううん、勧められたことない」

「絶対にするなよ。おれは二度とちあきを引きとうないんや」

「だったら、早く売人を捕まえて」

「いっぺん、藍場に会わしてくれ。本人から事情を訊く」

「そんなん、うちがチクったみたいになるやんか」

「それもそうやな……」

ビールを飲みほした。ウイスキーの水割りを注文する。「ほな、折を見てパイントゥリーへ行こ。ちあきのことは伏せて藍場に会う」

「ありがとう。頼りになるわ」ちあきはトロをつまむ。

「おれ、ちあきに惚《ほ》れてるからな」桐尾は鱧《はも》に梅肉をつけて口に入れる。

「うちも好きやで、桐尾さんのこと」

「謙ちゃんの次にか」

「同じくらいや」

「それ、よろこんでええんかな」

「どう、うちといっしょに住む？　それやったら、謙ちゃんのこと忘れるよ」

「ああ……」

「ほら、口ごもるやろ。はっきりせえへんのやから」

それは無理というものだ。府警本部の巡査部長がヘルス嬢と同棲するなど聞いたことがない。もし上に知れたら、退職だ。こうしてちあきと鮨屋にいることすら懲戒対象になるだろう。

「でも、うちはいいねん。心強いもん。桐尾さんを知ってて」

ちあきはにっこりする。かわいい女だ、と桐尾は思う。正直で陰日向《かげひなた》がない。

「おれは藍場に会うてガサを匂わせる。藍場はヤバいもんをみんな捨てるやろ。パケもポンプも炙りの道具もな」

「でも、ほんとに捨てるやろか。どこかに隠したりしたら……」

「そのときはしゃあない。手錠《ワッパ》をかける。どうせ一生、シャブとは縁が切れんのや」

「桐尾さんて、優しいんやね」

「そうでもないけどな」

「セックスしよ」耳もとでちあきはいう。

「なんや、急に」

「朝までね」

ちあきは赤だしを飲んだ。

## 12

八月二十七日、木曜、朝――。二階の食堂で上坂に会った。紙コップのアイスコーヒーを飲んでいる。桐尾もコーヒーを買ってテーブルに座った。

「早いな、勤ちゃん」

「いま来たとこや。まだ上にはあがってへん」刑事部屋は三階だ。

「桐やん、また昨日と同じ服やな」

「パンツと靴下は替えてる」

「ワイシャツも替えんと、襟のまわりが黒うなるぞ」

「おれは独り者《もん》や。服装《なり》をかもうてる暇はない」

ちあきの部屋で歯を磨き、髪の寝癖もとってきた。なのに、上坂は桐尾のようすをチェックする。

「今日は北沢からやな」

「地裁に寄って、大正へ行こ」

昨日の夜、採尿検査の結果が出た。北沢はシャブをやっていた。永浜は覚醒剤使用容疑で北沢明美の逮捕状を地裁に請求した。

「車、要るな」

「おれが手配する」

「ほな、駐車場で会お。わしは班長に報告してくる」

上坂は紙コップをトラッシュボックスに放り、食堂を出ていった。

車両係でカローラを借り、西天満《にしてんま》に向かった。大阪地裁で北沢の逮捕状を受けとり、大正へ走る。午前八時四十分、『エンブル大正』２０３号室のインターホンを押した。

――はい、なに？

――北沢さん、薬対課の桐尾です。

――あ、刑事さん。

――ちょっと訊きたいことがありますねん。ドア開けてくれますか。

――わたし、眠たいんよ。昼すぎに来て。

――手間はとらしません。出てください。

――もう、勝手やね。

声が途切れて、ドアが開いた。明美が顔を出す。すっぴんだから眉がない。

「電話くらいしてから来てよ。こっちにも都合があるんやから」

「すんませんな。府警本部に同行して欲しいんです」

「昨日、行ったやないの」

「今日もお願いしますわ」

「嫌、いうたら」

「大の男がふたり、こうして迎えに来たんです。頼みますわ」

頭をさげた。上坂もさげる。逮捕状の執行は任意の取調べで自白をとってからでも遅くない。

「待って。支度するから」

明美はドアを閉めようとする。桐尾は制した。

「玄関で待たせてください」

「なんでよ」

「錠をかけられたら入れんでしょ」

「あほらし。そんなことせえへんわ」

さもうっとうしそうに明美はいって、背を向けた。


北沢明美を取調室に入れ、採尿検査の結果を突きつけると、明美はあっさり覚醒剤の使用を認めた。桐尾は逮捕状を示して黙秘権を告知し、本格的な取調べに入った。

「いつからシャブをやってるんや」

「今年よ」

「今年のいつや」

「ゴールデンウィーク。お店を休んで暇やったし、そのときに家で吸うた」

「炙りか」

「そう、炙り」鎌田に勧められたのだという。

これは嘘だ。明美の尿から検出した覚醒剤濃度はかなり高かった。明美はかなり以前から覚醒剤を足首か内腿《うちもも》あたりの静脈に射っていたにちがいない。

「何年も鎌田と暮らしてるのに、初めてやったんが今年の四月か」

「うち、シャブはやらへんと決めてたんや」

「鎌田が射つとこはなんべんも見たはずやで」

「知らんわ。あのひとは自分の部屋でしかせんかった」

「男と女がシャブをやる目的はセックスや。鎌田だけがやってたというのはおかしいな」

「あのひととはセックスレスや。もう何年も」

「それで鎌田は外に女を作ってたんか」餌を撒《ま》いた。

「誰よ、それ。三宅とかいうミナミの女？」明美は餌に食いついた。

「ガサの前日、鎌田は午後八時ごろ部屋を出て、大正通からタクシーに乗った。尾行したんや」

「八時て、うちがお店にいるときやんか」

「鬼のいぬ間のつまみ食い、というやつやな」

「どこ行ったんよ」

「千日前のマンションや」

「その女が三宅やね」

明美の顔に嫉妬の色が浮かぶ。「仕事は」

「販売員や。カジュアルウェアの」

「齢は」

「二十六」

「どんな女よ」

「けっこう、きれいな」

携帯を開いた。モニターをスクロールする。「写真を撮ったんや」

「見せて」

「被疑者に捜査資料を見せるわけにはいかん」

「見せてよ」

「ほな、こっちも訊くことがある」

携帯を伏せてテーブルに置いた。「——鎌田は誰から拳銃を買うた」

「そんなん、聞いたことないわ」

「誰かから預かったとは」

「聞いてへんていうてるやろ。しつこいね」

「あんた、アルミ脚立を買うた。鎌田が脚立に乗ってシャッターボックスにビニール包みを隠すとこ、見たはずや」

「うちは見てへん。先に帰ったんや」

「それは妙やな。あんな狭いとこに脚立なんか要らんと思たんやろ。先に帰るのはおかしいで」

「黒いビニール包みは見たわ。水玉模様の。シャブやと思た」

「シャブは奥のキャビネットの中や。わざわざシャッターボックスのネジを外して隠すのは、よほどヤバいもんやと思たはずやで」

「…………」明美は視線を逸《そ》らす。

「鎌田に訊いたやろ。あのビニール包みはなんや、と」

「あのひと、怒った。つまらんこと訊くな、て」

「それで？」

「なんか、もっと危ないもんやと思ただけや。ヘロインとかコカインとか」

「鎌田はほかの薬物も売《バイ》してたんか」

「してへん。シャブだけや」

「いままでに鎌田が拳銃の話をしたことはあったか」

「撃ったことはあると聞いたわ」

「どこでや」

「済州《チェジュ》島の射撃場。あのひと、眼がわるいから当たらへんというてた」

明美は携帯に手を伸ばした。桐尾は遮る。

「済州島は誰と行ったんや」

「遊び仲間やろ。うちと知り合う前の話や」

明美は携帯を寄越せという。桐尾はモニターを見せた。

「なによ、それ……」

「エンブル大正や。前に撮った」

「あほッ」

明美は机を叩いた。


鎌田一郎を取調室に入れた。腰縄を椅子の背に固定し、手錠を外す。鎌田は立って伸びをした。

「こら、勝手に立つな。座らんかい」上坂がいった。

「いちいちうるさいのう」鎌田はふてくされて腰をおろす。

「今日、北沢明美を逮捕した」

桐尾はいった。「さっきまで、その椅子に座ってたんや」

「へーえ、そうかい」

鎌田は上を向く。「わしと同じ房に入れてくれや」

「男と女は別や」

「チンチン入れたりしたら困るもんのう」

「もう何年もセックスレスやというてたぞ」

「おまえら、そんなことまで訊いとんのかい」

鎌田はせせら笑う。「趣味と仕事をいっしょにしたらあかんぞ」

「今日はチャカのことを訊こ」

「ほう、そうかい」

「誰から預かった」

「忘れた」

「済州島でチャカを撃ったらしいな」

「わしも極道やからのう。抗争《でいり》に備えて訓練しとかんとな」

「あのチャカで誰かを弾く肚《はら》やったんか」

「あほぬかせ。わしはどことも揉めてへん」

「チャカを預かったということは、いつか使うつもりやったんやろ」

「知らんわい。あのチャカはわしのやない」

「それで公判が通るとでも思とんのか」

「通る通らんは関係ない。わしは頼まれてチャカを預かった。それだけや」

「おまえ、あのチャカにどんな謂《いわ》れがあるか知ってんのか」

「どういう意味や」

「ある重大な事件に使われたと聞いたらどうなんや」

「なにをもそもそいうとんのや。はっきりいうてみい」

「あのトカレフは前科持ちや。おまえはそれも被るんやぞ」

「前科持ち？　あのチャカで誰かが殺られたとでもいうんかい」

「そう、殺られたんや」

「嘘ぬかせ」

「嘘やない」

「なんの事件や」

「その前に、トカレフの出処をいえ」

「知らんもんは知らんのじゃ」

鎌田は首を振る。「たとえ知ってても歌うかい。それが極道の仁義やないけ」

「ほう、おまえも一端《いっぱし》の極道か」

「眠たい。喋っとれ」

鎌田は腕を組み、眼をつむった。それからはなにを訊こうと、いっさい反応しなかった。

昼――。鎌田を留置場にもどした。二階の食堂で桐尾はカレーライス、上坂は日替わり定食を食う。そこへ、天麩羅《てんぷら》うどんのトレイを持った森が来た。

「石井、どないです」上坂が訊いた。

「あかんな。黙秘や」雑談にも応じないという。

「弁護士は」

「吐いたら、名簿を見せたるというてるんやけどな」

「根比べですね」

「石井は自分でもシャブを密輸しとるけど、それだけでは鎌田みたいな売人に卸す量が足らん。石井の上に百キロ単位のブツを捌く大元締めがおるはずや」

「大元締めは東京のヤクザですかね」桐尾はいった。

「どうやろな。いまは代替わりしたはずやで」森はうどんをする。

「鳥取の瀬取りですね」

「あれで大元締めをパクったもんな」

二〇〇二年十一月、鳥取県大山町《だいせんちょう》の海岸に二重の樹脂製シートに梱包《こんぽう》された覚醒剤、二百十四キロ（末端価格百二十六億円）が漂着し、押収された。鳥取県警と警視庁などの合同捜査本部は二〇〇六年に東京の暴力団組長ら八人を逮捕し、大山町の漂着事件について追及した。調べによると、組長らは二百三十七キロの覚醒剤を北朝鮮清津港《チョンジンこう》から貨物船で運び、数基のリモコンブイを取り付けて松江沖に投下した。リモコンブイはカニ籠漁《かごりょう》のために開発されたもので、一定の深さに沈めておくことができるし、籠の中に百キロ以上のカニが入っても海上に引き揚げられる動力がついている。また、ブイはそれぞれ異なった周波数のビーコン波を発信しており、専用受信機でその位置を特定することができる。組長らは境港《さかいみなと》から遊漁船を出してリモコンブイを回収しようとしたが、高波のため瀬取りに失敗し、覚醒剤はばらばらになって海岸に漂着した。組長らはその漂着分もふくめて、最低四回、境港と安来《やすぎ》港に各二百キロ以上の覚醒剤を密輸入したという。組長らの逮捕のあと、瀬取りによる密輸は北海道沿岸に移ったため、いまの大元締めはロシアンマフィアやチャイニーズマフィアと組んだ新たな組織ではないかとみられている――。

「石井にチャカのことは訊いたんですか」

「訊いた。横を向いとる。石井は関係ないのとちがうか」

「安藤はどうです」

「あいつはただの小売人《コシャ》や。チャカなんぞ触る用はないやろ」

そう、安藤庸治は覚醒剤前科があるものの、ヤクザ組織の構成員ではない。

「樋口にチャカのこと訊いてへんのか。あれは元極道やぞ」森はいう。

「樋口は鎌田と面識ないんですわ。安藤のヤサも知りません」

「運びをして、なんぼもろてたんや」

「一回、二千円です」

「哀しいのう。元極道が小売人にあごで使われるとはな」

「樋口は手足が震えてます。顔も土気色で、視線が定まってない。まるっきりの病人ですわ」

「シャブで肝臓がスポンジになっとるんや。刑務所《ムショ》の中で死によるやろ」

森は天麩羅のエビを食う。「――で、鎌田は吐きそうか」

「思てたより図太いですね。吐くまで、とことん責めますわ」

「トカレフが訳ありやいうのは知っとんのか」

「そこらへんはまだ分かりません」

「東青会にガサかけると脅したれ」

「それはさっきもいいました。黙って横向いてましたわ」

「おまえら、ちょっと緩いのとちがうか」

「なにが緩いんです」

「本部の薬対が売人に舐められたらあかんというてるんや」

「そんなつもりはないんですけどね」

ムッとした。顔には出さない。

「桐やん、コーヒー飲みに行こ」

箸を置いて、上坂がいった。桐尾はトレイを持って立ちあがった。


「森のおっさん、やる気もないくせに一丁前に講釈たれよるな」上坂はいう。

「気に入らんのやろ。おれらがチャカを見つけたんが」

永浜は昨日、薬対課長の牧野に府警本部長賞を申請した。褒賞対象は上坂と桐尾だ。

「そもそも鎌田のネタをつかんできたんは桐やんやで。それで内偵に入ったんや。森のおっさんにとやかくいわれる覚えはないがな」

「ほっとけ。いちいち相手にしてたら腹立つだけや」

自販機のアイスコーヒーを買って刑事部屋にもどると、永浜が手招きした。鎌田の調べについて訊かれる。新たな情報はない、と報告した。永浜はファイルから数枚の紙片を抜いて、これを読んでおけ、といい、部屋を出ていった。

「なんや、桐やん」

「新聞のコピーやな」
椅子に腰をおろして紙片を広げた。《紀伊新聞　1993年（平成5年）7月27日　火曜日》とある。見出しは《南紀銀行　澤口副頭取射殺される》だった——。
《26日午前7時50分ごろ、和歌山市鷹匠町9丁目の路上で、すぐ近くに住む南紀銀行副頭取澤口章治さん（62）が自宅に迎えに来た乗用車に乗ったところ、ヘルメットにゴーグルをつけた男が近づき、車のドアを開けて短銃を数発発砲、逃走した。澤口さんは胸部を撃たれ病院に運ばれたが、間もなく出血多量のため死亡した。》
《運転手が警察へ通報する一方、銀行本店に連絡。午前8時すぎ、出勤していた総務部次長が現場に急行した。警察が住宅街の狭い道路にテープを張り、路上に駐められたままの車を取り巻いて検証を始めるなど、付近は物々しい空気に包まれた。近所の人たちは「何があったのか」とこわごわ様子を見た。近くに住む女性（78）は「ごみを出しに行くとバン、バンと音がして、澤口さんの家の近くから灰色の作業服を着た男が南の方へ走り去るのを見た」と興奮気味に話した。》
《和歌山県警は和歌山南署に捜査本部を設置。緊急配備して逃げた男の行方を追う一方、殺人容疑で本格的な捜査を開始した。捜査本部は、犯人が澤口さんの出勤をねらって待ち伏せした計画的な犯行とみて、背後に融資を巡るトラブルや暴力団との関係がないか、情報を集めている。》
《関係者によると、南紀銀行内部では不良債権の処理などを巡って幹部の間に対立があったといわれ、澤口さんは副頭取として債権トラブルの解決などを担当していた。》
《射殺された澤口副頭取は昭和29年に和歌山大を卒業して入行。貸付管理や人事部門を中心に出世コースを歩み、昨年六月、同行ナンバー2の副頭取に就任した。
ある部下は「支店長や本店の部長クラスでも怒鳴りつけていた」といい、厳しい上司として知られていたが、仕事を離れると「優しく人情味あふれる人柄だった」といい、女性行員全員の誕生日を覚えていて、廊下などでこっそり花束やチョコレートをプレゼントする一面もあったという。秘書課のある女性は「趣味で集めた切手や切符を自慢げに見せてくれる気さくな上司だった。なぜこんなことに……」と声を詰まらせた。》

《最近の澤口副頭取について同銀行は「先週末まで精力的に仕事をこなしており、全く心当たりがない。私生活も円満だったと思う」と話している。

南紀銀行（本店・和歌山市）は昭和16年設立。資本金56億円で、平成元年に南紀相互銀行から名称変更した。平成4年3月期の預金量は約5700億円。

澤口さんは昭和6年、和歌山県田辺市壺屋町3、澤口酒造の次男に生まれ、田辺高校から和歌山大学卒業後、同銀行に入行して業務部長などを歴任。副頭取に昇格した。》

「桐やん、ヒットマンはトカレフを使うたんやろ」

コピーをデスクに置いて、上坂がいう。「オートマチックは薬莢《やっきょう》が飛ぶはずやけど、そのこと、書いてへんな」

「なにかで銃を包んでたんやろ。たぶん、布や。飛んだ薬莢は布で受ける」

「そうか。拳銃の扱いに習熟したプロの犯行いうのは、早ようから分かってたんやな」

「澤口が殺された理由もな。組筋との関係も噂されてたんやろ」

「支店長や部長を怒鳴りつける一方で、女子行員にこっそりプレゼントを渡すというのはどうや。人情味のある人柄とは思えんぞ」

「ま、人望はなかったんやろ。この記事を読む限りではな」

「祝杯をあげた連中が多かったらしいやないか」

「なんぼひどい人間でも、殺されて祝杯はないわな」
恨み骨髄やったんやろ――。コーヒーを飲み、煙草を吸いつけた。

夜、十時まで鎌田一郎と北沢明美、樋口嘉照の取調べをした。鎌田はふてくされて黙秘、北沢は鎌田の悪口ばかりをいって反省の色なし。樋口は犯罪事実関係を認め、供述調書に署名、指印を捺《お》した。

桐尾は十時半に庁舎を出て、地下鉄で天王寺へ行った。通天閣を目指して西へ歩き、ジャンジャン横丁近くの『バンビ』に入った。棟割長屋の一階を改装した、短いカウンターだけの薄汚れたスナック。馬場は座ってテレビを見ていた。

「久しぶりやな」

「ああ、桐尾さん」

馬場は振り返った。ゴマ塩頭に色黒のネズミ顔、レンズの円い黒縁眼鏡、鼻下にちょび髭、府警本部では絶対に見かけない種類の顔だ。

「どうや、景気は」

「あきまへん。さっきまで客はふたり。いつ閉めよかと思てますねん」

「あんた、なんぼや」

「齢ですか。……五十七ですわ」

「年金は」スツールに腰かけた。

「そんなもん、かける余裕がありますかいな」

「ほな、店を閉めても食うあてがない。シャブを売《バイ》するわけにもいかんやろ」

「きついな、相変わらず。わしはいっさい、やってまへんで」

「いわれんでも分かってる。あんたがシャブをつづけてたら、この店はとっくに潰れてるやろ」

馬場を逮捕したのは三年前の夏だった。東住吉の売人の内偵捜査をしていて、売人がバンビに出入りしていることを知り、この店にもガサをかけて覚醒剤を押収した。馬場の尿検査をしたところ覚醒剤が検出され、馬場は所持及び使用容疑で起訴された。馬場は初犯で譲渡もしていなかったため、懲役二年に執行猶予がつき、実刑は免れた。

桐尾は馬場の取調べをしたのが縁で、ときおりバンビで飲むようになった。そうして馬場を〝S〟＝スパイ（ネタ元）に仕立てたのである。

馬場は桐尾に何度か情報をくれたが、そのうちのひとつが〝大正区平尾の東青会組員がシャブを捌いている。組員は自宅近くにシャブを隠し、ときどきそこに立ち寄って密売するシャブを持ち出しているらしい〟というものだった。桐尾はこれを永浜に報告し、上坂とふたりで内偵捜査に入った——。

「なに、します」

馬場はカウンターにコースターを置いた。

「とりあえず、ビール。あとは焼酎のロックや」

「ビールの銘柄は」

「エビスにしよか。モルツでもええ」

「ないんですわ」

「ほな、訊くなよ」

どうせ、キリンかアサヒの瓶ビールしか置いていないのだ。

「この前、あんたに東青会組員のネタをもろたよな」桐尾は煙草を吸いつけた。

「ああ、そうでしたな」馬場はビールの栓を抜く。

「いま、その捜査をしてるんや」

ガサをかけて組員を逮捕し、取調べをしている、といった。「あんた、東青会のことはどこで聞いた」

「桐尾さん、それはいえませんわ。あちこちにひっかかりがあるさかい」

「組員は鎌田一郎、四十一歳。内妻の北沢明美もパクったんや」

「へーえ、よめはんもね……」馬場はグラスを置き、ビールを注ぐ。

「これは口にチャックしてて欲しいんやけどな、鎌田が契約してるガレージからチャカを押収したんや」

「チャカ……。そらよかったやないですか」

「それが、ええことばっかりでもないんや。ちょいとややこしいチャカでな」

ある事件に使われた銃だといった。「あんた、鎌田とチャカの話を聞いたことないか」

「そんなん知りませんで。わしもこの商売が長いさかい、客がシャブの話をすることはあるけど、チャカはね……」

「どんな些細なことでもかまへん。なにかないか」

「すんまへん、ほんまに知らんのです」

「東青会のネタは誰から聞いたんや」

「勘弁してくださいな。わしにも喋れんことがありますねん」

「あんたに迷惑はかけん。約束する。このとおりや」頭をさげた。

長い間があった。馬場は口をきかず、桐尾も顔をあげない。

「――分かった。分かりました」

馬場はためいきをついた。「うちの馴染み客にAという男がおると考えてください。……Aはある日、Bという男を連れてここへ来た。AとBは飲んでるうちに、仕入先を替える話をはじめた。Aは、大正にまとまった量のブツをまわせる売人がおって、配達もしてくれるから、そっちへ行こうやと、Bを誘うたんです」

「AとBは小売人《コシャ》やな」

「ま、そんなとこですわ」

馬場はうなずく。「Bはしかし、乗り換える金がないというて、Aの誘いには乗らんかった。話はそこで終わったんです」

「その大正の卸元が、東青会の組員やったんやな」

「ま、そういうことですわ」

「酒を飲んでて、うっかり相談事もできんな」

「嫌味ですかいな。わしは桐尾さんのために聞き耳をたててたんでっせ」

「いや、そんなつもりでいうたんやない。わるかった」

小売人の身元を探っても無駄だ。実際に鎌田と取引してはいないのだから。

「押収したチャカにはどんな謂れがありましたんや」馬場は訊く。

「ひとを撃ったんや」

「抗争《でいり》ですか」

「そんなとこや」

「鎌田とかいう売人が？」

「分からん。そこが割れてへんから、マスターに訊きに来た」

「すんまへんな。足しにならんで」

馬場はひとがいい。情報はくれるが、反対給付は求めない。所轄の連中はネタ元に個人データを提供したり、軽微の犯罪——風営法違反が多い——を揉み消したりして情報料の代わりにするが、本部薬対課は個人データの扱いが厳しく、桐尾のようなヒラの捜査員はネタ元とのつきあいに自腹を切るしかない。桐尾は馬場に二十枚ほどの名刺を渡して、厄介な連中と揉めたり、ヤクザがみかじめ料を要求したようなときはこの名刺を出せといったが、馬場が名刺を使ったようすはない。ネタ元と刑事は〝ギブ&テイク〟なのに、その関係がいまは一方的に偏っているのだ。

「腹減った。なんか食い物ないか」桐尾はビールを飲みほした。

「スパゲティ、カレーライス、チャーハン……。レトルトやけど」

「チャーハンにしよか」どれも不味そうだが。

「チャーハンができるまで歌でも歌《うと》うといてくださいな」

「この店、カラオケあったんか」テレビはカウンターの中にしかない。

「そこにギターがありますやろ」

カウンター端の壁に薄汚れたギターが吊るされている。ガットが四本しかない。

「えらい年代物やな」

「むかし、バンドをやってる客が置いていったんですわ。飲み代のカタに」

「いろんな客がおるもんやな」

「ヤクザも来れば刑事も来る。この商売はおもしろいでっせ」

馬場は鍋に水を入れ、コンロにかけた。

桐尾は一時すぎまで飲み、一万円を置いてバンビを出た。六千円の釣りは受けとらなかった。

## 13

八月二十八日――。逮捕者全員を送検し、担当検事は地裁に対して十日間の勾留《こうりゆう》請求をした。元締めの石井晃、卸元の鎌田一郎は、連日、取調べをつづけたが、石井は黙秘をとおし、鎌田は拳銃に関して頑として口を割らない。

昼、鎌田を留置場に入れて刑事部屋にもどった桐尾と上坂は、永浜に呼ばれた。

「どうや、鎌田は」

「あきません。なにか新しいネタを突きつけん限り、喋りませんわ」

鎌田には南紀銀行副頭取の射殺事件を明かしていない。永浜にとめられているからだ。

「分かった。おまえらは外れるんや」

「外れる？」

上坂がいった。「調べを交代するんですか」

「そういうこっちゃ」

「班長、鎌田は内偵をはじめたときからわしらの標的《まと》ですわ。あのくそ暑い寺の本堂の二階にこもって、二十日も……」

「それをいうな。遠張りが辛いのは誰でもいっしょや」

永浜は遮って、「とにかく、おまえらは外れることになった。鎌田の調べは森と村居が引き継ぐ」

「けど、班長……」

「ちょっと話がある。来い」

永浜は立ちあがった。会議室へ行く。桐尾と上坂も会議室に入り、椅子を引き寄せて座った。

「さっき、与田《よだ》さんに呼ばれた」ぽつり、永浜はいった。

「参事官ですか」と、桐尾。

刑事部参事官——。刑事部長に次ぐナンバーツーで、階級は警視正だ。

「与田さんはこないだから和歌山県警と協議してた。トカレフの扱いについてな」

「どういう協議です」

「特命による専従捜査。おまえらふたりは和歌山県警と連係してトカレフを洗え」

「そんな、あほな……」

上坂とふたり、顔を見合わせた。

「これは命令や。上が判断した。否《いや》も応もない」

「しかし、南紀銀行の事件は迷宮入りですよ」

去年の七月二十六日午前零時、公訴時効が成立した。

「お宮に入ろうが、神社に入ろうが、新たな物証《ブツ》が出たら捜査をする。神戸の三協銀行事件との関連もあるからな」

「神戸支店長射殺事件ですか」

「そうや。あの事件はまだ時効になってへん」

「いつ、時効です」

「今年の十二月四日や」

「あと、三カ月やないですか」

「ただし、神戸の事件には首を突っ込むな。まだ兵庫県警との話はできてへん」

「専従捜査の目途は」

「とりあえず、半年」

「半年もトカレフを洗うんですか」

「明日から刑事部屋に顔出さんでもええ。籍は薬対のままや」

西田たちには、桐尾と上坂は新たな内偵捜査に入ったといっておく――、永浜はそうつけくわえて、「一日一回、わしの携帯に報告を入れるんや。あとは自分の判断で動け」

「班長は参事官に推薦したんですか、わしらふたりを」上坂が訊いた。

「するわけない。ただでさえ手一杯やのに、ふたりも抜けたら班が立ちいかんやろ」永浜は舌打ちする。

「専従の捜査費、もらえるんですか」

「領収書をとっとけ」

「ほんまに自分の判断で動けるんですね」

「それが専従捜査やろ」

永浜はうなずく。「飯食うたら、和歌山へ行け」

ワイシャツのポケットから一枚の紙片を出してテーブルに置いた。ミミズの這《は》ったような字で、
《和歌山南署　松尾署長　073―475―02××》とあった。

「署長に会うんですか」

「会うて、話を聞け」

「分かりました」

メモを手にとり、立ちあがった。

「それともうひとつ、府警本部長賞は出ぇへん」

「なんでです」

「専従捜査のためや」

「しゃあないですね」

桐尾と上坂は会議室を出た。


谷町筋のうどん屋に入った。桐尾はざるうどん、上坂はいなりずしとざるうどんを注文する。

「青天の霹靂《へきれき》とはこのことやな、え」麦茶を飲んだ。

「たまにむずかしいこというな、桐やん。ヘキレキて、どう書くんや」

「書けたら、もっとマシな学校に行ってたわ」

桐尾の出た近畿学院大も、上坂の京都芸術工科大も三流だ。入学試験の倍率は上坂のほうが高かっただろうが。「──くそったれ、賞をひとつフイにしたわ」

「踏んだり蹴ったりやのう」

上坂は笑う。「永浜のおっさん、専従捜査とはいうてたものの、実態は潜入捜査やな」

「そのほうが都合ええんや。おれらはまちごうても能力を期待されたわけやない。チャカの旋条痕が一致したから捜査員を投入しましたというポーズや」

「ポーズで和歌山に放り出されたら世話ないで」

上坂はあくびをする。「三協銀行事件には首を突っ込むなというてたな」

「まだ、時効が来てへんもんな」

大阪府警と兵庫県警は犬猿の仲だ。下手に事件をほじくり返したら兵庫県警の面子《メンツ》をつぶす。そうなったときはただでは済まないだろう。

近畿の警察には〝二強三弱一虚弱〟という囃《はや》し言葉がある。二強は大阪府警と兵庫県警、三弱は京都府警、滋賀県警、奈良県警、一虚弱は和歌山県警だ。その言葉どおり、和歌山県警には迷宮入り事件が多く、捜査能力が低いと評されている。

「三協銀行事件は南紀銀行事件と同じルーツか」

「どうかな。犯人はちがうやろ」

「あれ、七十すぎの爺が出頭したな。神戸支店長を撃ったチャカ持って」

「けど、身代わりやった」

出頭した男の名前は忘れた。男は〝懲役太郎〟で銀行強盗や殺人未遂など凶悪事件の前科が多くあり、所持していた銃の旋条痕も一致したため、一時は、三協銀行神戸支店長射殺事件の実行犯か、とニュースになったが、男の供述は曖昧で、犯行現場の物証とも矛盾していたようだ。兵庫県警捜査本部は依頼人は誰かと追及したが、男はあくまでも自分が犯人だと主張し、背後関係についてはいっさい語らなかった――。

「あの爺、どうなったんや」

「結局、銃刀法違反で放り込まれたはずや」

「まだ生きとんのか」

「知らん」

「あとで調べてみよ」

ざるうどんといなりずしが来た。すしは三つ、皿に載っている。ひとつ食え、と上坂はいった。桐尾はすしをつまんで口に入れた。

「——おれ、昨日の晩、ネタ元に会うた」

「そうかい」上坂はうどんの汁《つゆ》に生姜《しょうが》を落とす。

「チャカのことは、まったく知らんかった」

「そら、知っててもいわんやろ。チャカとシャブではものがちがいすぎる」

興味なさそうに上坂はいった。上坂にもネタ元はいるはずだが、おたがい、詮索《せんさく》はしない。それがルールだ。

「けど、なんでわしらふたりが専従捜査なんや。永浜のおっさんも、ちょっとは抵抗したんかい」

「おっさんはガンジーや」

「なんや、それ」

「無抵抗主義。はいはい仰せのとおりで、階級《ホシ》を増やした。おっさんは骨がない」

「いうたれ、今度、おっさんに」

「そういう骨は、おれもないんや」

うどんをすすった。腰があって旨い。


天王寺からJR阪和線で和歌山駅。きのくに線に乗り換え、宮前駅で降りた。県道13号を西へ歩き、和歌川を渡ると、そこが鷹匠町だった。

「副頭取の家、まだあるかな」

「ないやろ。よめはんも死んだんやから」

電柱表示を見ながら住宅街を歩いた。《9丁目》で立ちどまる。自転車に乗った初老の男が前から来た。

ちょっと、すみません――。呼びとめた。

「このあたりに澤口さんいう家、ないですかね」

「さぁ、聞いたような憶えはあるな」自転車を停め、男は額の汗を拭く。

「元南紀銀行の副頭取ですわ」

「ああ、南紀銀行のな」

男はうなずいた。「それやったら、この先や。次の次の角を右に行ったら、黒い板塀の家がある」

「そうですか、どうも」

「あの家、空き家やで」

「いや、見るだけですわ」

礼をいって、背を向けた――。

黒い板塀の家は、タイル張りの門柱に《澤口》という表札が残っていた。敷地は約七十坪、板塀はところどころが欠け、庭木の松やモチノキは手入れをしていないのか、枝が乱雑に伸びている。木造モルタルの家は青い屋根瓦に薄茶のリシン仕上げで、副頭取の自宅には似合わぬ安普請だった。

一方通行の前面道路は狭く、見通しがわるい。

「犯人《ホシ》はどっちから来た」

「あっちやろ」

上坂は北を指さす。「社用車の後ろから来て、右のリアドアを開けた。澤口さん、と呼びかけて、至近距離から三発撃った」

「で、向こうへ走り去ったんやな」

前面道路を南へ歩くと、県道13号に行きあたった。通行量はそう多くないが、朝の通勤時間帯に車を駐めておいたとは考えにくい。犯人は単車に乗って逃走したか、共犯が県道近くに待機していたのではないだろうか——。桐尾はそう思った。

「事件当日、不審な単車とか車は目撃されてへんのかな」

「詳しいことは南署で訊こ。表に出てない情報《ネタ》があるはずや」

上坂は煙草を吸いつけた。


和歌山南署は鷹匠町から西へ歩いて十分、国道42号に面していた。ロビーに入って車庫証明係の制服警官に身分と名前をいい、松尾署長に取り次ぎを頼む。警官は内線電話で連絡し、三階の総務課へ行くようにいった。

エレベーターで三階にあがった。左が講堂、右が総務課だ。ドアをノックし、引いた。

「大阪府警の桐尾といいます。松尾署長は」

「はい。どうぞ」

男が廊下に出てきた。隣の署長室に入る。前室にまたひとり、男がいた。秘書代わりの総務課員だろう。男がドアを開けて、桐尾と上坂は奥の部屋に入った。ゴマ塩頭の小柄な男がデスクの向こうに座っていた。

「ああ、どうも、ご苦労さんですな」

松尾は愛想よくいい、立ってこちらに来た。「喉渇《のど》いたでしょ。麦茶でよろしいか」

「はい、いただきます」

それを聞いて、総務課員は出ていった。

「かけてください」

松尾はソファに腰をおろし、桐尾と上坂も座った。

「大阪府警薬対課永浜班の桐尾です」

「永浜班の上坂です」

よろしくお願いします——。揃って頭をさげた。

「話は聞いてます。おふたりが拳銃を押収したそうですな」

「シャブのガサに入って見つけました。たまたまです」

「しかし、南紀銀行事件の拳銃とはね。正直、驚いてます」

捜査本部は和歌山南署に設置され、一年後に縮少して、事件は事実上、迷宮入りになったと松尾はいう。「去年の七月に時効を迎えるまで継続捜査はしてました。形だけやけどね。……その継続捜査にあたってた満井《みつい》という巡査部長をあとで紹介しますわ」

「ありがとうございます」桐尾はいった。

「わしは南紀銀行事件のことを知らんのです。詳しい話は満井に訊いてくださいな」

松尾は去年の春、和歌山南署に赴任した。事件当時は有田川《ありだがわ》署の地域課長だったという。

「で、満井さんは」

「おっつけ来ますやろ。日高署から」

「我々は専従捜査を命じられました。期間は半年です」

「満井も同じですわ。県警本部からそういわれてるはずや」

協力してやってくれ、と松尾はいう。

そこへノック。さっきの総務課員が麦茶を持ってきた。テーブルに置く。一礼して出ていった。

「さっき、鷹匠町へ寄ってきました」

上坂がいった。「副頭取の家が小さいのと、道が狭いのが意外でした」

「あのあたりは古い住宅街やからね」

「澤口夫妻に子供は何人ですか」

「さぁ、何人ですかな」

「あの家、荒れるに任せてますね」

「ほう、そうでしたか」

他人事《ひとごと》のように松尾はいい、壁の時計を見あげた。「これから会議でね、満井が来るまで食堂で待っててくれますかな」

「了解です。お忙しいのに、すみませんでした」

桐尾は麦茶を飲んで立ちあがった。


「まるで、やる気ないな。あの署長」

「そらそうやろ。十六年も前の迷宮入り事件や。いまさらどうなるとも思とらへん」

地階へ降りた。自販機のそばにテーブルと椅子がある。桐尾はアイスコーヒーをふたつ買って椅子に座り、煙草に火をつけた。

「ここ、何人ぐらいや」

「さぁな、二、三百人はおるんとちがうか」

署は五階建で敷地もけっこう広い。和歌山県下では大型署なのだろう。

「和歌山の飲み屋街て、どこや」

「ぶらくり丁とちがうんか」

「ぶらくり丁か。歌で聴いたことあるな」

「『和歌山ブルース』やろ」

「どんな歌や」

「知らん。忘れた」

パナマ帽の男が食堂に入ってきた。桐尾と眼が合う。男はそばに来た。

「大阪府警のひと？」と訊く。

「そうです。……満井さん？」

男はうなずいた。痩せて色が黒く、額が狭い。度の強そうな銀縁眼鏡をかけている。

「幽霊が出たんやてな、大阪で」

「幽霊？」

「拳銃や。澤口を撃った」

満井は帽子をとって座った。坊主頭だ。桐尾は宗玄寺の住職を思い出した。

「ほんまに迷惑なこっちゃで」満井は横柄にものをいう。

「わしらもいっしょですわ。おかげで半年も島流しです」上坂がいった。

「島流しとはなんや。和歌山は八丈島かい」

「いや、そんな意味でいうたんやないんです」上坂はあわてて首を振る。

「わしは来年、定年やで。南紀銀行事件なんぞ忘れたのに、またぞろ蒸し返しや。胸わるいわ」

「すんませんな、満井さん、つまらんチャカを見つけてしもて」

「あんた、名前は」

「上坂です。府警本部薬対課」

「そっちは」

「桐尾です」

「ま、お陽さん西々で行こかい」

「なんです、それ」

「知らんか。仕事はせんでも日は暮れる。ぼちぼちサボりながらやれということっちゃ」

眉をひそめて満井はいう。愛想のかけらもない。

「満井さん、日高署から来はったんですね」桐尾はいった。

「盗犯係や。最近は不景気やし、畑泥棒が多い」

夜中、収穫前の柑橘《かんきつ》類をごっそり盗んでいくと満井はいう。「山にトラックで乗りつけよるからタイヤ痕が残る。それを洗うて盗人《ぬすっと》を割るんや」

「しかし、どこで換金するんです。柑橘類を」

「東京あたりまで持っていく。柚《ゆず》やスダチ、ポンカン、ブンタンは高値で売れるからな」

「なんでも盗《と》るんですね」

「農機具も危ない。クレーン車でやられる」

「その帽子、年季が入ってますね」

「そうやろ。これは本場のエクアドル製や」

どこで買ったのか知らないが、変わったセンスだ。パナマ帽に白の開襟シャツ、だぶだぶのグレーのズボン、靴はメッシュ。子供のころに見た黒澤の『天国と地獄』にこんな昭和レトロの刑事がたくさん出ていた。

「満井さんは副頭取射殺事件の帳場にいてはったんですよね」

桐尾はいった。「詳しいこと教えてください」

「大したことは知らん。新聞に書いてたとおりや」

「鷹匠町の現場を見てきたんです。犯人《ホシ》の遺留品とか逃走途中の目撃情報はなかったんですか」

「遺留品はなかった。足跡もない。県道の近くでヘルメットに作業服の男を見たというおばさんがおったけど、それだけやった。犯人が単車に乗ったか、車に乗ったか、逃走経路も定かでない」

「現場に薬莢がなかったんは、どうみました」

「犯人は右手と銃に黒い布を巻いてた。それに左手を添えて澤口を撃った」

「その布は薬莢受けですね」

「プロのヒットマンや。冷静沈着、用意周到、複数の共犯がおる」

「それは……」

「犯人が社用車の……黒のクラウンのリアドアを開けたとき、澤口さんと呼びかけた。そのイントネーションが日本人ではなさそうやった」

「その話は聞きました。中国や東南アジアから来たヒットマンやないかという説ですね」

「信憑性《しんぴょうせい》があったんや。事件のすぐあと、地元ヤクザのあいだで、こんな噂話が流れた――」

神戸川坂会系北見組傘下の組長が香港マフィアを通じてフィリピンのヒットマンを五十万で雇った。事件前日、組員が伊《い》丹《たみ》空港（大阪国際空港）へヒットマンを迎えに行き、そこで報酬の半分を支払った。ヒットマンには事情や段取りを教えず、その日のうちに和歌山へ連れて行って、現場付近の下見をさせた。そうして当日の早朝、ヒットマンに標的の顔写真を見せ、クラウンのナンバーを教えて銃を渡した。副頭取射殺後、組員はヒットマンを車に乗せて空港へ向かい、残りの報酬を渡して出国させた――。

「殺人の分業や。ヒットマンはサワグチという標的に向かって引鉄《ひきがね》をひいただけで、それが何者かも知らん。仮に捕まっても依頼主は分からん」

「空港の出入国記録は調べたんですか」上坂が訊いた。

「もちろん、調べた。……該当する人物を絞り切れんかった」

「どういうことです」

「入国と出国の場所と方法を変えたんやろ。入りは伊丹空港、出は羽田空港。それも、タイや香港を経由してフィリピンへもどったんかもしれん。関釜《かんぷ》フェリーを使うたという説もあった」満井は眼鏡を外し、ティッシュペーパーでレンズを拭く。

「北見組傘下の組長いうのは」桐尾は訊いた。

「具体的には分かってへん。東南アジアのヒットマンを使うのは北見組やろという推論や」

「北見組には三次団体まであるやないですか」

そう、九三年当時、北見組は川坂会の最大組織で、構成員が千七百人ほどいたはずだ。組長の北見隆夫は川坂会の若頭だったが、九七年の夏、神戸パレスホテル三階のティーラウンジで内部抗争のため射殺された――。

「南紀銀行の澤口は北見組傘下の組織と融資をめぐってトラブってた。それで北見組系の組長に殺られたという噂が流れたんやろ」

「噂ばっかりで確証はなかったんですね」

「澤口は汚れてた。人望もないし、まっとうな人脈もなかった。澤口が殺られて万歳三唱したやつは、それこそ山のようにおったやろ」

「しかし、それは行内だけの評判やないんですか」

上坂がいった。「支店長や部長を部下の前で怒鳴りつけたんですやろ」

「澤口は日頃からヤクザや企業舎弟とつきおうてた。殺される前から、南紀の副頭取はヤクザを連れて飲み歩いてると、わしらの耳にも入ってた」

満井は澤口がよく使っていた雑賀町《さいかまち》の料亭の女将《おかみ》に事情を訊いたことがあるという。澤口は月に一、二度、料亭に来て芸者遊びをしていたが、仲居に対する態度は横柄で、機嫌のわるいときは、女給の分際で、と難癖をつけ、罵声《ばせい》を浴びせた。雨の日にやって来て、土足のまま座敷にあがったこともあった。「――芸者の股《また》には手を入れる、押し倒して帯はほどくと、やりたい放題やったらしい」

「酒癖がわるいとかいう範疇《はんちゅう》ではないですね」

「銀行マンの皮をかぶったヤクザや。それも何億、何十億という融資の決裁権をもってるだけに質《たち》がわるい。澤口の人間性を知れば知るほど、殺されても無理はないと思たな」

「愛人は囲うてなかったんですか」

「三人、おった。そっちの調べは、わしはしてへん」

満井は話し疲れたのか、空あくびをした。腕のロレックスに眼をやって、「五時前やな。腹減った。飯食うか」

「ここで食うんですか」

「あほいえ。ビールが飲めんやろ」

「ほな、ぶらくり丁で」

「築地《つきじ》や。大阪府警と和歌山県警の顔合わせ会をしよ」

満井は立って、パナマ帽をかぶった。

「帽子、似合《にお》うてますね」嫌味でいった。

「あんたもかぶれや」

にやりとして、満井はいった。


和歌山南署から築地通りまでタクシーに乗った。市堀川《しほりかわ》を渡ったところで満井はタクシーを停め、さっさと降りた。料金は桐尾が払い、レシートをもらった。

満井は川沿いの道を東へ歩き、『芳乃家《よしのや》』という料亭へ入っていった。打ち水をした庭の向こうに玄関がある。満井は格子戸を引いて玄関に入り、おーいと声をかけた。

廊下の奥から和服の女が出てきた。あら、部長さん、といった。

「何時からや」

「六時です」

「ちょっと早いけど、かまへんか。大阪の知り合いを連れてきた」

「どうぞ、どうぞ。お暑いですね」

座敷に通された。満井は床の間を背にして座り、桐尾と上坂は向かいに座る。ビールや、と満井はいい、女は出ていった。

「さっきいうた雑賀町の料亭がここや」

満井はパナマ帽を脱ぎ、床の間に放った。「――わしは日高署の前は南署におった。女将とは顔見知りや」女将は出戻りで、息子が板前をしているという。

「部長さん、といいましたね」

「そう、巡査部長さんや」

「よう来てたんですか」

「たまにな」

「ひとりで？」

「料亭にひとりで来るやつはおらんやろ」

「澤口を見たことは」

「なんべんかある。廊下ですれちごた。声のでかい下品なおっさんやった。仲居は〝丹頂〟と呼んでたな」

「なんで、丹頂です」

「すぐ頭に血がのぼるから、というてた」

満井は煙草を吸いつける。ライターは金張りのデュポンだ。

「その煙草、茶色ですね」

「シガリロや」

黄色と黒のパッケージに《ＣＯＨＩＢＡ》とある。「吸うか」

一本もらった。デュポンで火をつける。肺に入れたらクラッとした。

「これはきついわ」

「シガリロは葉巻や。ふかすだけでええ」満井は笑った。

この男は汚れている――、そう思った。時計、ライター、シガリロ、パナマ帽も安くはない。それに、刑事の給料で料亭通いはできないだろう。

「鎌田とかいう売人は口を割らんのかい」

「チャカのことはいっさい、喋りません」

「南紀銀行事件は」

「伏せてます」

桐尾の感じでは、鎌田は事件を知らないようだ。鎌田がトカレフを買ったか、預かったかは分からないが、もし前科持ちの銃だと知っていたら、自宅近くの契約ガレージに隠したりはしなかったはずだ。

「いま、中国製のトカレフはなんぼぐらいで出まわっとるんや」

「さぁ、中国製というても真正銃にはちがいないし、五十万以下では買えんでしょ」

「高いな。このごろは極道の抗争も減ってるのに」

「このご時世、金を持ってるヤクザはシャブに触ってるやつが多いんですわ。そのシノギを警察にとめられたらかなわんし、チャカを差し出してシャブのほうは眼をつぶってもらう。チャカは警察との取引材料に要るから値が落ちんのです」

覚醒剤を密輸出する中国、韓国、台湾ヤクザは日本のヤクザに対して覚醒剤と抱き合わせで拳銃も買えと要求する。彼らは一丁を一万円以下で仕入れるから、それを日本のヤクザに十万円で売れば、一丁あたり九万円の稼ぎになる。十丁なら九十万円、五十丁なら四百五十万円だ。日本の輸入元は拳銃のような重くて嵩張《かさば》り、捌くのがむずかしいものは引き取りたくないが、船による瀬取りだと、そこはクリアできる。その結果、覚醒剤取引は拳銃取引にもなり、日本の輸入元——大元締めは覚醒剤だけではなく、拳銃も卸す組織としてヤクザ世界に認識される——。

縁側の障子が開き、盆を持った仲居が入ってきた。突出しのガラス皿とグラスを卓に置き、ビールの栓を抜く。どうぞ、ごゆっくり——。仲居はビールを注いで出ていった。

「乾杯や」

「いただきます」

グラスを合わせてビールを飲んだ。よく冷えている。

「鎌田はどこからシャブを仕入れてたんや」

満井はビールを飲みほして、手酌で注ぐ。

「津守の三代目緋木組、石井いう元締めですわ」

桐尾は突出しの鱧を口に入れた。氷で身が締まっている。

「ガサはかけたんか、事務所に」

「もちろん、かけました。組長のヤサも、幹部のヤサも。収穫なしです」

「わしもチャカを見つけたことがある。……川坂会の北見が殺られて和歌山もキナ臭《くそ》うなった年、塩谷の組事務所をガサ入れした。裏庭に大きな土佐犬が三匹もおったんやけど、その檻《おり》ん中の餌箱《えさばこ》にドッグフードが山のように盛られてた。犬が食い散らしたような感じがせん。わしは犬を檻から出して餌箱に手を突っ込んだ」

「チャカを隠してたんですか」

「いや、ドッグフードだけやった」

満井は薄ら笑いを浮かべた。「餌箱の横に水を張った手水鉢《ちょうずばち》があって、それを横に除けたら、下の土が凹《へこ》んでた」

「掘ったんですね」

「掘った。手で掘れるほど軟らかかった。チャカが二丁、出たわ」

S&Wチーフズ・スペシャルと北朝鮮製トカレフだったという。「極道の浅知恵や。土佐犬にチャカの守《も》りをさせるてなことは誰でも考える」

「北見が撃たれたんは九七年ですよね」

上坂がいった。「そのころ、満井さんは南署にいてはったんですか」

「マル暴や。暴対係におった」

日高署に異動したのは二〇〇三年だった、と満井はいう。「田舎の警察署はのんびりしてる。わしは定年までミカン山の番をしようと決めたんや」

「満井さん、お家《うち》は」

「日高町や。紀伊《きい》内原《うちはら》いう駅の近くに一軒家を借りてる」

「ご家族は」

「なんや、身元調査かい」

「そんなつもりやないんですけど……」

「よめはんとふたりや。息子と娘は出ていった。大阪と名古屋で暮らしとる」

「わしはまだ独身ですねん。桐尾はバツイチやけどね」

余計なことを上坂はいう。「誰ぞいてませんか、知り合いに。そこそこきれいで料理がうまかったら、齢は四十ぐらいまでOKです」

「うちの交通課の婦警はどうや。バツイチでコブつき。みなべの蒲鉾《かまぼこ》屋のおっさんと不倫してるのがバレて、もうすぐ退職や」

「不倫関係は遠慮しときますわ」

「そうかい」

満井はビールを飲み、手を叩く。仲居が来た。「──料理、出してくれ。わしは冷酒や。いつものやつ」

「『梅将』の大吟醸ですね」

仲居はうなずいて、「お客さまは」と桐尾と上坂に訊く。

「芋焼酎のロック」

「芋焼酎の水割り」

畏まりました──。仲居は出ていった。


芳乃家を出たのは九時前だった。払いは満井がしたらしい。ちょっともたせてくださいといったら、満井は黙って手を振った。

満井が次に行ったのは『ダイヤ』というクラブだった。店内は広く内装も豪華で、ホステスが二十人はいた。満井は顔らしく、白いスーツのマネージャーが来てパナマ帽を預かり、ピアノのそばのボックス席に案内された。

「なんか、高そうですね」上坂がいった。

「築地では最高級のクラブや」

「澤口も来てたんですか」

「ここで澤口を見たことはない」

満井はおしぼりを使う。「この店のオーナーは極道や。内妻にやらせとる」

「あのマネージャーは」

「堅気や。バーテンあがりのな」

しれっとして満井はいい、「ほら、あれが内妻や」と眼をやった。

浅葱《あさぎ》色の着物に濃紺の帯を締めた四十がらみの女が来た。ママや、と満井がいう。

「今日は知り合いを連れてきた。みなべの梅干し屋さんや」

「ありがとうございます。満井先生にはいつもお世話になってます」

ママは手を揃えてお辞儀をした。さっきの料亭では〝部長〟、このクラブでは〝先生〟――、満井はかなり遊んでいる。

「景子は」満井は訊いた。

「いま、お客さまをお送りに」

「こないだのコンペ、どうやった」

「盛況でした。十二組も参加してもらって」

「わるかったな。都合がつかんかったんや」

「また、ご案内します」

ママはいって席を離れ、ホステスが来た。ふたりとも若い。三人のあいだに座った。

「お名前は」上坂が訊いた。

「ルミです」と、青いミニスカートのホステス。

「わしら、市内にはめったに来ぃへんのや」

「どちらからいらしたんですか」

「みなべや。梅干し作ってる」

「あら、わたしもみなべです」

「同郷を祝して乾杯しよ」

「いただきます」

ルミが水割りを作った。コルドンブルーは旨かった。

14

尿意で目覚めた。ベッドを出て洗面所へ行く。小便はアルコールの臭いがした。手を洗いながら鏡を見た。瞼が腫れ、無精髭が伸びている。髪はくしゃくしゃだ。バスタブに入ってシャワーを浴びた。髪だけ洗って部屋にもどる。上坂はまだ寝ていた。

「勤ちゃん、起きんかい。十時やぞ」

「煙草くれ」上坂はいった。

「面倒くさいやっちゃ」

煙草とライターを放った。上坂は枕に頭をうずめたまま煙草をくわえ、火をつける。

「よう飲んだな。何時に解散したんや」

「二時前やったな」

「あの爺、どこに泊まったんや」

「景子とかいう女のとこに行ったんやろ」

十二時にクラブを出たあと、景子を連れてスナックへ行った。満井と景子は一時前に消え、桐尾と上坂は一時間ほど飲んで、和歌山市駅近くのビジネスホテルにツインの部屋をとった。

「桐やん、わしらはとんでもないやつと組んだみたいやな」

「あいつは腐っとる。南署の暴対から日高署の盗犯に行ったんは左遷や。監察になにか嗅ぎつけられて飛ばされたにちがいない」

「やる気てなもんはかけらもないな」

「けど、金は切れる。暴対のころの顔で裏稼業をしとるんや」

「ヤクザとつるんでるんか」

「太いカネヅルを持っとんのやろ」

「ここ、チェックアウトは」

「十一時」

「風呂入る。班長に電話しといてくれ」

上坂はベッドを降り、洗面所に入った。桐尾は永浜の携帯に電話をする。

——はい、永浜。

——桐尾です。おはようございます。

——いま、どこや。

——和歌山です。南署の松尾署長に会うて、満井いう刑事を紹介してもらいました。

満井も専従捜査を命じられたこと、以前は南署の暴対で副頭取射殺事件の帳場にいたこと、地元ヤクザの情報を多くもっていそうなこと、などを手短に話した。

——その満井とかいう刑事が主担やな。

——主担もなにも、満井ひとりだけですわ。

——ほんまかい。

——定年前の棄てられ刑事です。先が思いやられますわ。

——相手が無能やったら、その分、おまえらが気張ったらええんや。

——もちろん、そのつもりです。

——上坂はなにしてるんや。

——満井に電話してます。

朝風呂に入っているとはいえない。

——これからどういう捜査をするんや。

——それは満井と相談します。

——こっちは東青会にガサかけることにした。今日、令状を申請する。

——ほかには。

——特にない。

——了解です。

電話を切った。バスルームから鼻唄が聞こえた。

昼、和歌山南署で満井に会った。満井はしかつめらしい顔で、桐尾と上坂を五階の資料室に連れていった。

「ここに事件記録がある。読んで頭に入れとけ」

満井は四つのキャビネットを指さした。

「このキャビネット全部がそうですか」上坂がいった。

「ああ、そうや」

「読むのに一月はかかりますね」

「いや、三カ月はかかるな」

「冗談やない。頭が破裂しますわ」

「ほな、これを読め」

満井は窓際のキャビネットの抽斗を開けて、クリップでとめたB４のコピー用紙を出した。「新聞記事や。事件が時効に至った経緯が分かるやろ」

桐尾は用紙を受けとり、デスクに置いた。紀伊新聞・２００３年７月25日の記事だ。

《南紀銀行副頭取射殺事件から10年　情報求めビラ配付——和歌山南署——。

93年７月、旧南紀銀行副頭取の澤口章治さんが自宅前路上で射殺された事件は発生から丸10年が過ぎた。企業幹部を襲った凶弾の真相はいまだ分からず、和歌山南署員ら約30人は南海和歌山市駅前などでビラ約３０００枚を配り、情報提供を呼びかけた。

これまで県警捜査本部および継続捜査班は延べ８万３０００人の捜査員を動員し、約１３５０人から事情聴取したが、有力な手がかりは得られていない。

当時、澤口さんは不良債権処理・回収業務を担当。自宅に脅迫状が届いたこともあり、業務に絡んだトラブルなどが事件の背景にあったとみられている。

現在、同署刑事一課長代理ら４人体制で捜査を続けているが、ここ数年、情報提供は途絶えているという。》

２００７年７月21日の記事にはこうあった。

《旧南紀銀行副頭取射殺事件、時効まで１年。「情報寄せて」と県警が呼びかけ——。

14年前、旧南紀銀行副頭取の澤口章治さん（当時62歳）が射殺された事件は、今も解決につながる有力な手がかりはない。来年7月26日の時効まで約1年となり、県警継続捜査班（和歌山南署）は20日、和歌山市のJR和歌山駅前と南海和歌山市駅前で目撃情報などの提供を呼びかけた。

これまで捜査本部および継続捜査班は延べ8万8000人の捜査員を動員し、約1400人から事情聴取してきた。今年4月からは、同銀行の当時の支店長らの自宅を訪ね、改めて思い出したことがあれば情報を寄せるよう求めてきた。また、犯人が捨てたとみられるヘルメットなどの証拠品を再鑑定するなどしているが、有力な情報はないという。

この日、南海和歌山市駅前では署員ら8人が、目撃情報をもとに作成したモンタージュ写真を印刷したチラシとティッシュを配った。和歌山南署副署長は「捜査は最後まであきらめない。事件解決には市民の協力が欠かせません」と話している。》

紀伊新聞・2008年5月30日——。

《旧南紀銀行副頭取射殺、時効まで2カ月切る　継続捜査班15人専従体制——。

澤口章治さんが射殺された事件は7月26日午前0時の公訴時効（15年）まで2カ月を切った。県警1課の次席は「残り少ない時間だが、最後まで事件の核心に迫っていくため全力を尽くす。情報を提供してほしい」と呼びかけている。》

紀伊新聞・2008年7月29日——。

《旧南紀銀行副頭取射殺事件は7月26日午前0時に公訴時効が成立した。バブル経済崩壊直後に金融機関の幹部がねらわれた事件として金融界に衝撃を与えた。和歌山県警は懸命の捜査を続けたが、容疑者を特定できなかった。

多額の不良債権を抱えていた旧南紀銀行は96年9月、当時の大蔵省から業務停止命令を発令され、99年1月に「和歌山預金管理銀行」に営業譲渡し、解散した。》

「――なるほどね。県警も必死やったんや」

新聞を読み終えて、桐尾はいった。

「ビラ配りはそれだけやない。わしは十回以上、駅前に立った。夏の炎天下、冬の吹きさらし、サラ金のティッシュ配りの兄ちゃんと並んでな」

満井は舌打ちする。「どいつもこいつもティッシュは受けとるくせに、わしのチラシには見向きもせん。たった二百枚のビラを配るのに三、四時間は立ちん坊やったで」

そんなもんは遠張りといっしょや。仕事に楽なことがあるかい――。桐尾は思ったが、顔には出さず、

「延べ八万八千人の動員いうのはすごいですね」

「日給と経費がひとり二万と考えてみい。十七億六千万の捜査費が消えたんや」

「あげくに南紀銀行も消えてしもた。どえらい無駄遣いでしたね」と、上坂。

「これでよう分かったやろ。八万八千人もの刑事《デカ》が調べて解決できんかった事件が、いまさらどうにかなるわけない。大阪府警も和歌山県警もチャカの旋条痕が一致したてなことは発表せんわな」

そう、満井のいうとおりだ。あのトカレフ押収が表沙汰《おもてざた》になったらマスコミが騒ぎだす。下手に事件を蒸し返して時効云々を喧伝《けんでん》されるのは和歌山県警にとっても大阪府警にとっても得策ではない。時効すなわち迷宮入りであり、刑事警察の敗北なのだから。

「あんたら、誰に専従捜査を命じられたんや」

「班長です。班長の永浜」

「永浜は旋条痕が一致したと断言したんかい」

「いや、断言はしてませんわ」

桐尾はいった。「同一銃から発射された可能性は八十パーセント以上、といいましたけどね」

「そこがクセモノや。たとえ百パーセント一致してても、マスコミに嗅ぎつけられたとき、あのトカレフは旋条痕が似てたけど、ちがう銃でした、と逃げを打てるわけや」

「しかし、そんな腹芸ができますかね。薬対課の班長に」

「班長ができんでも上はできる」

「満井さんは誰にいわれて、ここに来たんです」

「日高署の署長や。署長は県警上層部にコントロールされてる」

「ほな、我々はやっぱり捨て石ですか」

「わしは捨て石や。それはまちがいない。あんたらはどうか分からんけどな」

満井は低く笑う。「つまるところ、大阪府警も和歌山県警もやる気はない。たった三人の専従捜査というのが、その証拠やろ」

満井の絵解きはなかなかに鋭い。この風采《ふうさい》のあがらない定年前の刑事を少し見直した。

「捨て石三つの専従捜査て洒落てるやないですか」上坂がいった。

「ほう、そうかい。せいぜいがんばったらええがな」

「満井さんが捜査本部にいてたとき、これという目星はなかったんですか」

「そら、怪しいやつは山ほどおった。けど、どれも決め手に欠けた」

満井は傍らの椅子を引き寄せて座った。「わしが事情聴取した極道の中に、英語ができるやつがおった」

「ほう、ヤクザが英語をね……」

「北見組系北斗連合傘下、黒鐵会《くろがね》組員の米田《よねだ》研一。滋賀外大卒で、事件当時は三十すぎやった」

黒鐵会の組員は九人、組事務所は大阪の富南市《とうなん》にあると満井はいう。「米田は事件前日と当日、和歌山市内におった。それは確認されてる。……しかし、なんで和歌山におったか、その理由がはっきりせん。米田は黒鐵会の幹部ふたりと行動してた」

「それ、フィリピンのヒットマンを？」

「そういうこっちゃ」

満井はうなずく。「捜査本部は黒鐵会が澤口殺しの実行犯ではないかと睨んだ。米田を含む三人が伊丹空港へヒットマンを迎えに行って、米田が殺しの段取りを通訳した。そうして澤口を殺ったあと、米田がヒットマンに付き添うて国外に逃がした……」

「米田はそれらしい供述をしたんですか」

「するわけない。わしは別件でもええから米田を引けと主張したけど、上がウンといわんかった。物証がなかったからな」

「北見組が浮かんだんは、どういう筋です」

「澤口は南紀の系列ノンバンクを通して五十億近い金を北見の息のかかった不動産会社に貸し込んでた。その回収がまったく進んでないのに、また十億の融資を要求されて、これを蹴った。……澤口殺しの動機についてはいろんな説があったけど、わしは対北見組のトラブルが本線やったと考えてる」

「澤口は日記をつけてたそうですね」

「そう、イニシャルだらけのな」

日記というよりはメモに近いものだと満井はいう。

「それ、ここにあるんですか」

「コピーがある」

「見せてください」

「あんたらが見ても意味は分からんぞ」

満井は立って、キャビネットの抽斗を開けた。ファイルを一冊抜いてデスクに置く。上坂はファイルを広げた。

《93・6・30――。K開発／S・N。W案件。強硬。
93・7・1――。M企画／M・I。進まず。
93・7・2――。T不動産。5人。意図不明。
93・7・3――。S新聞／A・N。K出版／T・Y・S。広告要求。》

「なんですねん、これ。さっぱり分かりませんわ」

「それぞれの日の夜、澤口が会うた相手や。昼の業務日誌は秘書が書いてるからな」

「毎晩、誰かと会うてますね」

「その〝K開発〟いうのが北見組のフロントや。『享栄開発』。月に三、四回は会うとった」

「なんで、みんなイニシャルなんですか」

「本人が分かってたらええんや。それに、澤口が夜に会うのは裏世界の連中が多かった」

「このイニシャルの人物は、みんな割れてるんですね」

「当然や。全員に会うて事情聴取した。澤口のことをええようにいうやつは、ひとりとしておらんかったな」

満井は腕を組み、椅子にもたれかかった。「澤口はいつも十一時になったら席を立った。愛人宅をまわって、一時には必ず鷹匠町の家に帰るんや。ほんまにマメな男やで」

「愛人が三人もおって、ちゃんとやってたんですかね」

「そら、相手が変わったらできるやろ」

「満井さんもいてるんですか」上坂は小指を立てた。

「いまはおらん。日高署に引っ込んでからはな」満井はにやりとする。

「金、要るでしょ。女とつきおうてたら」

「それは相手によるな。金のかからん女を探すこっちゃ」

「なるほどね。そら道理や」上坂はうなずいたが、満井をばかにしたような顔だ。

「我々はこれからどんな捜査をするべきですかね」

満井に向かって、桐尾はいった。満井はさもうっとうしそうに、

「昨日もいうたやろ。お陽さん西々や。年季明けまでに、報告書のひとつでも書いたらええんや」

「報告書を書くには、これこれの捜査をしましたというネタが要るやないですか」

「呆《あき》れたな。そんなに仕事がしたいんか」

「いちおう、給料もろてますからね。大阪府警の一員として」満井の顔をじっと見た。

「そうかい。そこまでいうんなら教えたろ」

満井はひとつ間をおいた。「あんたら、トカレフ持ってるか」

「なんです……」

「トカレフや、中国製のトカレフ。M54」

「そんなもん、持ってるわけないやないですか」

「それやったら、どこぞで手に入れんかい。薬対の刑事やったらコネがあるやろ」

「いったい、なにがいいたいんです」

「囮《おとり》捜査や」

「囮捜査……」

「あんたらの見つけたトカレフはどんな状態やった」

「ビニールの風呂敷に包まれてました。中は油だらけの新聞紙と薄茶色の布でした」

「それと同じもんを用意して、黒鐵会の米田んとこへ持っていくんや。これを買うてくれ、とな」

「そんなあほな……」

「どこがあほや。迷宮入りの事件を掘り返すには、それぐらいのことをせんとあかんのや。本気で犯人を挙げるつもりがあるんやったら、やってみんかい」

「満井さん、日本の警察は囮捜査と司法取引を禁止してます」上坂がいった。

「きれいごとをいうな。薬対は年中、囮捜査をしてるやないか」

「売人のとこへ行って、シャブが欲しいというのは違法やないでしょ」

犯罪を教唆したのではなく、もともと犯罪をしようとしている人間に機会を提供しただけだと上坂はいう。

「分かった、分かった。そう思うんならやめとけ。わしは報告書のネタが欲しいといわれたから答えたまでや」満井は横を向く。

「米田はひっかかるんですか、トカレフに」桐尾は訊いた。

「わしは米田を引いて徹底的に叩きたかった」

満井は真顔になった。「それがいまだに心残りなんや」

「我々には銃を手に入れるルートがないんですわ」

「ほんまにないんかい」

「ありません」首を振った。

「ビニールの風呂敷は」

「黒にグレーの水玉模様です」

「新聞紙は」

「紀伊新聞です」

日付は二〇〇一年六月二十八日発行で、薄茶色の布は無地のハンドタオルだといった。

「ここから先は洒落や冗談やないぞ」

満井はじっと桐尾を見た。「M54、わしが段取りするというたら、どないする」

「ほんまですか……」

「わしもこの稼業は長い。いろんな知り合いもおる。チャカの一丁ぐらい都合できんことはない」

「…………」すぐには返答できなかった。囮捜査どころか、犯罪に手を染めろと満井はいっている。

「どないや。性根はあるんかい」満井は上坂を見る。

「考えさせてください」

上坂はいった。「馘《くび》を賭《か》けてまでする捜査かどうか、判断できません」

「馘を賭けるのは、わしもいっしょや」

「それはよう分かってます」

「好きにせい」

満井は立って、資料室を出ていった。

「桐やん、あの爺はなにを考えとるんや」

低く、上坂はいった。「功名心か。ただの思いつきか」

「分からん。昨日、会うたばっかりの人間や」

「あいつはどうせ定年や。立つ鳥跡を濁してもどうということはない」

「米田を引きたかったんは嘘やないみたいやで」

「しかし、どうやって米田に渡りをつけるんや」

「それはいま考えることやない。勤ちゃんとおれの肚が決まってからのことや」

「桐やんはどうなんや」

「おれはどっちでもええ。勤ちゃんに任せる」

「わしもどっちでもええで」

「ほな、やめるか」

「けど、やってみるのもおもしろそうや」

上坂は眼鏡を指で押しあげる。「わしらは薬対やし、富南のヤクザには面が割れてへん。それに、チャカを用意するのは満井や」

「拳銃と実包は所持するだけで三年以上の懲役やぞ」

「やっぱり、やめるか」

「なんの期待もされてへん島流しの専従捜査で、ヤバい橋を渡ることはないわな」

「けど、満井はそのつもりやで」

「いま決めることはない。ゆっくり考えよ」

「それもそうやな」

ふたりで煙草を吸った。


満井がもどってきた。電話機を持っている。

「なんです、それ」

「部屋をもろた。わしら三人の刑事部屋」

満井に手招きされ、廊下に出た。資料室の隣の《予備室》に入る。十二畳ほどのスペースにデスクが四つと椅子が五、六脚、奥の壁際には段ボール箱が堆《うずたか》く積まれている。満井は窓のブラインドを開き、デスクの埃を払った。脚下の電話コンセントにジャックを差し込み、電話機を置く。

「ここで澤口事件の継続捜査をしてたんや。形だけのな」

和歌山南署には記者クラブがない。たまに記者が取材に来たときだけ、この予備室で応対した、と満井はいう。「――ぶっちゃけた話、迷宮入り事件というやつはうっとうしいばっかりやない。ええこともある」

「なにがええんです」

「金や。時効が来るまで県警本部から捜査費がおりる。上の連中は裏金にして分けてた」

「満井さんももろたんですか」

「わしらみたいな兵隊は飲み食いだけや。金はもろてへん」

「そら、チラシ作って配るはずですね」

「多少は捜査費を使わんとあかんからな」

ことともなげに満井はいい、あくびをする。

桐尾は空いているデスクに座った。前にデスクトップのパソコンがある。

「このパソコン、生きてるんですか」

「生きてるやろ。スイッチ、入れてみいや」

電源を入れると、ほどなくして立ちあがった。ディスプレイに〝グーグル〟が出た。

「あんた、パソコンおたくか」

「いや、メールと簡単な検索ができるくらいです」

「わしはなにもできん。キーを打てんのや」

「上坂は得意ですわ。むかし、映像をやってたから」

いったが、満井の反応はない。まるで興味がなさそうだ。

「あんたら、大阪から通うんか」

「そのつもりです」

「いつも、どこで飲んでるんや」

「ミナミが多いですね」

「今日はミナミで飲むか」

「昨日も飲んだやないですか」

「わしは毎日、飲みたいんや。いつでも、どこでも、誰とでも」

「昨日、泊まったんですか」上坂がいった。

「ちゃんと帰った。日高までタクシーでな」

「奥さん、怒らんのですか」

「完全に諦《あきら》めとる。わしは首輪のない飼犬や」

「生活費は」

「給料はみんな、よめはんや。銀行のキャッシュカードを持っとる。わしはボーナスでやりくりしてるんや」

満井のボーナスなど、せいぜい二百万だ。この男はいったい、どこでどんなシノギをしているのだろう——。

「そのパソコン、麻雀と将棋ができるぞ。誰かがソフトを入れよった」

「麻雀は人間相手のほうがよろしいわ」

「ほな、やるか。サンマー」

「サンマーの打ち方、忘れましたね」

「わしが教えたる」美園町《みそのちょう》に行きつけの雀荘があると満井はいう。

「いつも、どれくらいでやってるんです」桐尾はレートを訊いた。

「〝点5〟や」

「ハコ割り、千五百円ですか」

「あほいえ。その十倍や」

「冗談やない。博打《ばくち》やないですか」

「暴対の刑事は極道と打つこともある」

「おれらは暴対やない。薬対です」

「賭場《とば》のガサに入ったことはないんか」

「いっぺん、ありますわ」

そう、北野署生安課のころ、暴対係の応援で十三のサイ本引の賭場にガサをかけた。白い晒《さらし》の盆《ぼん》布《ぎれ》にズク——輪ゴムでとめた二つ折りの札束——が山と張られ、ダボシャツの胴師が壺を振っていた。賭け客十数人と胴元《とり》のヤクザ七人を逮捕し、常習賭博と賭博開帳図利容疑で送検したのだ。

「むかし、大阪の曾根崎《そねざき》署でゲーム機汚職があったん、知らんか」

「ありましたね。おれがまだ幼稚園か、一年生のころですわ」

あの事件では大阪府警の警察官百二十人以上が処分され、当時の府警本部長が自殺したはずだ。

「あのころは和歌山もむちゃくちゃやった。わしは本部の保安におったけど、ゲーム機屋をガサ入れして最初にするのは、コインケースとレジスターから金を抜くことや。多いとこは五百万もの現金があったもんな。そのうちの二、三割を捜査員五、六人で分けてみい、ほんまにええ小遣い稼ぎになったぞ」

平然として満井はいう。「それが大阪のゲーム機汚職のせいで、わしら保安も全員が異動になってしもた。和歌山はいつでも大阪の貧乏くじを引いとんのや」

「そういうの、貧乏くじというんですか」呆れたように上坂がいう。

「なにごともきれいごとではあかん。わしはそれをいいたかったんや」

満井はいって、腰を浮かした。「さ、行こかい。雀荘へ」

「まさか、いまから行くんですか」

「どうせ暇やないか。ほかにすることないやろ」

「点5の麻雀なんかできませんわ。ルールもろくに知らんのに」

「分かった、分かった。点ピンにしたる」

満井はパナマ帽をかぶり、外で待っているといって部屋を出ていった。

桐尾は永浜の携帯に電話をした。

——桐尾です。

——おう、なんや。

——満井の経歴を調べて欲しいんです。なんで和歌山南署の暴対から日高署の盗犯に飛ばされたかを。

——満井のフルネームは。

——満井雅博。巡査部長です。妙に羽振りがええのが気になります。

——分かった。上から手をまわして調べてみる。

——それともうひとつ、トカレフを包んでたビニールの風呂敷と新聞紙とハンドタオルの写真をパソコンに送ってください。

キーボードに貼られたラベルを見ながら、メールアドレスを伝えた。

——なんで、そんな写真が要るんや。

——こっちで出処をあたります。

——ああ、そうせい。

——それと、昨日は和歌山駅近くのホテルに泊まりました。ホテル代、落ちますよね。

——なんぼや。

——一万二千六百円です。上坂とふたりで。

——しゃあない、その金は落とす。次からは南署の当直室に泊まれ。

永浜は口早にいい、電話は切れた。

「桐やん、風呂敷の写真なんかもろて、どないするつもりなんや」

上坂がいった。「囮捜査をするんか」

「おれはいま決めた。満井の話に乗ってみる」

「あの爺は悪党やぞ。いつ梯子《はしご》を外されるか分かったもんやない」

「これから半年、和歌山でボーッとしとくんか」

「分かった。わしも梯子に乗ろ」

「いざというときは、みんな満井に被せるんや」

パソコンの電源を切って立ちあがった。

満井は署の玄関前にいた。

「ほんまに麻雀するんですか」

「雀荘のマスターは元極道や。裏の世界に顔が広いから、知ってて損はない」

「さっきの件、ＯＫですわ」

「なんや、それ」

「囮捜査」

「そうかい……」

バス通りまで歩いて、満井はタクシーを停めた。


美園町までワンメーターだった。満井は千円札を渡し、釣りはいい、といってタクシーを降りた。古びた雑居ビルの二階に《麻雀荘・豊楽》という袖看板が出ていた。

薄暗い階段をあがり、雀荘に入った。卓は五つで、先客はいない。花柄のアロハシャツを着た白い髭の男がソファに寝ていた。

「マスター、客やぞ」

満井は声をかけた。男は顔をあげて、久しぶりやな、といった。

「サンマーはどの卓や」

「花牌《はなパイ》は」

「要らん」

「ほな、奥の二卓や」

いわれて、満井は右奥の卓に腰をおろした。桐尾と上坂も座る。マスターはおしぼりを持ってきて、自動卓の電源を入れた。

「紹介しとこ。豊川さんや」

満井はいった。「このふたりは日高署の盗犯係で、田中と高橋。今日は三人とも非番なんや」

「満井さんとは古い知り合いでね、世話になってますねん」豊川はいった。

「マスター、ビールや。グラスは三つ」

「つまみは乾き物でよろしいな」

いって、マスターは離れていった。

「わしらは田中と高橋ですか」上坂がいった。

「桐尾と上坂ではまずいやろ」

満井は骰子《シャイツ》のボタンを押す。「七や。ほら、振れ」

桐尾はボタンを押した。三だ。満井が起家《チイチャ》になった。

「ルールは」

「食いタン、あとヅケ、フリテンリーチ、なんでもありや。あとは打ちながら教える」

満井は牌《パイ》をとりはじめた。

七時すぎ、ほかの二卓に会社員風の客が来て、少し賑《にぎ》やかになった。桐尾は最初の半荘《ハンチャン》からハコを割り、マイナスが一〇〇を超えている。満井の牌捌きはきれいで、相当にキャリアが長いと分かった。

九時、上坂がトップをとって麻雀は終わった。トータルすると、上坂はほぼイーブン、桐尾は二二〇のマイナスだった。

「二万二千円ですか」

「二万でええ」

満井に金を渡して席を立った。

ゲーム代は満井が払った。帰り際、満井は豊川に、

「マスター、チャカを都合できるとこ知らんか」小声でいった。

「チャカな……。なにするんや」表情も変えず、豊川はいう。

「この田中がちょっとしたミスしてな、成績をあげたいんや」

「改造銃でもええんかい」

「いや、真正銃《モノホン》や。中国製のトカレフが欲しい」

「トカレフでないとあかんのか」

「M54や。ほかのチャカなら要らん」

「トカレフのM54な……。分かった。あたってみよ」豊川はうなずいた。

「わしの携帯に連絡してくれ」

いって、『豊楽』を出た。

けやき大通りで満井と別れ、和歌山駅へ歩いた。

「桐やん、満井は端《はな》からそのつもりやったんやで」

上坂がいう。「わしらが囮捜査に乗ると思て、あの雀荘へ行ったんや」

「段取りのええ爺やな」

「麻雀も強かったがな」

「ツイてただけや」

「二万は痛いやろ」

「半分、もつか」

「あほいえ。わしは負けてへん」

和歌山駅――。阪和線の快速列車に乗った。


天王寺駅で上坂と別れた。十時すぎだ。ちあきの携帯に電話したが、つながらない。『ミスキャスト』にかけると、ちあきはいた。

――おれや、桐尾。

――どうしたん。このごろ、よく電話してくるね。

――嫌か。

――ううん、そんなことないけど……。いま、どこ。

――天王寺や。まだ夜は長いしな。

――うちは今日、遅番やで。予約も入ってるし。

——何時に出られるんや。

——十二時半かな。

——分かった。三津寺の『ドナウ』で待ってる。

——桐ちゃん、うちは便利な女？

——すまん。そう怒るな。

——ま、いいわ。ドナウへ行く。

電話は切れた。


新歌舞伎座裏のスナックで時間をつぶし、十二時半にドナウへ行った。ちあきは窓際の席でアイスココアを飲んでいた。桐尾は座り、アイスコーヒーを注文した。

「わるい。待ったか」

「さっき、来たとこ。指名のお客が五人もついて、めちゃ忙しかった」

今日のちあきは化粧が濃い。疲れた顔だ。

「腹は」

「空いてる」焼肉が食べたい、とちあきはいう。

「焼肉やったら、うちの近くに旨い店があるんやけどな」

「どこ、それ」

「春日丘。藤井寺や」

「桐ちゃんて、藤井寺に住んでるの」

「知らんかったんか」

「聞いたことなかったし」

「うちに泊まれや。六十平米の公団住宅やけど」

「お泊まりグッズ、持ってないもん」

「パンツぐらい買うたる」

「お揃いのブラも買ってよ。ガーターとキャミソールとストッキングも」

ちあきは腕の時計を見た。「宗右衛門町にかわいいランジェリーショップがあるねん」

「なんでも買うがな」二万円は覚悟した。

「じゃ、行こ」

ちあきはアイスココアを飲みほした。

15

九月三日——。朝、八時に起きた。ちあきを起こさないよう布団を出る。下着と靴下、ワイシャツを替え、居間のテーブルに五千円札と予備のキーを置く。メモ用紙に《先に出る。鍵はドアの郵便受けに》と書いた。

藤井寺駅へ歩きながら電話をした。上坂はすぐに出た。

——勤ちゃん、どこや。

——いま、家を出たとこや。

——おれも駅に向かってる。天王寺で会お。

北口の『ドルフィン』といい、電話を切った。

準急で、阿部野橋。ドルフィンに入り、モーニングセットを注文した。トーストとサラダを食べ、煙草を一本灰にしたところへ、上坂が来た。スポーツバッグを提げている。

「なんや、その大荷物は」

「着替えや。おふくろが持たしてくれた」

上坂は座って、モーニングを頼んだ。

「なんで着替えが要るんや」

「これから半年、大阪、和歌山を通勤するのはしんどいやろ。南署の近くにウィークリーマンションでも借りようや」

上坂は煙草をくわえて、「予算は一日五千円。長期割引があるはずや」

ひとり二千五百円ずつなら、和歌山までの往復の交通費とそう変わらないという。

桐尾はちあきのことが気になった。ちあきがまた春日丘に来るようなら、和歌山には引っ越したくない。

ちあきは昨日も、ホストの藍場にシャブを売りつけている売人を逮捕してくれといった。何度も頼みを聞きながら放っておくわけにもいかないだろう。

「どないや、和歌山に住むのは」上坂は訊く。

「ああ、おれはかまへん」うなずいた。

「やっぱり、桐やんは相棒や」

上坂は笑って、傍らのバッグに眼をやった。「映画のカセットとＤＶＤを三十本ほど持ってきた。名作ばっかりや。部屋で見よ」

『夜の大捜査線』『真夜中のカウボーイ』『ディア・ハンター』『羊たちの沈黙』『イングリッシュ・ペイシェント』『パルプ・フィクション』――上坂はいくつかタイトルをあげた。

「おれ、どれも見てへんな」

「桐やんは幸せやのう。こんなええ作品を新鮮な眼で見られるんやからな」

「あ、そう」別にうれしくもない。

上坂のモーニングセットが来た。トーストにスクランブルエッグを載せてほおばる。桐尾はコーヒーを飲み、二本目の煙草に火をつけた。


和歌山南署五階の予備室に入ったのは十時すぎだった。満井はまだ来ていない。

桐尾はパソコンを立ちあげた。永浜から桐尾あてにメールがとどいていた。添付ファイルを開くと、トカレフを包んでいたビニールの風呂敷、新聞紙、ハンドタオルの写真だった。

「勤ちゃん、プリントしてくれ」

「プリントぐらいできるようになれよ」

上坂はキャビネットから写真用紙を探し出してプリンターにセットした。桐尾を立たせてパソコンの前に座り、キーボードを操作する。写真は二枚ずつプリントされた。

ノックもなく、ドアが開いた。満井が入ってきて、桐尾の隣に腰をおろした。

「これがチャカを包んでたビニールか」

満井はパナマ帽を脱ぎ、ディスプレイを覗き込む。「出処は」

「『ダイトー』いう百円ショップですわ。ハンドタオルも同じです」

西田と村居の訊込みによると、ビニール風呂敷は中国で製造され、五万枚以上が輸入されていた。

そのうち黒地にグレーの水玉模様は約五千枚で、いまも似た仕様のものが販売されている。「——風呂敷もハンドタオルも、値段は二枚で百円。売れ筋商品です」

「ダイトーは百円ショップでいちばんの大手やな」

「日本全国に二千六百店もありますわ」

「そらあかん。出処をあたるてなことはできん」

「これと同じような風呂敷とハンドタオルを買うて、トカレフを包もうと思たんです」

「そうか。そのための写真やな」

「囮捜査のこと、うちの班長にはいうてません」

「おう、余計なことはいわんでもええ」

満井はうなずく。「これからは、わしら三人だけの潜入捜査や」

「二〇〇一年六月二十八日発行の紀伊新聞はどうやって手に入れますかね」上坂がいった。

「無理や。田辺の紀伊新聞本社に行っても、コンピューターのデータか、フィルムの縮刷版しかないやろ」

「けど、紀伊新聞は要ります」

「分かった。わしがなんとかしよ」

日高町や御坊《ごぼう》市の図書館や公民館には古い紀伊新聞が残っているかもしれない、と満井はいった。

「で、トカレフはどうです」桐尾は訊いた。

「昨日頼んで、今日連絡があるはずないがな。気長に待つこっちゃ」

「『豊楽』のマスターはあてになるんですか」

「豊川には貸しがある。わしの頼みは聞く男や」

「どういう貸しです」

「これや」

満井は左腕に注射をする仕種をした。「豊川にはむかし、二十歳も齢の離れた愛人がおって、ふたりともシャブ中やった。わしは薬対が内偵に入ったと知って、ふたりの身柄《ガラ》を躱した。豊川と愛人は一月ほどマニラに行って、シャブを抜いたんや」

「ひどいな。捜査妨害やないですか」

「豊川はわしの〝S〟やった。守ってやるのがあたりまえやろ」

平然として、満井はいう。「その愛人も八年ほど前に、豊川のシノギが細って逃げよった。豊川がやってたラウンジのバーテンとな。金の切れ目が縁の切れ目や」

「豊川はいつ、組を抜けたんです」上坂が訊いた。

「七年前や。ラウンジが潰れて、上納金が払えんようになったんやろ」

「ほな、あの雀荘はひとりで？」

「もともとは豊川のおふくろさんがやってたんや」

「なんか、わびしい話やな」

「いまもむかしも極道は堅気のカスリで食うとる。堅気がクシャミしたら、極道は風邪をひく」

満井は窓の外を見る。「今日はどないするんや。また麻雀するか」

「毎日、毎日、遊んでるわけにもいかんでしょ」

「トカレフが段取りできるまで、することないやないか」

「ここ、三協銀行事件の資料はないんですか」

「神戸支店長の射殺かい」

満井は隣の資料室から運び入れたキャビネットに眼をやった。「その右端の下半分が、みんなそうや」

大型のスチールキャビネットは四つ。どれも鍵つきの扉がついていて中に抽斗が十二個ずつある。

「あの事件、七十すぎの爺が拳銃を持って出頭しましたよね。爺はまだ服役中ですか」

「あの爺は死んだ。刑務所《ムショ》の中でな。五年前や」

斎藤伊佐夫――。八十一年の生涯のほとんどを刑務所ですごし、堺の大阪刑務所で死んだという。死因は肝臓ガン。「斎藤は性根が据わってた。兵庫県警の担当刑事が黒幕を喋らせようとしたけど、最期まで口を割らんかったらしい。懲役太郎の面目をほどこしよったんや」

「斎藤はほんまに実行犯やなかったんですか」

「神戸支店長の崎山克彦は正面から一発撃たれた。弾は額から後頭部に貫通して、脳幹を砕いた。弾を水平に貫通させせられるのは、射撃訓練を受けた凄腕《すごうで》のヒットマンや」

崎山が撃たれたのは、西宮市苦楽園の自宅マンション十階だった。午前六時五十分、エレベーターに乗ろうとしたときに後ろから声をかけられ、振り向いた瞬間に撃たれた。犯人は階段で一階に降り、通用口から裏庭を抜けてマンションを出たようだが、目撃者はいなかった――。「崎山射殺から二カ月経った九五年の二月、三協銀行大阪本店に斎藤が現れた。『崎山を殺ったんはわしや』と融資担当者に銃を突きつけて、五千万の融資を強要した。それで現行犯逮捕や」

「端から捕まるつもりやったんや……」

「銃はS&Wの38口径、〝レディ・スミス〟と呼ばれる銃身の短いタイプで、崎山事件の弾と旋条痕が一致した。斎藤の供述は『身代金目的で支店長を誘拐しようとしたけど、抵抗したので撃った』と、その一点張りや。そのくせ、支店長を誘拐するための車も用意しとらへん。なにからなにまで現場の状況とちがうから、実行犯でないことは明白やった」

「斎藤が替え玉で出頭した理由はなんです」上坂はつづける。

「金や。斎藤は報酬をもろて引き受けたんや」

斎藤は八〇年、名古屋の地方銀行を襲撃して警備員を拳銃で撃ち、強盗殺人未遂で服役した。九一年春に仮出所後、悪化した肝炎の治療費などで一千万円を超える借金を抱え、大阪の闇金業者から取立てを受けていた。ところが三協銀行事件の一週間後、知り合いのヤクザに、近いうちに大金が入るといい、その十日後には滞納していたマンションの家賃や闇金業者への借金を全額返済した——。

「斎藤は供述を二転三転させて兵庫県警を振りまわしたあげくに、崎山事件のあと、知り合いの極道からチャカを預かった、と吐いた。その組員は銃刀法違反容疑で引かれたけど、崎山事件のときは東京のホテルに泊まってて、アリバイがあったんや」

「なんと、込み入った事件ですね」

「崎山を撃った実行犯、チャカを持って出頭した替え玉、その替え玉にチャカを渡した介添え役と、みんなバラバラでつながらん。……澤口射殺事件と崎山射殺事件はそっくりいっしょなんや」ふたつの事件は同一犯行グループの仕業だろうと満井はいう。

「そもそも、澤口事件と崎山事件はどんなつながりやったんです」桐尾は訊いた。

「南紀銀行の副頭取と三協銀行の取締役神戸支店長は知り合いやったんや」

「どういう知り合いです」

「澤口の裏日誌や。昨日、見たやろ」

「ああ、イニシャルだらけのね」

「あの裏日誌に〝三協銀S〟と出てくるのが崎山のことや」

崎山は暴力団系フロント企業の多い神戸三宮《さんのみや》、梅田東口、難波支店長を歴任し、闇社会とのつきあいが深かった。また取締役として神戸支店長に赴任してからは企業の債権回収が主な業務となり、神戸支店には怪文書が流れたり、脅迫状がとどいたりしていた。

澤口は九〇年ごろから銀行業界の会合で崎山と知り合い、闇社会に関する情報交換や対策協議をしていたとみられる――。

「澤口の裏日誌には、崎山と会うた日の会談内容と、そのページの欄外に〝G・Tの話、怖い〟と書かれてた。また、澤口事件のすぐあとに、ある和歌山の闇金業者が知り合いの企業舎弟から、『南紀の次は三協銀行や。神戸支店長の崎山あたりが殺られるやろ』と聞いたという情報も、帳場には入ってたんや」

「で、崎山は九四年の十二月に撃たれた……」

「予告殺人や。澤口も崎山もバブルが弾けたころから標的《まと》にかけられてたんやろ」

「〝G・T〟いうのは誰です」

「郷田《ごうだ》哲彦《てつひこ》。通称、郷田鐵。富南の黒鐵会の組長や」

「澤口は崎山から黒鐵会のことを聞いたんか……」

「黒鐵会のシノギは街金やけど、資金量は大したことない。殺しの請け負い組織やろ、とうちの帳場は読んでた」

八〇年代から九〇年代にかけて、関西で企業テロが横行したと満井はいう。

八八年、川坂会直系組長の資金を預かっていた仕手集団会長の絞殺――。八九年、和歌山、有田信用金庫本店長の刺殺――。九〇年、三協銀行傍系商社専務の浴室内での変死――。九一年、新大阪銀行本店融資担当役員の墜死――。

「どれもこれも迷宮入り事件や。企業テロはプロの組織が請け負うてたとみてまちがいない」

「それが黒鐵会ですか」上坂がいった。

「極道のあいだでは名がとおってた。きれいな仕事をするとな」

九四年の崎山射殺以降、金融機関への企業テロ事件は発生していないと満井はいう。

「黒鐵会が請け負うてたんは、北見組関連の仕事だけですか」

「そこまでは分からん」

満井は首を振り、「川坂の若頭やった北見隆夫は典型的な経済ヤクザで、バブルのころは一千億円を超える個人資産を持ってるといわれてた。北見は自分の息のかかった右翼や総会屋や詐欺師を金融機関や上場企業に食い込ませて金を引っ張ってたけど、そこでトラブったときに始末をするのが黒鐵会やと噂されてた。……現に、九七年に北見が殺されてからは、黒鐵会が表舞台に出てきたことはない」

「北見組はいま、二代目ですよね」

「そう。北見隆夫が死んで北見組は川坂本家の主流から外れた。組員も千人を切ったやろ」

「ほな、黒鐵会はいま、鳴かず飛ばずですか」

「さぁな……。わしは和歌山の人間やし、大阪の極道のことは詳しいに知らんのや」

「米田研一とかいう組員は黒鐵会におるんですね」

「組を抜けたという話は聞いてへん」

「米田が怪しいと踏んだんは、英語が喋れて、事件当日、和歌山におったからですか」

「事件の日の朝、鷹匠町の現場近くで、米田に似た男が近所の主婦に目撃されてる」

九三年七月二十六日の午前七時三十分ごろ、澤口の自宅から北へ五十メートルほど離れた地区集会所前に白い軽四が駐められ、運転席にスポーツ刈りの若い男、助手席に黒っぽいハンチングをかぶったサングラスの男が座っていた。スポーツ刈りの男は眉が薄く、頬が削《そ》げて痩せた感じだった。こんなとこに車を駐めて、誰か待ってるんかな――主婦はそう思いながら家に入ったという。

「そのおばさんに米田の写真を見せたんですか」

「もちろん見せた。スポーツ刈りの男に似てるというた」

「ハンチングにサングラスの男がヒットマンですか」

「どうやろな。見張り役やったかもしれん」

「軽四のナンバーは」

「誰も見てへん」満井は椅子にもたれかかる。

「米田に渡りをつけるにはどないしたらええんですか」

「そんなことは自分で考えんかい。わしはチャカを用意するだけや」

「けど、下手に接触したら、こっちの身が危ないやないですか」

「なんや、おい、臆病風《おくびょうかぜ》に吹かれたか」

「潜入捜査に桜の代紋は使えませんわ。怖いのはあたりまえですやろ」

「虎穴《こけつ》に入らずんば虎児《こじ》を得ずや。骨は拾うたる」

「わるいけど、そういう骨はないんですわ」

「やめたいんかい」

「いや、やめません」

「ややこしいのう。大阪府警の刑事は」嘲《あざけ》るように満井はいった。

「黒鐵会の組員のデータ、ないんですか」桐尾は訊いた。

「ある」

満井はうなずく。「あるけど古い。九五年か六年ごろにとったんが最後やろ」

「見せてください」

満井はさも面倒そうに、のっそりと立ちあがった。左のキャビネットの扉を開けて抽斗からファイルを出す。デスクに放った。

桐尾はファイルを広げた。《北見組北斗連合黒鐵会》――組長郷田哲彦、若頭久野秀和以下、九人の組員の顔写真と犯歴データが記されている。米田研一は昭和三十六年生まれだから、いまは四十八歳だ。傷害、威力業務妨害、有印私文書偽造、銃刀法違反等で計七回の逮捕歴があり、前科四犯となっている。

「滋賀外大英文科卒……。インテリヤクザが殺しの片棒担いでたら世話ないな」

「わしはいっぺんだけ、富南の組事務所に行った」

米田を車に乗せて近くの河川敷へ行き、捜査員ふたりで事情を聴取したが、米田は黙秘をとおしたという。「――顔の生白い、腺病質《せんびようしつ》の男で、どこか気弱なとこが見えた。身柄《ガラ》をとって責めたら口を割るんやないかと思たけど、米田にはヒキネタがなかった。当時は捜査員が足らんかったし、帳場もバラバラで情報が錯綜してたんや」

「澤口事件が迷宮《オミヤ》入りになったいちばんの原因はなんやったんです」

「わしが思うに、動機が多すぎたんや。澤口が死んでよろこぶやつは山ほどおった。利害関係のあるやつをひとりずつつぶしていったら犯人に行き当たると安易に考えたんがまちがいやった。つまりは初動捜査が甘かったんかもしれん」

世間を震撼させた大事件ほど県警上層部からの口出しが多く、指揮系統が混乱する。それも初動捜査を誤らせた理由だろう、と満井はいった。「——現場を知らんキャリアの本部長が張り切った。この事件は和歌山県警の威信をかけて解決せいとな。……けど、寄せ集めの混成部隊はあかん。一本筋が通ってへんから、根っこも枝も好き放題に伸びる。兵庫県警の崎山事件も同じような捜査をしたんやろ」

「なるほどね。大きな事件ほどむずかしいんや」上坂がいった。

「グリコ・森永事件もそうやで。あれだけの手がかりや遺留品がありながら時効になってしもたがな」ブラインドの隙間から外を眺めながら、満井はいう。

「崎山事件の帳場とは連係せんかったんですか」

「そら、表向きは連絡をとったけどな」

満井は嗤う。「おたがい、自分とこの情報は出さずに相手の情報はとろうとする。キャリアがどう尻を叩こうと、現場の縄張り意識はなくならへん」

「満井さんは帳場のやり方が気に食わんかったんですか」

「気に食うも食わんもない。帳場でハバを利かしてたんは一課のクソどもや。わしら暴対の意見なんぞ聞きよるかい」

「一課のやつら、うっとうしいですね。殺しは捜査の花形やと勘違いしてますわ」

「あいつらは職人や。なにかと気むずかしい。わしゃ嫌いや」

満井はまた椅子に座った。上坂のスポーツバッグに眼をやって、「それ、どないしたんや。死体でも詰めとんのか」

「着替えですわ。ウィークリーマンションでも借りよかと思てね」

どこかいいところはないか、と上坂は訊く。

「昨日行った『芳乃家』の近くに『パル』いうビジネスホテルがある。オーナーは女将の知り合いやし、紹介してもらうか」むかし、ときどき泊まった、と満井はいう。

「予算は一日五千円ですねん。ふたり一部屋でね」

「分かった。それで交渉したる」

「今日はなにをしたらいいですかね」

「釣りでもするか。湯浅あたりへ行って」

「竿《さお》、持ってへんのです」

「船釣りや。船頭が貸してくれる」

「おもしろそうですね」

「よっしゃ、決まった。行こ」

「昼飯は」

「湯浅で食うんや」

満井は腰をあげた。


刑事課で車を借り、湯浅へ走った。港近くの食堂で刺身定食を食い、満井は渡船屋で船を仕立てる。この時節はグレがいいと船頭はいった。

「グレて、なんです」上坂は訊いた。

「メジナともいうな。ちょっと磯《いそ》臭いけど、旨い」と、満井。

湯浅広港《ひろこう》から沖合に出た。船頭が仕掛けを用意してくれる。

「船釣りは初めてですねん」

「なにごとにも初めてはある」

「けっこう揺れますね」

「船は水に浮かんどるからな」

「なんか、酔いそうですわ」

「酔うたら吐け」さも面倒そうに満井はいった。

三人が離れて竿をおろした。陽射《ひざ》しは強いが、潮風が心地いい。

アタリはまったくなかった。真っ昼間に魚が釣れるとも思わない。竿先を見ながら、ただぼんやりしているだけだ。

二時間で、上坂は竿をあげた。口数が少なく、顔が青白い。それを見て桐尾も気分がわるくなり、キャビンに入った。

「桐やん、わしは分かった。釣りは性に合わんわ」

「あの爺、いつもこうやってサボってたんやで」

「あかん。ムカムカする」

「冷たいビールでも飲めや」

「水も飲めんわ」

ふたり並んで横になった。桐尾はいつしか眠り込んだ。

日暮れ前、港にもどった。満井はグレを一匹とガシラを三匹釣っていた。湯浅から日高町の家に帰るという。ビジネスホテルを紹介してくれるんやなかったんですか――、そういったら、芳乃家の女将に電話しておく、と満井はいった。

　桐尾と上坂は和歌山南署にもどって車を返却し、雑賀町へ行った。『パル・築地』は芳乃家の筋向かい、五階建のこぢんまりしたホテルだった。フロントで満井の名を出すと、週決めで三万一千五百円です、といい、４０１号室のカードキーを二枚渡してくれた。

　エレベーターで四階にあがった。廊下は狭い。左右に五室ずつ部屋が並んでいる。

「勤ちゃん、三万一千五百割る七はなんぼや」

「四千五百や」

　部屋に入った。手前左がバスルーム、カーペット敷きの寝室はけっこう広く、ツインのベッドも大きい。ハーブ系の匂いがした。

「これで一泊四千五百円は安いな」

「芳乃家の女将がいうてくれたんやろ。安うしたってくれと」

　上坂は液晶テレビの電源を入れた。スポーツバッグからノートパソコンを出し、細いコードをテレビの裏のジャックにつなぐ。ノートパソコンにＤＶＤを挿入してマウスを操作すると、テレビに映像が出た。

「なんや、それ」

「『パルプ・フィクション』。タランティーノが監督した」

　アカデミー賞で脚本賞、カンヌ映画祭でパルム・ドールを受賞したという。

「映画はあとでええから、晩飯を食おうや」

「おう、そうや。船に酔うて食うことを忘れとった」

「班長に電話する」

携帯のボタンを押した。

――はい、永浜。

――桐尾です。

――おう、ちょうどよかった。満井雅博の経歴をとったぞ。

――どういうやつです。

――鼻つまみのロクデナシやな。こいつが大阪府警やったら、とっくのむかしに監察にやられとる。よう定年前までつづいたこっちゃ。

満井は一九五一年生まれで、県立串本《くしもと》商業高校卒業後、和歌山県警巡査を拝命。勝浦署警邏《けいら》課で交番勤務のあと、本宮《ほんぐう》署、古座川署を転任し、八〇年に県警防犯部保安課。風俗業者との癒着が問題となり、八三年、勝浦署地域課に異動。八八年、南部《みなべ》署刑事課三係に異動するが、女性問題と地元業者との癒着疑惑のため、九〇年、和歌山南署刑事課四係へ。ここでも葬儀業者や暴力団関係者への情報漏洩《ろうえい》が疑われ、二〇〇三年、日高署刑事課三係へ異動した。なお、九三年から二〇〇二年までは、南紀銀行副頭取射殺事件の捜査と、その後の継続捜査を兼任している――。

――なるほどね。どえらいロクデナシやないですか。

――切れ者で仕事はできるらしい。けど、こういうやつは危ない。どこの部署でも、上司は満井を持て余した。それで和歌山中を渡り歩いてる。

――ババ抜きのババみたいな男ですね。

――爆弾を手もとに置いとったら破裂する。とばっちりは食いとうないわな。

――了解ですわ。我々も満井の毒に染まらんように気ぃつけます。

雑賀町にビジネスホテルを借りたことを報告した。週あたり三万一千五百円。永浜は捜査費で落とすことを渋々了承した。

——それともうひとつ、組関係のデータをとってもらえますか。

——どこの組や。

——北見組北斗連合黒鐵会。富南に事務所があるはずです。

——分かった。とる。

——ほな、頼みます。

電話を切り、上坂に訊いた。

「勤ちゃん、満井は葬儀業者と癒着してたらしいけど、どういうことや」

「なんや、そんなことも知らんかったんか」

上坂は笑う。「業者が葬儀を一件やったら百万から二百万の売上になる。このごろは核家族化が進んでるし、独居老人の変死体は増える一方や。大阪やったら小さい署でも年間二百体の変死体が見つかるやろ」

葬儀業者は警察からの連絡を受けて遺体の葬儀をする。上坂の前任署では日頃から葬儀業者が刑事課に出入りし、課長クラスには「差し入れ」と称して百枚単位のビール券を渡していたという。

「葬式いうやつは儲《もう》かるんや。粗利が五割から六割やと聞いたことがある」

「そら、葬式代や坊主の布施《ふせ》を値切るやつはおらんわな」

桐尾も笑った。「満井は一匹狼やけど、仕事はできたらしい」

「あの爺は海千山千や。ここはヤバいと思たときは、ひとの褌《ふんどし》で相撲をとる。油断も隙《すき》もないで」

「この囮捜査はふんどしか」

「中に満井のキンタマが入った褌や」

上坂は真顔でいう。「腐れ狸のキンタマは臭いぞ」

「飯、食おうや」

「ああ、行こ」

上坂はノートパソコンをシャットダウンした。

16

九月四日――。満井は和歌山南署に来なかった。電話もなかったが、桐尾はこちらから連絡をとりはしなかった。満井がなにをしていようと気にはならない。桐尾は五階の予備室に閉じこもって澤口事件の資料を読み、上坂はパソコンでＤＶＤの映画を見る。
夕方、黒鐵会のデータが永浜からとどいた。北見組北斗連合黒鐵会。組長の郷田哲彦・六十七歳と若頭の久野秀和・五十六歳は替わっておらず、組員は七人に減り、うち三人は恐喝と覚醒剤取締法違反、暴対法違反（指詰めの強要等の禁止）により、収監中だった。米田研一は久野に次ぐ幹部組員で、住所は富南市宮平町三―五―二―二〇三、家族関係は不詳、収入源も不詳となっていた。

九月五日――。朝、桐尾と上坂は富南市に向かった。ＪＲ阪和線で和歌山から天王寺、近鉄南大阪線に乗り換えて富南駅。駅前商店街を抜けて東へ少し歩くと、ホームセンターの隣に四階建の雑居ビルがあった。
「これやな、事務所」

桐尾はビルを見あげた。三階の袖看板に《金融　郷田商事》とある。

「どないする」

「ここまで来たんやし、行ってみよ」

ビル内に入った。狭いロビーにエレベーターは一基。壁の案内板を見ると、各フロアに四室があり、『郷田商事』は三階の二室を占めている。

奥の階段で三階にあがった。廊下も狭い。郷田商事はエレベーターの向かい側だ。上坂はドアの前まで行って引き返してきた。

「表向きは街金やのに、小さいプレートが一枚貼ってあるだけや」

「フリの客は相手にしてへんのやろ」

一階に降りた。ビルを出る。

電柱の住所表示を見ながら宮平町へ歩いた。《3丁目—5》に《グリーン宮平》というテラスハウスがあった。パーキングに車が六台、駐められている。

桐尾はテラスハウスに入った。103号室横の階段をあがる。203号室の鉄扉に《YONEDA》という表札が掛かっているのを見て外に出た。

「これや。米田は203に住んでる」

「独りか」

「さぁな……」

パーキングの車は軽四が三台とカローラワゴン、ミニバンが二台だ。ミニバンの一台は黒のクライスラー・ボイジャーで、米田の車のような気がするが……。

「どっちにしろ、ネタが足らん。所轄へ行こ」

「どこや、富南署」

「駅の西側やろ」

汗を拭って歩きだした。暑い。


富南署――。カウンターの制服警官に手帳を提示し、暴対係長に会いたいといった。制服警官は電話をし、ほどなくして私服の男がエレベーターから出てきた。スポーツ刈り、がっしりした体格で、鼻がひしゃげている。

「お忙しいとこ、すんません。本部薬対課の桐尾といいます」

「上坂です」

頭をさげた。男も一礼して、

「能勢《のせ》です。今日は係長が出てるんで、わしでよかったら」愛想よくいった。

「ちょっと教えて欲しいんですわ。黒鐵会のことを」

「ああ、郷田商事ね。……おたくら、煙草は」

「吸います」

「ほな、出まひょか」

能勢は先に立って署を出た。横断歩道を渡り、近くの喫茶店に入る。窓際に席をとって、能勢はアイスティー、桐尾と上坂はアイスコーヒーを注文した。

「――で、シャブの捜査でっか」

能勢はおしぼりで首を拭き、煙草をくわえた。

「ま、そんなとこです」上坂がうなずいた。

「郷田んとこのガサに入ったんは去年のいまごろでしたな。山口いう下っ端がシャブを売《バイ》してるいう情報《ネタ》をとってね。組事務所にはなにもなかったけど、山口の女のアパートから二グラムほど押収して、山口を引きましたんや。いまは鳥取刑務所で寝起きしてますわ」

「米田研一はどういう男です」

「おたくら、米田が標的《まと》でっか」

「いまのとこは」

「米田がシャブをいじってるいう話は聞いたことないね」

能勢はジッポーで煙草に火をつけた。「米田はなかなかに目端が利いてシノギがうまいさかい、シャブをやるほど金には困ってへんのとちがうかな」

「なにをシノギにしてるんですか、米田は」

「産廃ですわ」

「産廃……」

「十年ほど前、若頭の久野と天瀬《あませ》の中間処理場の整理に入って、それを乗っ取った。久野のよめはんを名義人にして事業を継続してますねん」

中間処理場の土地は約三千坪で、主に建築廃材を分別処理していると能勢はいった。

「久野と米田に産廃のノウハウなんかあったんですか」

「整理した処理場の番頭をそのまま残して、米田が手伝いしてるみたいやね。番頭は堅気ですわ」

「ほな、米田は天瀬に通勤してるんですか」

「たぶんね」能勢はうなずく。

「処理場には何人ぐらいいてます」

「五、六人やと聞きましたな」

最終処分場の業者から聞いたといい、能勢は天井に向かってけむりを吐く。

「米田の稼ぎは」

「産廃のことはよう知らんけど、わしらの給料分ぐらいはあるんとちがいまっか」

そこへ、アイスコーヒーとアイスティーが来た。桐尾はブラック、能勢と上坂はシロップとミルクを入れて飲む。アイスコーヒーは苦いだけで、かなり不味い。

「米田はシャブを売《バイ》してるんやのうて、自分で食うてるんでっか」能勢は訊いた。

「それを調べとうて富南に来たんです」

上坂がいった。「――さっき、宮平町のヤサを見てきたんやけど、米田は独りですか」

「よめはん、子供がいてます」

小学校一年か二年生の娘がひとり、妻は専業主婦だという。

「米田は四十八でしょ。子供が七つか八つやったら、えらい齢が離れてますね」

「よめはんが若い。三十すぎとちがうかな」

「元は水商売？」

「ダンサーやったと聞きましたな」

「ダンサー？」

「米田のよめはんはフィリピン人で、けっこうきれいでっせ。いまは日本人やけどね」

「知り合うたんは日本ですか、フィリピンですか」

「そこまでは知らんね」

「米田は英語を喋れるんでしょ」

「そら、よめはんが喋るんやから、多少は喋りますやろ」

能勢は米田が外大卒とは知らないようだ。

「アメ車の黒いミニバンが米田の車ですか」

「車は知らんね」

能勢は苦笑する。「うちの管内には二百人からの極道と予備軍がいてますねん」

「黒鐵会がむかし、北見組の殺し屋集団やったという話は」

「ああ、聞いたことありまっせ」

能勢はうなずいた。「郷田は何人か殺してる……。伝説としてはおもしろいけどね」

「伝説、ですか」

「イケイケの極道にはそういう噂がついてまわる。郷田が名をあげたんは、川坂の三代目が死んだ跡目争いのとき、北見組の反目《はんめ》に立ってた神申《じんしん》組の舎弟頭を弾いたからですわ」

郷田は殺人未遂で八二年から八八年まで服役し、出所後、北見組系北斗連合幹部の肝煎《きもい》りで富南に『黒鐵総業』（のち郷田商事）を設立した――。

「組を立ちあげたときのシノギは」桐尾は訊いた。

「地上げですわ。当時はバブルの真《ま》っ只中《ただなか》で、日本中の極道が土地と株に入れ込んでた」

「郷田はいま、六十七ですよね。そろそろ引退やないんですか」

「その気はないみたいやね。毎日、事務所に出てるんとちがうかな」

「郷田商事のシノギは」桐尾は訊いた。

「ヤクザ金融。極道と企業舎弟に高利の金をまわしてますねん」

ヤクザがヤクザに金を貸すとき、契約書や借用書はとらない。名刺の裏に金額と日付を書かせるだけだ。それで返済が滞ったときは容赦なく追い込みをかける。郷田商事＝黒鐵会はそれだけ取立てに自信があるということだ。

「九三年に和歌山で南紀銀行の副頭取が殺された事件、知ってますか」

「知ってまっせ。わしが機動隊にいてたころかな」

「あの南紀銀行事件に黒鐵会が嚙んでたというのは」

「へーえ、ほんまかいな」

「いや、我々も噂で聞いただけです。今回の内偵で」

桐尾は首を振った。これ以上詳しいことを訊けば、能勢が怪しむ。澤口を射殺した銃が発見されたことは極秘事項なのだ。

「おたくら、米田を引くんでっか」能勢は真顔になった。

「それは内偵の結果ですわ」

「引くときは事前に連絡してもらわんと困りまっせ」

「もちろん、そのつもりです」

桐尾は膝を揃えた。「我々がここへ来たことは内密に願います」

「うちの係長には報告しまっせ」

「係長だけにしといてください」

伝票を引き寄せた。

喫茶店を出た。能勢は署にもどっていった。

「あの男、だいぶ鈍いな」

バス通りを歩きながら、上坂はいう。「米田がフィリピンのヒットマンの通訳やったことは知らへんで」

「無理もない。十六年も前の話や」

能勢は一昨年の春、富南署に異動してきたといっていた。

「ひとはよさそうやけど、出世の見込みもなさそうやったな」

「いうたるな。見込みがないのはおれらもいっしょやで」

「嫌んなるな」

「なにが」

「ひとの一生なんぞはあっというまや。こうやって一兵卒のまま、警察人生を終えるような気がするわ」

「警部補試験、受けへんのか」

「どうやろな。わしはもひとつ意欲がない。子供のころからそうなんや」鼻先にニンジンぶらさがっていたら避けて通るタイプだという。

「シナリオ、書けや。この専従捜査のあいだに。時間があるがな」

「桐やん、ええこというな」

「わるいことはよういわんのや」

立ちどまった。「——満井がチャカを用意したら、どうする」

「さぁ、どうするかのう」

上坂は空を見あげる。

「米田は失うもんが多い。囮捜査の効果はあると思う」

「よめはん、子供、産廃のシノギ……。米田にチャカを見せて、これを買うて欲しいというんや」

「失うもん？」

「脅迫か」

「端から脅すことはない。米田の反応を見る」

「しかし、相当にヤバいな」

「ほかにアイデアがあるか」

「いまはないな」

「おれはともかく、勤ちゃんは刑事《デカ》に見えん。囮捜査にはぴったりや」

富南駅へ歩いた。


昼すぎ、和歌山南署の予備室にあがると、満井がいた。

「どこか、行ってたんかい」

「富南です」

上坂がいった。「黒鐵会の事務所と米田のヤサを見て、富南署の暴対に話を聞いてきました」

「どうやった」

「米田にはフィリピン人のよめはんがいてます」

上坂は能勢から得た情報を手短に話した——。

「しかし、富南署に顔出したんはまずいんとちがうんか」

「わしらは薬対やし、シャブの捜査やと思てますわ」

上坂は椅子を引き、腰かけた。桐尾も座ってパソコンの電源を入れる。

「紀伊新聞、手に入れたぞ」

満井のデスクには黄ばんだ新聞があった。「有田の図書館で見つけた。日付は二〇〇一年六月二十一日……。六月二十八日発行のはなかったけど、これでええやろ」

しれっとして、満井はいった。

「トカレフのほうはどうです」桐尾は訊いた。

「豊川にはもういっぺん催促しといた。M54は数が多いから、値段をとやかくいわんかったら見つかるやろ」

「すんませんね。いろいろ段取りしてもろて」

銃を買う金を出せといわれないよう牽制《けんせい》したつもりだったが、危ない橋を渡るのは桐尾と上坂だ。そう思うと、腹が立った。

「今日はどうするんや、これから」満井は伸びをする。

「昼寝でもしますわ。朝から歩きまわって疲れた」

「わしは暇やぞ。することがない」

「パチンコでも行ったらよろしいがな」満井が同じ部屋にいるとうっとうしい。

「飯、食うたか」

「まだです」

「鰻《うなぎ》を食お。船大工町に古座川の天然鰻を食わせる店がある」

「そんな高いもんを食う金はないんです」

「わしが誘うてるんやぞ。払いはわしに決まってるやろ」

「行きましょ。天然鰻」

上坂がいった。さっさと立つ。

桐尾はパソコンのメールを開き、着信がないことを確認して部屋を出た。


古座川の天然鰻は旨かった。養殖ものより脂が少なく、淡泊だが味が濃い。白焼きと鰻重《うなじゅう》と肝吸いで六千円の値打ちはある。まちがっても自分の金で食おうとは思わないが。

満井は冷やの吟醸酒を注文し、桐尾と上坂も飲んだ。昼間の酒は後ろめたいが、満井がいっしょだと、なんでもあり、という気になってしまう。腐ったミカンは隣のミカンも腐らせるのだ。

満井がカードで支払いを済ませ、座敷を出ようとしたところへ携帯が鳴った。着信音は〝ロンドン橋落ちた〟だ。満井は少し話をし、携帯を閉じた。

「豊川や。M54が見つかった。今晩、取引する」

「どこで……」

「『豊楽』や」

午前零時すぎ、雀荘近くの路上で車を待ち、モノを確かめてから買うという。

「豊川から買うんですか」

「ちがう。豊川は仲介や」

「相手は」

「そんなことは知らんほうがええ。向こうも、わしらの素性は知らん」

「値段は」

「三十万。実弾《マメ》五発付きでな。相場より安い」

「承知やとは思うけど、もし銀色のチャカやったら、やめてください」

M54は材質や造りの粗悪さをニッケルメッキでごまかしているものが多い。鎌田の契約ガレージで発見したトカレフは中国製の制式軍用拳銃で、全体が鈍く黒光りしていた。

「気になるんやったら立ち会え。取引に」

豊楽で夜中まで麻雀をする、と満井はいった。


十一時半、麻雀を終えた。満井が二万四千円の勝ち、上坂が一万八千円、桐尾は六千円の負けだった。満井は勝負に辛《から》く、卓に座っているあいだはビールの一杯も飲まない。

午前零時、豊楽を出た。満井は西へ歩いて児童公園の脇道を抜け、小学校の裏門近くに立つ。桐尾と上坂は満井から離れ、民家の生垣の陰に隠れた。

零時二十分、黒いセダンが満井のそばをゆっくり通りすぎた。

「あれか」

「さぁな……」

車内は見えなかったが、そんな気がする。満井がひとりだと確かめたのかもしれない。

黒いセダンは五分後にまた現れた。裏門の前で停まり、ライトが消える。満井は小さくうなずいて車のリアドアを開け、乗り込んだ。ルームライトが点いたとき、リアシートに男が座っているのが見えた。

「桐やん、ナンバーは」

「あかん。暗すぎる」電柱の防犯灯は遠い。

満井が降りた。黒いセダンはライトを消したまま走り去った。

桐尾と上坂は生垣の陰から出た。満井はこちらへ来る。

「どうでした」

「M54や。まちがいない」

満井は麻のジャケットを広げる。ベルトに膨らんだ茶封筒を差していた。

「相手は」

「知らん。要らん詮索はせんこっちゃ」

満井は足早にバス通りへ歩く。

「豊川はどういうたんです、満井さんのことを」

「なにもいうてへん。M54を欲しがってる男がおる、三十万までなら出す……、ただそれだけや」

「チャカ、見せてください」

「こんなとこで見せられるかい」

バス通りに出て、タクシーに乗った。堀止《ほりどめ》の和歌山南署――。満井はいった。


五階予備室に入った。ドアに錠をおろし、満井はデスクに茶封筒を置いて銃を取り出した。グリップに星のマークがついた鈍色のトカレフM54は、『大田パーキング』で押収したものと寸分変わらなかった。

「チャカを買うた。もう、あともどりはできん」

満井は独りごちるようにいい、桐尾と上坂をじっと見た。「誓え。このチャカの出処は死んでも口外せんとな」

「もちろんですわ。絶対、喋りません」と、上坂。

「そっちは」

「喋りません。口が裂けても」桐尾はうなずく。

「よっしゃ、これでわしらは一蓮托生《いちれんたくしょう》や。大阪府警も和歌山県警もない。身内やと思え」

満井は真顔でいい、桐尾と上坂がうなずくのを見て、ふっと笑った。桐尾と上坂も笑う。

「固めの盃、するか」

「やめましょうや。ヤクザやないんやから」

「ほな、固めのラーメン、食いに行こ」

満井はトカレフを茶封筒に入れ、デスクの抽斗に放り込んで鍵をかけた。


九月六日、日曜——。桐尾と上坂は大田パーキングで押収したトカレフを包んでいたハンドタオルとビニール風呂敷の写真を持ち、和歌山市内の『ダイトー』をまわった。三軒目の納定《のうじょう》の大型店で、黒地にグレーの水玉模様の風呂敷と薄茶色のハンドタオルを見つけて購入した。

夕方、阪和線で大阪へ向かった。天王寺で上坂と別れ、桐尾は藤井寺の公団住宅へ帰る。部屋に入り、ドアの郵便受けを見ると、ちあきに預けた合鍵はなかった。

どういうこっちゃ——。居間に入った。きれいに片付いている。寝室のドアを開けると、ベッドの脇にはワイシャツや下着、靴下がたたまれて置かれていた。

ちあきの携帯に電話をした。出ない。店にかけた。

——お電話、ありがとうございます。『ミスキャスト』です。

——ちあきさんは。

——あいにくですが、ただいま接客中でございます。

接客という言葉がおもしろかった。そう、客に接していることにはちがいない。

――ご予約でしょうか。

――いや、ちあきさん、何時に空きます。

――そうですね、あと二十分で。

――ほな、また電話します。

受話器を置いた。携帯を開き、〝いま家にいる〟とメールを送った。

掃き出し窓からベランダを見ると、スズメの皿に餌は一粒も残っていなかった。

小鳥用の餌を持ってベランダに出た。皿のまわりはスズメの糞で白くなっている。皿にいっぱい餌を盛ると、近くの電柱にスズメが数羽飛んできた。桐尾の姿が見えなくなれば食いに来るだろう。

台所へ行き、冷蔵庫を開けた。缶ビールの六本パックがふたつ入っている。カマンベールチーズや缶詰のオイルサーデン、レトルトのカレーもあった。

おいおい、買い物までしたんかい――。

ビールとオイルサーデンを出してダイニングの椅子に座った。缶詰を開け、ビールを飲む。久々に口にするオイルサーデンは旨かった。

携帯が鳴った。ちあきだった。

――はい、おれ。

――桐ちゃん、いつ帰ったん。

――ついさっきや。

――うち、泊まってんやで、木曜と金曜。

――そうやと思た。いま、ちあきの買うたビール飲んでる。

――鍵、持ってるねん。……かまへん？

――ああ、持ってたらええ。気が向いたときに泊まれや。

――今日、そっちへ行こかな。予約入ってへんし。

――何時ごろや。

――九時には出られる。

――分かった。晩飯食お。なにがええ。

――うちが作ったげよか。桐ちゃんとこで。

――そら、うれしいな。

――ごはん、炊いといてよ。あとはうちがするから。

――材料は。

――買うていくわ。

電話は切れた。ちあきに料理ができるのだろうか。

流し台の下の米櫃《こめびつ》に米が残っていた。いつの米かは分からないが、嫌な臭いはしない。計量カップで三合をすくい、ボウルに入れて研いだ。時計を見て、炊きあがりは二時間後と決め、炊飯器をセットした。


ちあきは十時すぎに来た。提げたポリ袋から野菜や肉を出し、Tシャツとジーンズ姿で台所に立つ。なに作るんや、と訊いても答えない。テレビでも見といて、といわれて、桐尾はダイニングを出た。ちあきがそばにいると、つい勃起してしまう。

ちあきに呼ばれてダイニングの椅子に座ったのは零時前だった。トマトサラダ、オニオンスープ、きんぴらごぼう、こんにゃくの炒めもの、大皿に筑前煮が盛ってある。

「へーえ、すごいな」

「うち、惣菜《そうざい》料理しかできへんねん」

ちあきは箸を揃え、向かいに腰をおろす。缶ビールを開け、グラスに注いだ。

「ああ、喉渇いた。乾杯」

グラスを合わせ、ビールを飲んだ。桐尾は筑前煮を小皿にとり、口に入れる。鶏肉、れんこん、ごぼう、にんじん、しいたけ、きぬさや、どれも出汁《だし》がしっかり滲《し》みていた。

「めちゃくちゃ旨いな」

「そう？　ありがとう」

「お世辞やない。ほんまに旨いわ」

こんにゃくをつまんだ。トウガラシがピリッと利いている。

料理、どこで習うたんや——。いおうとして口を噤《つぐ》んだ。ちあきの生い立ちは以前、覚醒剤使用容疑で取調べをしたときに聞いている。ちあきは荒んだ家庭環境で育ったのだ。

須藤ちあきは八五年三月、香川県坂出《さかいで》で生まれた。母親は再婚で、ふたつちがいの義兄がいた。父親は小学校の校務員、母親は資産家の娘で、入り婿のような結婚だった。経済的には不自由のない家庭だったが、ちあきが幼稚園のころ、母親は新興宗教にはまり、布教活動と称して月のうち半分は外泊するようになった。当然、家事はせず、ふたりの子供の世話もしない。母親には教団内に男がいたようだが、父親は咎《とが》め立てもせず、家では子供たちにすぐ手をあげた。殴りつけるのはもちろん、庭の池に放り込んだり、立木に縛りつけたりする暴力を日常的に繰り返した。夜、車の音がすると、兄妹は玄関に正座し、父親を待つ。父親は外で食事をし、酒を飲んで帰ってくるのがほとんどだった。機嫌のわるいときはいきなり蹴りつけたりするのだが、母親が家にいても、とめはしない。不思議に母親が父親に殴られることはなかった。

ちあきが中学にあがったとき、両親は離婚した。父親は校務員を辞めて姿を消し、母親は教団の男を家に入れた。兄妹は父方の祖母に引き取られて丸亀に移り、そこから学校に通った。祖母は優しかったが、ちあきが高校一年のときに亡くなり、兄妹はふたりきりになった。ほどなくして兄は家を出て、東京へ行った。ちあきも高校を中退し、そのころつきあっていた十歳上の鳶《とび》職《しょく》の男と大阪で暮らしはじめた。

いまでいうＤＶとネグレクト。それも父親と母親の両方から受けるやて、珍しいよね——。ちあきからそう聞いたことがある。料理は祖母に習ったのだろう。

うちもグレたけど、お兄ちゃんもグレた。東京でヤクザしてるねん。渋谷あたりで女の子ひっかけて風俗に売り飛ばす。お兄ちゃんがスカウトマンで、うちが風俗嬢やて、おもしろいやろ——。オヤジがどこでなにしてるか知らん。あんなやつ、野垂れ死んだらええんや——。母親とも音信不通だと、ちあきはいった。兄は半年に一回くらい電話をかけてくるという。ちあきは兄に無心され、二百万円近い金を貸している。

「桐ちゃん、忙しい？」ちあきは訊く。

「忙しいというたら忙しいし、暇というたら暇やな」

「変なの」

「いま、シャブの捜査からは離れてる。和歌山で合同捜査してるんや」

「それやったら、謙ちゃんに会うてよ」

「宗右衛門町のホストやな」

藍場謙二とかいった。ちあきには藍場のシャブをやめさせるために売人を逮捕してくれと何度も頼まれている。

「ちあきは藍場が好きなんか」

「好きやで。……けど、この一週間は顔見てないねん」

「ほな、永遠に会うなや」少し、妬《や》けた。

「でも、電話はかかってくる。毎日ね」

「それがホストの営業やないか」

「謙ちゃんがシャブをやめたら、うち、安心する。謙ちゃんとさよならできると思うねん」

「分からんな。ちあきの心理」

ホストと別れるつもりなら、どうだっていいだろうに。「——藍場のヤサ、島之内やったな」

「そう、『パイントゥリー』というマンション。三階の六号室」

「明日、寄ってみよ。和歌山へ行く前に。午前中やったら、ヤサにおるやろ」

「ありがとう。桐ちゃん」ちあきはにっこりする。

「ただし、条件がある。今後いっさい、藍場には会うな。電話にも出るな。おれは藍場を引くつもりはないけど、もし捜査が広がったら、ちあきにも火の粉がかかるかもしれん。それだけは避けたいんや」

大げさにいった。ちあきはこっくりうなずいて、

「桐ちゃん、早よう食べて。セックスしよ」

「うん……」

「うち、いまは謙ちゃんより桐ちゃんのほうが好き」

「そら、光栄やな」

「桐ちゃんはどうなんよ」

「もちろん、好きや。ちあきは優しい」

「優しいだけ？」

「料理もうまい」

「なんや、がっかりや」

「セクシーで、きれいや」

「そう、それをいちばんにいってよ」

ちあきは立って、こちらに来た。唇を合わせる。ちあきの手が股間に伸びた。

## 17

九月七日、月曜——。眠っているちあきを残して、朝七時半に家を出た。藤井寺から準急に乗り、天王寺へ。地下鉄に乗り換えて、難波。島之内の『パイントゥリー』に着いたのは八時十分だった。赤い煉瓦タイルの八階建マンションは、ちあきのマンションより新しく、家賃も高そうだ。一階玄関のガラスドアはオートロックだったが、出勤するサラリーマン風の男と入れ替わりにロビーに入った。

エレベーターで三階にあがり、３０６号室の表札を見た。《藍場》とある。桐尾はインターホンのボタンを押した。返答がない。

くそっ、おらんのか——。しつこくボタンを押し、ドアをノックすると、ようやく声が聞こえた。

――はい、誰や。

――警察や。

インターホンのレンズに向かって手帳を提示した。

――開けてくれ。話がある。

――警察がなんや。

――それは顔を見て話す。

――おれは眠たい。またにしてくれや。

――開けんかい。ドアを蹴破るぞ。

――そんな権限、ないやろ。

――藍場さんよ、おれは事情を訊きたいだけや。

――なんの事情や。

――自分の胸に訊かんかい。

――分からんな。

――ぐずぐずいうんやったら、令状とってガサかけるぞ。

――待て。いま開ける。

シャブや注射器を隠していたのだろう、ドアは二分後に開いた。前髪を茶と金色のメッシュに染め分けた生白い顔、眉を女のように細く剃り、耳にはダイヤのような小粒のピアスをつけている。長身、痩せぎす、胸にラメの刺繍《ししゅう》の入った黒のパーカとジャージ、藍場謙二の風体は確かにホストそのものだった。

「なんやねん、朝っぱらから」

藍場はドアの内側に立ち、わざとらしく眼をこする。

「府警本部薬物対策課の桐尾や」

藍場の鼻先に手帳をかざした。「中で話をしよか」

「散らかってるんや。外へ行こ」

「おれはおまえのヤサを見たいんや」

「プライバシーの侵害やぞ」

「上等や。気に入らんのなら一一〇番せい」

藍場の薄い胸を押して中に入った。靴を脱ぐ。藍場は施錠し、廊下にあがった。

廊下の奥、リビングに通された。男の独り住まいとは思えない、よく片付いた部屋だ。革張りのソファ、楕円《だえん》形のガラステーブル、無垢《むく》材のフローリングにペルシャ絨毯《じゅうたん》風のセンターラグ、サイドボードの上には窓より幅の広い液晶テレビ、ちあきの部屋の調度類より数段、金がかかっている。

「あんた、売れっ子か」

「どういう意味や」

「宗右衛門町の『アンバサダー』」

藍場は革張りのソファに腰をおろした。「ホストは何人ぐらいおるんや」

「いまは三十人ほどかな」藍場も座る。

「ホストクラブで三十人いうのは大箱やろ。売上は何番目や」

「だいたい、ナンバーファイブには入ってるな」

藍場はソファにもたれて脚を組む。桐尾は煙草をくわえ、テーブルの灰皿を引き寄せた。

「ナンバーファイブで、どれくらい稼げるんや」

「あんた、税務署かい」

「刑事やというたやろ。薬対のな」煙草を吸いつけた。

「月に百万……。ときどき、ボーナスがある」

「ボーナス？」

「貢ぎもんや。熱狂的なファンからのな」

藍場は左腕をあげて、「こないだは、これをもろた」と、時計を見せる。

「なんや、それ」

「ピゲのロイヤルオーク。シースルーバックや」

「高いんか」

「百四十や」

「百四十ドル？」

「あんた、おもしろいな」嘲るように藍場は笑う。

「そうか、おもしろいか」

桐尾は煙草を置いて立ちあがった。藍場の後ろにまわって襟首をつかむ。「おまえ、薬対の刑事を舐めとんのか」

「なにするんや、こら。刑事がそんなことして……」

「じゃかましい」

力任せに襟首を引いた。ソファごと、藍場は倒れる。四つん這いになって立とうとする脇腹を桐尾は蹴った。藍場は床に横倒しになり、呻き声をあげた。

「どうした。刑事は被疑者に手出しせんと思てたんかい」

「…………」藍場の顔が恐怖に歪《ゆが》む。

「おまえは被疑者や。分かるか」

藍場のそばにかがんだ。この青瓢箪《あおびょうたん》がちあきを抱いたのだ。鼻面を殴りつけたいが、我慢した。

「容疑は覚醒剤所持と使用罪。ブツはどこに隠してるんや」

「おれはシャブなんか、してへん」

「そうかい」

藍場の左腕を後ろに捻《ね》じりあげた。肘の内側に小さな注射痕があった。藍場はシャブをやりはじめて、まだ日が浅いようだ。

「おれはおまえみたいな小者を引くつもりはない。売人の名前をいえ」

「知らん。なにも知らん」

「どこで買うてるんや、シャブを」

「…………」藍場は首を振る。

「答えんかい」

藍場の背中に膝をあて、腕をさらに捻じりあげた。関節が軋む。

「——やめてくれ」藍場は悲鳴をあげた。

「売人や。吐かんかい」

「——わ、分かった。いう」

藍場は声を振り絞った。「道頓堀や。大黒橋の近く……。ラブホ街のあたりに売人が立ってる。……名前なんか知らん。眼が合うたら寄ってくる」

「おまえは歩きか」

「車や。ラブホ街をゆっくり走る」

「車はなんや。このマンション、駐車場ないやろ」

「痛い。放してくれ。頼む」

「おまえがちゃんと喋ったらな」

膝で藍場の頭をフローリングに押しつけた。腕は放さない。

「車はミニや。クーパーS。月極めの駐車場を借りてる」

「その車も貢ぎもんか」

「ああ、そうや」

「売人はどんなやつや」

「黒人や。何人かおる。ナイジェリアやろ」

売人の人種はともかく、道頓堀のホテル街でシャブが売買された事例はなく、大黒橋近辺での検挙例もない。藍場は嘘をついている。

「おまえ、携帯は」

「隣や。隣の部屋」

それを聞いて、桐尾は腕を放し、立ちあがった。藍場は這ってダイニングのほうへ行き、壁に背中をつけて座る。怯《おび》えた表情だ。

桐尾は寝室へ行き、ベッドの枕もとの携帯電話を持ってリビングにもどった。携帯の電源を入れ、発信履歴と着信履歴を見る。ミホ、リエ、レイコ、ユウカ、ケイ——と、無数の履歴があった。

「この中に売人はおるんか」

「そんなもん、おるわけないやろ」藍場は横を向く。

「おまえ、マメに営業しとるな」

「商売道具や。携帯は」

「ほな、これは押収や」

「あほいえ。携帯がなかったらなにもできん」

「ホストみたいなクズ稼業はやめんかい。おまえらのせいで泣いてる女は山のようにおるんやぞ」

「刑事が説教か。ホストがクズなら客もクズじゃ」

「なんやと……」

藍場のそばへ行った。藍場は背中を丸め、両手で顔を覆う。

「吐け。……でないと、この携帯を叩き折るぞ」

「あかん。それだけは堪忍してくれ」藍場はわめいた。

「これが最後や。目的《まと》はおまえやない。おれは売人を引きたいんや」

「——いうたら、おれはどうなるんや」

「見逃したる。おまえは初犯で、シャブを売ってるわけやない」

「ほんまに見逃してくれるんやな」

「刑事はな、嘘はつかんのや」

「——宅配や」

ぽつり、藍場はいった。「売人の名前は知らん。携帯に電話して金を振り込んだら、次の日にとどく」

「番号はこの発信履歴の中にあるんやな」

また、藍場の携帯を開いた。「どれが売人や。ミホか、リエか、レイコか」

「ユカや……」

発信履歴を検索すると〝ユカ〟が出た。

「おまえの符牒《ふちよう》は」

「アバや」

「そんなグループ、あったな」『ダンシング・クイーン』がそうだろう。

ユカに電話した。すぐにつながった。

――はい。

低い、男の声。

――アバや。パケが欲しい。

――金は。

――五万で。

――分かった。

――すぐ欲しいんや。

――金が先だろ。

電話は切れた。ユカの発信履歴から番号を出す。０９０・６９１６・８０××――。メモ帳に書いた。

「シャブの宅配伝票、あるんか」訊いた。

「そんなもん、破って捨てる」

「ユカの口座は」

「大同銀行や」

「支店と口座番号をいわんかい」

「阿倍野支店。番号は電話帳や」

携帯の電話帳で〝ユカ〟をひいた。５１３１１××――。これもメモした。

「ユカはどんなやつや」

「知らん。会うたことない」

「顔も見たことないやつに金を振り込んでるんか」

「そのほうがええやろ。あとあと面倒がない」

「誰の紹介や」

「連れや。店の」

去年、アンバサダーを辞めたという。どうせ嘘だろうが、追及はしなかった。

「おまえ、店の客とはつきあわへんのか」

この部屋には女の匂いがしない。リビングも寝室も。

「女は金や。金が服着て歩いとる。たまにはパンツ脱がして、ご褒美をやるけどな」

「そうか。おまえはホストのプロなんや」

「おれはのしあがるんや。男はビッグにならんとな」

「よう分かった。おまえはビッグや。立て」

藍場は膝をつき、立ちあがる。瞬間、桐尾は鼻面に拳《こぶし》を入れた。藍場は腰からテーブルに落ち、ガラスが真っぷたつに折れる。顔を押さえた指のあいだから血が滴った。

十一時前、和歌山南署に着いた。五階予備室に入ると、上坂はパソコンでＤＶＤを見ていた。中折れ帽に三つ揃いのスーツのギャングが軽機関銃をかまえている。

「桐やん、遅かったな」

「すまん。ちょっと寄り道した」

藍場を殴った手が痛い。指の付け根が少し腫れている。「なんや、それ」

「『ロード・トゥ・パーディション』。なんべん見ても、ようできてる。トム・ハンクスはええな」

「製作費がちがう。日本映画の五、六十倍は遣《つこ》うてるやろ」

「そういう古い車、いまはビンテージやろ」

「ペイできるんか」

「映画は博打や。どえらい金を賭ける投資産業やな」

「五十億の洋画と一億の邦画が、同じ千八百円の入場料いうのはおかしいな」

「桐やん、ええこというわ。わしも前々からそう思てた」

上坂はパソコンの画面から眼を離さない。

「満井のおっさん、なにしとるんや」

「どうせ、昼ごろ来るんやろ。……で、飯食いに行こ、といううんや」

「あいつ、どこにシノギのタネがあるんや。金の遣い方は半端やないぞ」

「あの爺には太いカネヅルがある。なにがカネヅルか、つかんだる」

「どっちにしろ、満井に深入りはせんこっちゃな」

——そこへ、ドアが開いた。満井が入ってくる。デスクに腰をおろしてパナマ帽を脱ぎ、扇子を広げて胸もとをあおぎながら、

「風呂敷とハンドタオル、手に入れたか」横柄に訊く。

「昨日、買いました。納定の『ダイトー』で」上坂がいった。

「見せてくれ」

上坂は抽斗からビニール風呂敷とハンドタオルを出した。満井も抽斗の鍵を外して、茶封筒と紀伊新聞を出す。桐尾はドアに施錠した。

「タオルと新聞に染み込んでた油はなんやった」

「普通のミシンオイルですわ」

桐尾はいった。「成分分析をしたけど、これという特徴はなかったです」

「それやったら、これでええな」

満井はズボンのポケットから小さな缶を出した。上部にネジ蓋《ぶた》がついている。ミシンオイルだ。

満井は風呂敷を広げ、その上に紀伊新聞を広げた。茶封筒からトカレフを出し、ハンドタオルでくるむ。そこにオイルを振りかけて新聞で包み、風呂敷で包んで端を結んだ。

「よっしゃ。これで小道具はできた。あとはあんたらの演技やで」

「演技ね……」上坂がつぶやく。

「黒鐵会にはどう渡りをつけるんや」

「米田研一に接触しますわ。米田は毎日、天瀬の処分場に通うてます」

「わしは大阪に土地勘がない。富南にはふたりで行ってくれ」満井は逃げを打つ。

「満井さん、米田にはふたりで会いますけど、富南には来てくれんと困りますわ」

桐尾は強くいった。「向こうは凶悪犯です。何人もの堅気を殺った殺し屋グループを相手に、こっちは身分を隠していくんやからね」

「わしは米田に顔を知られてるんやぞ」

「そやから、遠張りしてください。我々三人は一蓮托生やというたやないですか」

「そんなこと、いうたかのう」満井はとぼける。

「今晩、行きます。富南に」

「分かった。わしも行こ」

満井はうなずいた。「ほな、これから壮行会をするか」

「麻雀は嫌ですよ」

「そうめんを食お。流しそうめん。紀ノ川を渡った六十谷《むそた》に料理旅館がある」

「食通ですね、満井さん」

桐尾は笑った。もちろん、嫌味だ。

「そこは岩風呂もある。蟬しぐれの下でビール飲も」

満井は風呂敷包みを抽斗に入れ、鍵をかけた。


六十谷の料理旅館で流しそうめんを食べ、岩風呂に浸《つ》かって夕方まで遊んだ。和歌山南署にもどり、予備室にこもって着替えをする。上坂は花柄のアロハシャツにチノパンツ、ビーチサンダル、桐尾は薄汚れた生成りのブルゾンにグレーのサマーセーター、ジーンズ、ズックのデッキシューズといった格好だ。

「ふたりとも、よう似合うとる。食い詰めのチンピラや」椅子にもたれて、満井がいう。

「刑事《デカ》には見えませんか」

「それで髪を金色にしたらいうことない」

「わしは染める髪がありませんわ」上坂は透けた頭頂部をなでる。

「トカレフの弾、どないする」

「要りますかね」

「要らんとは思うけどな……」

大田パーキングで押収したM54のマガジンには三発の実包が残っていた。7・62㎜トカレフ弾。弾丸全体を真鍮《しんちゅう》で覆ったフルメタルジャケットと呼ばれるタイプで、一昨日、満井が入手した五発の実包も同じものだが、厳密に鑑定すれば生産国がちがう可能性もある。それを考えて、このM54には弾を装填していないのだ。

「ま、念のために弾も持っていこ」

満井は抽斗から五発のトカレフ弾を出し、銃を包んだビニール風呂敷といっしょに革のアタッシェケースに入れた。蓋をしてダイヤル錠をまわす。

「よっしゃ、行くぞ」

「行きましょ」

午後七時、予備室を出た。


富南――。九時前に宮平町に着いた。三叉路《さんさ》の角からテラスハウス『グリーン宮平』を見る。

「米田の車は」満井が訊いた。

「知らんのです」

と、桐尾。「富南署の刑事はトロいやつでね」

パーキングには十台の車が駐められている。テラスハウスの二階、203号室の窓には明かりが点いていた。

「ようすを見るか」

「いや、行きますわ。チャカ、ください」

満井はアタッシェケースから風呂敷包みを出した。桐尾は受けとって、上坂と並んでテラスハウスに向かった。

階段をあがり、２０３号室の前に立った。

「勤ちゃん、ええか」

「ああ……」上坂はうなずく。

桐尾はインターホンを押した。はい――と、返事があった。

――夜分、すんません。米田さん、いてはりますか。

――いないよ。

子供の声だ。

――いつ、お帰りですか。

――知らん。

――ママは。

――うん。

少し、待った。

――はい、なんです。

相手が代わった。

――松井といいます。米田さんは。

――ごめんなさい。今日は遅いです。

言葉づかいが少しぎごちない。元はフィリピンのダンサーだと能勢はいっていた。

――車で出られたんですか。

――はい、そうです。

――車は。

――エクスプローラーです。

――四輪駆動のでかい車ですよね。

――はい、そうです。

――すんません、出直しますわ。

――はい、お願いします。

ドアを離れた。階段を降り、テラスハウスを出る。満井のところにもどった。

「米田はいてません。遅うなるそうです」

「天瀬の処分場におるんか」

「それは聞いてないけど、かえって好都合かもしれません。パーキングで待ちますわ」

エクスプローラーを待ち、米田が降りたところで接触するのだ。

「わしはどうするかのう」

「ここで遠張りしてください」

「こんな住宅街に突っ立ってたら目立つ。黒鐵会の事務所を見に行くわ」

「けど、なにかあったときは……」

「桐やん」

上坂が遮った。「満井さんのいうとおりや。このあたりに適当な張り場所はない」

「ほな、あとは頼むぞ。携帯に連絡してくれ」

満井はパナマ帽を目深にかぶり、足早に去っていった。

「なんや、あいつ。勝手やの」桐尾は舌打ちする。

「あの爺は邪魔や。おらんほうがええ」

上坂はパーキングの左端、ブロック塀に向かって歩いた。塀際のカイヅカイブキの植込みの陰に入る。桐尾も並んで腰をおろした。

「なんか、臭いな」

「犬の糞やろ」

「洒落にならんで」

臭い消しに煙草をくわえた。上坂にも一本やって吸いつける。塀にもたれると、植込みの枝のあいだから月が見えた。

「桐やん、去年の冬、東大阪で遠張りしたん、思い出せへんか」

「ああ、ここと同じような植込みやったな」

生垣の裏から売人のアパートを張ったのだ。「あのときは土砂降りの雨やったぞ」

「ずぶ濡れになって身体の芯まで凍《こご》えた。わしは座りションベン洩らしたがな」

小便が温かくて心地よかった、と上坂はいう。「いつか病気になるのう、この稼業は」

「安い給料で割に合わん。いまは違法の囮捜査までしてる」

「被疑者を割ったら、あとさき考えずに追いかける……。こういうのは刑事《デカ》の本能か」

「刷り込みや。パブロフの犬」

「因果やのう」上坂は空を見あげて、けむりを吐く。

「米田にはどっちが話をする」

「そら、わしやろ。桐やんよりわしのほうが貧相でチンピラ臭い」

「チンピラというよりはオタクやな」

「くそったれ、蚊が寄ってきた」

上坂は首筋をパチンと叩いた。


十一時四十分——。臙脂色のフォード・エクスプローラーがパーキングに入った。上坂は風呂敷包みを持って植込みの陰から出る。桐尾も追った。

エクスプローラーから男が降りた。上坂は走り寄る。男は振り向いた。

「米田さん?」上坂は声をかけた。

「なんや……」男はあとじさった。

「買うて欲しいもんがありますねん」

「いきなり、なにをいうとんのじゃ」

米田は身構えた。上坂と桐尾を睨《ね》めつける。「おまえら、どこのもんや」

「どこのもんでもよろしいがな」

上坂は風呂敷包みをかざした。「これに見憶えないですか」

「どつかれんなよ、こら。わしをなんやと思とんのや」

米田は唸《うな》るが、凄味《すごみ》はない。グレーの作業服に黒の安全靴。満井がいったとおり、小柄で細く、どこか腺病質な感じがする。齢は四十八だが、ずっと老けて見えた。

「黒鐵会の米田さん、名前はよう知ってます」

上坂はつづける。「これ、トカレフです。中国製のＭ54」

「なんやと……」

「知り合いから頼まれたんですわ。このチャカを黒鐵会の米田んとこへ持っていけと。……米田さんは必ず買うてくれると、そう聞いてきましたんや」

「おまえ、どこのもんや」また同じことを米田は訊いた。

「名乗るほどのもんやない。とにかく、これを見てくださいな」

上坂はエクスプローラーのボンネットに包みを置いて、手早く解いた。新聞紙を広げ、ハンドタオルを広げてトカレフを出す。「このチャカに値をつけてもらいましょか」

「あほんだら。チャカなんぞ要らんわい」

「この新聞、紀伊新聞ですねん」

「おのれら……」

米田の表情が一変した。驚愕、怯え、怒りが見える。

「これ、買うてくださいな」嘲るように上坂はいう。

「去《い》ね。そんなもんに用はない」

米田は撥《は》ねつけるが、どこかようすを探るふうがある。

「買うてくださいな」上坂は頭をさげた。

「じゃかましい。去なんかい」

「ほんまにええんですか。これっきりですよ」上坂は銃を包もうとする。

「待たんかい」

米田はとめた。「なんぼや、そのチャカ」

「わし、相場を知らんのですわ。こう見えても堅気やから」

「十で買うたろ」

「十万円？」

「ああ」

「そら、おかしいな。知り合いがいうてた値は一桁《ひとけた》ちがいまっせ」

「百万かい」

「いや、もうちょっと」

「なんぼや」

「二百や三百にはなるというてましたで」

「眠たいやっちゃ。トカレフはロシア製でも三十がええとこやぞ」

「へーえ、そうでっか」上坂は笑う。

「おまえ、名前は」

「クロです」

「そっちは」

「シローです」と、桐尾。

「おのれら、いわしあげるぞ」

米田が声が低くなり、ねばりつくような口調になった。

「米田さん、こっちはふたりで、あんたはひとりや。眠たいカマシはやめましょうや」

桐尾は前に出た。米田は唇をゆがめる。

「このチャカに弾《マメ》を三発つけて三百万。それでどうでっか」上坂がいった。

「くそボケ。ほざくな」米田は吐き捨てる。

「口がわるいな、米田さん。頭ええのに」

「どういう意味や」

「大学出やと聞きましたで。極道には珍しい」

「おまえらの知り合いは何者や。どこでチャカを手に入れた」

「ノーコメント。わしらも長生きしたいからね」

上坂は紀伊新聞をちぎり、切れ端をワイパーブレードに挟んだ。トカレフをビニール風呂敷に包んで手に提げる。

「もう十二時や。帰りますわ」

「待て。チャカは売らんのか」

「また連絡します。米田さんの携帯は」

「おまえの携帯をいわんかい」

「わしはあんたの番号を訊いてますねん」

「〇九〇・二一〇九・四三××」

「二一〇九の四三××ね」

上坂は復唱し、エクスプローラーのそばを離れた。米田は呆《ほう》けたように立ちすくんでいた。


バス通りに出て、満井の携帯に電話した。カラオケの音が聞こえる。満井は駅前の『すみれ』というスナックにいるといった。

「勤ちゃん、おっさんは酒飲んどるわ」

「最低な爺やのう」

「今日はラブホにでも泊まるか」電車はもう動いていない。

「タクシーでミナミへ行こ。爺の払いで」

上坂は歩を速めた。


スナックにいた満井を呼び出し、店の前でタクシーを拾った。満井はリアシートの真ん中に座り、どうやった——と訊く。

「極道とは思えん貧相な男でしたわ。紀伊新聞を見て反応しました。心証はクロです」

「値付けは」

「三百……。強気でしたか」

「いや、それでええ。カマシは大きいほどおもしろい」

「米田は買う気ですわ。携帯の番号をいいよったから」

「いまごろ、郷田に電話してるんやないですかね。妙なふたり組がどえらいもんを持ってきたと」

上坂がいった。三人とも運転手の耳を意識して囁くように喋る。

「和歌山の事件のことは匂わしたんか」

「紀伊新聞を破って、車のワイパーに挟んできました」

「なるほどな」

「米田はチャカを見て、ロシア製でも三十がええとこや、といいました。……あいつはチャカに詳しい。一目で中国製のトカレフやと分かったみたいです」

「で、次は」

「明日、電話します。じりじり首を絞めたりますわ。黒鐵会がホンボシやったら、二百でも三百でも買うはずです」

「甘《あも》う見るなよ。むかしは殺しをシノギにしてた組なんや」

「それを思うと、タマが縮みますわ」

「チャカを売るのは最後の最後や。とことん引っ張って情報《ネタ》をとれ」

自分は高みの見物をしながら、勝手なことを満井はいう。

「満井さん、酒臭いですね」

「そらそうやろ。ついさっきまで飲んでたんや」

「わしらも飲みたいな」

「こんな時間に開いてる店があるんかい」

「大阪にはね、朝までやってる飲み屋がなんぼでもありますねん」

「ほう、そうかい。連れてってくれ」

「金、ないんですわ」

「わしが払《はろ》うたる」

「運転手さん、ミナミの宗右衛門町。太左衛門《たざえもん》橋のあたりへ行って」

上坂は運転手にいった。

# 18

太左衛門橋近くの鮨屋で鮨を食い、笠屋町のフィリピンパブで飲んだ。客ひとりにホステスがひとりずつついて離れない。桐尾のホステスはメグといい、マニラに子供を残して出稼ぎに来ているといった。齢は二十三。小柄だが、胸が大きい。チークダンスをしているときに、遊んで、と誘われた。泊まりで二万五千円だという。満井と上坂も誘われているようだった。

ちあきのことが頭をよぎったが、桐尾は遊ぶことにした。ポケットには四万円ほどある。ホテル代を払っても足りるだろう。

三時にメグを連れて店を出た。阪町のラブホテルに入る。

メグのセックスはよかった。ちあきとはまたちがった、客を愉《たの》しませようというプロ意識を感じた。桐尾は朝まで眠り、起きてもう一度要求したが、メグは嫌な顔をしなかった。ホテルを出るとき、桐尾は携帯の番号を交換した。メグは店に来なくてもいいから、いつでも電話をしてくれといった。

九時──。コンビニのATMで金をおろしたところへ、上坂から電話がかかった。

──おはよう。桐やん、どこや。

──阪町や。

──やっぱり、家に帰ってへんかったんやな。

──酔うた勢いや。……勤ちゃんは。

——さっきまで女といっしょやった。牛丼、食うた。

上坂は千日前にいるという。

——勤ちゃんの相方、誰やった。

——エマや。トンプソンとは似ても似つかんけどな。

——満井の爺は。

——どこかにシケ込んどるんやろ。

そう、満井は相撲取りのようなホステスと消えた。

——満井の女はキャシーや。キャシー・ベイツ。

——それはなんや、女優の名前か。

——そう、エマ・トンプソンもな。

——おれの相手はメグやったぞ。

——メグ・ライアンや。

そこでようやく気づいた。フィリピンパブの店名は『ハリウッド』だった。

——千日前におるんやったら、コーヒーでも飲むか。

——どこで会う。

——法善寺横丁の『富士珈琲』。朝からやってる。

——分かった。行く。

富士珈琲に入ると、上坂はカウンターに座っていた。桐尾は隣に腰かけてブレンドとトーストを注文し、煙草に火をつけた。時代の染みついた古めかしいインテリア。モダンジャズが流れている。

「満井の爺と連れ立ってたら歯止めが利かへんな」

上坂はいう。「公務員の本分を忘れてしまうわ」

「ええがな。飲み代はあいつが払うたんや」

「なんぼやった、メグは」

「二万五千円」

「わしは三万円やったぞ。ホテル代別で」

「そら、相手を見たんや」

「どういう意味や」

「メグの携帯番号を聞いた。昼間やったらいつでもＯＫや」

「わしにも教えてくれ。番号」

「お好きですな」

携帯を開いて番号をいうと、上坂はアドレス帳に登録した。

「おっさんに電話してみいや。起きて髭でも剃ってるやろ」

満井はいつも身ぎれいにしている。貧相な男だが、無精髭は見たことがない。

満井に電話をかけた。二回のコール音でつながった。

――桐尾です。いま、どこです。

――ホテルや。カーテン越しに通天閣が見える。ギャーギャーと鳥の鳴き声も聞こえる。

天王寺動物園の近くらしい。

――キャシーはそこにおるんですか。

――とっくに出ていった。……なんで女の名前を知っとんのや。

——憶えてたんです。おれのタイプやったから。

——わしはおまえの女のほうがよかったぞ。

いつからか、満井は桐尾をおまえ呼ばわりしている。くそ生意気な。

——今日はどうするんです。

——大阪を案内してくれや。

——動物園に行ったらええやないですか。カバの背中でも見てください。

——わしはな、ディープな大阪を見たいんや。

——ほな、飛田新地がよろしいわ。そこから歩いて十分です。

——昼間っから遊廓《ゆうかく》なんぞ行けるかい。

——文句が多いですね。

——ジャンジャン横丁で串カツ食お。こっちへ来てくれ。

通天閣の下で会おう、と満井はいう。桐尾は了承して電話を切った。


十一時——。通天閣に着いた。『王将』の石碑のそばに満井が立っている。黒の開襟シャツにだぶだぶの麻のズボン、メッシュの革靴。パナマ帽を目深にかぶり、トカレフを入れたアタッシェケースを提げていた。「満井さん、シャブの売人みたいや。職務質問されますよ」上坂が笑うと、満井はさもうっとうしそうに唇をゆがめて、

「さっき、制服警官がふたり来よったわ」

「へーえ、やっぱり」

「手帳を見せて、見当たり捜査やというたら、ご苦労さんです、と敬礼して向こうへ行きよった。

大阪の警官は暇やで」

見当たり捜査とは、指名手配犯などの人相特徴を憶えて駅や繁華街などの雑踏に立ち、職務質問をして逮捕する捜査方法のことをいう。

「満井さん、したことあるんですか、見当たり捜査」

「わしは昨日見た女の顔も今日は忘れる。そういう脳味噌や」

満井は踵を返して歩きだした。

ジャンジャン横丁の串カツ屋に行くと、店先に十人ほどの行列ができていた。年齢層の若い観光客だ。東京弁を喋っている。

「なんや、これは。串カツ食うのに並ばんといかんのかい」満井は眉根を寄せる。

「新世界はいま、観光スポットですねん。ガイドブックに載ってますわ」と、上坂。

「世も末やの」

「ひとむかし前は、ニッカボッカに地下足袋《じかたび》履いたおっちゃんの街やったのにね」

「しゃらくさい。ほか、行こ」

通天閣のほうにもどり、てっちり屋に入った。フグは夏も旨い。小座敷にあがって、てっさと唐揚げを注文し、生ビールを飲んだ。

「――満井さん、月の小遣いはなんぼぐらいです」上坂がいった。

「さぁな、三十ほどは使うやろ」

「三十で足りますか」

「足らんときは銀行や」

「そんなに預金があるんですか」

「わしのよめはんはな、吉野の旧家の出や。バブルのころ、山を売った」

「吉野ダラーとかいうやつですか」

「ひと山、十億、二十億はザラやった。よめはんは兄弟が多いから、相続したんは一万坪の山やったけど、いちばんええときに売れたんや」

「立ち入ったこと訊きますけど、なんぼでした」上坂は探りを入れる。

「これや」満井は指を一本立てた。

「十億ですか」

「あほいえ。一億や」

「それが満井さんの遊びの原資ですか」

「まぁな」

どこまでほんとうか分からない。妻が相続した資産を、夫が好き放題に使えるものだろうか。満井の金遣いの荒さは尋常ではない。

「満井さんとこも旧家ですか」桐尾は訊いた。

「うちは漁師の家系や。親父は太地《たいじ》の生まれで捕鯨船に乗ってた。いったん外洋に出たら半年は帰ってこん。……大酒呑みでな、わしが中三のとき、肝臓をいわして死んでしまいよった」

「そら、大変でしたね」

「大変やない。せいせいした。捕鯨船の乗組員は休暇が一カ月も二カ月もつづくから、親父が家におるときはずっと酒浸りやった。わしは酔うて眼の据わった親父の姿しか憶えてへん。早よう船に乗れと、そう思てた」

「ＤＶとかあったんですか」

「なんや、それ」

「ドメスティックバイオレンス。家庭内暴力」ちあきの父親を連想した。

「親父はへろへろになってとぐろを巻くだけや。やれ酒持ってこい、煙草買うてこい、とうるさいから、兄貴もわしもそばには近寄らんかった。まともに話をしたことはいっぺんもなかったな」

父親の死後、満井の母親は海産物卸の手伝いをして兄弟を育てあげ、いまは太地で独り暮らしをしているという。「──八十四の婆さんや。兄貴が和歌山の住金を定年になって、いっしょに住むかというたけど、太地を離れとうないんやと。年寄りは友だちのおるとこがいちばんなんやろ」

「そうやって元気にしてはるのがなによりやないですか」

「ありがたいこっちゃ。長生きして欲しい」

しみじみと満井はいった。この遊び人にも少しは殊勝なところがあるらしい。

「奥さんとはどこで知り合うたんですか」上坂がいった。

「なんや、さっきから。また身上調査かい」

満井は唐揚げをつまんで、「よめはんとわしは見合いや。古座川署の警邏におったとき、課長が話をもってきた。会うてみたら、出戻りで、わしより三つ上やったけど、色気があった。吉野の山持ちの娘と聞いて、つきあうことにした」

「年上の女て、よろしいね。おまけに山持ち。わしにもそんな話ないかな」上坂はビールを飲む。

「それやったら、こないだいうたやろ。日高署の交通課の婦警。バツイチでコブつき」

「みなべの蒲鉾屋のおっさんと不倫してんのとちがうんですか」

「蒲鉾屋とは切れたらしいで」

「バツイチはかまへんけど、コブは要りませんわ」

「おまえ、齢は」満井は指で銀縁眼鏡を押しあげる。

「三十四です」

「両親はなにしてるんや」

「親父はいてません。七十前のおふくろとふたり暮らしです」

「おまえのほうがでかいコブつきやないか」

「よう、そんなことがいえますね」

「身の程を知れというとんのや。映画ばっかり見てるのが能やないぞ」

「なんか、わし、気分わるいな」上坂は下を向く。

「おまえは刑事のくせにひとはわるうない。男のつきあいも心得てる。けど、そういうとこは、女には分からん。そこが惜しい」

「はいはい、そうですか」

ふたりのやりとりがおもしろい。桐尾は笑ってしまった。

満井がトイレに立った。桐尾は永浜に電話する。

——桐尾です。

——なんか、あったか。

——特にないです。

——こっちもない。

——ひとつ頼みがあるんですけど、満井のよめはんのことを調べてもらえませんか。

——どういうこっちゃ。

——満井がいうには、よめはんは吉野の山持ちの娘で一億円の遺産相続をしたそうです。おれは眉唾《まゆつば》のような気がするんです。

——なんで、そんなことを調べたいんや。

——満井は危ないというたやないですか。おれも上坂も共倒れしとうないんです。

——よめはんの名前は。

——聞いてません。

——しゃあないの。あたってみよ。

——お願いします。

電話を切った。発信履歴を抹消する。着信履歴も消した。

「勤ちゃん、携帯の履歴を消せ。これからの囮捜査でなにがあるかも分からん」

「いわれんでも消してる。わしの携帯はきれいなもんや」

アドレス帳も警察関係と支障のありそうなものはすべて抹消した、と上坂はいう。上坂も桐尾も警察手帳は和歌山南署予備室のロッカーに置いている。

満井がもどってきた。仲居を呼んで芋焼酎のロックを注文し、

「今日はどうするんや」と、座布団にあぐらをかく。

「天瀬の産廃処分場へ行こうと思てます。黒鐵会のシノギと米田の仕事を見たいんです」

「いつ、行くんや」

「日暮れどきかな」従業員が帰ったころがいい。

「ほな、夕方まで時間をつぶさないかんのう」

「満井さん、これはやめましょね」

桐尾は小指を立てた。満井はにやりとする。

「映画、見ましょか」

上坂がいった。「阿倍野の『アポロビル』にシネコンがある。ここから歩いて十分ですわ」

「おまえはとことん映画オタクやな」

「いまからやったら、二本、見られますわ」

「映画なんぞ見とうない。動物園で昼寝する」

「ほな、五時半集合でよろしいか。近鉄阿部野橋駅の改札口」

「好きにせい」

そこへ、焼酎が来た。桐尾と上坂は水割りを注文した。


シネコンで映画を二本見た。ひとつはSF、ひとつはサスペンス。字幕を読むのが面倒で、桐尾はほとんど寝ていた。上坂はポップコーンやフライドポテト、コーラ、コーヒーを買って、ひっきりなしに飲み食いし、とどめはホットドッグまで食った。肥るはずだ。映画の感想を訊くと、駄作や、と一言いった。

午後五時三十分――。満井と会って準急電車に乗った。満井はほんとうに動物園にいたという。

「夜行動物館がおもしろかったな。コウモリの顔、怖かった」

「タランティーノの『フロム・ダスク・ティル・ドーン』。コウモリみたいなバンパイアがいっぱい出てきますわ」上坂がいう。

「そういう気持ちのわるい映画が好きなんかい」

「ホラーもスプラッターも、なんでも見ます。バンパイア系の一押しはコッポラの『ドラキュラ』ですね。カーペンターの『バンパイア　最後の聖戦』とかもB級の趣が……」

「もうええ。喋るな。おまえはやっぱり、変人や」

満井はシートにもたれて眼をつむった。


富南駅前でレンタカーのカローラを借り、桐尾の運転で天瀬へ向かった。外環状線から国道310号を南へ進むに連れて道路沿いの建物が少なくなり、畑と空き地が眼につきはじめる。富南市は大阪府と和歌山県の境にあるのだ。

大吹《おおぶき》の交差点で310号線から離れ、大吹川沿いの府道を東へ行く。山の家、農協倉庫、葡萄選果場、青少年野外活動センターをすぎ、吹越《ふきごえ》トンネルをくぐる。大吹川の川原に沿って段々畑が開けていた。

「まだか、天瀬は」リアシートの満井がいう。

「さぁ、このあたりやろけど……」

上り坂、スピードを落とした。それらしき施設は見あたらず、すれちがう車は少ない。

山間《やまあい》の尾根を切り通した狭隘部《きょうあいぶ》を越えた。左の雑草だらけの空き地に、《残土・建設廃材等引き受けます　郷田商事土砂廃棄物処分場》と、土埃《つちぼこり》で字の消えかかった野立て看板があった。

「これですね」

看板の右横にはアスファルト舗装の進入路。雑木林の奥にゲートが見える。

そのまま徐行して五十メートルほど進み、ガードレールの切れ間に車を入れて停めた。エンジンをとめて車外に出る。西の空は赤く、日暮れが近い。

満井が先になって坂をおりた。さっきの進入路の手前、雑木林に分け入る。下草が足にまとわりつき、菱形《ひしがた》の小さな種がズボンにびっしりついた。

雑木林の外れに来て、視界が開けた。高いフェンスの向こうに、二棟の建物がある。左はプレハブの平屋で、おそらくトラックスケールの計量施設。右は陸屋根《ろく》の二階建で、窓にブラインドがおりている。その玄関前にエクスプローラーとレンジローバー、旧型のクラウンが並んでいた。

「あの臙脂色の車が、米田の車ですわ」満井にいった。

「電話してみい」

「勤ちゃん、番号や」

上坂は携帯を開いた。昨日、米田に聞いた番号をいう。桐尾は非通知でかけた。

——はい。

無愛想な声が聞こえた。

——米田さん？

——誰や。

——昨日、おたくの前で会うたもんです。

——おのれら……。

——チャカ、買うてくれますか。

——その前にいわんかい。どこでチャカを手に入れた。

——それはおたくが知ってますやろ。

——どこのどいつとも分からんやつに金は出せんな。

——紀伊新聞、見せたやないですか。

——チャカは買うてもええ。その代わりに出処をいえ。

——なんぼで買うんです。

——五十や。

——それはM54の相場でっせ。ほかへ持っていっても四十や五十にはなりますがな。

——足もと見るなよ、こら。

——米田さん、こっちも危ない橋を渡ってますねん。ほんまに買う気があるんでっか。

——七十や。

——切りまっせ、電話。

——なんぼじゃ。

——最終値段をいいますわ。二百五十にしまひょ。あとはビタ一文負けまへん。

しばらく間があった。米田は歯嚙みをしているだろう。

——しゃあない。二百五十で買うたる。おまえの連絡先をいえ。

——その前に、いつ買うてくれますねん。

——四、五日、待て。金を用意する。

——今週の金曜日。それ以上は待てまへんな。

——分かった。おまえの連絡先は。

——〇九〇・五六一一・二九××。

局番の二桁の番号を変えた。こういうとき、口から出まかせはまずい。案の定、米田は訊いてきた。

——メモするから、もういっぺんいえ。

——〇九〇・五六一一・二九××。

——おまえの名前は。

――シローです。
――殺すぞ、こら。
――松井です。
――フルネームや。
――松井清孝。
従弟《いとこ》の名だ。
――もう一匹のデブは。
――和島文人《ふみと》。
これも従弟だ。
――米田さん、いまどこです。
――どこでもええやろ。
――黒鐵の組事務所ですか。
――おのれら、事務所の近くにおるんかい。
――飲んでますねん。商店街の一杯飲み屋で。
――『赤兵衛』か、『高井屋』か。
――そんなん、いえますかいな。フィリピンから鉄砲玉が来る。
――なんやと、おい。
――取引は金曜日。二百五十万。頼みまっせ。
電話を切った。
「米田のやつ、ＯＫしました」

「よっしゃ。澤口はやっぱり、黒鐵会が殺りよった」満井がうなずく。

「どないします」

「ようすを見てこい」

満井は陸屋根の建物と三台の車を指さした。「中に何人かおるはずや。あのレンジローバーは若頭の久野の車やろ」

「満井さんは」

「わしはここで張ってる。なにかあったら電話する」

携帯をバイブレーターモードにしておけという。

「行くのはまだですわ。日暮れを待ちます」

もとから満井と動くつもりはない。どうせ足手まといになるだけだから。

樟の根方に腰をおろして煙草を吸った。あたりは見るまに暗くなる。虫の音が聞こえはじめた。

「桐やん、あれはスズムシか」

「いや、コオロギやろ」

「コオロギも鳴くんか」

「虫はたいがい鳴く。メスを求めてな」

「わしも鳴こうかのう」

「…………」なんともいえなかった。

「いつのまにやら、秋か……」

上坂は伸びをする。「鎌田の捜査をはじめたんはいつやった」

「七月の終わりやろ」

「もう一月以上やな」

「妙な展開やで。大阪の売人にガサかけた刑事が、いまは和歌山で囮捜査をしてる」

「副頭取殺しは時効になった。南紀銀行も潰れてしもたのに、いまさらほじくり返してどないなるんや」

「三協銀行の神戸支店長殺しはまだ時効やないぞ」

満井がいった。「和歌山の事件と神戸の事件は根がいっしょや。和歌山が割れたら神戸も割れる」

「どっちが割れようと、大阪は関係ないやないですか」

「おまえら、何年、警察の飯食うとんのや」

満井はせせら笑う。「雲の上のキャリア連中には和歌山も神戸も大阪もない。どこで発生した事件であろうと、犯人《ホシ》を挙げたら箔《はく》がつく。本部長が一言、これをやれというたら、下はなりふりかまわずに突っ走るんが警察という階級社会やろ。……わしらは将棋の歩や。吹けば飛ぶような駒は使い捨てにされてなんぼなんやで」

「なんか知らんけど、誘惑してますね」

「おまえらもいずれはそうなるんや」

「澤口を撃ったトカレフ、どうなるんですかね」

桐尾はいった。「和歌山の時効事件の物証《ブツ》をいつまでも大阪府警に置いとけんでしょ」

「最終的には大阪地検に送られるんとちがうか。〝被疑者不詳〟で熔解《ようかい》処分やろ」

「そらもったいない。二百五十万で売れるのに」上坂がいった。

「そんなこと考えるのはおまえだけや」

「米田んとこへ持っていけというたんは満井さんやないですか」

桐尾は煙草を消して立ちあがった。窪地《くぼち》へ行って放尿する。陸屋根の建物に明かりが点いていた。

ふたりの話は嚙み合っていない。三十万のトカレフを買ったこと自体、違法なのに。

「あほぬかせ。手が後ろにまわるわい」

「ほんまに売るつもりなんですか」

「わしは三十万も出してチャカを買うたんやぞ」


午後八時——。桐尾は上坂の肩を叩いて雑木林を出た。足音をひそめて下に降り、フェンスに沿って左へ移動する。三十メートルほど行くと、フェンスが途切れ、進入路につながる鉄格子のスライディングゲートがあった。

「どこから入る」立木の後ろに隠れて、上坂がいう。

「フェンスを乗り越えるのが無難やろ」

フェンスの高さは二メートル以上ある。それより五十ほど低いスライディングゲートを越えるのはわけないが、施設とゲートのあいだには遮蔽物《しゃへい》がなかった。

桐尾はかがんで動きだした。コンクリートブロックを積みあげたゲートの柱の陰に走り込む。上坂もあとにつづいた。

「桐やん、わしは無理や。腹がつかえて、フェンスは乗り越えられん」

「ほな、フェンスを破るか」

「ペンチもカッターもないがな」

「ちょっとは瘦せんかい」

陸屋根の建物の玄関横の窓がゲートのほうに向いている。砕石を敷いたトラックヤードにはダブルタイヤの跡が幾筋もついていた。

「しゃあない。先に行くぞ」

あたりのようすを窺い、スライディングゲートにとりついた。地面を蹴ってゲートによじのぼり、跳びおりる。ズジャッと砕石が軋んで、思わず耳をふさいだ。そのままじっとして上坂を待つ。建物からひとが出てくる気配はない。

上坂もゲートを越えた。砕石を避けてフェンスのそばを移動し、建物に近づく。長い庇の下に窓が三つ、等間隔に並んでいた。

桐尾は左端の窓のそばにかがんだ。物音はしない。上坂は座り込んで額の汗を拭った。

桐尾は立って壁に背中をつけ、窓を覗いた。ブラインドの向こうは事務室で、短いカウンターの手前にスチールデスクやキャビネットが配されている。ひとはいなかった。

ふたつめの窓に移動した。微《かす》かに話し声が聞こえる。窓から一筋の光が洩れているのは、カーテンを閉めているからだろう。

桐尾は息をとめ、顔をのぞかせた。カーテンの隙間から見えるのは二十畳ほどの広い部屋。書棚、木製のデスク、大型テレビ、サイドボードといった調度類が並んでいる。ゆったりした革のソファに男が三人、腰を沈めていた。ひとりは米田、ひとりはオールバックで黒のニットシャツに薄茶のズボン、向かい合っている男は半白の髪を七三に分け、ダークグレーのスーツを着ている。オールバックは見るからにヤクザだが、ダークグレーのスーツにその匂いはない。度の強そうな縁なし眼鏡をかけ、靴もネクタイもどこか野暮ったい。

桐尾は腰をかがめた。三人や、と囁いた。

「──米田は昨日と同じ作業服。黒シャツは若頭の久野やろ。こないだ、班長が送ってきた顔写真といっしょや。あとひとり、スーツにネクタイの堅気みたいなやつがおる」

「産廃の業者仲間か」

「いや、ちがうな。あれは客や」

「取引先の人間か」

「分からん。裏へ行こ」

窓の下を右へ進んだ。建物の裏にまわる。ショベルローダーとトラクターが駐められ、一段高くなったコンクリート床の資材置場に鉄パイプや鋼板が積まれていた。

「桐やん、裏口や。あそこから中に入れるぞ」

低く、上坂がいった。資材棚の通路の奥に電球がともっている。洗い場だろう、庇の下に二台の洗濯機が置かれ、その横に小さな窓つきのアルミドアがあった。

「ここまで来たんや。入ってみよ」

「待て。連絡する」

満井に電話した。すぐにつながった。

――事務室の奥の部屋に三人、いてます。米田と久野。もうひとりは客みたいです。ソファに座って話をしてます。

各々の人相、風体をいった。

――クラウンは客の車やと思います。出ていきよったら、尾行してください。

――わしが尾けるんかい。

――おれと上坂はこの建物に入ります。

――入って、なにするんや。

——ガサですわ。

——それはおまえ、不法侵入やぞ。

——ほな、令状とりますか。

——好きにせい。わしはどうやってクラウンを尾けるんや。

——レンタカーを駐めたやないですか。キーはサンバイザーに挟んでます。

——わしはいま、林ん中におるんやぞ。

——レンタカーに乗っててください。いつクラウンが出てきてもええように。

——しゃあないのう。

舌打ちが聞こえて、電話は切れた。

「よっしゃ、行こか」

資材棚のあいだを奥へ進んだ。上坂はアルミドアのノブをまわす。

「あかん、錠がかかってる」

「蹴破れや」

「あほいえ。音がするやろ」

「ドライバーでも持ってきたらよかったな」

洗い場の蛇口に口をつけ、栓をひねった。冷たい水が喉に流れた途端、洗濯機の横でウィーンと低い機械音が響いた。一瞬、ぴくりとして腰を折ったまま硬直する。

しまった、井戸の揚水ポンプや——。栓を閉め、洗い場を離れると同時に、資材置場に光が射した。桐尾と上坂は資材棚の後ろに隠れる。

アルミドアが開き、男が半身を出した。赤のパーカの男は周囲を見まわし、聞き耳をたてていたが、唾《つば》を吐いてドアを閉めた。

「危ないとこや。もうひとりおったがな」

「黒鐵のチンピラや。久野のガードやろ」レンジローバーを運転してきたのだろう。

「しかし、なんであんなやつが出てきたんや」

「トラクターとショベルローダーや。このごろは建設重機の盗難が多い」

「ここは極道の産廃処分場やで」

「看板に代紋入れてるわけやない」

コンクリート床に腰をおろした。「連中が出ていくのを待と。ガサはそれからや」

棚にもたれて煙草をくわえ、ライターを擦った。

19

九時すぎ、車のドアの音がした。複数のエンジンがかかる。スライディングゲートが開閉し、エンジン音が遠ざかった。

桐尾は満井に電話した。

——いま、出ました。

——ああ、ヘッドライトが見えてきた。三台や。

——クラウンを尾けてください。

——分かってる。なんべんもいうな。

──ほな、頼みます。

電話を切った。すぐには動かない。あたりは静寂につつまれている。

二十分ほど待って、桐尾は洗い場に行った。水道栓をひねる。揚水ポンプが作動したが、誰も出てくる気配はない。

上坂が短い鉄パイプを一本、抜いてきた。アルミドアのノブに叩きつける。ドアは曲がり、あっけなく開いた。

桐尾と上坂は侵入した。暗い。桐尾はライターをつけた。大きなテーブルと椅子が十脚あまり並んでいる。食堂のようだ。

隣の部屋に入った。真ん中にソファがある。さっき見た応接室だ。

「勤ちゃん、熱いわ」

「この部屋か」

「ライターや。火傷《やけど》しそうや」

「消せや」

上坂は離れ、壁を探る。照明が点いた。

「おい、ええんかい」

「桐やん、わしらは泥棒やない。ガサに入ったんや」

「そうか……」

久野や米田がもどってくる可能性もなくはないが、そのときはそのときだ。

桐尾はデスクの抽斗を開けた。目当ては住所録や電話帳、手帳、携帯電話だ。黒鐵会の裏稼業につながるものならなんでもいい。上坂は鉄パイプをソファに投げてサイドボードを調べはじめた。

下の抽斗にファイルが七、八冊あった。どれも厚い。一冊をデスクに置いて開いた。《天瀬三沢谷区分地図》《三沢谷土地権利証書》《天瀬地区水利組合同意書控》——と、付箋《ふせん》がついている。産廃処分場関係の書類だ。どれも用がない。

——と、事務室側のドアが音もなく開いた。

「おどれら、なにさらしとんじゃ」

男が入ってきた。長身、赤のパーカ、肩までかかる長髪、右手に匕首《あいくち》を持っている。さっき、資材置場に顔を出した下っ端だ。

桐尾は身構えた。上坂はソファの鉄パイプに眼をやる。

男は匕首を腰だめにして近づいてくる。ふたりを相手にして怯《ひる》むようすがないのは、よほど喧嘩《けんか》馴れしているらしい。

「おどれら、ここが黒鐵の事務所と知ってんのかい」

「待て。わるかった」

上坂がいった。「出ていくから、堪忍してくれ」

「あほんだら。いてまうぞ」男は怒声をあげた。

「すまん。ひとがおるとは思わんかったんや」

上坂はあとじさる。「わしら、けちな盗人や。見逃してくれ」

「じゃかましい。そこに座らんかい」

男は間合いをつめる。匕首の刃渡りは八寸ほどもあった。

「あんた、ここに寝泊まりしてんのか」桐尾はいい、二階を指さした。

「なんやと……」

「いや、さっきの車に乗っていったと思たんや」

「ざけんな」

その瞬間、桐尾はファイルを投げた。男は避ける。上坂は横に走った。匕首の刃が光った。鼻先をかすめる。桐尾は男の股間を蹴った。膝にあたる。上坂は鉄パイプをつかんだ。

男は踏み込んできた。桐尾はソファにぶつかり、バランスをくずす。肩口を切りつけられて横転した。床に腰を落としたまま後退する。

「こっちや」

上坂が叫んだ。男は振り向く。鉄パイプが腕を打ち、匕首が飛んだ。男は怒号をあげて上坂に突っ込む。ガツッと鈍い音がして男は前のめりに倒れた。

「桐やん、大丈夫か」

「ああ……」

桐尾は膝をつき、立ちあがった。左の肩に手をやる。ブルゾンとサマーセーターが裂け、掌《てのひら》にべっとり血がついた。

「くそっ、やられた」

「深いんか、傷は」

「分からん」

ブルゾンで血を拭った。痛みはあまり感じない。左の手首と指は動く。

「このガキ」

上坂は男の尻を蹴った。呻き声、男の頭は赤く染まっている。

桐尾は自分の傷より男のようすが気になった。死なれては困る。男のそばにかがんで声をかけた。

「おい、起きんかい」

男は反応しない。腕をつかんで仰向きにさせた。顔も血塗《ちまみ》れだ。

桐尾は男の頰を張った。薄く眼をあけて、なにかいおうとするが、聞きとれない。

「こいつ、危ないぞ」上坂にいった。

「大したことない。頭の怪我《けが》は血がよう出るんや」

「救急車、呼ぶか」

「それはないで」

上坂は匕首を拾ってカーテンを切り裂いた。男の頭に巻きつける。男は額を割られていた。

――と、スライディングゲートの作動音が聞こえた。エンジン音もする。

「桐やん、車や」

「ヤバいな」

「逃げよ」

上坂は窓を開け、外に飛び出した。桐尾もつづいて出る。フェンスを乗り越えて雑木林に入った。木のあいだに車のテールランプが見える。レンジローバーだ。

「あのチンピラ、久野と米田に連絡しよったな」

「ちょうどええ。病院に運びよるわ」

「もし死んだらどうするんや」

「処分場に埋めよるやろ」

こともなげに上坂はいい、雑木林の中を府道に向かって歩きはじめた。

府道の近くまで行って、満井に電話した。

——はい、満井。

——桐尾です。

——どうやった。

——収穫なし。ちょっとトラブってしまいました。

経緯を話した。満井はなにもいわず、

——それで、おまえらはどこにおるんや。

——さっきレンタカーを駐めたガードレールのそばです。

——どうやって帰るんや。

——ヒッチハイクでもしますかね。

——そこにおれ。わしが迎えに行ったる。

——いま、どこです。

——新金岡《しんかなおか》や。堺の新金岡。

クラウンを尾けた、と満井はいう。クラウンは外環状線と中央環状線を経由し、大泉緑地近くの住宅地に入った、といった。

——大泉高校の西側や。こぢんまりした建売住宅が並んでる。クラウンは半地下のガレージに入って、背広着たゴマ塩頭の男が出てきた。名前は与那嶺朝治《よなみねともはる》。トモハルと読むんやろ。

——何人家族です。

——分からん。表札だけではな。

満井は路上に車を駐めて張っているが、ひとの出入りはないという。

——早よう来てください、こっちへ。ヤブ蚊だらけです。

——分かった。近くへ行ったら電話する。

携帯を閉じた。上坂とふたり、木の陰で蚊よけの煙草を吸う。足もとでカサッと枯葉が動いた。

「桐やん、いまのはなんや」

「虫やない。蛇かトカゲやろ」

「やめてくれ。わし、蛇は怖いんや」

「ヤッパかまえた極道は怖ぁないんかい」

「必死やったんや。チンピラのヤッパより、わしの鉄パイプのほうが長かった」

「よう助けてくれた。勤ちゃんがおらんかったら、おれは刺されてた」

「肩、どうなんや」

「ジンジンする。けっこう痛い」

肩に触れた。血はとまっていないようだ。

「医者に診てもらえ。どこか救急病院へ行こ」

「保険証、家や」

「そんな悠長なこというてる場合か」

「さっきのチンピラ、口がきけたら尋問できたのにな」

「尋問やない。これは囮捜査で、わしと桐やんはチャカの売人や」

「そうか。売人はチンピラをぶち叩いてもええんや」

頭がくらっとした。眩暈がする。桐尾は膝を折り、木にもたれかかった。「——勤ちゃん、蛇がトカゲ獲る方法《すべ》、知ってるか」

「飛びかかって、かぶりつくんやろ」

「トカゲは蛇よりすばやい」

「ほな、どうするんや」

「トカゲも蛇も爬虫類や。変温動物やから、陽の光を浴びて体温をあげんと動けん」

「ああ、そうかい」

「日暮れどきは、体の小さいトカゲのほうが先に体温がさがる。そうして動きの鈍うなったトカゲを蛇は襲うんや」

「嘘かほんまか分からんな、桐やんの話」

「おれの愛読書は動物本や。図鑑も山ほどある」

「ひとは見かけによらんのう」

また枯葉が動いた。さっきより近い。

「勤ちゃん、マムシはな、赤外線センサーで獲物の体温を感じとるんや」

「あほいえ」

上坂は煙草を揉み消して、桐尾のそばを離れた。

十時半――。遠くでスライディングゲートの作動音がした。処分場の進入路からレンジローバーが出てきて、府道を走り去る。救急車が来なかったということは、さっきの組員はレンジローバーに乗せられて病院に向かったのだろう。
携帯が震動した。着信ボタンを押す。

――わしや。天瀬に着いた。吹越トンネルを出たとこや。

――そのまま来てください。白のカローラが見えたら、道に出ます。

――よっしゃ。待っとけ。

電話は切れた。眩暈がひどい。

「勤ちゃん、カローラを停めてくれ」

木にもたれたまま、そういった。


上坂が車を停め、桐尾はリアシートに座った。眩暈は治まらず、吐き気もする。かなり出血しているようだ。

「救急病院、行ってください」上坂が満井にいった。

「病院ならどこでもええというわけにはいかんぞ。アテはあるんかい」

刀傷は通報される、医者に知り合いはいるか、と満井は訊く。

「医者、弁護士、金持ち……、知ってて得な連中とはつきあいないんです」

「わしの幼馴染《おさななじ》みが大阪で開業してる。そこ、行くか」

「どこです」

「柏原《かしわら》や」

「南大阪ですね。ここからやと、三十分……」

「よっしゃ、飛ばすぞ」

車のスピードがあがった。

外環状線、大和川《やまと》を越えて右折した。近鉄のガードをくぐり、信号を左折する。柏原署をすぎ、住宅地に入ったところで満井は車を停めた。

「ここは」上坂がいった。

「病院や」と、満井。

「《マハラジャ》？　インド料理の店やないですか」

「よう見んかい。その隣や」

街灯の下、車寄せの奥に《前原ペットクリニック》と立て看板があった。木造モルタルの二階建、玄関横にハーレーが駐められている。

「ひょっとして、獣医ですか」

「医者には変わりない」

「あのハーレーは」

「趣味やろ。前原の」

満井は車寄せにカローラを入れた。降りてインターホンのボタンを押し、二言、三言話すと、玄関に明かりが点いた。満井に手招きされ、上坂と桐尾は車外に出た。

ドアが開き、現れたのはグレーのスウェットスーツに白衣をはおった六十がらみの男だった。寝癖のついた半白の髪、金縁眼鏡、ちょび髭を生やしている。

「このひとか」前原は桐尾を見た。

「ちょいと訳ありなんや」満井がいう。

「喧嘩か」

「そんなとこや」

「ま、入って」

上坂に脇を支えられて中に入った。狭い待合室と、奥に診療室。前原は椅子に腰かけて、

「顔色がわるいな。傷は」

「肩です。後ろから切られました」桐尾は答える。

「刃物の形状は」

「匕首です。刃渡りは三十センチ弱。峰の厚さは六、七ミリですか」

「いつやられた」

「一時間半くらい前かな」

「止血は」

「手で押さえてました。傷口を」

「痛みは」

「いまは痺れてます」

「そこに寝るんや」

ラバーを張った診療台に横になった。台は短いから、ふくらはぎから先がはみ出す。上坂がブルゾンとサマーセーターを脱がしてくれた。

前原はガーゼと脱脂綿を用意し、ゴム手袋をつけた。

「俯《うつぶ》せや」

いわれて、桐尾は俯せになった。左の肩を拭かれる。傷口に指が入り、思わず呻いた。

「けっこう深い。肩甲骨までとどいてる」

触られるたびに激痛が走る。歯を食いしばった。

「手は動くか」

「手も指も動きます」

「神経の損傷はないみたいやな。三角筋と棘下筋《きょくかきん》をやられてる」

筋肉の名称なんかどうでもええから、早よう縫うてくれ——。

「輸血せんでもええんですか」上坂が訊いた。

「そこまでの重傷やない。意識はあるし、受け答えもしてる。……そもそも、うちに人血はない」

不愛想に前原はいった。満井が笑う。くそっ——。桐尾は歯噛みした。

「洗滌《せんじょう》して縫お」低く、前原はいった。


肩口から背中にかけて十数針縫った。傷のまわりと左腕の静脈に抗生物質を打たれ、包帯を巻かれる。

「腫れは二、三日でひくやろ。三時間ごとにガーゼを替えて消毒してやれ」前原は上坂にいう。

「傷が膿《う》んだりしたら」

「それはないと思うけど、治りのわるいときは人間相手の病院に連れていくんや」

前原はポリ袋に錠剤の抗生物質と消炎剤、鎮痛薬、解熱薬を、ひとつずつ服用法を説明しながら入れ、「——みんな、犬猫用や。それなりに効くやろ」

消毒薬とガーゼ、絆創膏《ばんそうこう》、包帯も入れた。

「すまんな。助かったわ」

満井がいった。「治療費は」

「そうやな、二万ほどもろとこか」

「安いな」

満井は札入れから二万円をデスクに置き、そこにまた一枚の一万円札を足した。

「そんなに要らんぞ」

「着替えの服が欲しいんや。おまえの古《ふる》でええ」

「そうか、裸で外を歩くわけにもいかんわな」

前原は診察室を出ていった。

「さっぱりしたひとですね。口はわるいけど」上坂がいった。

「あいつはわしらの仲間でいちばん勉強ができた。大阪府大の獣医学科へ行ったんや」

「やっぱり、動物が好きなんや」

「中学生のころは庭に大きな鳩小屋作って、レース鳩を何十羽と飼《こ》うてたな」

ある日、小屋に鼬《イタチ》が侵入して鳩が全滅し、それでふっつりレースはやめたという。「獣医を目指したんは、そのことが理由かもしれんな」

前原がもどってきた。手にショッピングバッグを提げている。どれでも着ていけ、と診療台にバッグの中身を広げる。ほとんどゴミにしてもいいような服ばかりだ。

桐尾は血染めのジーンズを脱ぎ、チノパンツを穿いた。チェックの半袖シャツを着る。チノパンツは股上《またがみ》が深くて踝《くるぶし》が見えるほど短かった。

「それだけでええんか。ジャンパーも着ていったらどうや」前原がいう。

「いや、今日は暑いからけっこうです」

ナイロンジャンパーは赤と白のストライプで、胸に〝オットセイ〟のワッペンがついている。そんな道化師のような服が着られるか。

「夜中にすまんかったな」

満井がいった。「また近いうちに飲も」

「おう、わしはいつでもええぞ」

前原は小さく手をあげた。


ペットクリニックを出た。まだ眩暈がする。カローラに乗った。

「家はどこや」満井はエンジンをかける。

「藤井寺です。送ってください」

「どう行くんや」

「外環を南へ走って大和川を渡ったら藤井寺市です。あとはいいますわ」

「藤井寺球場のあるとこやな、近鉄の」

満井はライトを点けた。バックして切り返す。

「近鉄てな球団はとっくのむかしに解散しました。球場跡地はいま、私立の小学校です」

その小学校に隣接する公団住宅だといった。

「家賃、なんぼや」

「六万ほどです」

「公団のくせに高いな。広さは」

「六十平米。２ＤＫです」

「２ＤＫに独りで住んでんのか」

「よめはんに逃げられましてん。四年前にね」

「ほな、今晩は泊まるかのう、藤井寺に」

「満井さん、おれにも私生活いうもんがあるんですわ」

ちあきがいたら困る。こんな爺に会わせるわけにはいかない。

「おまえんとこはどこや」満井は上坂に訊いた。

「わしは旭区の千林やけど、おふくろがいっしょですねん」

「おまえら、わしのことを嫌《きろ》うてへんか」

「めっそうもない。同じチームやのに」

「分かった、分かった。わしはホテルをとる」

満井は来た道をもどって外環状線に向かう。

「藤井寺のあとは千林まで送ってください」

「やかましい。タクシーで帰れ」

さもうっとうしそうに満井はいった。


輾転反側《てんてんはんそく》してほとんど眠れなかった。左肩が捻じれたような鈍い痛みだ。悪寒がするのは出血のせいだろう。毛布を二枚かけ、じっと身体を丸めていた。

寂寥感《せきりょうかん》にさいなまれた。ちあきがいてくれたら、と思う。枕もとの携帯を開き、ちあきの番号を眺めては首を振る。電話なんかするな、ちあきは寝てるんや――。

四時に起きてガーゼを替えた。黒い血がこびりついていた。獣医にもらった薬をみんな服んだ。

七時にまたガーゼを替えた。台所でコーヒーを淹《い》れる。煙草を吸ったら吐き気がして、ベッドにもどった。

携帯が震動して目覚めた。壁の時計は九時を差している。少しは眠れたようだ。

——はい、桐尾。

——おはようさん。調子はどうや。

——快適や。よう寝た。

——十五針も縫うたんやぞ。あれだけ血を流しといて、強がりいうな。

——どうちゅうことない。頭がクラクラして、寒気がして、吐き気がするだけや。

——薬、服んだんか。

——服んだ。ガーゼも二回替えた。

——いまから、そっちへ行く。かまへんか。

——ああ、待ってる。

——寝とけ。わしが行くまで。

電話は切れた。桐尾は毛布をかぶった。


玄関のチャイムが鳴ったのは十時すぎだった。ドアを開ける。上坂は入ってきて居間のソファに腰をおろした。

「顔色、ちょっとはマシになったな」

上坂は煙草をくわえる。「昨日は土気色やったぞ」

「すまんな。世話かけて」

「ま、肩を切られたぐらいで死ぬことはないわな」

上坂はリモコンをとってテレビの電源を入れた。「ここ、ＢＳは」

「なんのこっちゃ」

「いま、ヤンキースが試合してるんや」

「衛星放送は映らん。アンテナもない」

「それを先にいえや」上坂はテレビを消した。

「コーヒー飲むか」

「ああ、飲む」

桐尾は台所へ行った。コンロに薬罐をかけて湯を沸かす。

「来る途中、班長に電話した」居間から、上坂がいった。

「まさか、昨日のことは……」

「いうわけない。与那嶺朝治のデータを頼んだんや」

与那嶺の生年月日、本籍は分からないが、そう多くはない名前だから、犯歴があればヒットするだろうと上坂はいう。「──それと、満井のよめはんのことを聞いた。満井良子。奈良の東吉野村の出や」

「ほな、実家はやっぱり吉野の山持ちか」

「そこまでは分からん。なんぼ警察官のよめでもな」

湯が沸いた。桐尾はドリップのコーヒーを淹れる。上坂は満井に電話している。

コーヒーをモーニングカップに注ぎ分けてトレイに載せ、居間にもどった。

「どこにおるんや、満井は」訊いた。

「堺や。リーガロイヤルに泊まったんやと」

十二時、近鉄の松原駅前で満井に会う、と上坂はいった。「昨日のレンタカーに乗ってくる」

「あいつ、右ハンドルの車は乗りにくいとかいうてたな」

「生意気な爺や。普段は外車に乗ってるんやろ」

上坂が車種を訊いたが、満井は答えなかった。分不相応なベンツとかＢＭＷに乗っているにちがいない。

上坂はコーヒーにミルクと砂糖を入れ、口をつけた。

「これ、旨いな。そこらの喫茶店より旨い」

「一回ずつ、豆を挽《ひ》くんや」

「そういうとこはマメやな。人間はものぐさやのに」

「スズメにも餌やってるぞ」

窓の外を見た。スズメはいない。空は曇っていた。


傷口のガーゼを替え、薬を服んだ。黒のＴシャツと黒のパーカ、クラッシュジーンズにデッキシューズといった格好で部屋を出た。まだ少しふらふらする。上坂には元気そうに見せた。

電車に乗って松原駅へ行き、南改札口を出た。満井はタクシー乗場の近くにカローラを駐めて待っていた。桐尾はリアシート、上坂は助手席に座った。

「なんや、おい、もっと弱ってると思たのに、期待外れやのう」満井がいう。

「憎まれ口はやめてください。病人に」

「新聞、読んだか」

「テレビも見てないんです」

「富南の産廃処分場で居直り強盗があったてなニュースはなかった」

「それはご同慶の至りですね」

「米田に電話したか」

「してません」

「してみいや」

車は走りだした。

桐尾は非通知で米田の携帯にかけた。

──松井です。

──おどれら、サダオをやったな。

いきなり、大声が聞こえた。あのチンピラはサダオというらしい。

──なんのことです。

──とぼけんな。サダオは入院したんやぞ。

──どこの病院です。見舞いに行きますわ。

──殺すぞ、こら。

──おれは肩を割られて、左腕を吊ってますねん。肘から先がぴくりともせん。サダオより重傷でっせ。

──なんで天瀬へ来た。

──チャカを買うてもらう二百五十万、事務所の金庫にないかと思てね。

──このガキ……。

──ヤッパを持った住み込みのガードマンがおるとは思わんかった。想定外、というやつですわ。

──また来んかい。天瀬に。

――懲り懲りですわ。次は右腕を吊らないかん。

――今度は腹にぶち込んだる。鉛の弾や。

――物騒なこというたらあきまへんで。取引ができんようになる。

――おどれ、携帯の番号をいわんかい。

――昨日、いうたやないですか。

――じゃかましい。

米田はわめいた。耳が痛い。

――米田さん、あんたがチャカをかまえるんやったら、こっちにもチャカはあるんやで。あの若いよめはんと、かわいい娘さん、また会いたいね。

――なんやと。

――気が変わった。チャカは二百七十にする。二十はおれの治療費や。

――待たんかい。くそガキが……。

――天瀬の処分場を見て思たんや。あの重機を一台叩き売るだけで二百や三百にはなる。二百七十万、耳を揃えて待っとけや。

電話を切った。

「こんなとこでよろしいか」満井にいった。

「うまいもんや。チンピラ口調が板についとる」

「腹減った。病人に昼飯食わしてください」

「どこが病人や」

車は中央環状線に出た。

20

南阪奈道近くの和食レストランに入った。上坂は鮨定食、桐尾は天麩羅うどん、満井は海鮮丼と生ビールを注文した。

「飲むんですか、満井さん、ひとりだけ」上坂がいう。

「わしはずっと運転した。交代や」

「おれも飲みたいな」と、桐尾。

「飲めや。好きなだけ」

「待てよ、桐やん。おれはショーファーかい」

「なんや、ショーファーて」

「知らんか。お抱え運転手」

「そらお似合いや。勤ちゃんに」

黒のスーツに蝶ネクタイをしろとはいわない。桐尾は生ビールと水茄子《みずなす》の漬物を頼んだ。

「今日、藤井寺に来る電車の中でパナマ帽のオヤジを見ましたわ」

上坂はテーブルの帽子に眼をやった。「その帽子より編み目が粗かったな」

「それはストローハットやろ。わしのは〝ボルサリーノ・モンテクリスティ〟や」

「えらい講釈ですね。二万円ぐらいするんですか」

「その五倍や」

「へーえ、その頭に十万円も載せて歩いてるんや」

「わるかったな、この頭で」

「ほな、その開襟シャツはアルマーニですか」

「ユニクロや」

満井は天井を仰いだ。

ポケットの携帯が震えた。開く。永浜だった。

——はい、桐尾です。

——わしや。与那嶺朝治のデータがとれた。前科持ちや。

——極道ですか。

——ちがう。『揮洋《きよう》建設』の顧問や。齢は六十五。七年前、揮洋建設が官製談合事件に連座したとき、談合の仕切り役として大阪地検特捜部に逮捕された。競売入札妨害で有罪判決。懲役三年に五年の執行猶予や。

与那嶺は逮捕時、取締役営業副本部長だったが、起訴された時点で役職を解かれ、有罪判決後、顧問になったという。

——その官製談合いうのはなんです。

——和歌山高浜町の護岸整備工事や。与那嶺はゼネコン三社とマリコン二社が組織したＪＶの仕切り役やった。

和歌山、高浜町……。南紀銀行事件とのつながりを感じた。射殺された澤口も談合に関与していたはずだ。

——与那嶺は大物や。いまでもマリコン業界に隠然たる影響力がある。……なんで、そんなやつがひっかかったんや。

――澤口事件の資料を調べてたんです。澤口の交友関係者の中に名前がありました。囮捜査で尾行したとはいえなかった。

――与那嶺の自宅は堺の新金岡や。住所をいおか。

――いや、いまはいいです。

――満井のシノギはつかめたんか。

――まだです。

――そこにおるんか、満井が。

――はい、そうです。

――分かった。切るぞ。

――すんませんでした。

携帯を閉じた。

「なんや、おまえ、えらいへイコラしてるな」満井がいった。

「そらへイコラもしますわ。直属の上司なんやから」ムッとした。

「分かったんか、与那嶺の身元」

「揮洋建設の顧問です」

「関西のマリコンの最大手やないか」

大証一部上場、社員数は二千人以上だろうと満井はいう。

生ビールと水茄子の漬物が来た。桐尾はビールに口をつける。旨い。

「あの、マリコンてなんですか」上坂が訊いた。

「おまえはほんまにもの知らずやな。マリン・コンストラクター。港湾施設の建設とか護岸、浚渫《しゅんせつ》、埋立、橋梁《きょうりょう》、海底トンネル……海洋土木全般を請け負うゼネコンや」

「南紀銀行事件のとき、与那嶺は捜査線上にあがらんかったんですか」

「あのころ、関西のマリコン談合の仕切り役は『海整建設《かいせい》』の東郷《とうごう》という男やった。東郷は揮洋建設の中本と組んでマリコン業界を牛耳ってた」

東郷は海整建設大阪本社渉外部長、中本は揮洋建設取締役営業副本部長だった、と満井はいう。

「東郷と中本の名前は澤口メモの中にあったと思う。ふたりの調べは帳場の捜査員がしたはずやけど、与那嶺いう名前は聞いた憶えがない。当時は中本の部下やったんやろ」

談合の仕切り役は闇の勢力ともかかわる汚れ仕事であり、ことが発覚したときは地検や警察に逮捕される立場にあるため、役員の肩書がついても常務、専務クラスまで出世することはない。社内的には談合の専門職と目されて、通常の営業活動をすることはほとんどなく、部下も多くて十人程度だという。「――マリコンもゼネコンも社内に談合担当を抱えてる。やつらの日常業務は議員や役人の接待と業界の情報交換で、定期的に集まっては、高浜町の護岸工事はA社が落札する、泉南の埋立工事はB社がとる、と談合を繰り返すわけや。官の工事には必ず政治家が嚙んでるから、総請負額の三、四パーセントを政治家へ、地元の裏組織――川坂の直系クラスなら三パーセント前後の金を上納する。……日本の建設、土建はそういう利権の構図でまわってきたんや」

「なるほどね。政治家に三、四パーセント、ヤクザに三パーセントですか」上坂はうなずく。

「わしは東郷を知ってる。風采のあがらん貧相な男やったけど、バブルのころはマリコン土建の〝ドン〟と称されてた。ほとんど毎晩、大阪、京都、神戸のクラブを飲み歩いて、一月の交際費は一千万という噂やったな」

「京都にもマリコン利権があるんですか」

「あたりまえや。舞鶴《まいづる》や宮津は京都府やろ」

「東郷はまだ仕切りをやってるんですか」

「倒れた。脳梗塞《のうこうそく》でな。もう十年以上前や。飲みすぎやろ」

「揮洋建設の中本は」

「ひっ捕まった。大阪府警の捜査二課や。東郷が倒れた同じ年に、岸和田の屎尿《しによう》処理施設の談合が表に出たんや。それで関西のマリコン業界はどえらい混乱して、一年ほど談合不調に陥った。……わしは知らんかったけど、中本のあとを与那嶺が継いだんやろな」

「その与那嶺が逮捕されたあとは、どこの誰が仕切りをしてるんです？」

「表立った仕切り役はおらんはずや。この不景気なときに談合なんぞしても、必ず抜け駆けするやつがおる。談合から競争入札の時代になったいまは、工事の最低入札価格を知るのが、マリコン談合屋のいちばんの業務やろ」

「与那嶺朝治は関西マリコン談合の、最後の仕切り役やったんですね」

「そこまでは分からん。日本から談合がなくなることはない」

満井は指で水茄子をつまみ、生ビールを飲む。

「旨いですか、ふたりだけ飲むビール」上坂は口を尖らせる。

「よう冷えてる。喉がキュンと鳴るな」要らぬことを満井はいう。

「飲も。わしも」

上坂はテーブルのコールボタンを押した。

「こら、運転するやつがおらんやろ」

「車はここに駐めといたらええやないですか」

「あれはわしが借りたレンタカーやぞ」

ウェイトレスが来た。茶髪で狸のような化粧をしている。

「ビールください。ノンアルコールの」

上坂はいい、ウェイトレスは伝票を持って向こうへ行った。

「そんなにまでして飲みたいか、くそ不味い紛《まが》いもんを」

「ちゃんと泡が出てビールに見えますわ」

「勘定は自分で払えよ」

「はいはい、そうですね」上坂は椅子にもたれかかる。

「——しかし、談合屋を引退したマリコンの顧問が、なんで富南くんだりの産廃処分場に来てたんですかね」桐尾はいった。

「それはあのチャカに関係があるやろな」

満井はいう。「与那嶺は澤口事件に嚙んでる。わしはそう読みたい」

「中本いう男はまだ生きてるんですか」

「澤口事件のときに六十前やったら、いまは七十代半ばやな」

「中本のフルネームは」

「知らん。南署にもどって資料を見たら分かる」

そこへ、注文した料理が来た。満井と上坂は箸をつける。桐尾は一〇四に電話して揮洋建設大阪本社の番号を訊き、かけた。

——はい、揮洋建設でございます。

——建設共済大阪本部の松井といいます。年金のことでお訊きしたいんですが。

——畏まりました。総務におつなぎします。

少し待って、電話が切り替わった。

——お待たせしました。福利、共済担当の鈴木と申します。

——御社を退職された中本和夫さんに建設共済の更新手続書をお送りしたんですが、もどってきたんです。住所は大阪市中央区でまちがいないでしょうか。

——承知しました。中本和夫ですね。

またしばらく待った。

——申し訳ありません。該当するものはおりませんが。

——元役員の中本さんです。営業副本部長の。

——中本孝政でしょうか。

——その方は。

——営業副本部長で退職しました。

——たかまさはどんな字です。

——親孝行の孝、政治の政です。

——じゃ、その方です。

——中本孝政は茨木《いばらき》市在住ですが、おたくさまの電話番号をお教えください。

——どういうことですか。

——こちらから電話を差しあげて、中本の住所をお教えします。

——あ、どうも。まちがいでしたね。

電話を切った。

「どうした」満井がいう。

「警戒されましたわ。けど、名前は分かった。中本孝政。茨木に住んでます」

また一〇四にかけて〝茨木市の中本孝政〟の番号を訊いたが、該当する人物はいなかった。登録していないのだろうか。

「茨木へ行くか」上坂がいった。

「行こ。飯食うたら」

桐尾はうどんに箸をつけた。


近畿自動車道を吹田で降り、国道2号をもどって茨木市に入った。JR茨木駅近くの市役所で住民基本台帳の閲覧を申し込む。閲覧者の本人確認を要求されたが、満井が警察手帳を見せると、あっさり受理された。

中本孝政は郡丘《こおりがおか》三丁目に居住していた。市役所から国道171号へ向かう。郡丘は名神高速茨木インター西側の住宅地だった。

電柱の住所表示を見ながら坂をあがった。右の住宅の屋根越しに見えるこんもりとした森は郡八《こおりはち》幡宮《まんぐう》らしい。

「三丁目二番地……。このあたりやな」上坂がいう。

坂をのぼりきると、正面にコンクリート打ち放しの擁壁《ようへき》があった。近くに宅配のトラックが停まっている。上坂は車を降り、ドライバーと話をしてもどってきた。

「これですわ。この壁の家が中本の家です」

擁壁の左、車寄せに上坂はカローラを駐めた。満井、桐尾は車外に出る。

《中本孝政》――表札を確かめて、満井はインターホンのボタンを押した。しばらく待って応答があった。女の声だ。

――和歌山県警の満井といいます。中本さんはご在宅でしょうか。

満井はレンズに向かって手帳を提示した。

――主人はおりますが、どういうご用件でしょう。

――退職された揮洋建設のことでお伺いしたいことがあります。

――お待ちください。

桐尾は門扉の隙間から中を覗いた。前庭は石畳のポーチと広い芝生。敷地は二百坪を超えるだろう。家は軒の高い二階建で、スペイン瓦の屋根と白壁に瀟洒《しょうしゃ》な趣がある。

「なんか知らんけど、金のかかった邸《やしき》ですね」

「中本はバブルの最盛期の談合ボスや。揮洋建設も年間何千億という工事を受注してた。一億や二億の金を懐に入れるのは易いことやったんやろ」

「新金岡の与那嶺の家もこんなんですか」上坂が訊いた。

「あの住宅地の中ではいちばん大きな家やったけど、百坪もないやろ。こんなでかい邸やない」

「談合屋て、ええ商売なんや」

「汚れ仕事は金になる。いつパクられるとも知れんからな」

玄関から白いカーディガンをはおった小柄な女が現れた。こちらへ歩いてくる。門扉が開いた。

女は桐尾と上坂を見て、少しとまどったような表情を見せた。

「すんません、わしの部下ですわ」

満井はいった。「このあと張込みに行くんで、こんな格好してますねん」

〝わしの部下〟というのが癇《かん》に障ったが、黙って一礼した。

「どうぞ、お入りください」

門をくぐった。芝生の数カ所に円いカップが切られ、そばにボールがころがっている。中本がパターの練習をするのだろう。

玄関に入った。式台の正面に煤《すす》けた石板の衝立。全面に釘《くぎ》で引っ掻いたような文字が彫りつけてある。

「これ、なんて書いてるんですか」上坂が訊いた。

「分かりません。法典の一部です」中東の工芸品だという。

「ハンムラビ法典ですか」

「さぁ、なんでしょ。……あがってください」

廊下の右、応接室に案内された。フローリングの床にペルシャ絨毯が敷かれ、中央にどっしりした革張りの応接セットが置かれている。満井は両肘のソファ、上坂と桐尾はベンチソファに座った。

「豪勢なもんですね。とっくのむかしにリタイアしたくせに」

格子天井、漆喰《しっくい》の壁、シャンデリア、ドレープのカーテン、猫足のサイドボード。部屋の造作は趣向を凝らしたもので、調度類も金がかかっている。

「談合屋は逮捕されて起訴されても、弁護士費用から保釈金から、みんな会社持ちや。有罪で会社を馘になったときは裏の退職金も出る」満井はいう。

「それ、なんぼくらいです」

「中本は役員やった。岸和田の談合でパクられたんは九六年やったから、揮洋建設もまだ余裕があったころや。……一億以上の金は受けとったやろ」

「口止め料込みですね」

「そらそうやろ」

ノック――。ドアが開き、紺のガウンを着た長身の男が入ってきた。オールバックの白髪、鼈甲縁の眼鏡、鼻下とあごに短い髭。三人を一瞥して、中本です、と低くいった。

「突然、押しかけてすんません」

満井は立って警察手帳を見せた。「和歌山県警特任捜査担当の満井といいます」

「永浜です」

「西田です」

桐尾と上坂も立って適当な名をいい、頭をさげた。

「お掛けください」

中本はソファに腰をおろした。顔が黒く、左手の甲が白いのは、ゴルフ灼けだろう。

「よう行ってはるみたいですね」満井はテイクバックの仕種をした。

「ほかに趣味がないんですよ」中本はいう。

「どれくらいでまわるんですか」

「九十を超えたら叩きすぎです」

「失礼ですけど、お齢は」

「七十四です」

「それはすごい。エージシュートも無理やないですな」

「いくらなんでも、それはないでしょう。若いころは七十台も出ましたがね」

仏頂面で中本はいい、「で、アポもなしに来られたご用件は」

「南紀銀行事件、ご存じですな」

満井は真顔になった。「あの副頭取射殺の件で訊きたいことがあるんですわ」

「妻は、揮洋建設のことだといいましたが……」

「そう、揮洋建設の談合についても訊きたいんです」

「わたしは九六年に退職した。いまは談合とも縁はない。……それに、南紀銀行事件のときは和歌山県警の刑事さんに事情を訊かれましたよ」

「聴取の内容はどんなでした」

「亡くなった澤口さんとの関係です。何度か宴席はごいっしょしましたが、それ以上のつきあいはなかったと、そんなことを話しました」

「与那嶺朝治さんは当時の部下ですよね」

「そうです。……彼がどうかしましたか」

中本はいぶかるが、満井は答えず、

「富南の黒鐵会いうヤクザ、知ってますか。神戸川坂会系北見組の枝ですわ」

「黒鐵会……。初耳ですな」

「揮洋建設は工事で出た土砂をどう処理してます」

「現場によって、さまざまです。うちはマリコンだから湾岸の埋立地に運ぶことが多いでしょう」

「黒鐵会は富南の天瀬で産廃処分場をやってるんですけどね」

「海岸や港湾工事の土砂を、わざわざ富南の山中に運ぶことはありませんよ」

「ほな、黒鐵会とはなんの関係もない？」

「ありませんね」中本はかぶりを振る。その表情に変化はない。

「ちょっと立ち入ったことをいいますけど、中本さんは九六年に岸和田の屎尿処理施設談合で大阪府警捜査二課に逮捕された。後任の与那嶺さんは二〇〇二年に和歌山高浜町の護岸工事談合で大阪地検に逮捕されて、ふたりとも有罪。……談合の仕切り役というやつは割に合わんと思いませんか」

「ゼネコンやマリコンにはね、泥を被る人間が必要なんですよ」

「その泥にもいろんな種類がある。極道を走らせて入札妨害したり、恐喝させたりするのは穏やかやない」

「刑事さん、あなた、なにがいいたいんだ」

「与那嶺さんとは、いまも交流あるんですか」

「わたしは揮洋建設を辞めて、業界とは縁を切った。与那嶺とは年賀状のやりとりもしてません」

「そういや、中本さん、営業副本部長のあとは顧問にもなってませんね」

「つくづく嫌になったんです。会社の奴隷であったことが」

この男が分からない──。桐尾はそう思った。どこまでがほんとうで、どこからが嘘か。南紀銀行事件にどうかかわっていたのか、それも分からない。

「隔靴掻痒《かっかそうよう》ですな」

「なんのことだ」

「いや、失礼しました」

満井は腰を浮かした。「我々が来たことは口外せんように。中本さんの不利益になりますからな」

桐尾と上坂も立って応接室を出た。中本は見送ろうともしなかった。

車に乗った。

「どないや、中本」満井が訊く。

「食えませんね。顔色ひとつ変えんかった」上坂がいった。

「もっと突っ込みたかったけど、ネタを明かすわけにはいかん。イライラした」

「それが隔靴掻痒ですか」

「わしが刑事でなかったら、あいつの口にチャカをねじ込んでる」

「業界とは縁を切ったというてたけど、ほんまですかね」

「談合屋は会社のバックがあってこそ機能する。中本は揮洋建設に切られたんや」

満井はいって、上坂の肩を叩く。上坂はエンジンをかけ、中本邸をあとにした。

「海整建設の東郷いう男は生きてるんですか」桐尾は訊いた。

「どうやろな。死んだという噂は聞いたことない」

「東郷の家は」

「知らん」

満井はかぶりを振って、「東郷に込みをかけるか」

「マリコン土建のドンを見たいんですわ」

「分かった。東郷のことは、むかしの帳場の連れが知ってる」

満井は携帯を開いた。


東郷昭一の自宅は京都だった。西京区下津林《しもつばやし》北浦町——。昭和七年生まれだというから、今年が喜寿だ。脳梗塞の後遺症で喋れないようだと困るが。

名神高速道路京都南インターをおりて、久世橋《くぜ》から桂《かつら》に向かった。満井はリアシートで寝息をたてている。M54を入れたアタッシェケースはトランクの中だ。

「勤ちゃん、京都は久しぶりか」

「五、六年は来てへんな。太秦のシナリオ学校に通うてたころは、河原町や祇園《ぎおん》のあたりをうろうろしてたけど」

「京都の女はきれいか」

「そんなもん、どこでもいっしょや。きれいと不細工に地域差はないで」

「いっぺん、舞妓《まいこ》をあげて飲みたいの。話のタネに」

「一見《いちげん》さんはお断りやろ」

「おまえら、行ったことないんか、お茶屋に」いつ起きたのか、満井がいった。

「残念ながら、先立つもんがね……」と、上坂。

「わしは二へん行った。新宮《しんぐう》の造り酒屋のおやじとな。ああいう異形《いぎょう》のもんを横において酒飲むのは、けっこうおもしろい」

「舞妓は異形ですか」

「あんな派手な振袖《ふりそで》着て、大きな髷《まげ》結うて、顔から首まで真っ白に塗ったくった女はめったにおらんぞ」

「そら、うちの近所にはいてませんわ」

「今晩、行ってみるか、祇園に」

「すんません。ごちそうさんです」

「あほいえ。割り勘や」

「またにしますわ」

　このふたりはどこまで本気なのか分からない。桐尾はあくびしながら聞いていた。


　下津林北浦町──。桂離宮から一キロほど南へ行った住宅地。東郷の家は周囲にモクセイの生垣をめぐらせた、こぢんまりしたプレハブの一戸建だった。片屋根のカーポートに年式の古いセドリック、玄関先に柴犬がつながれている。上坂は徐行して門柱の表札を確かめ、少し離れた寺のそばに車を駐めた。

「これはどういうことです。さっきの中本の邸とは似ても似つかん家やないですか」

「ああ、そうやな……」満井も首をかしげる。

「東郷はマリコン談合の〝ドン〟やったんでしょ」

「中本以上の大物や。東郷がウンといわんかったら、関西のマリコンは官の工事をとれんかったし、JVも組めんかった」

　満井はいい、車を降りて歩いていった。門柱のインターホンのボタンを押す。満井は犬に吠えたてられ、いまいましげに唾を吐きかけた。

「勤ちゃん、東郷はよれよれで口もきけんのとちがうか」

「わざわざ京都まで、無駄足踏んだかもしれんな」

「しゃあない、祇園で舞妓あげるか」

「満井は割り勘やといいよったで」

「お茶屋で現金払いてな無粋《ぶすい》なことはせん。請求書は満井に行くんや」

「桐やん、それを先にいえや」

上坂はウインドーをおろして伸びをした。

満井がもどってきた。ドアを開ける。

「東郷はおらん。老健施設や」

沓掛町《くつかけちょう》の『友庚会《ゆうこう》シニアセンター』だという。「よめはんがいうには、頭はまだ大丈夫や。右半身が麻痺してるらしい」

「面会は」

「支障ない。東郷の知り合いやというたら取り次いでくれる」

満井はリアシートに座った。


国道9号を西へ走った。《京都芸大前》の交差点を右折する。小畑《おばた》川の土手沿いに白い三階建のビルが見えた。

友庚会シニアセンターに入った。ロビーは天井が高く広々としている。満井は受付で東郷昭一に面会したいといった。東郷の部屋は東棟三階の五号室だった。

三階にあがった。リハビリルームにグリーンのスウェット上下を着た車椅子の老人が十人ほど集まって童謡を歌っていた。

五号室は三人部屋だった。ネームプレートを見て中に入る。東郷さん、と満井が呼びかけると、窓際で外を眺めていた車椅子の老人が振り向いた。

「東郷さんですか」

「ああ……」

男はうなずいた。小柄で痩せている。皺《しわ》深い顔に老人斑がいっぱい浮いていた。

「和歌山県警の満井といいます」

満井は警察手帳を提示した。「特任捜査で南紀銀行事件を担当してます」

「南紀銀行……」

東郷は遠い眼をした。「澤口の？」

「副頭取射殺事件です」小さく、満井はいう。

「あれは終わったはずや」

「そう、時効ですわ。……けど、三協銀行神戸支店長射殺事件は時効前です」

ふたつの事件のルーツは同じだと、満井はいった。

「あんたらもしつこいんやな」

「上に命令されたら、下は動かざるをえんのです」

「外へ行こ。押してくれるか」

東郷の言葉は聞きとりにくい。半身麻痺の影響だろうか。東郷の右脚は細く、右腕は晒のような布で肩から吊っていた。

上坂が車椅子を押してエレベーターに乗った。一階に降りる。玄関から小畑川の土手に出て、大きな欅の下に車椅子をとめた。

「煙草、あるか」東郷はいった。

「吸うんですか」

「医者にはとめられてるけどな」

「一本だけね」

満井はセブンスターを出して東郷にくわえさせた。ライターを擦る。「こんなことというたらなんやけど、認知症はないみたいやし、煙草も吸う。在宅介護はできんのですか」

「わしは棄民なんや」

東郷は力なく笑う。「年がら年中、飯や、トイレや、風呂やと、家内を追いまわして愛想つかされた。もともと夫婦仲もようなかったし、自分の意思で家を出た」

東郷は去年、亀岡の老健施設で二度目の脳梗塞発作を起こしたといった。

「いっそ、あのときに死んだらよかった。次に発作が起きたときは、そのまま逝かしてくれと医者にはいうてるけどな」

「そんな弱気でどうしますねん。車椅子には乗ってはるけど、元気そうです」

「気休めは要らん。敗残兵は消えたらええんや」

「東郷さんは兵やない。将ですわ」

満井は東郷のそばに寄った。「わし、南紀銀行事件の捜査本部にいてましたんや。あのころ、東郷さんはマリコン談合のドンでした」

「そんな時分もあったな」東郷はあっさりうなずいた。

「我々はさっき、揮洋建設の中本さんに会いました」

「中本に……？」

「茨木に行ったんです。庭でパットの練習ができるような豪邸でした」

「中本は吝《しわ》い男や。会社の金をせっせと懐に入れて肥りよった」

「ふたりで談合の仕切りをしてたんやないんですか」

「それはちがうな。仕切り役はわしだけや。中本はそのときどきで、わしの側にもついたし、反目にも立った」

「ほう、そうでしたか」

「あの男には矜持《きょうじ》というもんがない。わしという虎の威を借る、小賢《こざか》しい狐やった」

「外見とは裏腹ですな」

「中本はわしを刺した。岸和田の談合が事件になったとき、あいつはみんな喋った」

「それ、岸和田の屎尿処理施設ですな」

「あの年、わしは脳梗塞で倒れた。中本はそれをええことに、なにもかもわしに被せて逃げようとした」

東郷は入院したまま競売入札妨害容疑で起訴され、懲役二年六カ月に執行猶予五年の有罪判決を受けたが、中本も共犯として懲役二年と執行猶予四年の刑を受けた——。「中本は下衆《げす》や。自分が助かろうとして自分の首を絞めた。……わしが倒れさえせんかったら、あんな下衆に足をすくわれることはなかった」

「なるほどね。そんな事情がありましたか」

さも感心したように満井はうなずいて、「南紀銀行事件当時、和歌山の談合状況はどうでした」

「あれは確か、九三年やったな」

「そう、七月です」

「あのころはバブルが弾けて公共工事が細ってた。特に和歌山は〝扇風機の裏側〟といわれるくらいで、産業は土建しかないから、各社の談合屋が集まっても話がまとまらん。わしは仕切りに苦労した」

「扇風機の裏側、いうのはなんです」

「景気の風があたらん、というこっちゃ」

「えらい和歌山をばかにした言い種《ぐさ》ですな」

「あんた、和歌山の人間か」

「串本の出ですわ。生まれてこのかた、和歌山を離れたことはない」

「そこが和歌山のええとこでもあり、わるいとこでもあるんや」

東郷は煙草を捨てた。「気候が温暖で、海もあれば山もある。徳川の御三家やったこともあって、県民は食うに困ったことがない。あの半島の中ですべてが完結するから、県外に出ていく若者が少ない。泥棒も警官も地の人間で情報管理が緩い。そういう人間関係の濃密なとこほど、地方ボスが幅を利かせて政治が腐るんや」

「いったい、なにがいいたいんです」

「煙草くれ」

「一本だけ、というたやないですか」

「わしはいつ死んでもええんや」

東郷は左手を出す。満井はセブンスターを渡して火をつけてやった。

「南紀銀行事件のころ、和歌山県政は勢力が二分してた」

東郷はつづける。「マリコン利権を背負うてるのは民政党代議士の仁尾《にお》俊敬《としたか》と知事の木島琢郎《たくろう》で、ふたりは不倶戴天《ふぐたいてん》の敵やった。おたがいが追い落としを謀《はか》ってスキャンダルの暴露合戦をした」

「その話はよう知ってますわ。あのころは南海地震に対する津波対策をせないかんというて、国から三百億ほどの予算がおりたんですな」

「仁尾は対策利権を独占したかったんやけど、木島もしぶとく立ちまわったんや」

木島は民政党の埋立利権のボスとされる鶴田静夫に助力を求めて仁尾に対抗した。鶴田は運輸大臣、建設大臣、民政党政調会長を歴任した大物で、政治家としては仁尾より格上だったが、地元岡山県笠岡《かさおか》の港湾整備にかかわる収賄疑惑が喧伝され、東京地検特捜部が事情を聴取したことで民政党を離党した——。

「結果的に起訴は逃れたけど、民政党を離れたことで鶴田の影響力は消滅した。木島は後ろ盾を失《うしの》うた上に、和歌浦《わかのうら》にあった職員保養所を七億円で白浜の観光旅館経営者に売り飛ばしたことが議会で追及されて、大阪地検特捜部に逮捕された」

「それはどういう容疑です」上坂が訊いた。

「贈収賄や。保養所の再評価額は十三億円。旅館経営者から木島が三千万、子飼いの出納長が一千万を受けとってた」

「保養所は公売入札やったんでしょ」

「そんなもんは〝天の声〟でなんとでもなる。官の入札というやつはすべて談合や」

公売入札は澤口事件の前々年だったと東郷はいう。

「議会で保養所売却を追及させたんは仁尾ですね」

「そういうこっちゃ。仁尾は木島を叩きつぶして天下をとった」

仁尾はその後、運輸大臣、経済産業大臣などを歴任して民政党の派閥領袖《りょうしゅう》となり、関西マリコン利権を独占した。仁尾はいま、政策秘書である実弟を官製談合の仕切り人とし、派閥の議員にマリコン土建の仕事を分配しているという。

「南紀銀行の澤口は仁尾と木島の抗争に関係してたんですか」

「澤口は木島のスポンサーやった。和歌浦の保養所を買い取った白浜の旅館経営者というのは、実はダミーで、大阪の『カキクボ』いう不動産会社が金主やった」

「カキクボ……。聞いたことがありますな」満井がいった。

「柿久保勇。企業舎弟や。北見組のな」

柿久保はバブルのころ、北見隆夫の金庫番とも称された地上げ屋だったという。「澤口は揮洋建設の中本の口利きでカキクボに保養所購入額の七億円を融資した。南紀銀行はそれまでカキクボに十一億ほどの債権があって、保養所を転売したら、十七億を返済させる約束やったんや。……ところが、木島が逮捕されて保養所転売に支障が生じた。保養所が収賄がらみの事故物件と世間に知れたせいで、十億、九億でも買い手がつかん。保養所は結局、塩漬けになって、いまはもう廃墟やと聞いてる」

「東郷さん、わしは澤口事件の帳場におったけど、カキクボ云々は初耳ですわ。なんでそんなに詳しいんです」

「わしは澤口とツーカーやったんや。年に四、五へんは澤口を接待して、祇園や先斗町《ぽんとちょう》で飲んだ。あいつは和歌山では顔が差すとかいうて、泊まりがけで京都に来た」

「澤口は行儀よかったんですか」

「行儀……？」

「地元の料亭では好き放題して、嫌われてたらしいけど」

「確かに、遊び方は田舎臭かったな」

澤口は石塀小路《いしべこうじ》の『佳子《よしこ》』という元芸妓の店によく行った。佳子はもちろん旦那持ちだが、澤口は意に介さず、佳子を旅行に誘っては断わられていた――。

「あの男は坊ちゃん育ちで、ひとの事情を斟酌《しんしゃく》できん。それが債権回収には向いてたかもしれんけど、あまりにも性急で強引やった。……わしは澤口の口から聞いたけど、木島逮捕のあと、柿久保と中本を大阪のロイヤルホテルに呼びつけたそうや」

澤口はバーで水割りを飲みながら、柿久保から抵当にとっている自宅の土地建物とカキクボ所有の中央区湊町の土地三百坪を競売にかけると告げた。柿久保はもう少し待ってくれと頭をさげたが、澤口は聞く耳を持たなかった。猶予期間は三カ月、それまでに返済できないときは競売にすると澤口はいい、中本には口利きの弁済金として七千万を支払えと請求した——。

「中本は弁済の約束をしてたんですか」

「してたんやろ。会社には無断でな。……七千万は融資額の十パーセントや」

「なんでそんな危ないことをしたんです」

「中本は揮洋建設の談合だけやない。そういう自前の口利きで稼いでたんや」

「なるほどね。それがあの豪邸なんや」

「澤口は中本と柿久保を責めた。柿久保も初めのうちはあれこれ抗弁してたけど、途中から黙り込んだ。……そら、北見の企業舎弟の面子をつぶしたらあかんわな。柿久保はトイレに立ったきり、もどってこんかったそうや」

「中本はどうしたんです」桐尾は訊いた。

「ふてくされてた。澤口は中本の口利きを揮洋建設に明かすと脅した。中本はもう少しだけ時間をくださいと頭をさげてバーを出ていった」

「それはいつのことです」

「九三年の五月や。ゴールデンウィーク明けやなかったかな」

その二カ月後、澤口は射殺された……。

「南紀銀行事件のあと、東郷さんのとこに捜査員が来ましたよね」

「ああ、三べんも来たな」

「澤口が柿久保と中本を追い込んだ話はしたんですか」

「いうわけない。わしも叩けば埃の出る身や」

「澤口は柿久保にやられたと思いましたか」

「分からん。澤口が死んでよろこぶ人間はゴマンとおったやろ」

「東郷さんは中本のような口利きはせんかったんですか」

「わしは根っからの談合屋や。会社のためによかれと思て仕切りをした。何十億という裏金も決済したけど、私腹は肥やさんかった」

「仁尾と木島の戦争《いくさ》ではどっちについたんです」

「表立っては動いてへん。そのときどきでどっちにもついた。木島がこけたあとは仁尾に尻尾《しっぽ》振ったわな」東郷は小さく笑ってけむりを吐いた。

「中本も木島から仁尾に乗り換えたんですね」

「そらそうやろ。沈む船から逃げるのはネズミだけやない」

桐尾は東郷の話を整理した――。九一年六月――和歌浦職員保養所の公売入札。九二年三月――木島知事逮捕。九三年五月――澤口が柿久保に競売通告。九三年七月――澤口射殺。カキクボの抵当物件競売は沙汰《さた》やみになった。

「東郷さん、澤口から崎山克彦いう名前を聞いたことないですか」上坂が訊いた。

「サキヤマ……。誰やったかな」

「九四年に殺された三協銀行神戸支店長です」

「ああ、そうやった」

「澤口と崎山はときどき会うて、情報交換をしてたんですけどね」

「そういや、中本は三協銀行にも融資の口利きをしたことがあったな」

「どういうことです」

「九〇年か九一年ごろやったか、中本は大阪の『神港マリン』いう浚渫工事の会社に設備投資資金として十五億ほど融資してくれんかと澤口に頼んだ。わしも知ってたけど、神港マリンは同族会社で年間売上高は八十億ほどあった。年利五パーセントに裏で二パーセントをつけるというから、澤口は乗り気やったんやけど、頭取派の審査部長がウンといわんかった。そこで澤口は知り合いの三協銀行支店長を中本に紹介したんや」

「神港マリンは融資を受けたんですか、十五億」

「十億ほど借りたはずや」

　その資金で神港マリンはフランスから浚渫機械を購入したが、競合入札に敗れて予定していた工事を受注できなかった。その後の建設不況もあって神港マリンは資金ショートに陥り、不渡手形を乱発したあげく九五年に倒産した。

「中本は神港マリンから一千万ほどの口利き料をせしめた、と澤口はいうてたな」

「そういうのが談合屋の余禄ですか」

「いろいろある。情報は金やからな」

「東郷さんはどうでした」

「わし？　わしはきれいさっぱりしたもんや」

「これに遣うたんですか」上坂は小指を立てた。

「ま、そうやな」

東郷は否定しなかった。「さっきいうた佳子の旦那というのは、このわしや」

「石塀小路に店を持たせたんですか」

「わしも羽振りのええ時代はあったんや」

そのころは大阪にもクラブ勤めの愛人がいたと、冷めた口調で東郷はいう。

「さすが、マリコン談合のドンですね」

「八九年やったか、木島を接待して、出雲《いずも》でゴルフしたことがある。行き帰りはヘリコプターや。木島はゴルフが上手でな、一打一万円で握ろうというんや」

「県知事が博打したらあかんわ」

「二十万ほど、木島のいう口座に振り込んだ。女の名義や。木島にはそういう脇の甘いとこがあったな」

そう、女は命取りになる。二課の刑事から聞いたが、議員や役人の汚職《サンズイ》捜査はまず女関係を調べるのだ。被疑者は女に金がかかるから汚れた金に手を出してしまう。

「木島の前身はなんです」上坂はいう。

「官僚や。京大卒のな。生まれは大阪の吹田やったか」

木島は自治省から和歌山の総務部長に出て、そのあと大阪府の副知事になった。副知事を一年務めて和歌山県知事選に民政党推薦で出馬、初当選――。「知事にはなったけど、落下傘の木島にはコネも金もなかった。選挙の借金もあったから無理をする。とどのつまりは怪しげな連中に取り込まれて、再選されるころには立派な汚れ政治屋に変わってた。大ボスの仁尾に対抗するのは、もともと無理やったんや」

「木島はいま、なにしてるんです」

「さぁな……。知事の退職金を返納せいといわれて分割払いを申し出たくらいやから、どこぞで野垂れ死んだんとちがうか」

「なんか知らん、哀れをもよおしますね」

「天網恢々疎《てんもうかいかいそ》にして漏らさずや」

東郷はうなずいて、「煙草くれ」といった。

「吸うてるやないですか」

「箱ごと欲しいんや」施設の近くには煙草の自販機がないという。

「ほんまに困ったひとやな」

上坂はポケットからハイライトとライターを出して東郷に渡し、「話をもどしますけど、澤口が中本に紹介した三協銀行の支店長は誰です」

「名前は知らん。難波支店とかいうてたな」

「ほんまですか……」

「なんや、びっくりしたように」

「いや、なんでもないです」

上坂が驚いたのも無理はない。射殺された崎山は難波支店長から神戸支店長に栄転したのだ。

「あんたら、中本に会うてきたんやな」

「そう、茨木の郡丘です」桐尾が応えた。

「どうやった、中本いう男は」

「押し出しのええひとでしたね。ちょっと横柄な感じもしたけど」

「中本の暮らしが豪勢な理由《わけ》、考えたか」

「談合の仕切りや口利きで金を貯めたんでしょ」

「中本は現役や。いまも関西のマリコン談合屋を仕切ってる」

「揮洋建設を辞めたのに？」

「あいつは与那嶺を後釜《あとがま》に据えて、木偶《でく》に仕立てたんや。与那嶺が高浜町の談合事件で会社を追われたあとは、中本が仕切り役に復帰した。中本はいま、仁尾の弟と組んでる」

中本は仁尾俊敬の威光をバックにマリコン各社の談合担当を招集し、工事受注やＪＶなどのとりまとめをしている。中本はマリコン各社から徴収した裏金をプールし、仁尾の実弟の指示にしたがって派閥議員や闇組織に分配するフィクサーだと、東郷はいった。

「なるほどね。仁尾の政策秘書が直接、金を配ったらまずいわけや」

「中本はわしが倒れたあと、仁尾の弟に取り入った。そういうとこは機を見るに敏や」

「仁尾の弟は」

「仁尾啓二。中本と同じ下衆や」

仁尾俊敬が県会議員だったころ、仁尾啓二は大阪の私立中学の体育教師だったが、兄が衆院選に出たときに教師を辞め、初当選後、私設秘書に転身した――。「啓二は柔道をやってた。兄以上に強面で、すぐに怒声をあげる。齢は俊敬よりだいぶ下やから、六十すぎか」

「中本が闇組織に金を配ってるということは、特定の組筋と関係してるんかな」満井がいった。

「そこまでは知らん。調べるのはあんたらの仕事やろ」

「与那嶺はどういう男です」

「小者や。中本が丁稚《でっち》代わりに使うてた。中本が岸和田の談合でこけんかったら、いまも丁稚のままやろ」

中本と与那嶺は談合屋としての格がちがう、と東郷はいう。

「崎山事件のあと、兵庫県警の捜査員が来ましたか」

「いや、来てへん」

「中本から崎山事件のことは」

「聞いたことないな」

東郷は吸っていた煙草を捨てた。満井は靴先で踏み消して、

「東郷さん、すんませんでした。ためになりましたわ」

「もう訊くことはないんか」

「とりあえずはね」

「いつでもええ。今度はマルボロを持ってきてくれ」

「わしのも進呈しますわ」

満井はセブンスターのパッケージを渡した。

上坂が東郷の車椅子を押して老健施設にもどった。

東郷を三階の自室に送りとどけてロビーに降りた。

「いろいろとよう知ってましたね。頭はちょっとも惚《ぼ》けてへん」

東郷に会ってよかった、と上坂はいう。「あの爺さん、中本が憎いんや」

「そら、自分がドンやったもんな」

「病気にはなりとうないな」

「おまえも危ないぞ、脳梗塞」満井は上坂の頭と腹を見る。

「満井さん、家にパナマ帽ないんですか」上坂も満井の頭を見た。

「三つ、四つ、ころがってる」

「それ、くださいい」

「頭のサイズは」

「さぁね……。中学に入ったときは、制帽を別誂《べつあつら》えしましたわ」

「そんな釣鐘みたいな頭に合うパナマ帽は日本中探してもない」

呆れたように満井はいい、ロビーを出る。上坂と桐尾は受付横の自販機で缶ジュースとウーロン茶を買った。

駐車場――。カローラに乗った。

「どないします」上坂は運転席でジュースのプルタブを引く。

「いったん、帰ろ。和歌山に」と、満井。

「この車は」

「乗り捨てや。南署の近くにトヨタの営業所がある」

契約時にワンウェイシステムを申し込んだと満井はいう。

「京都から和歌山は二時間半や。途中で代わってくださいよ、運転」

「桐尾にいわんかい」

「勤ちゃん、おれは病人で、まだビールが抜けてへんのや」

「病人が酒飲むな」

上坂は首をこくりと鳴らし、シートベルトを締めた。

## 21

レンタカーを返却し、和歌山南署に入ったのは六時すぎだった。五階の予備室にあがる。署員が桐尾たちの出入りに無関心なのは、署長の松尾が特命捜査だと知らせているからだろう。満井はともかく、桐尾と上坂は署員の誰からも声をかけられたことがない。

桐尾はキャビネットから澤口の裏日誌——澤口メモのコピーを出した。澤口はほとんど毎日、デスクダイアリーに一行か二行ほどのメモ書きを残している。桐尾は上坂と手分けして、九〇年のコピーから調べていった。

90年3月14日——。《20：00　大阪からKａ。揮洋N同席。融資依頼。和歌浦公売物件入札。3000T・30R。要審査》

「勤ちゃん、これやな」

上坂に見せた。「3000Tいうのは敷地三千坪、30Rは三十室の保養所やろ」

「三千坪が七億いうのは高うないか」

「九一年の六月や。まだバブルの名残があった」

和歌浦は景勝地だ。場所がよければ、いまでも坪十万円はするだろう。当時の三千坪・七億円は格安だったにちがいない。

「その融資を実行したんはいつや」

「待て」

九〇年の十二月まで調べた。〝Ｋａ〟も〝和歌浦〟も出てこない。保養所入札への七億円融資は審査部にまわり、正規の手続きで出金されたのだろう。

「澤口が柿久保と中本に追い込みかけたんは」

「九三年の五月やったな」

別綴《べっと》じのコピーを繰った。93年5月10日——。《大阪ロイヤルH。19：00　Ｋａ、揮洋Ｎ。Ｋａに競売告げる、11月末まで。Ｎに弁済要求、9月末まで》《21：00　Ｃアラミス。三協Ｓに会う。Ｓマリンの返済不調。24：00解散》

「東郷の話はほんまや。澤口は五月十日にロイヤルホテルで柿久保と中本に会うてる」

「〝Ｃアラミス〟いうのはなんや」上坂もコピーを見る。

「『クラブ・アラミス』。新地とちがうか」

「三協銀行の崎山に会うて、十二時まで飲んだんやな」

「情報交換やろ。『カキクボ』と中本のな」

「満井さん、このメモを見て、崎山に込みをかけたりせんかったんですか」

上坂は振り向いて、満井に訊いた。

「そら、もちろん事情は訊いたやろ。〝三協Ｓ〟を特定してな」

さも面倒そうに満井はいう。「けど、澤口メモいうのは、そんなふうにひとのイニシャルと短いコメントがあるだけや。延べにしたら、澤口は七、八百人の人間に会うてる。ほとんど毎日、貸した金を返済せいと、大きな面して取立てしてたんや」

南紀銀行事件捜査本部の捜査員は事件発生直後を除くと、もっとも多いときで八十人。分担して訊込みをするにも限界があったと満井はいった。

「崎山に訊込みしたんは誰です」桐尾はいった。

「知らんな。報告書を見てみい」

「報告書ね……」

壁際に並んでいる大型キャビネットに眼をやった。四台のうち二台分の抽斗すべてが捜査報告書だ。

「一件ずつ読んでいけや」

「うんざりしますね」上坂は肩をすくめた。

「捜査員ひとりずつが苦労して書いた報告書やぞ。心して読まんかい」

満井はアタッシェケースをデスクの抽斗に入れて鍵をかけた。パナマ帽をかぶってドアに向かう。

「どこ行くんです」

「煙草や。買うてくる」

それっきり、満井はもどってこなかった。

桐尾と上坂は手分けして捜査報告書を読んだ。〝三協銀行・崎山〟を探す。それは一時間後に見つかった。崎山克彦は九三年十月九日、三協銀行神戸支店で井上という捜査員に事情聴取を受けていた。
崎山は井上に対して――、澤口とは面識がある。九〇年の春、難波支店長だったときに某上場企業会長の経団連役員就任祝賀パーティーの会場で知り合った。その後、澤口とは業界の会合で会ったときなど、二次会に誘われることがあった。バンカーの先輩として澤口には教えられることが多かったが、個人的なつきあいはない。そのころ、酒席を共にしたのは三、四回だったように思う。

九二年春、神戸支店に赴任後は企業の債権回収に携わるようになり、澤口からも情報をもらった。澤口は闇社会の知識が豊富だったが、まさか射殺されるとは夢にも思わなかった。非常に残念だ。澤口の裏日誌に〝G・Tの話、怖い〟と書かれていたことにはまったく心あたりがない——。

　崎山に関する報告書はその一件だけだった。

「なんと、あっさりした報告やな」上坂がいう。

「無理もない。事情聴取の対象者は何百人とおった」

「G・Tは黒鐵会の郷田と目星がついてたんやろ。もっと突っ込んだ聴取をせなあかんやないか」

「それは後講釈やで。崎山まで殺られるとは、井上の頭になかったんや」

　刑事の訊込みには濃淡がある。執拗《しつよう》に粘って詳細を訊く刑事もいれば、相手の表情と話しぶりを見て心証をかためる刑事もいる。前者のほうが優秀だとは一概にいえない。

　桐尾は腕の時計に眼をやった。七時半だ。

「満井のおっさん、どこで油を売っとんのや」

「家に帰ったかもしれんぞ、日高町の」

「最低やな、くそオヤジ」

「わし、腹減った」

「ラーメンでも食うか」

「餃子とビールやな」

　上坂は報告書のファイルをキャビネットにもどす。桐尾はシャツを脱いで包帯とガーゼをとった。

「どないや、傷は」

「腫れてる。熱もってる」

指先で縫った傷口を押さえた。左手の動きに支障はない。

「桐やんは強いな」

「なんのこっちゃ」

「わしはあかん。歯医者でウィーンという音が近づいただけで気絶しそうになる」

「鉄パイプでチンピラの頭をかち割った男がよういうな」

「桐やん、頭蓋骨の厚さ知ってるか」

「一センチぐらいか」

「頭頂部や後頭部は五ミリ、側頭部は二、三ミリしかない」

下に動脈が通っている溝の部分は一ミリだと上坂はいう。「『ハンニバル』いう映画で、アンソニー・ホプキンスがレイ・リオッタの頭蓋骨を外して脳味噌を切りとる場面がある。ソテーしてリオッタに食わすんや。あれは衝撃的な映像やったな」

「そんな気持ちのわるい映画は見とうない」

ガーゼを替えた。上坂に包帯を巻いてもらう。そこへ、ドアが開いて満井が入ってきた。

「なにしてたんです」

「散髪や」

満井はパナマ帽をとる。一分刈りの坊主頭はなんの代わり映えもしない。髭は剃ったようだが。

「これからラーメン食いに行くんですけどね」

どこが旨いんです、と上坂は訊いた。

「わしはパスタが食いたい。駿河町《するがまち》に老舗《しにせ》のイタリアンレストランがある」

「イタ飯、よろしいね」

「おまえはイタ飯よりタダ飯が好きなんやろ」

満井は抽斗からアタッシェケースを出した。


駿河町の『カンティーナ　ジョイア』——。満井と桐尾は魚がメインのディナー、上坂は肉がメインのディナーを食い、フルボトルのワインを二本空けた。

「ごちそうさんです。旨かったです」エスプレッソを飲みながら、上坂がいう。

「なにが、ごちそうさんや。端から金を出す気はないんやな」と、満井。

「ここは満井さんの地元《シマ》やないですか。奥さんは吉野の山持ちやし」

「おまえ、得な性分やな」

「そうですかね」

「早よう飲め。次、行くぞ」

「クラブですか。ラウンジですか」

「電車に乗るんや」

「へっ……」

「大阪や。与那嶺に会う」

満井はウェイターを呼び、精算を頼んだ。


JR阪和線、三国ヶ丘駅に降り立ったのは十時だった。身体がだるい。桐尾は電車の中でずっと眠っていた。

駅前からタクシーに乗り、中央環状線を東へ走った。新金岡の住宅地に入る。金岡東公園の近くでタクシーを降りた。

「与那嶺を呼び出したら、この公園に来い。わしは遠張りする」

「話は成り行きでよろしいか」

「ああ。おまえらに任せる」

「ほな、行きます」

桐尾はアタッシェケースを受けとった。上坂とふたり、北へ歩く。公園に面した角家の半地下のガレージに白いクラウンが駐められていた。

《与那嶺朝治》――表札を横に見て、インターホンのボタンを押した。少し待って、返事があった。若い女の声だ。

――夜分、恐れいります。郷田商事の鈴木ですが、与那嶺さんはご在宅でしょうか。

――父はおります。ご用件は。

――うちの久野から託《ことづ》かったものがありますねん。

――お待ちください。

それを聞いて、上坂は桐尾のそばを離れた。電柱の陰に隠れる。

玄関に明かりがともった。ドアが開く。男が顔をのぞかせた。

「与那嶺さん、鈴木です」

頭をさげた。与那嶺は首をかしげる。

「久野の使いです。ちょっと出てもらえませんか」

与那嶺は玄関から出た。白いポロシャツにグレーのズボン、素足にサンダル履きだ。桐尾はアタッシェケースを見せた。

「これを渡すようにいわれたんですけど、その前に確認して欲しいんですわ」

「なんです、それ」与那嶺は指で眼鏡を押しあげた。

「知らんのです。書類か写真やと思うんやけど……、そこの公園で見てもらえませんか」

警戒させてはいけない。軽い口調でいった。

与那嶺は門扉を開けて出てきた。桐尾は先に立って歩く。与那嶺はついてきた。

公園に入った。街灯の下にコンクリートベンチがある。桐尾は腰かけて膝にアタッシェケースを置き、蓋を開けた。

「書類やないみたいやね」与那嶺はかがんでビニール包みを見る。

「ほんまですね」

包みをほどいた。新聞紙を広げる。ハンドタオルのあいだに銃把《じゅうは》がのぞいた。与那嶺はまだ気づいていない。桐尾は銃をつかんで与那嶺に向けた。

「えっ……」与那嶺はあとじさった。その後ろに上坂がいる。

「おいおい、逃げたらあかん。背中から撃たれるで」

上坂は立ちふさがる。与那嶺は竦《すく》んだ。

「ま、座りぃな」

銃を振った。与那嶺は上坂に肩を押され、ベンチに座った。膝が震えている。

「あんた、昨日、天瀬の処分場におったな」

桐尾は与那嶺の脇腹に銃口をあてた。「おれは窓から覗いたんや。久野と米田がおったがな。そのあと、天瀬から新金岡まで、クラウンを尾けたんやで」

「あんた、堅気やろ。なんで、あんな極道の事務所に出入りしてるんや」

上坂は与那嶺の前に立った。

「ぼくは建築廃材の処理の件で『郷田商事』に行った」掠《かす》れた声で与那嶺はいった。

「あんた、建設業か」

「そう、そうです」

「会社は」

「堺の工務店」

「社長さんかい」

「ええ……」

「ほな、金は持ってるな」

「…………」与那嶺は力なく首を振る。

「あんた、チャカを見て逃げかけた。久野から聞いたみたいやな」桐尾はいった。

「なんのことです」

「あんたは久野に呼び出された。どこの馬の骨とも知れんチンピラふたりがトカレフを売りに来た、心あたりはないか、とな」

「…………」与那嶺の顔が引きつった。桐尾の話はそうまちがっていない。

「このチャカ、買うてくれへんか。久野の代わりに」

「ぼくはヤクザやない。拳銃なんか要らん」

「あんたは堅気かもしれんけど、久野と米田はヤクザやで。黒鐵会の若頭と幹部や」

「…………」与那嶺は下を向いた。呼吸が速い。

「もういっぺんいうぞ。このチャカを買うてくれや」

「いくらです」

「五百万」

「そんな、あほな……」

「このチャカはただのトカレフやない。それはあんたも知ってるはずやで」

「………」与那嶺は黙り込んだ。

「堺の工務店て、なんというんや」上坂が訊いた。

「与那嶺工務店です」

「そうかい」

上坂は与那嶺の膝下に手を入れるなり、撥ねあげた。与那嶺は半回転してベンチから落ち、植込みの縁石で頭を打った。桐尾はかがんで、仰向きになった与那嶺の喉に銃を突きつける。

「ネタは割れとんのやで。おまえは『揮洋建設』の談合屋や。南紀の澤口が殺られたときは中本のパシリやった。黒鐵を走らせて澤口を殺ったんはおまえらや」

「待て。なんのことやら分からん」与那嶺は必死の形相だ。

「出せ。五百万」

「ない。金はない」

「昨日の話はなんやったんや。久野と米田になにをいわれた」

「………」

「撃つぞ、こら」

銃口を喉から口、鼻に滑らせた。眉間《みけん》にあてる。

「金や。金を要求された」与那嶺は白眼を剝《む》いている。

「どういうことや」

「一千万……。都合せい、といわれた」

「一千万やと？」

「南紀事件の拳銃が流れた。それを買いとる、といわれた」

「なんで一千万や」

「久野さんがそういうた」

呆れた話だ。久野はこちらが要求した二百五十万に七百五十万を上乗せしている。

「呑んだか、それを」

「呑めるわけない。金がない」

「中本んとこへ行けや」

「あのひととは切れた」

「嘘ぬかせ」

「嘘やない。ぼくが会社を辞めたとき、中本さんとは切れた」

「中本はいまフィクサーやないか。関西マリコン利権の」

「中本はおまえの親分やろ」

上坂がいった。「久野がおまえを呼び出したんは、中本に取り次げということや」

「中本に会うたんか」桐尾は訊く。

「会うてへん」

「いつ会うんや」

「会うもなにも、連絡とってない」

「なんでとらんのや」

「あのひとは悪党や。顔も見とうない」

「中本の連れで、柿久保いう男を知ってるやろ。地上げ屋や」

「知りません」

「とぼけんなよ、こら」

「ほんまに知らんのです」

「こいつはあかん。使いもんにならんで」

上坂がいう。「殺ってしまえ」

「ああ……」

与那嶺は声をあげようとした。その口に桐尾は銃口を突き入れる。与那嶺はもがき、宙を掻く。

上坂は与那嶺の尻を蹴った。

「静かにせんかい」

低くいった。「おれは堅気を撃ちとうない」

与那嶺はえずいて、銃身を噛んだ。

「おまえがわめくのは勝手や。けど、そのときは脳味噌が飛び散る。分かったな」

与那嶺はえずきながらもうなずいた。桐尾はゆっくり銃を抜いた。

「柿久保、知ってるな」

「知ってます」

息も絶え絶えに与那嶺はいう。「中本に連れられて、柿久保の内妻がやっているミナミのクラブに行ったことがあります」

「いつのことや」

「九一年の秋でした」

和歌浦の公売入札が六月だから、既に落札されていたころだ。

「柿久保は上機嫌やったか」

「下へも置かん接待でした」

「接待の理由は、和歌浦の職員保養所やな。中本が融資の仲介をした」

「なんで、それを……」

「調べたんや。こっちも危ない橋を渡ってる」

「柿久保が北見組のフロントやったいうのは知ってるな」

上坂がいった。「中本と柿久保はどういう仲やった」

「中本はマリコンの談合がらみで商売になりそうな物件を柿久保に紹介してました」

「融資の仲介もしたんやな、南紀銀行の澤口に」

「そうです……」

「柿久保は中本に女をあてごうたりせんかったんか」

「してました。そのミナミのクラブに中本の女がおったんです」

千年町の『ノアノア』、ボックス席が二十あまりある豪奢《ごうしゃ》なクラブだったという。

「中本の女は」

「玲子か涼子か……。口数の少ない、背の高い子でした」

「柿久保に会うたんは何回や」桐尾は訊いた。

「一回だけです」

「中本は九三年の五月に、柿久保と澤口に会うてる。そのことは」

「聞いたことあります。中本と柿久保は澤口に怒鳴りつけられたそうです」

怒鳴られた理由は知らないが、澤口は柿久保を怒らせた――。「澤口は図に乗りすぎた、あの男は危ない……。中本はそういうてました」

「澤口が殺られたとき、柿久保が糸引いたと思たか」

「可能性はあると思いました」

「事件のあと、中本のようすはどうやった」

「変わりはなかったです」

いつも横柄で不機嫌で、大物談合屋を気どるのが中本の常だったという。

「富南の黒鐵会、いつ知ったんや」

「八五年か八六年です。中本に聞きました」

「どう聞いたんや」

「柿久保は北見組の組長と親しい、地上げでモメたときは黒鐵会が出てくる、というてました」

「黒鐵会の久野と米田は、いつからの知り合いや」

「知り合いというほどの関係やないです」

「昨日、天瀬の産廃処分場へ行ったんはどういう理由《わけ》や」

「揮洋建設と郷田商事は八〇年代から工事関係の取引がありました。港湾埋立用の土砂や消波ブロックを購入する指定業者のひとつが郷田商事でした」

バブル崩壊後の不況で大阪湾や和歌山沖の埋立工事が激減した。郷田商事は新たな資金源として産廃業界に進出し、和歌山佐波川《さなかわ》町の谷を買収して最終処分場を開いた。佐波川町の処分場が満杯になったあと、郷田商事は富南市天瀬地区に受入れ量八十万立米《りゅうべい》の処分場を造成し、営業を開始したという。

「天瀬の処分場は海から遠い。郷田商事イコール黒鐵会と知りながら、揮洋建設は廃材を持ち込んでるんか」

「量は少ないけど、搬入してます。しがらみを切るのはむずかしい」

「おまえは揮洋建設を辞めた人間や。いまさら、しがらみはないやろ」

「それを久野にいうたんです。けど、聞く耳はなかった」

「因果な商売やの。談合屋というやつは」

銃口を与那嶺の脇腹にあてた。「座れ」

襟首をつかんで引き起こす。与那嶺は地面に正座した。ズボンが濡れているのは小便を洩らしたらしい。

「柿久保はいま、なにしてるんや」

「知りません。不動産のカキクボも解散したらしいです」

「それはいつや」

「九五、六年やったと思います」

「柿久保の齢は」

「中本と同じくらいです」

　ということは、七十四、五歳か——。

「中本に連絡とってないというのはほんまか」

「ほんまです」

「連絡はとるな。久野や米田から電話がかかっても出るな。おまえはあることないこと喋り散らした。どこか温泉でも行け。しばらく大阪を離れるのが身のためやぞ」

「そうします」与那嶺はこくりとうなずいた。

「話は終わった。解散や」

桐尾は立った。銃を上坂に渡す。上坂はアタッシェケースに銃を入れて歩きだした。


金岡東公園を出た。外環状線に向かう。後ろから足音が近づいてきた。

「とまるな。ゆっくり歩け」

満井がいった。桐尾の隣に並ぶ。「えらい派手にやってたな」

「地面にころがして、チャカをくわえさせただけですわ」

「年寄りを脅したら心臓がとまるぞ」

そういうあんたも年寄りやろ──。

「で、どないやった。話は」

「もう、まちがいない。澤口殺しは柿久保です。実行犯は黒鐵会」

ゆっくり歩きながら、詳細を話した。満井は黙って聞いている。

「──柿久保をいわしますか」

「それがおもろいな」

「明日、いちばんで柿久保のデータをとりますわ」

柿久保が生きているとは限らない。極道筋から追い込みをかけられて首を吊ったりしていたら、死人に口なし、だ。

外環状線に出た。満井がタクシーを停める。乗り込むなり、ミナミ、千年町、と満井はいった。

堺筋でタクシーを降り、歩いて千年町に入ったのは十一時半だった。一〇四に電話してノアノアの場所は聞いている。

「あれですね」

上坂が指さしたのは全面ガラス張りのビルだった。袖看板の五階に《ノアノア》とある。ビルの造りは一階が総大理石のエントランスで、パルテノン風の円柱が立っている。

「このビルは古い。バブルのころはこういうあほくさい装飾が流行ったんや」

満井はひとりでロビーに入り、エレベーターに乗ってあがっていった。

「桐やん、これはちがうで。客筋のわるい地上げ屋のクラブが二十年もつづいてるわけない」柿久保の内妻がやっていたノアノアとは別の店だろう、と上坂はいう。

「けど、ノアノアいうのは多い名前やない。場所も千年町やしな」

桐尾は煙草を吸いつけた。暇そうだと見たのか、パーマ頭のおばさんが寄ってきた。

おにいさん、若い子がいますよ。一万円。遊んでください——。中国訛《なま》りだ。

おれは金ないけど、そっちのおにいさんは金持ちやで——。

おばさんは上坂の腕をとった。行きましょう——。

ちょっと待て。あんたが相手かいな——。

わたし、若いですよ——。

ごめんな。遠慮しくわ——。

桐尾は笑った。おばさんは小肥りで、どう見ても五十近い。おばさんは諦めて、離れていった。

エレベーターの扉が開き、満井が降りてきた。当たりや——、とうなずく。

「ただし、代替わりしてる。先代のノアノアは九七年に閉めて、いまのオーナーは長堀の酒屋や」

先代からのバーテンダーがひとり残っていて、話を聞いた、と満井はいう。「柿久保のようすは分からんけど、前のママが生野《いくの》区に住んでる。桃谷《ももだに》とかいうてた」

「桃谷はここから二、三キロですわ」

「一丁目の『すみれハイツ』。嶋田京子」

「行きましょ」

桐尾と上坂は立ちあがった。

22

午前零時前——。JR桃谷駅近くの交番前でタクシーを停めた。満井が降りて交番に入る。手帳を見せると、制服警官が敬礼した。

少し待って、満井がもどってきた。運転手さん、ここでええわ——。満井は千円札を渡し、桐尾と上坂はタクシーを降りた。

「巡回連絡簿を見た。嶋田京子の家族構成は空白や」

「独り住まいですかね」

「たぶんな」

交番から東へ歩き、ふた筋めを右に折れると、軒の低い木造家屋のあいだに、こぢんまりしたビルがあった。一階がベビー衣料の卸会社、二階から七階にはバルコニー。卸会社の右に鉄骨の庇がついたマンションの玄関がある。敷地は六、七十坪か。

庇の下に入った。ガラスドアの左の壁にオートロックのデジタルボタンが設置され、赤い液晶表示が点滅している。ドアノブは動かなかった。

「オートロックか……」

満井は舌打ちして、「煉瓦かブロック、拾うてこい」

「なにするんです」

「ガラスを割るんや」

「あほな」

「待ってたらよろしいねん」

上坂がいった。「ここは賃貸マンションやし、入居者は水商売が多い。ぼちぼち帰ってきますわ」

「なんでも決めつけるんやな、おまえは」

「刑事《デカ》の読み、というてください」

「刑事には見えんぞ、おまえらの格好《なり》」

「見えたら潜入捜査にならんやないですか」

——と、そこへタクシーが停まった。派手なアロハシャツの男と白いミニスカートの女が降りて、こちらに来る。男は桐尾たちを見て眉をひそめた。

「すんまへんな。怪しいもんやないんです」

満井は手帳を提示した。「ちょっと調べたいことがあって、中に入りたいんですわ」

「警察のひと？」女がいった。

「そうですねん」

「ご苦労さん」

女は警戒するでもなく、オートロックのボタンを押した。満井は礼をいってふたりを見送り、マンション内に入り、ふたり連れはエレベーターに乗った。

桐尾はメールボックスの前に立つ。

各階に四つの部屋があり、手書きのカードが差してある。上から順に眼で追うと、401号室に《嶋田》という名があった。

階段で四階にあがった。エレベーターを挟んで左右に二室ずつ。402号室の格子窓は蛍光灯がともって、鍋やフライパンの影が見えた。

満井はインターホンのボタンを押した。応答がない。上坂がドアをノックして、ようやく返事があった。

——だれ？

眠そうな声だ。

——お寝《やす》みのとこ、申しわけないです。嶋田京子さんのお宅ですね。

——はい。

——和歌山県警の満井といいます。出てもらえませんやろか。

——いま、何時やと思てるんですか。

——迷惑は重々承知してます。

——なんの用ですか。

——柿久保勇さんのことで、お訊きしたいんです。

しばらく間があった。

――なにを訊くんですか。

――それはちょっと……。

――ほんとに警察のひと？

――なんなら、一一〇番してください。

――そう……。

足音がした。ドアが細めに開き、女が顔をのぞかせた。チェーンがかかっている。

「すんません。こんな時間に」

満井は手帳をかざした。女はじっと覗き込む。生え際に白いものが目立つ茶色の髪、皺深い顔、齢は七十前後か。

「和歌山県警、巡査部長……。どういうことです」女の声は低い。酒灼《さかや》けした声だ。

「むかし和歌山で発生した事件を捜査してます」

満井はパナマ帽をとった。「柿久保さんの所在を教えてもらえませんか」

「どこで聞いたんですか、わたしのこと」

「わるいけど、いえんのです」

「柿久保になにを？」

「それは柿久保さん本人に会うて話します」

「そうですか……」

女は少し思案して、「入ってください」と、ドアチェーンを外した。

「あの、柿久保さんは……」

「おります。ここに」

言葉を呑み込むように嶋田京子はいった。


玄関に入った。靴脱ぎにあるのはヒールの低いミュールと女物のスポーツシューズとサンダルだ。男の靴はない。

「あがってください」

リビングに通された。キッチンとダイニングにつながっている。家具、調度類はどれも小さく、暮らしぶりは質素な感じがした。

「柿久保さんは……」

満井が訊いた。嶋田は黙って奥のドアを見る。

「寝てはるんですか」

「起きてるでしょ。さっきのチャイムで」

桐尾の脚になにかが触れた。下を向くと、猫がいた。肥ったシャム猫だ。猫はダイニングへ行き、流し台のそばでボウルの餌を食べはじめた。

「きれいな猫ですね」愛想でいった。

「お婆さんです。わたしといっしょで」

嶋田はいって、奥の部屋に行った。話し声がする。少し待って、手招きされた。

「どうぞ。入ってください」

「すんません」

中に入った。六畳ほどの狭い部屋だ。窓際のベッドに男が寝ている。髪はほとんどなく、顔は土気色だ。

「話は十分ぐらいで」

「はい、了解です」

「じゃ、わたしは……」嶋田は出ていった。

部屋は薬品の臭いがした。柿久保は枕をふたつ重ねにし、足もとにタオルケットをかけている。襟なしのパジャマからのぞく首は筋張って、片手でつかめそうなくらい細い。

「和歌山県警の満井といいます。柿久保さんがいてはるとは思わずに来てしまいました」

「三人もか……」柿久保は顔を向けた。

「特命捜査なんです」

「ま、座れ」

いわれたが、椅子はひとつだけだ。満井が座り、上坂と桐尾は後ろに立った。

「体調、わるいんですか」

「見たら分かるやろ」

柿久保は笑った。「一昨日、退院した。抗癌剤治療を受けてな」

「どこの癌です」

「はじめは大腸や。肝臓と肺に転移した」

柿久保の声は弱々しい。表情にも生気がない。「――次に入院したら、帰ってこれん」

生きて年は越せないかもしれない、と柿久保はいう。

「我々はいま、南紀銀行事件の捜査をしてます」

「澤口殺しか。……あれはもう時効やろ」

「三協銀行事件はまだですわ」

神戸支店長殺しの時効は今年の十二月だと満井はいう。

「和歌山県警が神戸の事件までやってるんか」

「兵庫県警はいま、一個班か二個班を投入してますやろ。時効前のパフォーマンスでね。和歌山は我々三人だけです」

「いまさら澤口殺しを調べて、なにになるんや」

「正直なとこ、分からんのです。上がやれというたら下はやる。理由や理屈は考えずに。それが警察いう組織ですねん」

「あんた、澤口事件の捜査本部におったんか」

「いてました。員数合わせの下っ端ですわ。銀行の内部犯行説で、頭取派の行員を調べてました」

「そんな噂もあったな」

「いま思たら、的外れな捜査をしてました。銀行員がヒットマンを仕立てて副頭取を殺るてなことはありえへんのに、無駄な調べをしたもんですわ」

「わしのとこにも刑事が来た。三べんも四へんもな。いつ来ても同じことしか訊かんかった」

「なにを訊かれたんです」

「借金や。あのころ、わしは南紀から二十億ほど借りてた。やれ証書を出せとか、貸借簿を見せろとか、税務署顔負けやった」

「澤口との関係は」

「もちろん、訊かれた。あくまでもビジネス上の関係や」

「ちゃんと答えたんですか」

「答えるわけない。わしはともかく、まわりに迷惑がかかる」

「捜査員は納得して帰ったんですか」

「納得してへんから、なんべんも来たんやないか」

「澤口はどういう人間でした」

「クズやな。わしはヤクザもいっぱい知ってたけど、澤口はヤクザ以下のクズやった」

「澤口が殺られて、どう思いました」

「やっぱりな、と思た」

「それは……」

「あの男は闇社会から稼ぎを得ながら敵にまわった。その性根もないくせにな」

「『揮洋建設』の中本はどうでした」

「あれは澤口より、ひとまわりもふたまわりも小さい。同じマリコンの談合屋でも、もっと大物がおった」

「『海整建設』の東郷ですか」

「ああ、そんな名前やったな」

「東郷とつきあいは」

「なかった。わしは地上げで、あいつらは談合や。棲《す》む世界がちがう」

「中本の部下の与那嶺いう男は知りませんか」

「おったな。中本の腰巾着《こしぎんちゃく》や」

満井はそれとなく裏をとっていく。刑事の訊込みとしては一流だ。

「あんた、中本に会うたんか」柿久保は訊いた。

「会いました。いまやマリコン談合のボスですわ。民政党の仁尾俊敬の弟と組んで、関西のマリコン工事を差配してます」茨木の豪邸にはパットの練習場もある、と満井はいった。

「中本のやつ、うまいこと立ちまわったな」柿久保は眉をひそめる。

「東郷は中本を恨んでます」

「東郷にも会うたんか」

「沓掛の老健施設にいてます。半身麻痺で車椅子に乗ってますわ」

「なんで麻痺したんや」

「脳梗塞です」

「談合屋は脳梗塞で、地上げ屋は癌か……」

柿久保はフッと笑った。「天下をとった時代もあったのにな」

そこへドアが開いた。猫が入ってきてベッドに乗る。猫は柿久保の足もとで丸くなった。

「おとなしいですね」

「いつも、わしと寝るんや」

柿久保は猫を見る。「──それも、あと半年やろ」

「このごろの抗癌剤はよう効くそうやないですか」

「知ったふうなことをいうな。自分の身体は自分がいちばんよう分かってる」

「柿久保さん、子供は」

「息子がひとりおる。三つのとき、前のよめはんが連れて出ていった。それっきりや」

ひとは生きてきたように死ぬ、と柿久保はいった。「因果応報、悪因悪果。辻褄は合うとるわ」

柿久保の声が小さく、嗄《しわが》れてきた。疲れが見える。

「ひとつ見て欲しいもんがあるんやけど、よろしいか」

満井はアタッシェケースを膝に置いた。ダイヤル錠をまわして蓋を開ける。ビニールの風呂敷を解き、新聞紙とハンドタオルを広げた。

「なんや、それ」柿久保はこちらを向く。

「中国製トカレフM54です」

満井は拳銃を出した。「旋条痕が一致しました。澤口を撃った銃です」

「ピストルを隠してたんか、警察は」

「いや、ついこのあいだ発見したんです」

それで捜査を再開した、と満井はいった。

「どこで見つけたんや」

「堪忍してください。いえんのです」

満井は銃を包んでアタッシェケースを閉じた。「――柿久保さん、黒鐵会に澤口を始末せいというたんですか」

「あほなこというな。わしは黒鐵会なんか知らんかった」

「事件のあとで知ったんですか」

「噂は聞いた。いろいろとな」

「我々も調べました。和歌浦の保養所公売融資の返済で澤口とトラブったそうですな」

「どこで聞いたんや、そんな話」

「海整建設の東郷、揮洋建設の中本と与那嶺……。みんな、よう喋ってくれましたわ」

「わしをどないするつもりや」

「どうもしません。事実を知りたいだけです」

「いまさら喋ることなんかない」

「口を噤んだまま向こうへ行くんですか」

「やかましい。ごたごたいうな」

柿久保は声を荒らげた。猫が顔をあげる。

「我々は中本から聞いたんです。澤口は柿久保を怒らせた、澤口は危ない、と」

「…………」

「バブルのころ、おたくは北見組のフロントで、北見隆夫の金庫番のひとりともいわれた。その金庫番が組長に一言、澤口に恥をかかされたというたら、澤口はどうなります。おたくが意識してたかどうかは分からんけど、澤口は北見組を怒らせたんです」

「…………」

「澤口はロイヤルホテルにおたくと中本を呼びつけた。中本には保養所公売の口利き料七千万を返せといい、おたくには自宅の土地建物と『カキクボ』所有の湊町の土地三百坪を競売にかけると迫った。……澤口が撃たれたんは、その二カ月後ですわ」

「中本はそんなことまで喋ったんか」柿久保の口もとが歪んだ。

「中本はひょっとして、おたくの病気を知ってるかもしれん。なにもかもおたくに被せて、あとは知らんふりを決め込む肚ですわ」

「…………」柿久保は眼をつむった。あと一押しで落ちる。桐尾はそう感じた。

「澤口はメモ代わりの裏日誌をつけてたけど、ロイヤルホテルでのやりとりまでは書いてない。その場におった中本が喋ったんです」

「中本をひっくくるんか」

「ひっくくるもなにも、澤口事件は時効ですわ。物証もない」

「そのピストルは」

「熔解処分でしょうな」

「――金、欲しいな」ぽつり、柿久保はいった。

「金、ですか」

「わしはこのとおり、一文なしや。先渡しの香典が欲しい。葬式代と猫の餌代にな」

「警察はそういう金、出せんのです」

「なにもあんたに出せとはいうてへん。中本からとってくれ」

「いくらなんでも、それはできませんわ」

「わしの名代や。言づけしてくれ」

「いったい、なんぼですねん」

「一千万……。いや、五百万でええ」

「警察官が強請《ゆすり》の片棒は担げませんわ」

「中本は口利き料の七千万をチャラにした。それはわしがよう知ってる」

「柿久保さん、むちゃいうたらあきません」

「どこがむちゃや。中本は庭でパットの練習しとんのやろ」

「確かにね……」

柿久保は喋る。肚を決めたのだ。五百万云々は自分を納得させる口実にすぎない――。

「しかたない。柿久保さんに会うたという話は伝えます」

満井はいった。「ただし、金の要求はしません。おたくと中本のことです」

「いつ行くんや、茨木へ」

「来週の月曜日。それまで中本に電話するようなことはやめてください」

「分かった。そうする」

柿久保は小さくうなずいて、「ピストルはどこで見つけた」

「大阪市内です」

満井は答えた。「シャブの売人の倉庫です」

「売人はヤクザか」

「ヤクザです」

「北見組か」

「ちがいます」

「どこの系列や」

「それは……」満井は口ごもった。

「東青会という川坂会系の四次団体です」

桐尾がいった。「青山組の枝で、北見組とはつながってません」

「そうか……」柿久保は天井を見る。

そのとき、あんた——、と声がした。ドアの向こうに嶋田が立っている。いつまで話してるの、と柿久保にいった。

「ええんや。茶でも淹れてこい」柿久保はいう。

「でも、十二時半やで。しんどないの」

「かまへん。二時が三時でも、わしは話さなあかんのや」

猫が起きた。ベッドから降りて嶋田のほうへ行く。おいで、アッちゃん――。猫が出て、ドアは閉まった。

「今日は寝られんらしいな」

「アッちゃん、ですか」

「アリスや。よめはんがつけた」

「うちにも猫がいてますねん」

満井がいった。「わしには全然、懐かんでね、よめはんのそばにしか行かんのですわ」

「猫は分かるんや。ちゃんと面倒をみてくれる人間かどうか、がな」

「わしは外で食い扶持《ぶち》を稼いでるのにね」

「その稼ぎが足らんのやろ」

「好きなこといいますな」

「わしは決めた。中本をいわして金をとる」

「トカレフの出処に心あたりがあるんですか」

「ないこともない」

「それは……」満井は上体を寄せた。

「わしがこれからいうことは噂や。伝聞と考えてくれ。証拠はなにひとつない。迷惑のかかりそうな人間はイニシャルでいうけど、いちいち詮索するな。分かったな」

「了解です」満井はうなずいた。桐尾と上坂もうなずく。

「わしはロイヤルホテルで澤口に会うたあと、自宅の土地建物と湊町の土地の競売を阻止しようとした。ふたつとも根抵当は南紀銀行で、融資額は七億と十一億。利息を足したら二十億の金を借りてた——」

柿久保は北見組の幹部Aに相談し、保養所に組員を入居させた。保養所をカキクボの社員寮として十数人分の住民票を移し、湊町の土地にはプレハブの事務所を建てて月極めの駐車場とした。契約したのはすべてカキクボの社員か組関係者の車だった。

澤口はしかし、競売申し立ての準備をはじめた。六月には弁護士を立てて物件調査を開始し、保養所の入居者と駐車場の契約者を特定して占有排除を通告してきた。柿久保はAといっしょに和歌山へ行き、南紀銀行本店の応接室で澤口に面会したが、けんもほろろにあしらわれ、十分ほどで部屋を出た——。

「Aは暗にカキクボの尻持ちをしてると匂わせた。澤口はソファにふんぞり返って、ヤクザが怖くて債権回収はできん、といいよった。Aは聞き流してたけど、帰りの車の中では一言も口をきかんかった。……澤口は北見の大幹部に正面から喧嘩を売ったんや」

「Aはどういう立場の人間です」桐尾は訊いた。

「そんなことはいえん。北見組の中でもかなりの大物や」

「黒鐵会を動かせるくらいの？」

「分からん。わしはヤクザやない」

「Aは現役ですか」柿久保と同年輩なら七十代半ばだろう。

「とっくに引退した。いまは静かに暮らしてる」

柿久保はAの名前をいわない。Aはおそらく、組長北見隆夫の側近か舎弟クラスのヤクザだったのだろう。

「澤口が殺されて五年半後に南紀銀行は解散した。ちょうどそのころAと酒を飲んで、なにかの拍子に澤口の話が出た。あの男がなんぼ債権回収したところで、南紀は潰れる運命にあったんや、とな。……わしはそこで初めてAに訊いてみた。澤口殺しの裏をな」

「Aは答えましたんか」満井がいった。

「答えはせんかった。……けど、だいたいの話は耳に入ってる、とAはいうた」

「黒鐵会ですな」

「いや、組織の名前は聞かんかった」

「見当はついたでしょ」

「まぁな……」

柿久保はうなずいて、「仮に、その組織をK会としよ。K会は組員のBをフィリピンに送ってヒットマンを仕立てた――」

ヒットマンは澤口射殺の三日前にマニラを発《た》ってソウルへ飛び、その翌日、ソウルから成田に来た。Bが空港で迎えて、その日のうちに新幹線で名古屋へ行き、栄《さかえ》のビジネスホテルに一泊。事件前日の夜、近鉄で奈良の大和八木駅へ行った。八木駅前にはK会の組員が運転するレンタカーのサニーとアルトが待機し、ヒットマンとBはアルトに乗った。国道１６９号を南下し、五條市から和歌山県に入って紀ノ川沿いの国道24号を西へ走った。和歌山市内に入ったのは午前二時。南海橋近くの川原で夜明けを待ち、澤口の自宅がある鷹匠町へ行ったのは午前六時五十分だった――。

「サニーに乗ってたんは何人です」上坂が訊いた。

「ふたりや」

「K会の組員ですね」

「それは知らん」

七時二十分、サニーとアルトは分かれた。サニーは澤口の自宅から三百メートルほど離れた県道13号に移動し、アルトは澤口の自宅が見通せる地区集会所前に移動する。ここでBはヒットマンにトカレフと薬莢受けの布を渡した。

七時五十分、アルトのそばを南紀銀行の社用車が通りすぎた。ヒットマンはゴーグルをかけ、ヘルメットをかぶる。トカレフと右手に黒い布を巻き、作業服の下に隠して車を降りた――。

「あとは知ってのとおりや。ヒットマンは『澤口さん？』と声をかけて、引鉄をひいた」

「その布は薬莢受けですね」上坂はつづける。

「たぶん、そうやろ」

「やっぱり、ヒットマンはプロやったんや」

「軍人あがりや。そう聞いた」

「ヒットマンは県道へ走って、サニーに乗った……」

「そういうこっちゃ」

Bはヒットマンがアルトを降りるなり、現場を離れた。サニーと合流したのは大和八木で、そこからヒットマンといっしょに近鉄大阪線に乗った――。

「ヒットマンは伊丹の空港からマニラに帰ったんですか」

「いや、飛行機には乗らんかった」

ふたりは新大阪から新幹線で下関へ向かった。ヒットマンは午後六時発の関釜フェリーで出国した――。

「なるほどね。ソウルから成田に入って、下関から釜山《プサン》へ出たんや」

「わしはヒットマンの報酬を訊いた。七十万や。それが南紀銀行の副頭取の命の値段やった」

「澤口は北見組の大幹部を怒らしただけで殺されたんですか」

「そんな単純なことでヤクザは堅気を殺らへん。澤口は北見組のほかにもトラブルを抱えてた。大阪のTという男がやってた仕手筋に十億のつなぎ融資の約束をしながら、それを実行せんかったせいで、その仕手筋は破綻《はたん》した。Tは川坂系の組長連中から五十億以上の金を集めてたんや」

「Tはどうなったんです」

「絞殺された」

「AはTに投資してたんですか」

「三億ほど溶かした。K会のGも一億はやられたらしい」

柿久保は長い息をついだ。「――わしはAから澤口殺しの話を聞いたけど、必ずしもAが黒幕やとは思てへん。澤口は闇社会に深入りしすぎた。澤口は闇社会の総意として消されたんや」

「澤口を撃ったあと、ヒットマンはBに銃を返したんでしょ」

上坂はつづける。「Bはなんで銃を処分せんかったんですか」

「その理由は簡単や。銀行の副頭取殺しは大事件になる。警察はしゃかりきで捜査をするから、いずれはK会も疑われる。もしそうなったとき、K会のGはピストルを東京で発見させる肚やった」

「なんで東京ですねん」

「澤口事件の半年ほど前、五反田で大同銀行系の商工ローンの社長が殺された。改装中のビルの地下室で首を絞められてたんやけど、その事件は五祖《ごそ》連合のヤクザがらみやといわれてた」

「捜査の攪乱《かくらん》ですか」

「五反田の現場近くのコインロッカーで澤口殺しのピストルが発見されたら、もひとつ大きな騒ぎになる。和歌山県警は警視庁に鼻面引きまわされてバラバラや」

柿久保の話は信憑性があった。三協銀行事件だ。神戸支店長の崎山が射殺された二カ月後、斎藤伊佐夫という替え玉がS&W38口径を持って三協銀行大阪本店に現れている。澤口殺しと崎山殺しはやはり、同じ構図なのだ。

「銃はBからGに渡りましたんか」満井が訊いた。

「いや、大和八木でCが預かった。サニーに乗ってた組員のひとりや」

Cはの命令で銃を隠した。隠し場所は阿倍野のキャバレーホステスをしていたCの内妻のアパートだったという。

澤口事件の翌年春、Cが西成のS組の賭場で揉めごとを起こした。その夜、Cはサイ本引で三十万円ほど負け、それまでの借金百二十万円の返済を迫られて、胴元のヤクザを殴ったのだ。Cは博打をするとき、いつもシャブをやっていたという。

Cは賭場から引きずり出され、近くの倉庫に連れ込まれてリンチにあった。Cは肋骨と左腕を骨折し、倉庫から放り出されたが、博打の揉めごとを組に持ち込むことはできない。それをすればS組とK会の抗争になる。S組もK会も同じ川坂会の系列だ。

Cは内妻のアパートで血塗れの服を着替えた。腹に晒を巻き、銃をベルトに差してS組の事務所へ行く。S組はCの殴り込みを見越して組員を集めていた——。

「頭に血がのぼったらなにをするか分からんのがヤクザや。シャブをやってたのもまずかった。Cはひとりで殴り込みをかけたんや」

「銃はどうなったんです」上坂がいった。

「ま、待て。つづきがある」

Cは組員に囲まれた。みんな、木刀や金属バットを手にしている。Cは銃をかまえたが、組員は退かない。組長を出せと、Cはわめいた。

組員のひとりが横にまわり、バットを投げつけた。Cは避ける。それを見て、何人かが殴りかかった——。

「Cはピストルを撃った。組員が倒れる。腹が血に染まった。Cは事務所を飛び出した。そのままアパートにもどって、女の軽四に乗って逃げた」

「どこへ逃げたんです」

「分からん。軽四は三日後に丹後半島の経ヶ岬《きょうがみさき》で見つかった」

「Cは自殺したんですか」

「それも分からん。死体は見つかってへん。Cもピストルも消えた」

「Cはいっさい、消息なしですか」

「K会は組をあげてCを探した。阿倍野の女に連絡もないし、なんの音沙汰もないんや」

Cが組に舞いもどったら、指をつめてS組に詫《わ》びを入れなければならない。賭場の借金も返した上でK会からは破門か絶縁だろう、と柿久保はいった。

「撃たれた組員はどうなりました」

「S組が病院に運び込んだやろ。表沙汰にはなってへん」

「手打ちは」

「したはずや。K会がS組に金を積んでな」

「Cの名前は」上坂は訊く。

「聞いてない」

「ほんまですか」

「ほんまも嘘も、わしはイニシャルで喋るというたやないか」

柿久保の顔色がわるい。見るからに辛そうだ。

「柿久保さん、神戸の事件は聞いてないですか」満井がいった。

「聞いてへん。三協銀行とは大した取引がなかった。崎山とかいう男も知らん」

「そうですか……」

満井はパナマ帽をかぶった。「最後にひとつ、中本とつきおうてた『ノアノア』のホステスを教えてくださいな」

「楓《かえで》とかいうたな」

「苗字《みようじ》は」

「忘れた。よめはんに訊いてみい」

「しんどいのに、長々とすんませんでした」

「中本に会うたら言づけしてくれ。香典、持ってこいと」

「五百万ね」

「よめはんに残してやりたいんや。せめて、それぐらいはな」

「了解です。言づけしますわ」

満井は立ちあがり、桐尾と上坂は頭をさげて部屋を出た。

嶋田はダイニングの椅子に腰かけていた。満井が楓の名を訊く。福岡真由美、と嶋田はいった。

「大阪にいてますんか」

「スナックをしてるはずです」

「どこで」

「キタのお初天神」

「店の名前は」

「知りません」

嶋田は小さく、首を振った。

マンションを出た。おまえら、どないするんや、と時計を見ながら満井が訊く。

「帰って寝ますわ。千林で」上坂がいった。

「わしは帰るとこがないぞ」

「そこらのホテルに泊まったらええやないですか。ホテトル嬢でも呼んで」

「そういわんとつきあえ。まだ一時すぎや」

「お初天神ですか」

「よう分かったな」

「顔に書いてますわ」

桃谷駅へ歩いた。

## 23

梅田、曾根崎署の前でタクシーを降りた。満井が署に入る。桐尾と上坂は外で待った。

「勤ちゃん、あのおっさんは案外に働き者《もん》やな」

「爺のくせに腰が軽い。マメ爺《じい》や」

「マメ爺は金も切れるな」

「あいつはいったい、どこで稼いでるんや」

「分からん。よめはんの金を遣うてるというのも、ほんまやどうや分からん」

満井のパナマ帽はボルサリーノだ。白の開襟シャツはユニクロだといったが、生地と仕立てがちがう。くたくたに見える麻のズボンもそうだ。ベルトはクロコダイル、メッシュの靴はイタリアかフランス製、金縁の時計はビンテージのような気がする。

「あいつはできる。捜査の読みも訊込みも一流や。そやのに、あの齢まで巡査部長いうのは、端から昇進する気がないんやで」

桐尾は煙草を出した。一本しかないのが折れている。パッケージごと丸めて捨てた。

「桐やん、曾根崎《ネソ》署の前でゴミほったら逮捕されるぞ」

いわれて、パッケージを車道へ蹴った。上坂に煙草をもらう。上坂も火をつけた。

「毎日、毎日、夜中までうろうろして、わしらのやってることは刑事《デカ》やないな」

「そらそうやろ。手帳も持ってないんやから」

「けど、こうやって満井とつるんでたら、いずれはバレるな。わしらの正体」

「黒鐵会か……」

「米田や与那嶺に会うたときはチンピラで、中本や柿久保に会うたときは刑事や。中本が黒鐵会に電話をして、こんなやつが家に来たというたら、わしらの人相風体が一致する」

「おれはそれでもええと思てる。どっちみち、黒鐵会にチャカを売りつけることはない」

「満井は柿久保に約束したぞ、五百万の香典」

「そら言づけぐらいはするやろ。中本が金を出すとは思えんけどな」

桐尾はガードレールに腰かけた。風が生温《なまぬる》い。「──降りそうやな」

「外を歩いてて雨に降られたとき、桐やんはどないする」

「傘を買う。そこらのコンビニで」

「わしは銀行のATMコーナーへ行く。傘立てに二、三本は傘が差してあるんや」

「客の忘れ物やないか」

「わしがもらうのはビニール傘だけや」

占有離脱物横領──。上坂は雨が降るたびに犯罪行為をしているらしい。

煙草を吸い終えたところへ、満井がもどってきた。

「料飲組合の登録名簿を見た。福岡真由美のスナックは『ルシアス』や」

「この近くですか」

「中洲《なかす》通の『たこ八』ビル」

お初天神通を南へ歩いた。一時四十分。さすがに人通りは少ない。中洲通の『たこ八』を見つけてビルに入った。ルシアスは五階だ。

エレベーターを降りると、ルシアスの看板には明かりがともっていた。《会員制》──、寄木のドアを引く。カウンターの向こうで初老の女が顔をあげた。

「ごめんなさい。閉店です」

「すんませんな。警察です」

満井が手帳をかざした。「福岡真由美さん？」

「はい……」女の表情がくもった。

「むかし、千年町の『ノアノア』にいてましたか」

「ええ、いました」

「ママの嶋田さんに聞いて来たんですわ。十分ほどよろしいか」

「なんでしょう」

「中本さんのことを訊きたいんです。元『揮洋建設』の」

「………」真由美は眼を逸らした。

「むかしのことをほじくり返されるのは嫌やろけど、教えてくださいな」

満井はパナマ帽をとった。「中本さんとは……」

「別れました。ずいぶん前です」遮るように真由美はいった。

「それは中本さんが逮捕されたときですか。岸和田の屎尿処理施設の談合で」

「………」真由美は小さくうなずいた。

「喉渇いた。歩きづめですねん。ビールもらえませんか」

満井はふいに話を変えてスツールに腰をおろした。上坂と桐尾も座る。

真由美はカウンターにコースターを敷き、ビアグラスを置いた。三人にビールを注ぎ、つまみのナッツを皿に盛る。

「ママも飲みませんか」

「あ、はい……」

「警察官が店に来るのは嫌やろけど、客と思て我慢してください」

「嫌じゃないです。曾根崎署の刑事さんも来てくれますから」

「刑事は飲み方が下品ですやろ」

「いえ、みなさん、いい方です」

「わしは満井。このふたりは桐尾と上坂。乾杯しましょ」

満井はいつのまにか場を仕切っている。全員で乾杯した。

冷えたビールは旨い。桐尾と上坂は手酌で注ぎ、もう二本頼んだ。

「実は、我々はいま、和歌山の南紀銀行副頭取射殺事件を捜査してますねん」

軽い調子で満井はいった。「副頭取の澤口に会うたことありますか」

「あります」

真由美はうなずいた。「中本さんが一度、ノアノアに連れてきました」

「どんな感じでした、澤口は」

「遊び馴れてるひとだと思いました」

澤口は口数が少なく無愛想だったが、隣にヘルプのホステスが座るなり、太腿《ふともも》に手を置いた。ホステスは脚を閉じたが、澤口の手はしつこく奥に伸びる。中本は知らぬ顔でそのようすを眺めていた――。

「そういうのは遊び馴れてるんやない。与太者《よたもん》の飲み方ですわ」

「わたし、女の子を立たせて、澤口さんの隣に行ったんです」

澤口は真由美の太腿に手を置いた。真由美は軽く手を払う。澤口は不機嫌になり、中本に向かって――。

「なんや、この店は。ホステスが不細工なら、愛想のかけらもないやないか、と怒りだしたんです」

「で、中本さんは」

「まぁ、まぁ、お平らに、と笑うだけ。よほど気をつかってるんだと思いました」

「なるほどね。澤口はどこへ行っても嫌われ者《もん》やったんや」

「和歌山のニュースを見てすぐ、あのひとだ、と気がつきました」

「中本さんはどういうてました」

「澤口は敵が多すぎた。いずれはこうなるかもしれんと思てた。……そういいました」

「どの筋が殺った、とかは」

「なにも聞いてません」中本も澤口を嫌っていた、と真由美はいう。

「ノアノアのオーナーの柿久保さんと中本さんはどんなつきあいでした」

「仕事上のおつきあいです。中本さんは揮洋建設に入る情報を柿久保さんに教えて、お小遣いをもらってたようです」

「その小遣いの額は」

「知りません」

中本は和歌浦の職員保養所公売融資の口利き料の弁済金として、澤口から七千万円を要求されていた。浚渫の『神港マリン』から受けとった口利き料は一千万円だとも聞いている。それはお小遣いといえるような半端な額ではない。

「こんなこと訊くのはなんやけど、中本さんとは長かったんですか」満井はビールを飲む。

「六年くらい、つきあってました」

「ということは、九一年から九六年ですな」

満井は指を折って、「九一年の何月でした」

「秋だったと思います。ノアノアで働きはじめたのが五月でしたから」

「和歌山の職員保養所が九一年の六月に公売入札されたんやけど、そのことは」

「聞いてません。なにも」

「南紀銀行事件のあと、捜査員が中本さんのとこに来たはずですけど、中本さんはなにかいうてましたか」桐尾が訊いた。

「澤口さんのひととなりを訊かれた……。そういってました」

「ひととなり、ね……」

要するに、中本は真由美になにも喋っていないのだ。それは分かった。

「九六年の五月に中本さんは談合で逮捕された。そのあと、中本さんには」

「会ってません」

「六年もつきおうたのに？」

「銀行にまとまったお金が振り込まれてました。それが中本さんの意思だったんでしょうね」

そのころ、別に好きなひとがいた、と真由美はいった。「――でも、そのひととも別れたんですけどね」

「ママも苦労してはるんですな」満井がいった。

「結婚は望まなかったけど、子供は欲しかった」

真由美は笑った。「普通だったら、孫のいる齢です」

「とても、そうは見えませんわ」

「あら、うれしい」

「こんなきれいなひとがもったいない」

満井は坊主頭をなでる。「わしとつきおうてみますか」

「そうですね」

「ボトル入れますわ。あと三十分だけ飲ましてください」

満井はキャビネットの〝山崎〟を指さした。


ルシアスを出たのは二時半だった。お初天神通は閑散としている。アーケード下に清掃業者のトラックが駐まり、係員が生ゴミを集めていた。

「眠たい。わしは寝るぞ」満井があくびをした。

「どこで寝るんです」

「このへんにホテルはないんか」

「兎我野町《とがの》にいっぱいあります」

歩いて二、三分。新御堂筋の高架をくぐればラブホテル街だといった。「ミニスカートの子も立ってますわ」

「もういらん。一昨日、フィリピンの女と寝た」

そう、満井の相手はキャシーという相撲取りのような女だった。

「おまえらも泊まれ。いまから家に帰るのは面倒やろ」

「ホテル代、出してくれるんですか」

「出したる。その代わり、おまえらふたりは同じ部屋や」

「どうする、勤ちゃん」

「わしはええで」上坂はうなずく。

「よっしゃ。行くぞ」

満井は踵を返して歩きだした。アーケードの向こうは雨だった。

ベッドに倒れるなり眠り込んだ。目覚めたのは十時半。隣にいたはずの上坂がいない。バスルームからシャワーの音が聞こえた。

ナイトテーブルに手を伸ばして煙草とライターをとった。火をつけて二、三服すると頭がはっきりしてくる。

煙草を一本吸って起きあがった。Tシャツを脱ぎ、左肩の包帯とガーゼをとる。ガーゼに血はついていなかった。

立って、パーカのポケットから新しいガーゼと絆創膏を出した。壁の鏡を見ながら傷口にガーゼをあて、絆創膏で固定する。包帯は巻かなかった。冷蔵庫のコーラで抗生物質と消炎剤を服んだ。

上坂がバスルームから出てきた。西瓜を丸ごと食ったような腹、トランクスは白地に赤の水玉模様だ。

「えらい派手なパンツやな」

「おふくろが買うてくるんや。三枚、千円」

上坂はタオルで頭を拭く。「桐やんも入れや、風呂」

「おれはやめとく。いま、ガーゼを替えた」

「どないや、具合は」

「腫れがひいてきた。痛みもない」

「顔色もましになった。獣医の腕がよかったんやで」

「日頃の精進や」

「精進してるとは思えんぞ。あれだけ酒飲んで」

「ボトル、空にしたな」

「半分はわしが飲んだ。桐やんのこと思てな」

上坂はソファに座り、煙草を吸いはじめた。桐尾は携帯を開いて、

「勤ちゃん、富南署のマル暴の刑事、なんちゅう名前やったかな」

「鼻のひしゃげたボクサー面やろ。……能勢とかいうたな」

桐尾は一〇四で富南署の番号を訊き、かけた。能勢は署にいた。

——先日、おたくへ行った薬対の桐尾です。

——あ、どうも。お役に立ちましたか。

——すんませんでした。いろいろ教えてもろて。……ひとつ、頼みがあるんやけど、よろしいか。

——なんです。

——九四年の春、黒鐵会を抜けた男を知りたいんですわ。西成の賭場で揉めごとを起こして逃げたという噂があります。

——九四年の春ですな。調べますわ。

——勝手ばっかりいうてわるいですな。

携帯の番号をいい、礼をいって電話を切った。

「桐やん、そろそろチェックアウトやぞ」

「満井は」

「起きてるやろ」

満井は201号室、桐尾たちは203号室だ。宿泊料金は満井がまとめて前払いした。

服を着て部屋を出た。201号室をノックする。返答はなかった。

一階に降りると、満井はフロント前のソファに座ってアイスキャンデーを舐めていた。

「おまえらも食え。サービスや」

パーティションのそばのフリーザーボックスを、満井は指さした。

「そんなもん、旨いですか」

「不味い。くそ甘いだけや」

満井はトラッシュボックスにキャンデーを捨てた。


外は暗かった。雨が降りつづいている。

新御堂筋近くの蕎麦《そば》屋に入り、窓際に席をとった。満井は天ざる、桐尾はにしん蕎麦、上坂は親子丼とかけ蕎麦を注文する。いつもながらの大食いだ。

満井はおしぼりを広げて顔を拭き、

「おまえら、やったことあるか」小さく訊いてきた。

「はぁ……」と、上坂。

「シャブや」

「いきなり、なんですねん。こんなとこで」

上坂は眼をむいた。「やるわけないやないですか。わしら、薬対でっせ」

「おまえらがやらんでも、やるやつはおるやろ」

五年ほど前、北海道警の警部補が覚醒剤常用で逮捕されたのを思い出した、と満井はいう。「大阪府警は日本でいちばんガラがわるい。極道の情婦に手を出して、いっしょにヤク中になった刑事もおったやないか」

「そら、中にはハメを外すやつもおりますわ。二万人もおるんやから」桐尾はいった。

昨年、大阪府警で懲戒や訓戒処分を受けた警察官は百人弱だった。二万人のうちの百人が多いか少ないかは分からないが、それはあくまでも表に出た数であり、裏にはその何倍もの不祥事が隠されている。警視庁をはじめとする都道府県警の監察は悪徳警察官を摘発するのではなく、警察官の犯罪を秘密裡《ひみつり》に処理し、隠蔽《いんぺい》するのが主たる業務なのだから。

「わしはいつ見ても感心する。テレビのニュースで大阪府警のマル暴刑事が組事務所にガサかけるとこや。どいつもこいつも角刈りに黒スーツで、あれはどう見ても極道のカチ込みやぞ」

「薬対の刑事はね、ヤクザみたいな格好はせんのです。おたくみたいなワニ革のベルトはせえへんし、メッシュの靴を履いたりしませんわ」

「わしのこの格好《なり》は極道かい」

「田舎の村長や」

「ほう、うまいこというな」

満井は笑った。応えない爺だ。

「わしら、シャブ中は嫌というほど見てきたんです」

上坂がいった。「身体はガリガリ、眼は腐った魚、留置場の隅にへたり込んで震えてる。壁を掻きむしって両手の爪が剝がれた男、看守に向かって股を広げる女。そういうのを間近に見て、自分もシャブをやろうとは夢にも思いませんな」

「シャブはやらんでも大麻ぐらいはやるやろ。習慣性がないんやから」

「クサやハシシをやるやつはね、シャブやヘロインに走るんです」

「わしはハシシを吸うたことがあるぞ。二十一、二のころや」

「そのころは警官やないですか」

「獣医の前原や。土産や、いうて駐在所に持ってきよった。あいつは夏休みにインドへ行って、日がな一日ハシシをやってたんや」

「警官と不良学生が駐在所でハシシをやるとはね」呆れたように上坂はいう。

「前原のハシシは質がわるかった。わしは眩暈がしてゲロ吐いた。罰があたったんや」

「ハシシの煙はくさい。独特の焦げた臭いがする。臭いでバレまっせ」

「わしもそう思た。二度と誘うなと前原にいうたわ」

にしん蕎麦と天ざるが来た。桐尾と満井は箸を割る。七味をかけて食べはじめたところへ携帯が震えた。能勢だ。

――はい、桐尾です。

――さっきの件、分かりました。

――いてましたか、該当者。

――九四年の四月、樋口浩幸《ひろゆき》いう男が黒鐵会を抜けてます。

――樋口……。樋口浩幸……。

――知ってますんか。

――いや、別に……。

――樋口は絶縁処分です。

能勢の声が遠い。礼をいうのも忘れた。

――もしもし、聞いてますか。

――あ、どうも。

我に返った。

――樋口は賭場で揉めごとを起こしましたか。

――そういう情報はないですな。

――その後の樋口の消息は。

――不詳ですわ。資料がないんです。

――樋口は丹後半島へ逃げたという噂があります。なにか関連することは。

――樋口は京都府の伊根町の出ですな。前科前歴七回。傷害や威力業務妨害で都合八年ほど食らい込んでますわ。

そう、樋口は故郷へ逃げたのだ。黒鐵会は樋口を追って丹後へ行き、経ヶ岬で車を見つけた……。

――樋口の生年月日は。

――昭和三十二年五月十六日。

樋口が生きていれば、五十二歳だ。

――樋口に兄はいてませんか。

――家族関係ね。

少し待った。能勢はデータを読んでいるようだ。

――樋口嘉照……。昭和二十九年生まれです。

もうまちがいない。樋口嘉照と樋口浩幸は兄弟だ。

――樋口の兄弟は嘉照だけですか。

――妹がいてます。名前は保子。たぶん、苗字は変わってますやろ。

保子は昭和三十五年生まれだという。

──樋口浩幸にはキャバレー勤めの内妻がおった。名前、分かりませんか。

──内妻ね。

また、少し待った。

──室井陽子……。齢は分かりませんわ。

室井陽子、樋口保子、樋口浩幸──、満井にメモ帳とボールペンを借りて書きとめた。

──樋口の両親は。

──父親は空欄です。母親は樋口和枝。昭和六年生まれやから、今年七十八ですか。

樋口和枝の現住所は不明だった。

──ありがとうございます。助かりました。

──いつでも訊いてください。わしで分かることやったら。

電話は切れた。上坂の親子丼とかけ蕎麦が来る。

「この樋口浩幸いうのが、チャカ持って逃げた組員か」満井はメモ帳に眼をやった。

「樋口嘉照の弟ですわ」

「誰や、そいつは」

「シャブの運び屋です」

樋口嘉照を使っている小売人《コシャ》は安藤庸治、安藤にシャブを卸している売人が東青会幹部の鎌田一郎だといった。「澤口を撃ったトカレフは、鎌田が契約してるガレージで発見したんです」

「するとなにかい、樋口浩幸が兄の嘉照にチャカを渡して、それが鎌田に流れたんか」

「半月ほど前、嘉照を引いて調べをしました。齢は五十四。シャブ中です」

樋口嘉照は西成の義詢会にいた。四十一歳のときに破門され、それからも何度か覚醒剤所持、使用、譲渡等で逮捕され、服役しているといった。「――嘉照は安藤の運びをして、一回に二千円の駄賃をもろてます」

「金に困ってたんやな」

「自分が食うシャブ代にもこと欠いてたみたいです」

「そいつはどこに住んでたんや」

「西区の境川。木造の安アパートです」

樋口嘉照には結婚歴があり、二十九歳の娘がいるといった。「娘が四歳のとき、拘置所で離婚届に判を押したというてました。シャブで人生を棒に振ったヤクザのなれの果てですわ」

「樋口はいつから運びをしてた」

「去年の十一月です」

「それまではなにしてた」

「尼崎や東大阪で日雇いの仕事をしてたというてましたけど、裏はとってません」

「あんな干物みたいなシャブ中に肉体労働は無理ですわ」

上坂がいった。「たぶん、ほかの小売人《コシャ》のとこで運びをしてたんでしょ」

「樋口はいま、どこにおるんや」

「拘置所です。都島《みやこじま》の」

「拘置所な……」

満井はあごに手をあてて考え込む。「樋口の調べはできんのか。薬対には内緒で」

「内緒というのはむずかしいですね。班長の許可が要るし、理由を説明せなあきません」

「なにも正面切って行くことはない。樋口は極道やろ。四課の連中に手をまわせんのか」

「同期がいてますわ、四課に。頼んだらなんとかできると思います」

「理由は余罪調べや。それで行け」

いうだけいって、満井は蕎麦をすする。

「桐やん、樋口嘉照はいつ、浩幸からチャカを預かったんや」

「分からん。浩幸が丹後へ逃げる前か、そのあとか……。おれは前のような気がする」

浩幸が預けたトカレフを取りに来ることはなかった。そのトカレフが南紀銀行の副頭取を撃った銃だとも、嘉照は知らなかったにちがいない。樋口嘉照はいつしか生活に困窮し、小売人の安藤に銃を買ってくれといった。安藤は鎌田に樋口を紹介し、鎌田は樋口からトカレフを買った。売人の鎌田は警察との取引にいつか拳銃が役立つと考えたか、あるいは所轄署のマル暴刑事から、シャブを見逃す代わりにチャカを出せ、と迫られていたのかもしれない。いずれにせよ、シャブの卸元であり売人の鎌田にとって拳銃は有用な道具だったのだ——。

「今日は別行動にしよ」

満井は箸をとめた。「三人が雁首《がんくび》揃えて動くのは芸がない。わしは室井陽子を探す。桐やんは樋口和枝と樋口保子。勤ちゃんは樋口嘉照の調べしてくれ。標的《まと》は樋口浩幸や」

「しかし、黒鐵会がよう見つけん男を、わしらが探せるとは思えませんで」と、上坂。

「そんなことは関係ない。樋口浩幸が生きてるか死んでるか。生きてたら、どこでなにしてるか。情報《ネタ》をとるんや」

「ま、やるだけのことはやりますけどね。努力目標として」

「今日は木曜や。黒鐵会との取引は明日やぞ」

「あほなことというたらあきませんわ。刑事《デカ》がヤクザにチャカを売ってどないしますねん」

「売りはせん。ぎりぎりまで黒鐵会を引っ張って、こっちの情報をぶつけるんや。若頭《かしら》の久野がいちばん知りたがってるのはトカレフの出処と流れたルートやからな」

「どっちにしろ、怖い綱渡りや」

「嫌いか、綱渡りは」

「いや、けっこうおもしろい」

「おまえら、肚が据わってるな。見直したぞ」

「見直した、は余計でしょ」

「早よう食え。食うたら散開や」

満井はまた箸をつけた。

24

大阪駅から特急タンゴエクスプローラーに乗り、宮津駅で降りた。レンタカーを借りて国道178号を北上する。右に若狭《わかさ》湾、左は山。篠《しの》つく雨にウインドーが曇る。

樋口浩幸の本籍は富南署の能勢に訊いた。伊根町延津。カーナビだと、経ヶ岬までは四キロだ。

午後四時半、延津に着いた。古い瓦屋根の家が十数軒、疎らに建ち並んでいる。桐尾は丸いポストの手前に車を停めた。そばのブロック塀に《煙草　切手　和田商店》と、ペイントの薄れた看板がかけてある。

車を降り、軒下に走り込んだ。色褪《いろあ》せた格子の引き戸を開ける。すんません、いてはりますか——。声をかけると返事があり、男が現れた。坊主頭、黒縁眼鏡、襟がよれよれの丸首シャツに膝の抜けたグレーのズボンを穿いている。

「はい、はい、煙草ですか」

「セブンスターください。三つ」

ガラスケースを見て、いった。男は腰をかがめてセブンスターを出す。

「このあたりに樋口さんいう家ありますかね」

「ああ、ありますよ。この先の角を左へ入ったら」

玄関の両脇に大きな甕《かめ》を置いている家だといった。「——いまは無住です」

「空き家……。樋口和枝さんは」

「娘さんとこです。一昨年やったかな、行ったんは」

「保子さん、ですか」

「そうです」

男はセブンスターを差し出した。桐尾は受けとって金を払う。

「保子さんの家はどこですか」

「舞鶴やと聞きましたな」

「保子さんの苗字は」

「さぁ……」

男は首をかしげて、「うちの婆さんやったら知ってますやろ」

「わるいけど、訊いてもらえませんかね」

「おたくさんは」

「樋口嘉照さんの知り合いですねん」

「ああ、そうですかいな」

男は眼鏡を押しあげて、しげしげと桐尾を見た。

深野保子の家はJR西舞鶴駅近くだと聞いた。桐尾は国道178号を南下し、宮津から舞鶴に向かった。雨は降りやむ気配がない。

午後六時半、舞鶴西署に入った。桐尾は暴対係の刑事を呼んでもらって身分を告げ、深野保子を探しているといった。刑事は警察手帳を見せるようにいったが、桐尾は特命捜査だといい、和歌山南署の松尾署長に照会してくれといった。

桐尾はロビーで待たされた。交通課の婦警が横目でこちらを見る。メロンパンに干しぶどうを貼りつけたような厚化粧の女だ。大きな顔に向かって中指を立ててやったら、婦警は舌を出した。

暴対の刑事は二十分後に降りてきた。桐尾は深野保子の住所を聞き、舞鶴西署を出た。

高西《たかとり》神社の裏手、深野の家は一方通行の道路に面してカイヅカイブキの生垣をめぐらせた、こぢんまりしたプレハブの一戸建だった。片屋根のカーポートに白いミニバン、玄関先の犬小屋に柴犬がつながれている。

桐尾は門柱のインターホンを押した。返答がない。

留守か——。舌打ちしたとき、犬と眼が合った。低く唸っている。

「こら、愛想ようせんかい」

いった途端、犬は激しく吠えたてた。思わず、桐尾はあとじさった。

鳴き声を聞きつけたのか、隣家から女が出てきた。

「深野さん、留守ですか」

「いえ、お婆さんがおられるはずですよ」

お婆さんは耳が遠いといい、女は門扉を押して中に入った。玄関ドアを開けて、深野さん、と呼びかける。はい、と返事が聞こえた。

すんませんね、わざわざ――。桐尾は礼をいった。親切な女は隣家にもどっていった。

桐尾は玄関先に立った。廊下の奥のドアが開いて白髪の女が顔を出す。どちらさま――、と女はいった。

「大阪府警の桐尾といいます」

頭をさげた。「樋口和枝さんですか」

「はい……」女はうなずいた。

「入ってもよろしいか」

「どうぞ」

桐尾は玄関に入り、ドアを閉めた。和枝が廊下をゆっくり歩いてくる。少し脚が不自由なようだ。和枝は蛍光灯を点け、上がり框《かまち》に腰をおろした。

「いきなり押しかけまして申しわけありません。大阪府警薬物対策課の桐尾といいます」

改めて、いった。「いまは事情がありまして警察手帳をお見せできないんですが、ご不審なら一一〇番してください。身分を証明できます」

携帯を出して和枝の膝前に置いた。和枝は一瞥しただけで、

「なんのご用でしょうか」小さく訊く。

「実は、半月ほど前に樋口嘉照さんを逮捕しました。覚醒剤所持、使用、譲渡容疑です」

「そうでしたか……」和枝は肩を落とした。

「ご存じなかったですか」

「嘉照とはもう五年以上、会ってません。どこでなにをしてるのか、電話もないし」

「いまは大阪の西区です。境川のアパート住まいです」

「元気ですか、嘉照は」

「痩せてますけど、特に病気はないようです」

かなり重度の覚醒剤中毒だとはいわなかった。

「もうわるいことはやめるようにいうてください」

「伝えます。お母さんが心配してはったと」

「根は優しい子なんです。でも気が弱くて、他人《ひと》に引きずられるようなとこがありました。わたしがもっとしっかりしてたらよかったんです」

嘉照が中学校一年のときに漁師の父親が亡くなり、女手ひとつで三人の子供を育てた、と和枝はいった。「——牡蠣の養殖場で働きました。食べるのが精一杯で、子供にも苦労かけたと思います」

嘉照は牛乳配達をして家計を助けた。弟の浩幸は妹保子の世話をし、養殖場の繁忙期は牡蠣の殻《から》剝《む》きも手伝った。嘉照は中卒で宮津の食料品加工会社に就職し、そこを二年で辞めて大阪に出た。住之江の自動車修理工場で整備工見習いをしたが長続きせず、それからは職を転々とした——。

「嘉照が二十一か二十二のお盆に、大きな赤い車に乗って帰ってきたことがあります。浩幸や保子にお小遣いをやってね。……雑貨の会社を手伝ってるとかいうてました」ぽつり、ぽつり、和枝は話す。

夏の暑い盛りなのに、嘉照は長袖のシャツを脱ごうとしなかった。和枝が訊くと、刺青《ほりもの》を入れた、という。まだ筋彫りなので見せたくない、と嘉照はいった——。

「泣きました。この子は道をまちがえたんや、と。雑貨の会社というのも、ほんとかどうか……」

「そのころはもう組に入ってたんですね」

西成の義絢会だ。嘉照が赤い車に乗り、安くはない刺青代を払えたのは、シャブの小売人をしていたからだろう。「——弟の浩幸さんはどうでした」

「浩幸は小さいころから活発な子でした。宮津の商業高校に入ったんですけど、わるい仲間ができて、警察のお世話になったりしました。……伊根にはいづらくなって、大阪へ行ったんです」

「高校は中退したんですか」

「はい。二年生で」

「大阪で就職したんですね」

「泉南のスレート工場でした」浩幸は寮に住んだという。

「当時のスレートは石綿を使うてたんやないんですか」

「そうです。工場の中は石綿の粉で真っ白やと聞きました」

泉南の石綿被害は〝地域ぐるみの公害〟として古くから喧伝されていた。浩幸は半年で工場を辞め、寮を出て堺の嘉照のアパートに移った——。

「浩幸さんはどこで働いたんです」

「知りません。ぶらぶらしてたみたいです」

「富南の黒鐵会に入ったんは、嘉照さんのつながりで？」

「さぁ、どうでしょう」

和枝は首を振った。「ふたりは仲のいい兄弟で、浩幸はなんでも嘉照のあとをついていくんです。……それでとうとう、ふたりとも道を踏み外してしまいました」

妹の保子は苦学して看護師になり、こうして自分を引きとってくれた、と和枝はいう。

「保子さんは病院勤めですか」

「今日は遅番です」

保子は伊佐津《いさづ》の私立病院。保子の夫は理学療法士で東舞鶴のリハビリ病院に勤めているという。

「お孫さんはおられるんですか」

「男の子がひとりです。いまは塾に行ってます」

高校三年生の孫は成績がよく、京都府立医科大が目標だと、和枝は初めて小さく微笑《ほほえ》んだ。桐尾も笑って、

「浩幸さんから連絡ないですか」軽く訊いた。

「ありません」

和枝は言下にいった。「浩幸は死にました」

「それは……」

「嘉照から聞いたんです。浩幸は死んだ、と」

「いつのことです」

「十五年前です」

「九四年？」

「そうです」

「嘉照さんはどういいました」

「浩幸は組で揉めごとを起こして自殺した……。それだけです」

「どんな揉めごとです」

「聞いてません」

「しかし、浩幸さんの死亡は確認されてませんよ」

「でも、この十五年、音沙汰がないんです」

「嘉照さんも五年以上、連絡がなかった？」

「そのとおりです」

和枝は嘘をついている——、そう感じた。嘉照と口裏を合わせて浩幸の居処《いどころ》を隠しているにちがいない。浩幸が経ヶ岬に車を残して投身したように見せかけたのも、嘉照の知恵ではないかと、桐尾は思った。

「——いや、どうもありがとうございました」

足を揃えていった。「差し支えなかったら、保子さんが勤めてはる伊佐津の病院を教えてもらえませんか」

「快生会病院です」

「お孫さんにお伝えください。勉強がんばって合格するようにと」

「ご丁寧に、ありがとうございます」和枝も深々と頭をさげた。

午後十一時——。大阪駅に降り立った。曾根崎へ向かう。上坂と満井はお初天神通角の喫茶店『コロンビア』でビールを飲んでいた。
「どないやった、伊根は」

ご苦労さん、ともいわず、満井は訊いてきた。

「田舎ですわ。宮津でレンタカー借りて、雨ん中を五十キロほど走りました」

そういえば、雨がやんでいる。タンゴエクスプローラーの車中、福知山のあたりで眼を覚ましたときは降っていたのだが。

「レンタカー代、落ちるんか」

「どうですかね。領収書はもろたけど」

「そんなもんは経理に出すな。伊根でうろうろしてたことがバレる」

「ええやないですか。ちゃんとした捜査やのに」

「わしらがやってるのは潜入捜査や。つまらんことでボロ出しとうない」

ＪＲとレンタカーの領収書を寄越せ、と満井はいう。「わしが買うたる」

「ほんまですか」

「早よう寄越せ」

「お大尽やな」

三枚の領収書を渡すと、満井は札入れから二万円を出してテーブルに置き、領収書を破り捨てた。

桐尾はウェイターを呼んでビールを注文する。

「樋口の家族に会えたんか」満井はピーナツをつまんだ。

「西舞鶴でね。樋口和枝は保子の家にいてます」

事情を説明した。満井と上坂は黙って聞いていた。「──和枝の口ぶりから、浩幸の居処を知ってると思いました」

「思たら確かめんかい」

「いや、あれは責めても無駄ですわ。却《かえ》って貝になってしまう」

「娘にも会うたんやろ。看護師の深野保子」

「嘉照と浩幸の名前を聞くのも迷惑いう顔してましたね。木で鼻を括った応対で、あれはほんまにふたりの兄とは絶縁状態です」

「樋口和枝は保子に隠れて、嘉照と浩幸に連絡とってる……。そういうことか」

「たぶんね」

「和枝を引いて口を割らせるわけにもいかんしのう」

満井はシートにもたれかかった。「しかし、樋口浩幸を追うのは和枝の線しかない。どうしたもんやろな」

「浩幸の内妻は見つからんかったんですか。室井陽子」

「あかんな。本籍も齢も分からんでは、見つけようがなかった」

満井は阿倍野署へ行き、九四年当時、管内で営業していたキャバレーを調べた。その十数店のうち、いまも営業しているのは三店で、そこをあたってはみたが、室井陽子という名はもちろんのこと、履歴書を残している店もなかったという。

「樋口嘉照はどうやった」

桐尾は上坂に訊いた。「拘置所、行ったんか」

「行った。四課の口利きでな」

都島拘置所内の地検取調室で樋口に対面した、と上坂はいった。「黙《だんま》りや。なにを訊いても、ただ腕を組んで眼をつむってた」

「浩幸の名前を出したんやろ」

「出した。ぴくりともせんかった」

浩幸から預かったトカレフを売人の鎌田に売っただろう、と上坂は迫った。浩幸が西成の組事務所に殴り込みをかけて組員を撃ったことも話したが、嘉照は完黙をとおしたという。

「あのトカレフが南紀銀行の副頭取を撃った銃やというたんか」

「いや、さすがにそれはいわんかった。いう必要もないしな」

覚醒剤事犯だけなら、樋口嘉照は懲役六年前後を求刑されるだろうが、そこに拳銃譲渡が加わると、十年の求刑ではきかない。嘉照はなにがあろうと喋らない——。上坂はそういって、煙草に火をつけた。

ビールが来た。桐尾はグラスに手を伸ばす。その手を満井に押さえられた。

「なんですねん」

「飲むな。運転や」

「運転？」

「これから伊根に行く」

「どういうことです」

「伊根の和枝の家は空き家やったな。家宅捜索するんや」

「そんな、あほな……」

満井の顔を見つめた。「おれは宮津から帰ってきたばっかりですよ」

「それがどうした。〝現場百回〟は刑事《デカ》の基本やろ」

「むちゃくちゃやな」

「和枝の家には浩幸につながる手がかりがある。わしの勘や」

「勘で伊根まで運転させられたら世話ないわ。……捜索令状もないのに」

「潜入捜査に令状なんか要るかい」

満井はグラスをとった。ビールを半分、上坂のグラスに注ぐ。「おまえ、家に車があるというてたな」

「ポンコツのマーチですよ。うちのおふくろが買い物に乗るだけの」と、上坂。

「上等や。マーチは軽四やない。九州でも北海道でも行ける」

「勤ちゃん、断われ。車なんか貸すな」

「ええやないか、桐やん、伊根へ行こ」

くそっ、こいつら……。桐尾は水を飲みほした。


白のマーチは千林の月極駐車場に駐められていた。桐尾は上坂が家から持ってきたキーを受けとってドアを開ける。エンジンをかけ、ライトを点けると、オドメーターは二万二千キロだった。

「走行距離、少ないな」車は古いのに。

「おふくろが遠出するのは、彦根の田舎に帰るのと、近所のおばさん乗せて温泉めぐりするときだけや」上坂は助手席のシートベルトを締める。

「勤ちゃん、寝とけ。おれは電車で寝た」

セレクターレバーを引き、駐車場を出た。

阪神高速道路から中国自動車道、吉川ジャンクションで舞鶴若狭自動車道に入り、綾部《あやべ》ジャンクションから京都縦貫自動車道を走った。途中、一度も休憩せず、終点の宮津天橋立《あまのはしだて》を出たときは午

ハザードランプを点けて、車を路肩に寄せた。満井と上坂は降りるなり、ガードレールに向けて放尿した。

「ふたりだけでビールは飲む、車ん中で鼾はかく、ええキャラクターしてるな」

「桐やん、わしもしたい」上坂も眼を覚ました。

「年寄りはな、辛抱が利かんのや」

「我慢したらええやないですか。たった三十分やのに」

「小便や。停めてくれ」

「三十分、ですかね」

「あとどれくらいや。伊根まで」

「宮津街道ですわ」

いつ起きたのか、リアシートの満井がいった。

「どこや、ここは」

午前三時近かった。

午前三時半——。延津に着いた。和田商店をすぎ、次の角を左に折れる。少し行くと土塀があり、玄関の両脇に甕を置いている平屋があった。

車を駐め、車外に出た。土塀は瓦が外れ、漆喰が剝がれて木舞《こまい》がのぞいている。敷地は約五十坪。庭木は伸び放題で、玄関の軒にかぶさっていた。

上坂が懐中電灯を三本持ってそばに来た。桐尾と満井に一本ずつ渡す。

桐尾は敷地内に入った。前庭は雨に濡れた雑草が生い茂り、枯葉が積もっている。玄関横の郵便箱に光をあてると、墨は消えかかっているが、《樋口》という字が見えた。

上坂が玄関の板戸を横に引いた。動かない。錠がおりてる、といった。

桐尾は裏にまわった。そこは縁側で、雨戸が閉まっている。左の格子窓は風呂場か厠《かわや》だろう。

満井が雨戸にとりついた。押し破るように一枚を外して靴脱ぎの石のそばに置く。満井は縁側にあがった。

桐尾と上坂も縁側にあがり、靴を脱いだ。足裏にざらざらした砂が触れる。障子は破れて、ところどころ桟が折れ、湿った黴の臭いがした。

「ここは空き家になって何年や」

「一昨年、引っ越したと聞きましたけどね」

「たった二年でこうなるか。家はひとが住んでないと傷むんやな」

「海風のあたる家は特にね」

冬の日本海は荒れる。雪も積もる。年老いた和枝には住みにくい家だっただろう。

座敷に入った。床が軋む。懐中電灯をかざすと、畳が波打っていた。床の間にはガラスケースに入った日本人形がいくつか置かれている。

「手分けしよ。わしは座敷と寝間を捜索する」

「わしは台所を見ますわ」

「ほな、おれは居間を」

どこが居間かは分からないが、襖を開けて右の部屋へ行った。四畳半の和室。壁際に箪笥が二棹《さお》並んでいる。下からひとつずつ抽斗を開けた。着古した服や裁縫道具、手拭い、風呂敷、薬、化粧水の空き瓶といった雑多なものが入っていた。

桐尾は奥の部屋に入った。八畳の和室だ。左隅にブラウン管のテレビと、その前に布団のない炬燵がある。ここが居間だったのだろう。

炬燵の天板に懐中電灯を置き、テレビ台のガラス扉を開けた。菓子缶を出して蓋をとる。ちびた鉛筆、ボールペンなどの下に書類の束があった。

桐尾は書類を一枚ずつ調べた。病院の領収書、電気、水道、電話料金の請求書と領収書、家電製品の保証書、役所からの連絡、古いカレンダー……。手紙や葉書は一枚もなく、住所録や電話帳もなかった。


そうして一時間――。各部屋の捜索は終了し、三人は台所に集まった。

「収穫なし、か……」椅子に腰かけて、上坂はいう。

「疲れた。おれは一日に二回も伊根に来た」桐尾も座って目頭を揉む。

「和枝は嘉照や浩幸と連絡とってたはずやけどな」満井は煙草を吸う。

「電話の請求書が何枚かあったけど、明細は分かりませんわ」

「なにかあるはずやけどな、手がかりが」

「それより、ちょっと寝ませんか。おれはもうくたくたや」

「どこで寝るんや」

「どこでもよろしいわ。横になれたら」

「あほいえ。ゲジゲジに食われる」

床の間の地袋を開けたとき、ゲジゲジが出てきて腰が抜けそうになった、と満井はいう。

「もうすぐ夜が明ける。宮津あたりのドライブインで寝ましょ」

「そんなに眠たいか」

「四時間も運転したらね」

「分かった。行こ」

満井は立って、流しに煙草を捨てた。水栓をひねったが、水は出ない。

「水道、とめとるな」

「そら、空き家なんやから」

桐尾も立ちあがった。――と、満井は流しの上の収納棚に懐中電灯を向けた。

「あれはなんや」

「段ボール箱です」

上坂がいった。「鍋や皿が入ってましたわ」

「中身やない。あれは宅配の箱や」

満井は両手を伸ばして段ボール箱をおろし、テーブルに置いた。箱の上面に伝票が貼ってある。依頼主は《沖縄県宮古島友利１３２２―６　佐藤実》と読めた。電話番号は書かれていない。品目は《食料品》とあった。

「宮古島か……。遠いな」

「宅配の箱、ほかにもありました」

上坂は流しの扉を開けた。同じ宅配便の箱ふたつとネーブルオレンジの段ボール箱を出してテーブルに置く。伝票の依頼主はどれも宮古島の佐藤実で、受付日は二〇〇一年八月、二〇〇二年三月、二〇〇三年一月だった。

「これ、どない思う。みんな食料品や」

「宮古島に親戚でもおるんですかね」

「さぁな……」

満井はあごに手をやって、「親戚なら電話番号ぐらい書くもんやぞ」

「それもそうですね」

「もっと探してみい」

いわれて、台所の段ボール箱を集めた。七つのうち五つが佐藤実からとどいたもので、中に手紙やメモはなかった。

「いちばん古いのが二〇〇一年、いちばん新しいのが二〇〇六年……。佐藤実は何者や」

「樋口浩幸ですかね」

「わしはそう読みたいな」

浩幸は九四年に黒鐵会を抜けて沖縄に逃げた。二〇〇一年ごろから、宮古島で暮らしはじめたのではないか、と満井はいう。「――宮古島の特産品て、なんや」

「果物とか黒砂糖とか泡盛やないんですか」

いって、上坂は食器棚を見る。「あれもたぶん、そうですわ」

食器棚の上には焼き物の小さなシーサーが飾ってあった。シーサーの片耳は折れている。

「浩幸が宮古島におるという説、わし賛成ですね」

「そうかい」

満井は小さくうなずいた。「――おまえは今日、宮古島に飛べ」

「なんですて……」

「空港へ行く前に富南署に寄って、樋口浩幸のブ、ロ、マ、イ、ドをもらえ。宮古島に着いたら友利《ともり》へ走って、佐藤実という男をあたるんや」

「いかにも偽名くさいな、佐藤実て」

「そやから、ブロマイドが要るんや」

「で、樋口浩幸を見つけたら？」

「わしに電話せい。樋口には触るな」

「満井さんは」

「桐尾とふたりで久野に会う。チャカの取引は今日や」

桐尾の兄貴分として取引の場に行く、と満井はいった。

「桐やん、それでええんか」上坂は桐尾に訊く。

「しゃあない。おれはかまへん」

桐尾はいった。「勤ちゃんと離れるのは淋しいけどな」

「飛行機代や」

満井は札入れから五万円を出して上坂に渡す。「――撤収や。宮津で寝よ」

ひとつあくびをして台所を出た。


宮津市内のドライブインで九時まで寝た。桐尾は上坂を宮津駅まで送りとどけて、満井とふたり、大阪へ走る。満井は一度たりとも運転を代わろうとはしなかった。

午後一時――。中国自動車道千里インターを出て新御堂筋に入った。米田に電話しろ、と満井がいう。桐尾は非通知でかけた。

――もしもし、米田さん。

——その声は、松井か。

——金、用意できたか。二百七十万。

——できた。いつ、どこで会うんや。

——それはまだや。またあとで電話する。

——いま決めたらええやないか。

——そう急ぐことはない。こっちにも段取りがあるがな。

——なんの段取りや。

——おれはあんたらが怖い。取引の場で殺られるようなことはないように、じっくり考えんとな。

——あほんだら。おまえらみたいなクズを殺ってどないするんじゃ。

——あんた、チャカの出処を知りたいやろ。そのためには、おれらを攫《さろ》うて口を割らせるのが手やないか。

——どこでチャカを手に入れたんや。

——いえんな。

——三百や。ルートをいうたら、三十万上乗せしよ。

——米田さんよ、このご時世は情報が金や。たった三十では口のチャックが外れへんで。

——おのれ、足もと見るなよ。

——出処は教えたってもええ。百万でな。

——殺すぞ、こら。

——三百七十や。それで手を打つ。

携帯を閉じた。

「米田のやつ、なんぼ値をあげても呑みますわ」

「そらそうやろ。若頭の久野は与那嶺に一千万を要求した。与那嶺は金を払うやろ」

「与那嶺は金がない。中本に泣きつくんやないんですか」

「それで中本が金を出すようやったら、中本は澤口殺しに嚙んでる。まちがいない」

「しかし、与那嶺が我々のことを喋ったら……」

「上等や。遅かれ早かれ、わしらの正体はバレる」

「黒鐵会との取引は」

「やったらええ。向こうはその肚や」

「それはしかし、やりすぎでしょ。なんぼ潜入捜査でも」

「いまさら、きれいごとはいうな。わしは三十万も出してチャカを買うたんやぞ」

満井は足もとのアタッシェケースに眼をやった。「黒鐵会に渡すんは澤口を殺ったトカレフやない。どこから流れてきたとも知れん、ただのM54や」

「…………」判断がつかない。満井は本気だ。

「降りたかったら降りんかい。わしはひとりでやる」

「金のためですか」

「わるいか」

「いや……」

言葉につまった。ここに上坂がいたらどういうだろう。

「よう考えんかい。わしら三人は棄《す》てられたんやぞ」

満井はつづける。「潜入捜査とはつまり、厄介払いや」

「厄介払い？」

「わしは和歌山県警のハグレ者《もん》や。そもそも澤口殺しの犯人《ホシ》を割るてなことは期待されてへん。……おまえと上坂はシャブの捜索に入って、見つけんでもええ訳ありのチャカを見つけた。大阪府警はおまえらを和歌山に放り出して、とりあえずは澤口殺しを洗うてます、と保険をかけた。……そう、わしらは棄民や。棄民は棄民なりの意地の張りようがあるはずやで」

「意地を張るのとヤクザにチャカを売るのは、話が別やないですか」

「澤口事件は時効や。わしらがここでどうしようと、あとはきれいさっぱり、なにも残らへん」

「神戸の崎山事件はまだ時効やないですよ」

「おまえはこの捜査を上に報告するつもりか。樋口浩幸が樋口嘉照にチャカを預けて、それが売人の鎌田一郎に流れたと、どこの誰がどうやって証明するんや。物証《ブツ》はM54しかないんやぞ。そんなあやふやな情報を大阪府警が兵庫県警に出すとでも思てんのか。おまえは何年、警察の飯を食うとんのや、え」

「………」満井のいうとおりだ。桐尾の報告は府警の上層部で握りつぶされるだろう。

「わしは決めた。M54を米田に売る」

「出処はどういうんです」

「樋口浩幸から買うたといえ。百万でな」

「樋口に会うたというんですか」

「東京あたりでな」

「それで通りますか」

「通るも通らへんもない。樋口の名前を出すだけで米田は納得しよるわ」

ことともなげに満井はいって、「上坂に電話してみい。いま、どこにおるんやと」

桐尾は携帯を開いた。短縮ボタンを押す。つながらなかった。

「電源、切ってますわ」

「ほな、飛行機に乗っとるな」

上坂が樋口の所在を確認したあとで取引をする、と満井はいった。

「どこで米田に会うんです」

「道頓堀や。戎橋の交番の前で会う」

いいと思った。ミナミでもいちばんの繁華な場所だ。あの〝グリコの看板〟がすぐそばにあり、夜中でも人通りは多い。

「三百七十万から七十万はわしがとる。いままでの経費や。あとの三百万は三人で百万ずつ。それでええやろ」

桐尾は黙ってうなずいた。百万の余禄はわるくない。上坂がウンといわなければ、やめればいい。

「これからどうします」

「とりあえず飯やな。あとは上坂の電話待ちや」

「おれ、眠たいんですけどね。運転疲れで」

「寝んかい。どこぞの漫画喫茶かネットカフェで」

「満井さんは」

「わしはホテルをとる」

「着替えもしたいし、いっぺん藤井寺に帰りますわ」

ちあきの顔を見たかった。セックスもしたい。金曜日は遅番だから高津のマンションにいるはずだ。「この車、乗っててください」

「右ハンドルの車はな……」満井は渋る。

「いつも、なに乗ってるんです」

「３００Ｃや」

「なんです」聞いたこともない。

「クライスラーの３００Ｃ。よう走るぞ」

「新車で買うたんですか」

「あたりまえや」

「値段は」

「六百万」

「満井さん、いったいどこで稼いでるんです」

「よめはんや。わしの金主はな」

「なんぼよめさんが金持ちでも、旦那が好き放題に金を使えるとは思えませんね」

疑問をぶつけた。満井はにやりとして、

「おまえ、わしがシノギをしてると思とんのやろ」

「非合法のシノギをね」うなずいた。

「前に聞いたことがあったやろ、和歌山は扇風機の裏側やと。太平洋に突き出た半島で人の出入りがないから、警官も泥棒も議員も極道も、みな知り合いや」

「それがどうかしたんですか」

満井の経歴を思い浮かべた。満井は串本の商業高校を卒業後、和歌山県警に奉職し、勝浦署で交番勤務のあと、本宮署、古座川署、県警本部、勝浦署、南部署、和歌山南署、日高署と異動しているが、行く先々の署で業者との癒着や女性問題を起こし、和歌山南署では暴力団関係者への情報漏洩が疑われている。この男にとって、警察官という職業はすなわち利権なのだ。

「わしは古座川署と勝浦署で選挙違反の応援捜査をした。このときに調べをしたんが民政党の仁尾俊敬の私設秘書で、尾山という男やった。尾山はいま、仁尾の地元秘書十人の中の筆頭や」

満井は尾山と酒席を共にするようになって、医大入学を金にしていることを知った。尾山は開業医などの後援者から子供の入学を求められ、和歌山県内の医科系私立大学に口利きをしていた――。

「議員秘書てなもんは極道より質がわるい。医者のドラ息子やパッパラパーの娘を大学の理事に紹介して二千万、三千万の金をとってた。ドラ息子が不合格になっても、返すのはせいぜい四、五百万。親は文句をいうていくとこがないから、結局は泣き寝入りや」

満井は某私立医科大と某私立歯科大にコネがある。満井の妻の縁戚のひとりが医科大の副理事長、ひとりが歯科大の理事だという。「わしは尾山を通して、医者と医科大をつないだ。成功報酬は三割。医科大の副理事長はオーナーの息子やから、受験生は少々成績がわるうても合格する。歯科大のほうはほとんどフリーパスや。……そんなこんなで、わしは毎年、税金なしの金を稼いでる」

「なんぼですねん、その金は」

「ま、３００Ｃが二、三台は買えるわな」

「………」むかっ腹が立った。この男は警察官ではない。警察手帳を持ったヤクザだ。

「なんや、その顔は。わしら下っ端は裏金も闇給与もないんやぞ。おのれの才覚で餌とって、どこがわるいんや」

和歌山南署長の闇給与は毎月二十万円、領収書の要らない交際費は三十万円だと、他人事のように満井はいう。

「おまえ、偽領収書を書かされたことはないんか」

「前任の刀根山署で嫌というほど書きましたわ。幽霊相手の捜査協力費や空出張のね」

そう、少なくても毎月十万円分の偽造領収書を書いた。署全体では年に数千万円の捜査費が裏にまわっていただろう。裏金は古顔の経理担当者がプールし、副署長の指示で警部以上の管理職に飲み代や闇給与として分配されていた。

「わしは偽領収書を書かんかった。なんぼ無理強いされてもな。それで、あいつは変わり者やと後ろ指さされた。……いま思たら、はいはいと書いときゃよかったんやけどな」

意外だった。この汚れた男が裏金作りに手を染めなかったとは……。

「わしは協調性がないけど、社交性はある。仕事はきっちりやったし、仲間ともうまいことつきおうた。そやのに、上には睨まれた。わしがなにかと反発するからや。よめはんが吉野の旧家の出で遊び方が派手というのも目障りやったんやろな」

「満井さんの社交性は地元業者とのつきあいで発揮されたんやないんですか」

嫌味でいった。満井は知らんふりで、

「おまえ、わしのデータをとったやろ」

「いや……」

「隠さんでもええ。わしがあちこちたらいまわしにされたんは、業者との癒着と、これの問題や」

満井は小指を立てる。「監察がその気になったらわしを諭旨免ぐらいにはできるのに、それをせんのはどういうわけか、教えたろか」

「…………」

「わしが本部保安課で当直してたときのことや、知り合いの新雑賀町のソープの店長から電話がかかった——」

店長は馴染み客が個室で倒れたといい、身元を知るために持ち物を調べると、スーツの内ポケットから運転免許証と名刺が出てきたという。名刺には《和歌山県警警務部長　村上建一》とあり、どうしたものか、と満井に相談した。

「警務部長はキャリアポストや。そんな雲上人《うんじょうびと》がソープで倒れたと新聞にでも嗅ぎつけられたらどえらい騒ぎになる。わしは保安課長に電話して、そのソープに走った」

客は裸でベッドに寝ていた。かなりの肥満体で意識はなく、鼾をかいている。満井は脳溢血《のういっけつ》か脳梗塞を疑った——。「わしは店長にいうて救急車を呼ばせた。村上にパンツを穿かせてバスタオルを巻いた。財布と定期入れを自分のポケットに入れて、救急車を待った」

救急車は五分後に来た。救急隊員は村上に応急処置を施し、板屋町の慈敬会病院に搬送する。満井は患者の友人だといい、救急車に同乗した。

「隊員に患者の名前を訊かれて〝上村建一〟と答えた。上村は会社の先輩で、いっしょにソープへ行ったというたんや」

「保安課長はどうしたんです」

「松田いう警務部長秘書とふたりで病院に来た。ソープに電話して、慈敬会病院に向かったと聞いたらしい」

村上は集中治療室に運び込まれたが、脳の梗塞部位が広く、容体は極めてわるかった。松田は県警本部長に事態を報告し、指示を仰いだ。

「あとで知ったけど、警部補の松田は捜査一課、鑑識畑の出身で、監察医に知り合いが多かった。

村上が死ぬのを見越して、隠蔽工作にとりかかったんや」

　村上は二時間後に息をひきとった。松田は懇意の監察医から慈敬会病院の外科部長に話を通して、〝村上は自宅マンションで脳梗塞発作を起こし、慈敬会病院に運ばれたが、手当ての甲斐《かい》なく死亡した〟というストーリーを組み立てた。

「そのストーリーは成立したんですか」

「した。村上は単身赴任で、東京に妻子を残してたんや」

　村上建一は名古屋大法学部卒のキャリアで、享年四十一だった――。「わしは保安課長に呼ばれて、村上のことは絶対に口外するなといわれた。その口止め料で、わしの首がいままでつながったというわけや」

　村上が倒れたソープは風営法違反で度重なる手入れを受け、三年後に廃業したが、店長が罪に問われることはなかったと満井はいう。

「それで、松田はどうなったんです」

「殊勲甲の松田は県警総務部長まで出世して、五年前に勇退した。いまは和歌山建設商工会の専務理事さまや」

「保安課長は」

「本宮署の署長で定年や。ふたりとも大した能力はなかったし、村上の死がなかったら、警部どまりで終わってたわな」

「虎は死して皮を残す、ですね」

「キャリアは死してスキャンダルを残す、やろ」

「しかし、なんで喋る気になったんですか。部外者のおれに」

「松田も保安課長も引退した。わしもそろそろ定年や。いまさら黙ってる値打ちはない」

満井は低く笑って、「車、込んできたな」

「もうすぐ梅田ですわ」

さっき新大阪をすぎた。インパネの時計は一時半を指している。

「どこかホテルに行ってくれ。そこで飯食お」

「リッツ・カールトンですか。ウェスティンですか」

「そんな高いホテルに行かんでもええわい」

「３００Ｃ三台のお大尽がなにいうてますねん」

リッツでステーキを食おうと思った。満井の奢りで。

25

リッツ・カールトンのフレンチレストランでレアのヒレステーキを食い、三時前にホテルを出た。桜橋へ歩きながら、ちあきの携帯に電話する。いま洗濯をしている、とちあきはいった。

――おれはキタにおるんやけど、そっちに行ってもええか。

――来るのはいいけど、先にごはんを食べようよ。うち、今日は外に出てないねん。

宗右衛門町の『高麗苑《こうらいえん》』で会おうと、ちあきはいう。

――よっしゃ、地下鉄で行く。

電話を切った。

御堂筋線心斎橋駅を出て、清水町《しみずまち》、笠屋町をぶらぶら歩いた。昼間のミナミは閑散としている。九月も半ばなのに、まだ暑い。どこからか鰻を焼く匂いが漂ってきたが、唾も湧かなかった。

ちあきは高麗苑にいた。ピンクのキャミソールに白いひらひらのカーディガン。細長い茶色の煙草を吸っていた。

「葉巻か」椅子に腰かけた。

「シガリロっていうねん。コイーバの」

黄色と黒のパッケージだ。「ちょっとお洒落かなと思て買ってみたけど、きついねん。頭がくらくらするわ」

「葉巻は肺に入れるもんやないやろ。ふかすんや」

「これ、あげる」

「うん……」もらったが、吸う気にはならない。

ウェイターが来た。ちあきはメニューをとりあげて、カルビや塩タンを注文する。桐尾はオイキムチと生ビールを頼んだ。

「桐ちゃん、肉、食べへんの」

「おれは適当につまむわ」

リッツでステーキを食ったとはいえなかった。

宗右衛門町から高津のちあきの部屋へ行き、ふたりでシャワーを浴びた。抱き合ったままバスルームを出て寝室のベッドに倒れ込む。中でイッてもいい、とちあきはいったが、桐尾は外に射精した。万が一にも子供ができるようなリスクは負いたくない。

「桐ちゃん、うちのこと好き？」まだ濡れた髪を枕に埋めて、ちあきはいう。

「好きや」桐尾はナイトテーブルに手を伸ばして煙草をとる。

「どれくらい」

「これくらいや」両手を大きく広げた。

「じゃ、いっしょに住もうか」

「それはな……」煙草を吸いつけた。

「桐ちゃんの家、広いやんか」

「公団住宅やで。築三十年の。それに、ミナミから遠いやろ」

警察官の同棲は御法度《ごはっと》だ。まして相手が風俗嬢となると、鹹を賭けないといけない。

「うち、風俗やめよかな」

「やめて、どうするんや」

「藤井寺のコンビニとかで働くねん。スーパーで買い物して、料理作って、桐ちゃんと食べる」

「藍場とかいうホストから電話は」話を逸らした。

「ない。いっぺんも。『アンバサダー』辞めたみたい」

「おれが目いっぱい脅しといたからな」

桐尾は藍場を殴りつけた。鼻骨が折れ、顔はひどく腫れているだろう。当分、ホスト稼業はできないはずだ。

「あの子、クスリやめられるかな」

「どうやろな。藍場みたいな半堅気がシャブからきっぱり足洗えるとは思えんな」

覚醒剤事犯の再犯率は約四十パーセントだが、それは検挙されて表に出た数字であり、実際は六割から七割が覚醒剤をつづけているとみられている。

「桐ちゃんて、うちに風俗やめろっていわへんね」

「ひとはそれぞれ生きる手段《すべ》がある。ええもわるいもない」

「じゃ、ヤクザとか売人もかまへんの」

「法を犯したらあかんやろ」

「ふーん、そうなんや」

ちあきの手が下に伸びた。ペニスを触る。「熱いわ」

「もっとしたいらしいな」

「じゃ、して」

ちあきは起きて口に含んだ。乳房が揺れる。桐尾は勃起した。


携帯の音で目覚めた。窓の外は薄暗い。

ベッドを降り、床に脱ぎ散らしたズボンをとった。携帯を出して開く。上坂だ。

──はい、桐尾。

──わし、宮古島や。樋口浩幸を見つけた。

──やっぱり、そうやったか。

──友利の『ガリバー』いうスナック。女とやってる。

──名前は。

──佐藤実や。

スナックは小さな一軒家で、表札は《佐藤実　美恵子》。上坂はさっきガリバーに入り、富南署で入手した樋口浩幸の逮捕写真と佐藤実が一致することを確かめたという。

——勤ちゃん、店から電話してんのか。

——いま、トイレや。天井にヤモリがおる。トイレは水洗でないため、店の外にあるという。

——樋口の女は。

——四十すぎで、いかにも水商売いう感じや。沖縄訛りがないから、樋口とふたりで宮古島に来たんとちがうか。

——いつ、来たんや。

——それはこれからあたる。ぼちぼち飲みながらな。

上坂は観光客を装い、近くの民宿に泊まるといった。小肥りでよく喋る上坂を前にして、刑事だと気づくものはまずいない。

——桐やん、どこや。

——家や。藤井寺の。

ちあきに眼をやった。裸のまま寝ている。桐尾は寝室を出た。

——今晩、戎橋の交番の前で取引する。

——ほんまかい。

——そのために、勤ちゃんの連絡を待ってたんや。

——チャカを売るんか、黒鐵会に。

——ああ、そのつもりや。

——ヤバいぞ、桐やん。

——決めたんや。満井とおれでな。

満井とのやりとりを桐尾は話した。上坂は黙って聞いていた。

——樋口浩幸の名前を出すだけで米田は納得する、と満井はいいよった。おれは反対せんかった。

——それでええ。桐やんのいうとおりや。

——勤ちゃんも賛成か。

——いや、ひとつ注文がある。

——なんや。

——チャカの値段や。三百七十てな半端な要求はするな。五百にせい。

——五百……。

——米田は出す。樋口の名前を出したらな。まちがいない。

——勤ちゃん……。

——満井が二百、桐やんとわしが百五十ずつや。こっちも危ない橋を渡るからには、それぐらいの労賃はとらんとな。

三百七十万でも五百万でも、こちらのリスクは同じだと上坂はいう。いわれてみれば、そのとおりだ。

——分かった。満井にそういう。また連絡くれ。

——取引は何時や。

——分からん。満井と決める。

サイドボードの時計を見た。七時すぎだ。桐尾は電話を切り、満井にかけた。満井はすぐに出た。

——桐尾です。上坂が見つけました。樋口浩幸は宮古島でガリバーいうスナックをやってます。

事情を話し、上坂の値上げ案を告げると、満井は笑った。

――満井さんはどうです。

――ええやないか。上坂のやつ、ちゃっかりしとるわ。

――おれ、出ますわ。

――ミナミで会お。知ったとこあるか。

――心斎橋筋から宗右衛門町に入ったら、左に『ルーブル』いう喫茶店《サテン》がありますわ。

いって、携帯を閉じた。寝室にもどり、服を拾って着る。

「行くの」ちあきがいった。

「仕事や。これから」

「そう……」

ちあきは背中を向けた。右の尻えくぼにワンポイントタトゥーが入っている。小さな赤い薔薇は泣き顔のように見えた。


桐尾は高津から宗右衛門町へ歩いた。盛り場はネオンがともり、ひとが出盛っている。一方通行の狭い道路に違法駐車の車が並び、そこへまた車が入ってくるから、いちいち立ちどまってやりすごす。いったい、このあたりの取締りはどうなっているのか、太左衛門橋の交番には警官がふたり、カウンターの向こうで談笑しているだけだ。

ルーブルに入った。満井は来ていない。桐尾は生ビールを頼み、シガリロに火をつけた。香りはいいが、舌にはきつい。

百五十万か――。独りごちた。

それだけあれば部屋が借りられる。北堀江か南船場あたりの小洒落たマンションだ。ちあきをそこに住ませて桐尾が通う。いっしょに暮らすわけではないから、ほかに知られる恐れはない。むろん、上坂にも内緒だ。家賃十数万の部屋なら、一年はもつ。いつでも好きなときにちあきを抱けるのだ――。

ビールを飲みほしたところへ、アタッシェケースを提げた満井が現れた。桐尾の前に座るなり、シガリロの箱を手にとって、

「コイーバか」

「さっき買うたんです」女にもらったとはいえない。

「わしはむかし、パイプをやってた。昭和五十年代やったかな、若者のあいだでけっこう流行ったんや」

駐在所勤務の合間によく吸ったと満井はいう。この男にも若者の時代はあったのだ。

「パイプはおもしろい。ブライヤーの良《あ》し悪しで味がころっと変わる」

「なんです、ブライヤーて」

「地中海沿岸に生えてるツツジ科の落葉樹の根っこや。百年、二百年もののブライヤーパイプは眼を剝くほど高かった」

「ダンヒルとかですか」

「年代物はバーリングやコモイやな。まだ何本か家にある」

満井はシガリロをくわえて金張りのライターを擦る。「――で、米田に電話したか」

「いや、まだですわ。取引の時間を決めんとあかんでしょ」

「早いほうがええ」

満井は腕の時計に眼をやった。「九時でどうや」

「そら、早すぎるでしょ」

米田は富南天瀬から来る。ミナミまで一時間はかかるだろう。「十時にしましょ」

「分かった。米田がどういおうと、時間と場所は変えるな」

満井はシートにもたれてシガリロのけむりを吐いた。

桐尾は携帯を開き、非通知で米田にかけた。

——米田さん、松井です。

——こら、早よう電話せんかい。

——おい、おい、極道みたいなものいいはやめようや。

——金は用意した。チャカ持ってこい。

——値を変えたんや。チャカは五百にする。

——なんやと、こら。

——その代わり、チャカの出処をいう。

——おどれ、舐めんなよ。

——樋口や。樋口浩幸。……憶えがあるはずやで。

名前をいった。米田の声がない。

——樋口はあんたの兄貴分や。いっしょに副頭取を殺しに行ったんとちがうんかい。

——このガキ……。

——チャカは五百や。取引の場で樋口のヤサを教える。あとは煮るなり焼くなり、好きにせいや。

——おどれら、樋口とつるんでるんか。

——おれは樋口からチャカを買うた。それをあんたに売るだけや。

——どこや、樋口は。

——聞きわけがないのう。それをいまいうたら五百の値打ちがなくなるやろ。

また声がない。米田のそばには久野がいて、相談しているにちがいない。

——どうなんや。五百を呑むんかい。

——分かった。それでええ。チャカ持ってこい。

——取引はミナミでする。戎橋の交番や。その前で十時。おまえひとりで来い。

——待たんかい。そっちはふたりやないけ。

——こっちもひとりや。おれひとりで行く。

——よっしゃ。待っとれ。

電話は切れた。満井がうなずく。

「呑みよったな、五百」

「樋口の名前でね」

「九時半に出よか。交番のまわりを下見しとくんや」

「取引はおれひとりですか」

「わしは橋のたもとで張る」

「チャカを渡した途端、刺されるてなことはないでしょうね」

「戎橋交番はマンモス交番やろ」

「いつも四、五人はいてますわ。制服警官が」

「上等や。いざというときは、わしが盾になったる」

「心強いですね」

まちがっても満井が盾になるとは思えない。悪知恵は働くが、前には出ない男だ。

生ビールが来た。満井はナッツを注文した。


九時半――。ルーブルを出た。戎橋はひとでいっぱいだ。ギターを抱えて歌う男、それを囲む人垣、欄干のそばで話し込むカップル、歩道に座り込んでたこ焼きをつまむ学生、そのあいだをぞろ歩くひと、ざっと見て三、四十人はいる。

「どいつもこいつもなにしとるんや。さっさと家に帰って寝んかい」

「ここは〝ひっかけ橋〟いうてね、ナンパのメッカですわ」

「援交もやっとんのか」

「いまは出会い系サイトでしょ」

「世も末やな」満井は足もとの紙コップを蹴る。

戎橋交番には四人の制服警官がいた。人目が多いからか、みんなピシッとしている。ひとりは入口近くで張り番だ。

桐尾と満井は交番の周囲を歩いた。特に注意をひく男はいなかった。

「よっしゃ。これ持て」

いわれて、アタッシェケースを受けとった。桐尾は交番から十メートルほど離れた橋のたもとに立つ。満井は向かい側の欄干にもたれて煙草を吸いはじめた。パナマ帽に白い開襟シャツ、生成りのだぶだぶズボンという格好は、まわりの風景から少し浮いて見えた。

桐尾は満井のそばに行った。

「その帽子、脱いだほうがええのとちがいますか」

「なんでや」

「思い切り目立ちますわ」

満井はパナマ帽をとった。一分刈りの坊主頭もまた堅気には見えない。

「いや、やっぱりかぶっててください」

いって、交番前にもどった。


米田が現れたのは十時五分前だった。黒のオープンシャツにグレーのズボン、左手に黒いスポーツバッグ、戎橋筋商店街のアーケード下からゆっくり歩いてくる。連れはいない。米田は桐尾を認めて歩を速めた。満井は欄干に寄りかかって川面を眺めている。

米田は立ちどまり、桐尾に対峙《たいじ》した。

「──おまえ、クズやのう」米田はせせら笑う。

「なんやて」

「電話がかかるたびに値をあげくさる。その性根がクズや」

「金、持ってきたか」バッグを見た。

「チャカは」

「おまえが先や」

「へっ」

米田はバッグを歩道に置き、ジッパーを引いた。帯封を巻いた札束が五つ、あった。

桐尾はアタッシェケースを提げたまま錠を外し、小さく開いた。水玉模様のビニール風呂敷が見える。

「なんじゃい、チャカが見えんやないけ」

「こんなとこで出せるかい」

「その包みの中が石ころやったらどないするんじゃ」

「あほぬかせ。こないだ見せたったやろ。チャカも新聞も」

「じゃかましわい。チャカも見ずに金はやれんな」

「くそっ……」

包みを解くにはアタッシェケースから出さないといけない。それは無理だ。

桐尾は咄嗟の判断でケースを少し大きく開いた。

「触ってみいや。それで分かるやろ」

米田はアタッシェケースの隙間に手を入れた。銃をとられないよう、桐尾は両手でケースを持つ。

米田は手を抜いた。

「これはなんや、モデルガンか」

「おまえ、アヤつける気か」

「くそボケ、こっちは五百も払うんやぞ。チャカを確かめるのはあたりまえやないけ」

「ここでは出せん」

突っぱねた。米田はまた笑いだした。

「交渉決裂やのう」

「なにが決裂や。金、寄越せ」

「仕切り直しや。次はチャカを見せられるとこを指定せんかい」

米田はスポーツバッグをとった。背中を向ける。

「待て」

呼びとめた。ここでやめるわけにはいかない。「いっしょに来い。すぐそこや」

「どこ行くんや」米田は振り向く。

「四の五のいわんと、ついて来い」

さっきのルーブルだ。桐尾と満井のほかに客は二組しかいなかった。


米田と並んで戎橋を渡り、宗右衛門町へ歩いた。ルーブルの前で立ちどまる。視野の端を満井がよぎった。

「この喫茶店《サテン》でチャカを見せる。その前に検めさせてもらおか」

「なにほざいとんのや、こら」米田は桐尾を睨めつける。

「おれは騒ぎを起こしとうない。おまえもそうやろ。おたがい検めるのが身のためや」

いうと、米田は黙って両手を広げた。桐尾は脇腹から腰、膝から足首まで触っていく。米田は銃も刃物も隠し持っていなかった。

「こっちも調べてくれ」

桐尾も両手を広げた。左肩の傷が痛い。米田は鼻で笑った。

「わしはな、おまえみたいな腐れのチンピラを触りとうないんや。おまえがなに持ってようがかまへん。わしを殺りたかったら殺らんかい」

米田はいって、先にルーブルに入った。入口近くに席をとる。先客は奥の席にホステス風の女がふたりいて、話に余念がない。米田はアイスコーヒー、桐尾はアイスティーを注文した。

「ほら、チャカ見せろや」

ウェイターが離れるのを待って、米田はあごで指図する。桐尾はシートの脇にアタッシェケースを置いて蓋を開けた。ビニール包みを解く。紀伊新聞とハンドタオルを広げてトカレフを見せた。

「どうや、これでええか」

「おう、分かった」

米田はうなずく。「樋口はどこや」

「東京や」ケースの蓋を閉めた。足もとに置く。

「東京のどこや」

「それはまだいえんな」

「チャカは樋口から買うたんかい」

「そういうこっちゃ」

「樋口はどういうた」

「これは南紀の副頭取を殺ったチャカや、富南の黒鐵会に売れ、といいよった」

「おまえ、樋口とはどういうつきあいや」

米田は膝を組み、煙草をくわえた。桐尾はグラスの水を飲む。

「答えんかい。取引やろ」しつこく、米田はいう。

「その前に、金、見せいや」

「さっき見たやないけ」

「札束はあった。ちゃんと確かめたいんや」

「おどれ、まだアヤつけるんかい」

「出せ。ひとつでええ」

「下手に出てたらええ気になりくさって。いてまうぞ、こら」

米田は渋った。くわえた煙草に火をつけず、金を見せようとしない。妙だ。

「米田さんよ、おれは札束を見たけど、数えたわけやないんやで」

「そうかい……」

米田は笑い声をあげた。スポーツバッグから札束をひとつ出してテーブルに放る。桐尾は手にとった。帯封には銀行のマークがなく、表の一枚と裏の一枚だけが本物の一万円札で、あとは同じ大きさに切り揃えた白い紙だった。

「これはなんや。どういう洒落や」怒りを抑えて、いった。

「洒落もへったくれもあるかい。ネタは割れとんのじゃ」

低く、米田はいった。煙草を折って灰皿に捨てる。「おまえ、中本んとこへ行ったな」

「…………」一瞬、口もとがこわばった。

「満井、永浜、西田……。おまえは永浜や」

やはり、バレていたのだ。どう対処すべきか、判断がつかない。

そこへ、ウェイターが来た。アイスコーヒーとアイスティーをテーブルに置く。ウェイターはふたりの風体を見て、まともな人種ではないと思ったのか、逃げるように厨房へもどっていった。

「刑事が極道にチャカを売るて、どういうことや、こら」

米田はアイスコーヒーにミルクを落とした。桐尾はアイスティーにシロップを入れる。

「こっちにもネタ元はおるんやぞ。和歌山県警が澤口殺しを洗い直してるという話は聞いた。たった三人でな。おまえら、ほんまに樋口のヤサを知ってんのか」

勝ち誇ったように米田はいう。ここは喋らせておくのが得策だ。

「いわんかい。どこで樋口に会うたんや」

「…………」

「どうやって樋口からチャカを取りあげたんや」

「…………」

――と、自動扉が開いて男が入ってきた。男はこちらを向く。オールバックに薄い眉、削げた頬、黒縁のサングラス、久野だ。

「話、ついたか」

久野は短く米田に訊いた。

「こいつ、しぶといんですわ」久野を見あげて米田はいった。

「チャカは」

「まちがいおまへん」

「そうかい」

久野はスーツのボタンを外して広げた。ベルトに拳銃を差している。角張ったオートマチックの銃把だ。桐尾は上体をかがめて足もとのアタッシェケースに手を伸ばした。

「おい、おい、そのままや」

久野は立ちはだかった。「宗右衛門町で刑事が弾かれたら、どえらいニュースになる。おまえもわしも娑婆の見納めやで」

桐尾は動きをとめた。ゆっくり上体を起こす。

「樋口はどうなんや」久野は米田に訊く。

「東京やと聞いたけど、嘘ですやろ」

「嘘はようないな」

久野はにやりとした。桐尾の顔を覗き込むようにして、「正直にいえや。腐れの刑事が突っ張っても金にはならんぞ」

「樋口をどうするつもりや」

「おまえの知ったこっちゃない。煮て食おうが焼いて食おうが、わしの勝手やろ」

久野は米田の隣に座った。銃をベルトから抜き、テーブルの下でこちらに向ける。「ほら、チャカを寄越せ。樋口のヤサもいうんや」

「チャカを渡したら、樋口には用がないはずやで」

「極道のけじめや。あのボケには訊くこともある」

「いまどき、極道のけじめはないやろ」

「講釈の多いガキやのう。弾くぞ、こら」

「おまえ、ひとを撃ったことあるんか」

低く、桐尾はいった。「澤口殺しの実行犯はフィリピンの軍人あがりや。米田が現地へ行ってヒットマンをスカウトする。三協銀行の神戸支店長殺しも同じパターンやろ。おまえらは自分で引鉄をひいたことはないはずや」

満井はなにをしているのだろう。久野がこの店に入ったところは見ているはずだ。なのに、満井は現れない。それを思うと無性に腹が立った。

「軍人あがり、いうのは樋口に聞いたんかい」

「ヒットマンはソウルから成田に入った。出国は下関から関釜フェリーや」

久野の反応を見るためにいった。久野は表情を変えず、

「おまえ、肚が据わっとるのう。なんの刑事や」

「暴対や」

「暴対の刑事が極道にチャカを売ろうてなこと、よう考えくさったな」

「澤口事件は時効や。いまさら犯人《ホシ》を挙げたところでなんの手柄にもならん」

「樋口とチャカのことはおまえら三人しか知らんのかい」

「上に報告しても金にはならんからな」

「それ、ほんまやろな」

「こっちも馘を賭けてるんやで」

「どこで樋口を見つけた」

「東京や。なんべんもいわすな」

「なにをしとんのや、樋口は」

「シャブの運びをしてる」

「なんちゅう組や」

「いえんな」

「そうかい」

久野は上着の内ポケットに左手を入れた。茶封筒を出してテーブルに置く。「百万や。樋口のヤサをいうて、チャカを寄越せ」

「たった百万では売れんな」

「おまえ、自分の立場が分かってへんようやな」

「チャカは五百や。そう決めた」

「調子に乗んなよ、こら」

テーブルの下でジャキッと音がした。久野が銃のスライドをひいたのだ。

なぜか恐怖感はなかった。久野の眼に狂気は見えない。ヤクザが刑事を撃ったら組は潰れる。久野も黒鐵会の若頭なら承知のはずだ。

桐尾はウェイターを見た。厨房のそばに立っている。手招きすると、ウェイターは神妙な顔でそばに来た。

「久野さん、コーヒーでええか」

名前を大きくいった。久野はテーブルに上体を寄せて動かない。

「アイスコーヒーや。早よう持ってきて」

ウェイターはうなずいて、離れていった。

「物騒なもん、しまえ」

久野にいった。「チャカは明日、渡す。あと四百万、用意せい」

「わしも舐められたもんやのう」

久野は口端をゆがめた。「辛抱たまらんぞ」

「仕切り直しや。また電話する」

アタッシェケースを持った。腰を浮かす。

「待たんかい」

久野は立ちあがった。米田も立って桐尾を遮る。

ドアが開いた。満井だ。久野の手もとを見る。満井は特殊警棒を振り出した。

桐尾は米田を押し退《の》けた。瞬間、こめかみに衝撃を受けて膝から崩れた。テーブルが倒れ、グラスが床に落ちる。米田がアタッシェケースをつかんだが、桐尾は放さない。

満井は久野の腕に警棒を叩きつけた。久野は前にのめる。桐尾は米田の足をとって撥ねあげた。米田は久野にぶつかり、尻餅《しりもち》をつく。奥のほうで悲鳴があがった。

満井は久野の股間を蹴り、警棒を振りおろした。拳銃が飛び、床に落ちる。桐尾は銃の上に倒れ込んだ。久野はそれで諦めたのか、米田を引き起こして外へ飛び出した。

「行くぞ」

満井はいった。桐尾は拳銃を拾い、茶封筒を拾った。ズボンのポケットに入れて立ちあがる。こめかみから血が滴り落ちた。

「すんませんな。おしぼり、くれますか」

特殊警棒を縮め、テーブルを起こしながら、満井はウェイターにいった。ウェイターは我に返ったようにフリーザーボックスからおしぼりを数本出して持ってくる。桐尾は受けとってこめかみにあてた。

「ちょっと揉めましたんや。これで掃除してください」

満井はアタッシェケースを手にとり、三枚の一万円札をウェイターに握らせた。


ルーブルを出た。どこか知った店はないか、と満井が訊く。畳屋町にボトルを置いたスナックがある、と桐尾はいった。

宗右衛門町から畳屋町へ歩いた。こめかみにあてたおしぼりを替えるが、すぐに血を吸って手首から肘へ伝い落ちる。通行人の中には桐尾の怪我に気づくものもいるが、見て見ぬふりをした。

「血がとまらんみたいやな。病院行くか」

「柏原の動物病院ですか」

「ちょっと遠いか」

「また来たんか、いうて笑われますわ」

　このあいだは匕首で切られ、今度は拳銃で殴られた。「なんで、おればっかりやられるんやろ」

「巡り合わせや。厄を払うたと思たらええ」

「あれです。あのピンサロビル」

　指さした。袖看板の三階に《ドール》とある。五年ほど前、前任署の先輩に連れられてきた。カウンターだけのこぢんまりしたスナックだ。

　階段で三階にあがり、『ドール』のドアを引いた。予想どおり、客はいない。マスターはカラオケのテレビでバラエティー番組を見ていた。

「いらっしゃいませ。あら、ひどい……」

「宗右衛門町で殴られた。ヤクザにな」

「喧嘩したの」マスターはテレビを消した。

「喫茶店でな」

「わっ、迷惑。警察は」

「おれが警察や」

　おしぼりをカウンターに置いた。満井がこめかみの傷口を見る。

「二センチやな。パックリ開いとる」

「やめて。そういうの、苦手なんです」マスターは眼を逸らした。

「マスター、絆創膏ないか」

「ありません。買ってきましょか」

「わるいな。頼むわ」

マスターはカウンターをくぐって出ていった。

「あの男、これか」満井は頰に手の甲をあてた。

「見たら分かるでしょ」桐尾はまた、おしぼりをあてた。

「ひょっとして、おまえもそうなんか」

「さぁ、どうやろ。試してみますか」

「あっち行け」

「冗談ですがな」

桐尾はカウンターの中に入って冷蔵庫からビールを出した。グラスに注いで、立ったまま飲む。

満井は座って飲んだ。

桐尾は拳銃と茶封筒をカウンターに置いた。満井は銃を手にとって、

「なんや、これは。モデルガンやないか」

ベレッタの軍用拳銃だという。「そら、こんな重いもんで殴ったら痛いわな」

「くそったれ、てっきり本物やと思いましたわ」

銃口を覗き込むと、中に詰め物があった。黒い金属製の精巧なモデルガンだ。

「さすがに、刑事を撃つ度胸はなかったんやな」

こともなげに満井はいい、封筒から金を出した。帯封を切って四十枚を数え、桐尾に差し出す。

「おまえが四十万。わしと上坂は三十万ずつや」

「おれのこの怪我は十万ですか」

「不足か」

「いや、充分です」

「上坂に電話してみい」

携帯を開いた。短縮ボタンを押す。すぐにつながった。

――勤ちゃん、いま、どこや。

――ちょっと待て。出る。

賑やかな話し声と三線《さんしん》のような音が聞こえた。上坂はまだガリバーにいるらしい。

――おう、ええぞ。外に出た。

――さっき、米田と久野に会うた。戎橋交番から宗右衛門町の喫茶店に行ったんや。

――チャカ、売ったか。

――あかん。正体がバレてた。

顚末《てんまつ》を話した。上坂は黙って聞いていた。

――それで桐やん、どないするんや。

――分からん。とりあえず、傷の手当てをする。

――樋口は八年前に宮古島へ来た。それまでは長崎で漁師をしてたらしい。

樋口の内妻は島原のスナック勤めをしていて、樋口と知り合ったという。

――女のほうも流れ者《もん》や。京都生まれやというけど、関西弁やない。

――樋口は元極道いうのを隠してるんか。

――身体に刺青《スミ》は入ってないし、小指もある。自分からはいわんやろ。

——シャブはどうや。

——してへんな。シャブ中の眼やない。

樋口は口髭とあご鬚《ひげ》を生やしていて、逮捕写真よりずっと肥っているという。

——桐やん、島唄はええぞ。なにかこう、心が洗われる。カチャーシーを習《なろ》うたから教えたるわ。

いい気なものだ。上坂は宮古島で踊っていたらしい。こっちはこめかみを割られて、また病院行きだというのに。

——今日はどこに泊まるんや。

——近くの民宿を教えてもろた。明日、十六時四十分発の便で伊丹に帰る。

——分かった。土産は古酒《クース》にしてくれ。

携帯を閉じた。

「上坂の帰りは明日の夜ですわ」

「クースて、なんや」満井はあくびをする。

「知りませんか。年代物の泡盛です」

「わしはハブ酒がよかったのにな」

「ナニが不如意ですか」

「あほぬかせ。わしゃビンビンや」

「へーえ、その齢でね」

おしぼりを替えた。傷が疼《うず》いた。

# 26

絆創膏を何枚貼っても血はとまらず、元町の救急病院で傷口を三針縫ってもらった。医者は不愛想だったが腕はよく、看護師は脚がきれいだった。治療費の一万六千円は桐尾が払って病院を出た。

「さて、次行くか」

満井は時計を見る。「まだ十二時前や」

「もうよろしいわ。おれは不死身やないんです」藤井寺に帰って朝まで寝たい。

「誰も飲むとはいうてへん。茨木へ行く」

「茨木？　中本ですか」

「中本にチャカを売るんや」

「そんな……」

「考えてみい。久野は与那嶺にトカレフを買いとるというて、一千万を要求したんやぞ。それで与那嶺は中本に泣きついた。与那嶺が中本に話したからこそ、わしらの正体がバレたんやないか」

なるほど、満井のいうとおりかもしれない。与那嶺は中本につながっている。

「さっきの百万は中本から出た金や。わしはそう思う」

「しかし、中本は寝てるでしょ」

「寝てようが起きてようが、中本は家におる。今晩中にケリつけるんや」

「分かった。行きましょ」

桐尾はタクシーに手をあげた。

阪神高速から名神高速道路、茨木インターを出て郡丘に着いたのは零時半だった。桐尾と満井は中本邸の前でタクシーを降りた。車寄せの防犯灯は点いている。

桐尾はインターホンのボタンを押した。応答がない。

「おかしいな。こないだはよめさんが出てきたのにね」

「なんべんでも押せ。ようすを見とんのや」満井は門扉の隙間から中を覗く。

しつこくボタンを押した。ようやく返事があった。

――こんな時間になんですか。非常識でしょう。

中本の声だ。

――失礼は承知の上で来たんです。出てもらえませんか。

――お引きとりください。

――中本さん、子供の使いやないんです。

しばらく間があった。

――この扉、蹴破りまっせ。

――分かった。入りなさい。

カチャッと音がした。ロックが外れたのだ。門扉を押すと、開いた。

芝生を横切って玄関へ歩いた。黒いガウンを着た中本が立っている。桐尾と満井を見て露骨に顔をしかめた。

「先日もアポなしで来ましたよね。あなたがたの流儀ですか」

「嫌味はあとで聞きますわ。中に入れてください」満井がいった。

「話はここで聞きます」

「ほな、蚊とり線香焚いてもらいましょか」

「そんなものはない」

「中本さん、刑事に邪険にしたら逮捕されまっせ」

満井は中本の肩を押す。中本は舌打ちしてドアを引いた。

応接室に入った。革張りのソファに向かい合って腰をおろす。酒を飲んでいたのか、中本の顔は少し赤い。部屋は煙草の匂いがし、大理石のテーブルに水かウイスキーが少しこぼれていた。

「いったい、何用ですか」ソファに片肘をついて、中本はいう。

「拳銃を買うて欲しいんや」

満井はパナマ帽を脱ぎ、アタッシェケースをテーブルに置いた。「中国製のトカレフM54。南紀銀行の副頭取を撃った銃や」

「わたしにはあなたがなにをいっているのか分かりませんな」

「ネタは割れてるんや。とぼけるのはなしにしようや」

満井はアタッシェケースの蓋を開けた。「あんた、与那嶺に一千万、都合したんやろ」

中本は答えない。満井はビニールの風呂敷包みを解きながら、

「それとも、一千万は久野に渡したんかいな」

中本は腕を組み、渋面で満井の手もとを見つめている。

満井は包みを解き、新聞紙とハンドタオルを広げた。中本の視線がわずかに揺れる。満井はトカレフをとって銃口を中本に向けた。

「十六年前、澤口が殺られたと知って、あんた、どう思た。……これで澤口に請求されてた七千万はチャラにできると、ほくそ笑んだんとちがうんかい」

「…………」中本はトカレフから眼を逸らした。

「九三年の五月十日、あんたは澤口に呼びつけられて地上げ屋の柿久保といっしょに中之島のロイヤルホテルに行った。……澤口は柿久保に融資した和歌浦の保養所購入額、七億円の返済を迫って自宅の土地建物と『カキクボ』所有の湊町の土地三百坪を競売にかけると通告し、あんたには口利きの弁済金として七千万を請求した。……澤口に口利きをバラされたら、あんたは『揮洋建設』を放り出されて、談合屋としてのキャリアもパーになる。進退極まった柿久保とあんたは黒鐵会に依頼して澤口を殺ったんや」

「ばかばかしい。話を作るにもほどがある」

中本は吐き捨てた。「どこからそんな絵空事が湧いて出るんだ」

「絵空事やない。柿久保の口から聞いたんや」

「なんだと……」

「あんた、柿久保とは没交渉らしいな」

満井はトカレフをテーブルに置き、アタッシェケースの内ポケットを開いた。実弾を一発ずつ出して掌にならべていく。「柿久保は嶋田京子のマンションにおる。憶えてるやろ、千年町の『ノアノア』の元ママや。……柿久保は多臓器癌で死にかけてる。今年いっぱいはもたんやろ」

中本は眼を閉じて動かない。柿久保の近況は知らなかったようだ。

「わしは柿久保から託かってきた。先渡しの香典が欲しい、とな。一千万や」

「柿久保がほんとにそういったのか」中本は顔をあげた。

「ベッドに寝たまま、掠れた声でね。……あんたに会うたことを柿久保にいうたら、えらい不機嫌になって、澤口殺しの顚末を洗いざらい喋ったがな」

「柿久保に澤口をどうこうしろと頼んだ憶えはない」

「そう、あんたは頼んでなかったかもしれん」

満井は実弾をみんな出した。五発だった。「──けど、あんたは北見組のフロントである柿久保が澤口に追い込みかけられて、そのままで済むわけはないと予測はしてた。そうして結果的に、澤口が死んだことで七千万の弁済をせずに済んだ。あんたは柿久保に感謝せんとあかんのや」

「さっきから弁済、弁済といってるが、わたしは澤口から七千万もの口利き料はもらっていない。ばかも休み休みいえ」

「ほな、あんた、なんぼもろたんや」

「いう必要はない」

「隠すこともないやろ」

「三百五十万だ」

「融資額の〇・五パーセントか……。なんで澤口に七千万も要求されたんや」

「柿久保の返済が滞ったときは十パーセントを弁済するという約束だった」

「それ、書面には」

「書くわけないだろう」

澤口には連帯保証を求められたが、断わったという。

「口利き料は柿久保からももろたはずやで。なんぼや」

「七百万」

「銀行と地上げ屋から千五十万かい。大した稼ぎやな」

「柿久保は澤口に二千万のリベートを渡した。もちろん、融資額とは別口だ」

「どいつもこいつも腐っとるのう。反吐《へど》が出るぞ」

「あんたにそれをいう資格はないだろう」

中本は開き直ったのか、ソファにもたれて笑い声をあげた。「——柿久保に見舞金を払う。持っていってくれ」

「ほう、聞きわけがええな」

「二百万だ。半分はあんたがとればいい」

「柿久保は一千万というたんやで」

「死にかけの爺さんに金は要らないだろう」

「ま、そのとおりやな」

満井はトカレフをとり、グリップのリリースボタンを押した。マガジンが落ちる。「喉が渇いた。ビールくれや」

「客には出す。あんたらは客じゃない」

「いままで飲んでたんとちがうんかい」

満井はテーブルの水滴を指につけて鼻先に持っていった。「この匂いはウイスキーやな。誰か来てたんか」

「来てない。ひとりで飲んでた」

「この家は何人おるんや」

満井はマガジンを拾って実弾を装塡する。

「家内とわたしだ」

「この広い家にふたりだけいうのは淋しいやろ」

「あんたには関係ない」

「よめはんにいえや。ビール持ってこいと」

「家内は寝てる」

「どこで寝てるんや」

「離れだ」

「そうかい」

満井はトカレフにマガジンを装着した。「柿久保に一千万、出したれ」

「ばかをいうな」

「このチャカ、買うてくれや」

「ふざけるな」

「あんた、聞いてたやろ。今日、わしらはミナミで久野と米田に会うた。チャカを売るためにな。久野が持ってきたんはたったの百万や。久野はあんたから一千万とって、九百万も抜いたんやぞ」

中本の表情がこわばった。中本はやはり、一千万円を久野に渡したようだ。

「チャカはあんたに売る。二千万や」

「…………」中本は口をあけたが、声にはならなかった。

「柿久保の香典一千万。澤口を撃ったトカレフ二千万。あんたが三千万出しさえしたら、ことは収まる。澤口に七千万払うこと考えたら安いこっちゃで」

「帰ってくれ」

中本はいった。「あんたたちのしてることは強請だ。わたしは警察にコネがある。ただでは済まないぞ」

「おかしいのう。極道に一千万も渡したやつが説教たれるか」

満井はスライドを引いた。傍らのクッションをとって銃を覆う。「出せ。三千万」

「そんな金はない」気丈に、中本はいった。

瞬間、クッションから火柱が走った。パンッと、くぐもった音。サイドボードのガラスが床に散る。

「やめろッ」

桐尾は満井の腕をとった。満井は振り払って銃を中本に向ける。中本はソファにうずくまって動かない。

満井は立って中本のそばに行った。首にクッションをあてる。

「出す。金は出す」中本はいった。全身が震えている。

――と、ドアが開いた。男が立っている。桐尾は身構えた。

「そこまでや。夜中に大きな音たてるな」

男は入ってきた。後ろにもうひとりいる。ふたりとも手ぶらだ。

「なんや、おまえ」満井がいった。

「郷田や」

男はいった。「座ってもええか」

「好きにせんかい」

「すまんな」

男は両肘のソファに腰をおろした。後ろにもうひとりが立つ。

「ここで酒飲んでたんは、おまえらかい」

満井はクッションを放った。白い繊維が舞う。

「しかし、あんた、むちゃするな」

郷田は満井を見あげた。「わしはチャカの音聞いて、たまげたぞ」

白髪、鼻下とあごに白い髭、ピンストライプのダブルのダークスーツにグレーのシャツ、ノーネクタイ、ひとを睨めつけるような細い眼は、まちがいなくヤクザだ。

「どこにおったんや」

「隣の部屋で、おまえらが帰るのを待ってた」

「車、なかったぞ。家の前に」

「ガレージに駐めたんや」

「そいつは」

「うちの若いもんや」

郷田は振り返った。「挨拶、せい」

「金本です」

男は頭をさげた。長身、茶髪、黒のスーツに黒のシャツ、組長のガードだろう。

「――で、話はどうなったんや」郷田はいった。

「柿久保に香典一千万。このチャカに二千万出せというた」

満井は座らず、トカレフの引鉄に指をかけている。いつでも撃てる構えだ。

「柿久保いうのは、地上げ屋の？」

「柿久保勇。北見組の金庫番やったらしいな」

「いつ死んだんや」

「もうすぐ死ぬ。いまは骨と皮や」

「中本さん、柿久保には世話になったんやろ」

郷田は中本にいった。「香典、出したりぃな」

中本は背中を丸めたまま、微かにうなずいた。

そこへ、ノック——。ドア越しに、あなた、と呼びかける声がした。

「なんだ」中本が応えた。

——音が聞こえたんです。なにか割れたような。

「花瓶が落ちたんだ」

中本はサイドボードを見る。クリスタルの花瓶にユリが十本ほど活《い》けられていた。

——掃除、しますか。

「いや、いい」

——でも、危ないでしょう。

「いいから寝ろ。水がこぼれただけだ」

いらだたしげに中本はいった。足音は遠ざかっていった。

「しかし、チャカの二千万いうのは高すぎへんか」郷田がつづけた。

「なにも、おまえに出せとはいうてへん。わしは中本に要求しとんのや」と、満井。

「おう、それもそうやな」

郷田は笑った。「中本さん、この男のいうとおりにしたれや」

中本は小さく首を振った。郷田はひとつ間をおいて、

「わしもあんたもええ齢や。金持って死ねるわけやない。ここは金で収めるのが身のためやで」

「あんた、誰の味方だ」中本は振り向いた。

「誰の味方でもない。我が身がかわいいだけや」

郷田は人差し指と中指を立てた。金本が煙草を差し出す。郷田がくわえるのを待ってライターを擦った。

「三千万もの現金はない。銀行だ」中本はいった。

「そうかい。ほな、振込にするか」郷田は天井に向かってけむりを吐く。

「わしはいま、欲しいんや」満井がいう。

「無理いうたらあかんで。銀行は月曜まで開かへんのや」

「小切手や。小切手、書け」

「当座がない。小切手帳もない」中本はいう。

「ということや」

郷田がひきとった。満井に向かって、「出直せや。月曜まで待て」

「あと二日も、チャカを持ってうろうろできるかい」

「ほな、わしが預かろ」郷田は手を出した。

「役者やのう。さすが組長や」

満井は吐き捨てた。「——おまえ、何人、殺ったんや」

「どういうこっちゃ」

「南紀銀行の副頭取射殺、三協銀行の神戸支店長射殺、そのほかにも迷宮入りになった企業テロ事

件がある」

八八年、大阪、川坂会直系組長の資金を預かっていた仕手集団会長の絞殺。八九年、和歌山、有田信用金庫本店長の刺殺。九〇年、大阪、三協銀行傍系商社専務の浴室内での変死。九一年、新大阪銀行本店融資担当役員の墜死——。「極道のあいだでは評判やった。黒鐵会はきれいな仕事をする、とな」

「くだらん話やのう。なんでもかんでもうちのせいにされて、えらい迷惑した。わしはゴキブリ一匹よう殺せん小心者やで」

「有田事件では、おまえ、事情聴取を受けたはずやぞ」

「受けたな。県警の四課や。どえらいしつこかった」

郷田は脚を組み、ソファにもたれかかって、「ひとつ、おもろい話をしたろか」

「なんや」

「あれは有田事件の夜やった。初島のＪＲの踏切を渡ったところで箕島《みのしま》署のパトカーに停められたんや」

「緊急配備か」

「いや、職質や。わしらは四人でレンタカーに乗ってた」

警官は運転者の免許証を確認した上で、車内の検分をしたいといった。郷田は任意だから見せる必要はないといい張り、深夜の路上で押し問答になった。そのうち二台のパトカーが応援に来たが、警官は対処できず、一時間後に郷田たちは現場を離れた——。「わしらは見るからに極道や。それが真夜中にレンタカーのライトバンで田舎道を走ってたんやから、怪しまれもするわな。……あのときはしかし、肝を冷やしたで」

「返り血を浴びた服と刃物が車内にあったんかい」

「本店長の死体は次の日の朝、海南の山ん中で見つかったらしいわ」

郷田は他人事のようにいい、「──けど、困ったのう。今日はもう土曜で、月曜まで銀行は開かん。小切手も書けんとなったら、どうにもできんがな」

「おまえが立て替えんかい。中本から一千万、引っ張ったんやろ」

「あんた、喋ったんか」

郷田は中本にいった。中本は首を振る。

「しゃあない。取引は月曜や。チャカ持って銀行へ来い。わしが立ち会う」

「おまえの立ち会いなんぞ要らん。わしは中本と取引するんや」

「じゃかましい。汚れの刑事がごちゃごちゃぬかすな」

ふたりは睨み合う。桐尾は思いついて、中本に訊いた。

「中本さん、パソコンあるんやろ」

「ある」中本はうなずいた。

「それやったら、ネットで振り込んだらええやないか」

「銀行とインターネット契約はしていない」

「そらおかしいな。あんたは談合屋の大ボスや。自宅で百万、二百万の金を動かせんことには商売にならんやないか」

「わたしはこのとおりの老人だ。パソコンは株相場を見るだけだ」

「そうかい。投資する金があるのは羨《うらや》ましいな」

中本はパソコンを使える。それは分かった。「──書斎はどこや」

「二階だ」

「ほな、行こ」

中本の腕をとって立たせた。「このふたり、見張っててください」

満井から特殊警棒を受けとって応接室を出た。


廊下は無垢のフローリング、幅広の階段は絨毯敷きだった。踊り場に掛かっている風景画も安いものではないらしい。

「この家、相当に金かかってるな。いつ建てたんや」

「建てちゃいない。古家を買って改装したんだ」

「いつ買うたんや」

「九九年だ」

「退職金でか」

中本は九六年に岸和田屎尿処理施設談合で逮捕され、執行猶予つきの有罪判決を受けて揮洋建設を懲戒免職になっている。

「退職金は出なかった。それに、この家は競売物件だ」

「表の退職金は出んでも裏は出たやろ。あんたは役員やったし、口止め料も込みでな」

中本は否定しなかった。やはり、一億や二億は受けとったようだ。

二階、左手前の部屋に入った。中本は壁のスイッチを押す。天井にダウンライト、壁は漆喰、奥にローズウッドのデスクとパソコン、作りつけの書棚に並んでいるのは、お飾りの百科事典と文学全集だ。

中本をデスクに座らせた。桐尾は後ろに立つ。

「パソコン、見せてくれや」

「無駄だ。振込なんかできない」

「ぶちぶちいうな。やれ」

中本はパソコンを立ちあげた。モニターにアイコンが四十ほど出る。その中に《大同銀行・ダイレクト》と《三協銀行・インターネットバンキング》があった。

「これはどういうことや、え」

アイコンを指さした。中本は黙っている。

桐尾は後ろからマウスを操作して《大同銀行・ダイレクト》をダブルクリックした。ログイン画面に切り替わる。

「ログインせい」

「できん」中本は首を振る。

「契約者番号は」

「知らん」

「さっきはどういうた。金を出すというたんとちがうんかい」

「拳銃を突きつけられたら、誰でもそういうだろう」

「そうかい」

特殊警棒を振り出すなり、レターケースに叩きつけた。ケースは割れて万年筆や印鑑がデスクに落ちる。モンブランの万年筆を叩き折った。インクがキーボードに飛び散る。

「やめろ。ばかをするな」

「やかましい」

デスク脇の木製キャビネットの扉を開けた。棚に黒革の箱がある。蓋をとると、腕時計が十数本並んでいた。ホワイトゴールドのロレックス、金無垢のパテック、クロコダイルバンドのヴァシュロン、フランクミュラー――。どの時計も名の知れた高級品だ。

「叩き壊すぞ」

フランクミュラーをデスクに置いた。警棒を振りあげる。

「待て。分かった」

中本はキーを押して契約者番号を入力し、第一暗証も入れてログインした。入出金明細画面に切り替わる。残高は千三百二十万円だった。

「やっぱり、あんた、お大尽やな」

桐尾は〝振込〟ボタンをクリックした。画面が切り替わって〝振込先指定〟になる。

〝振込先金融機関名〟を東邦銀行とし、藤井寺支店を指定して受取人口座番号を入力した。

「ほら、ここに千三百二十万を振り込むんや」中本の肩を警棒で突いた。

「振込はできない。したこともない」中本は抗《あらが》う。

「舐めるな」

フランクミュラーを叩き壊した。

中本は諦めたのか、振込金額欄に〝13200000〟の数字を入れた。デスクの抽斗からダイレクト暗証カードを出し、第二暗証を入力してクリックすると、赤字のエラー表示が出た。

「これはどういうことや」

「振込の上限金額を超えてるんだ」

「なんぼや、上限は」

「一千万」

「上限を変更せんかい」

「できない」インターネットによる振込は限度額一千万円だという。

桐尾は舌打ちした。嘘ではなさそうだ。

「しゃあない。一千万でええ。振り込め」

中本は再度、ログインした。桐尾は東邦銀行藤井寺支店の受取人口座番号を入れる。中本が振込額を一千万円にして第二暗証を入力すると、〝お振込は正常に受け付けられました〟と表示が出た。

「満足か」中本がいった。

「まぁな」桐尾はうなずく。

「おまえが壊した時計は百八十万だ」

「それがどうした。五百円の時計でも時間は分かるんやで」

「盗人猛々《たけだけ》しいとは、このことだな」

「盗人にも三分の理や」

「くそっ」

吐き捨てて、中本はパソコンの電源を切ろうとしたが、桐尾は警棒で遮った。

「なにをするんだ」

「まだや。終わってへん」

桐尾は初期画面にもどした。《三協銀行・インターネットバンキング》のアイコンをダブルクリックする。

「こっちも見せてくれ」

「いい加減にしろ」

「中本さん、時計はまだあるんやで」

キャビネットからパテックを出してデスクに置いた。中本はもうなにもいわず、ログインする。

残高は五百七万円だった。

「これも振り込んでもらおか」

「おまえ、ほんとうに刑事か」

「そう、汚れた刑事や」

「警察手帳を見せろ」

「見せたら、あんたを始末せなあかん。それでもええか」

「わたしは郷田に一千万を渡した」

「ヤクザとつるんだら食われるんや。身に沁みたやろ」

「柿久保はほんとうに金が欲しいといったのか」

「見舞いに行ったれや。バブルの盟友やろ」

「ふざけるな」

　中本は桐尾の口座に五百七万円を振り込んだ。桐尾は確認してパテックを手にとる。

「この時計はなんぼや」

「おまえが一生かかっても買えない時計だ」

「土産にくれるか」

「失せろ」

中本はパテックを取りあげて革の箱に収めた。

中本を書斎に残して階下に降りた。応接室に入る。どうやった、と満井が訊いた。

「一千万、おれの口座に振り込ませた」

「二千万とちがうんかい」

「インターネットの振込上限額は一千万や。それに、残高は千三百万やった」

「一千万はまちがいないんやな」

「ああ、まちがいない」

「樋口はどこや」郷田が訊いた。

「知らん」と、満井。

「なんやと……」

「経ヶ岬で海に飛び込んだんとちがうんかい」

「おのれ、空《カラ》つかましたな」

「空も実もない。わしらの調べはそこまでや」

満井はパナマ帽をとってかぶった。「行こか」と桐尾にいう。

「チャカ、置いていかんかい」郷田はいった。

「ここで渡すわけにはいかんやろ。背中に穴があくがな」

満井は銃口を郷田と金本に向けたまま、「チャカは門の郵便受けに入れとく。わしらが消えてからとらんかい」

「チャカがなかったら」

「わしも命は惜しいんや。黒鐵会につけ狙われるような真似はせえへん」

満井と桐尾はアタッシェケースをテーブルに置いて応接室を出た。

「宮古島のこと、いわんかったですね」

「保険や。樋口のヤサはな」

満井は庭を歩きながら、トカレフのマガジンから弾を抜く。

門扉を開けて外に出た。満井は薬室の弾も抜き、マガジンを装着したトカレフを郵便受けに入れる。足早に中本邸を離れた。


茨木からタクシーで大阪にもどった。満井は天王寺あたりの安ホテルで寝るという。桐尾はミナミでタクシーを降り、部屋へ行ってもええか。

──おれ。桐尾。部屋へ行ってもええか。

──どこにいるの、桐ちゃん。

──御堂筋。道頓堀。

──うち、飲んでるねん。来る？

──どこや。

──鰻谷の『ユリア』。パルコの角を入ってきたら右に見えるわ。

──分かった。行く。

電話を切り、御堂筋を北へ歩いた。人通りはほとんどない。午前二時をすぎている。

鰻谷。ユリアは雑居ビルの一階にあった。黒シャツのドアマンが立っている。近づいた桐尾を押

しとどめるように、

「ここ、会員制ですねん」

「連れが中におるんや」微かにベースの音が聞こえる。

「その格好ではね」

「呼んでくれ。ちあきいう女や」

「ああ、あの子か。さっき、友だちが来るといいに来た」

さも面倒そうに、ドアマンは脇へ寄った。

店内に入った。大音量のラップ、十数人の男女が踊っている。ステージのまわりにスタンドテーブルがあり、客は酒やビールを飲みながらステップを踏んでいた。

桐ちゃん――。ちあきの声がした。手招きしている。桐尾はそばへ行った。ちあきは三人連れだった。

「どうしたん、その顔」

ちあきはこめかみの絆創膏を見た。

「ちょっと怪我した。……このおふたりは」話を変えた。

「メグとアイ。お店の子」

「桐尾です。よろしく」

ふたりともかわいくて背が高い。さすが高級店のヘルス嬢だ。

「桐尾さんて、ちあきのカレ？」メグが訊いた。

「うーん、微妙かな」ちあきは首をかしげる。

「お仕事は」アイが訊いてきた。

「地方公務員」

「現場に出てはるの」

「そう、現業職員ですわ」

「はい、質問終了。踊っといで」

ちあきがいった。ふたりはステージへ行く。メグのひらひらスカートは尻が見えるほど短い。

「メグはモデル事務所にいててん。いまはお店のナンバーワン」

「ナンバーワンはちあきとちがうんか」

「桐ちゃん、口がうまいわ」

ちあきはワイングラスを手にとって、「アイはうちより年下やけど、バツイチで男の子がいる。お店の借りあげマンションに住んでるねん」

金曜日の夜だけ、子供を友だちに預けて遊びに出るという。「ようがんばってるわ。えらいと思う」

「借りあげマンションて、家賃要るんか」

「そら要るわ。ワンルームで五万円くらいかな」

ちあきはワインを飲みほして、ウェイターを呼んだ。「桐ちゃん、なに？」

「シャンパンにしよか。フルボトルで」

銘柄を訊いて、モエ・シャンドンのロゼにした。高くても三万円までだろう。つまみはチーズの盛り合わせを頼んで、奥のボックス席に移った。

「ちあきは部屋を替わりたいというてたな」

桐尾はちあきのメンソール煙草をくわえた。「長堀とか堀江のあたりにもうちょっと広い部屋を借りへんか。金はおれが出すから」

「ふーん、なんで？」ちあきも煙草を吸いつける。

「ちょっと、まとまった金が入りそうなんや」母方の祖父さんが死んだ、といった。

「お祖父さんて、お金持ち？」

「いや、大したことない。せいぜい二、三百万やろ」

「それって、宝籤《たからくじ》が当たったみたいやんか」

「そやから、シャンパンで祝うんや」

「新しいマンション、うちが探すの」

「住むのはちあきやからな」

「分かった。合鍵は桐ちゃんにね」

ちあきはにっこりした。「なんか、うち、うれしいわ。あとでご褒美あげる」

「おれ、勃ってきた」

いうと、ちあきは桐尾の股間に手を伸ばした。

「ほんまや……」

「ここでするか」

「あほ」ちあきは笑い声をあげた。

27

十二月四日——。三協銀行神戸支店長射殺事件は発生から十五年をすぎて公訴時効となり、継続捜査班は解散した。

桐尾は読みかけの朝刊を持ってロビーに降り、立売堀《いたちぼり》のマンションを出た。四つ橋筋を歩いて中央線本町駅へ向かう。空は暗く、いまにも降りそうな雲行きだ。少し寒い。

西本町の横断歩道で、桐尾さん、と呼びかけられた。振り向くと、すぐ後ろに男がふたり立っている。思わず、腰をひいた。

「な、今日は本社へ行かんでもええで」

右の男がいった。長身、スポーツ刈り、縁なし眼鏡、薄手のステンカラーコートを着ている。

「なんや、あんたら」

〝本社〟という符牒で分かった。このふたりは府警本部の刑事だ。

「ちょっと話を聞きたいんや。コーヒーでも飲も」

左の男がいった。こちらは角刈りでずんぐりしている。グレーのスーツにワイシャツ、紺色のレジメンタルタイはいかにも貧乏臭い。

「話をする前に、見せるもんがあるやろ」

「ああ、そうやったな」

スポーツ刈りがコートのボタンを外した。スーツの内ポケットから手帳を出して広げる。身分証には《大阪府警察本部　巡査部長　早坂脩》とあった。

「おたくは」

角刈りにいった。手帳を出す。《警部補　谷三喜雄》だった。

「わしらの部署、分かるわな」

「いや、分からんな」首を振ったが、肚は決めていた。

「監察や」投げるように谷はいった。

信号が変わった。三人のようすを見ていた女が歩きだす。桐尾たちは横断歩道を渡らず、四つ橋沿いの喫茶店に入った。

谷は窓際に席をとり、モーニングセットを三つ、注文した。

「おれ、コーヒー飲んできたんやけどな」

「わしは飲んでへんのや」

谷は椅子の背もたれに片肘をのせて桐尾の顔を見つめる。「こめかみの傷、どないしたんや」

「こけたんや」傷を触った。縫い痕《あと》がわずかに膨らんでいる。

「いつ、こけたんや」

「三カ月ほど前や」

「和歌山に単身赴任してたときか」

「まぁな……」

このふたりはなにが狙いなのだろう。監察が現場の警察官に接触してくるのは、内偵を重ねてネタを揃えた上でのことだ。身に憶えのない接触なら恐れることはないが、桐尾には隠し通さなければならないものが山ほどある。

金か――。

中本から脅しとった一千万は、桐尾と上坂が三百万、満井が四百万をとった。三協銀行から振り込まれた五百七万は全額が桐尾の口座に入ったままだ。ほかに久野から奪って分けた四十万があるから、桐尾の稼ぎは八百四十七万だった。満井も上坂も桐尾の裏切りは知らず、黒鐵会の組員が顔を出すこともない。

柿久保か——。

満井は柿久保に香典三十万を現金書留で送ったというが、確かめたわけではない。柿久保が中本に金を要求しても、それはふたりのあいだでのやりとりだろう。

「おい、なにを外ばっかり見とんのや」

早坂がいった。「日高署の満井雅博には連絡とってるんか」

「とってへん。電話の一本もかかってこんな」

桐尾と上坂は九月末日をもって府警本部薬対課にもどった。南紀銀行副頭取を射殺したと疑われる旋条痕の相似した拳銃は経路不明につき捜査終了——。それが結論だった。

「満井は辞めたぞ。和歌山県警を」

「いつ辞めたんや」

「先月や。依願退職」

「知らんかったな」

満井も監察にやられたのだろうか。監察の目的は警察官の不正を正すことではなく、対象者を人知れず退職させて不正を隠蔽することなのだ。

「おまえ、いつ引っ越したんや」谷がいった。

「引っ越し？　なんのこっちゃ」

「『ドムス阿波座』の２１０８号室。転居届が出てないぞ」

「転居なんかしてへん。住民票も移してないのに届を出すことはないやろ」

「おまえは先月、八日しか藤井寺には帰ってへん。あとの二十二日はドムスで寝起きしてる。刑事の分際で二重生活をしてるのはどういう理由《わけ》や」

「待てや。あんたら、おれを張ってたんか」

「いまごろ気ぃついてどうやねん。刑事のくせに脇が甘いのう」

谷はせせら笑って、「二重生活の原資はなんや。どこで稼いでるんや」

「おれは刑事の給料で食うてる。ほかに稼ぎ口なんかない」

不安がよぎった。こいつらは金の出入りまで調べたのだろうか。

「新築高層マンションの二十一階。2LDK。家賃は二十一万。春日丘の公団住宅の家賃、共益費を足したら、おまえは月に三十万以上を使うてるんや。刑事の安月給でやれるはずがないやろ」

「やれるかやれんかはあんたらの判断やない。おれはバツイチで子供もおらん」

そこへ、モーニングセットが来た。トーストとゆで卵、ホットコーヒー。谷はゆで卵を割り、殻を剝きながら、

「須藤ちあきとはどういう仲や」低くいった。

「いま、つきおうてる。それだけや」

「結婚は」

「さぁな。気が向いたらするかもしれん」

「わしはおまえが羨ましいぞ。十歳も齢のちがう若い愛人を囲うてるのは、薬対でおまえだけや」

「囲う、いうのは人聞きがわるいな。セクハラやで」

この男を殴りつけたかった。傷害の現行犯で逮捕されるだろうか。

「おまえ、須藤ちあきを逮捕したな」

「なんやと……」

「三年前の十二月二十日、ミナミのライブハウス『モンテクリスティ』、おまえは須藤ちあきを検

挙して取り調べた」

　谷はゆで卵に塩を振り、ほおばった。「――警察官がその職務に関連して知った被疑者と私的な関係をもつのは重大な規律違反や。被疑者は覚醒剤取締法違反で有罪。おまけに風俗嬢ときたら、どうにも申し開きはできんやろ、え」

　横柄なものいいで谷はつづける。桐尾は黙ってコーヒーを口にした。

「退職せい」

　早坂がいった。「それで終わりにしたる」

「おれがなにをした。犯罪をおかしたわけやないぞ」

　なぜかしらん、声が掠れた。取調べを受ける被疑者のように。

「金の出入りを調べた」

　谷がいった。「九月十四日の月曜日、東邦銀行藤井寺支店のおまえの口座に千五百七万円が振り込まれてる。その日に七百万が引き出された。……あれはいったい、どういうことや」

「…………」なにもいえなかった。満井に四百万、上坂に三百万――。いえば自分の首を絞めるだけだ。

「振込人は中本孝政。元『揮洋建設』の役員で談合前科一犯。いまも関西建設業界の談合を仕切ってる。おまえ、中本を強請《ゆす》ったな」

「中本に事情を訊いたんか」

「訊いてもええ。そしたら、おまえに手錠《ワッパ》をかけなあかんようになるやろ」

「九月十七日、おまえの相棒の上坂が協和信金千林支店に口座を開いて三百万を預けた」

　早坂がいった。「出処はおまえやな」

「…………」上坂は車を買い替えるといっていた。預金などしなくてもいいものを。

「こら、黙ってたら分からんぞ」

早坂は声を荒らげた。ウェイトレスがこちらを向く。

「上坂はどうなるんや」谷に訊いた。

「上坂はおまえみたいに風俗嬢とは暮らしてへん。母ひとり子ひとりで地道にやってる」

谷はトーストを食う。「ものごとには落としどころというやつがある。永浜班からいっぺんにふたり抜けたら班長は困るわな」

「班長は知ってるんか」

「おまえがぐずぐずいうたら、知ることになるやろな」

「おれはもう網の中の魚か」

「俎板《まないた》の鯉や」

いつかこんな場面を招くかもしれないという微かな予感はあった。満井がトカレフを買うといいだしたときだ。あのときは軽く考えた。金に眼が眩《くら》んだわけでもない。そう、いま思えば、ただの成り行きだったとしかいいようがない。ちあきと初めて寝たときも、同じだったような気がする。

「監察はおもしろいか」

ふたりの顔を見て、いった。「身内を追い込むのは愉しいか」

「仕事に愉しい、おもしろいはないやろ」

「いままで何人、首刎《は》ねたんや」

「おい、桐尾、監察を舐めんなよ」

「ひとつ教えてくれ。なんでおれに眼をつけたんや」

「おまえ、宗右衛門町のホストを憶えてるやろ」

「ホスト……」

「藍場謙二。おまえは須藤ちあきに頼まれて藍場に暴行した。藍場は鼻骨と頬骨《きょうこつ》が折れて二カ月の重傷や」

「おれは刺されたんか。女を騙くらかして食うてるクズに」

「かもしれんな」谷はコーヒーを飲む。

「退職届、出そ」

諦めた。「それでみんなチャラにしてくれ」

どんなふうに喫茶店を出たのか憶えがない。落葉が風に舞っている。ふわふわと宙を歩いているようだった。

左記の文献、資料を参照いたしました。

朝日新聞、読売新聞、毎日新聞、産経新聞、中日新聞、紀伊民報、週刊新潮、週刊文春、サンデー毎日、週刊ポスト、週刊宝石、週刊朝日、ＦＲＩＤＡＹ、噂の眞相、新潮45、財界展望、等の記事。

本作品は、日刊ゲンダイに二〇〇九年八月四日より二〇一〇年十月二日まで連載されたものに加筆、修正したものです。尚、作中に登場する人名・団体等は、すべてフィクションです。

〈著者紹介〉
黒川博行　1949年3月4日、愛媛県生まれ。京都市立芸術大学美術学部彫刻学科卒業。大阪府立高校の美術教師を経て、83年、「二度のお別れ」が第1回サントリーミステリー大賞佳作。86年、「キャッツアイころがった」で第4回サントリーミステリー大賞を受賞。96年、「カウント・プラン」で第49回日本推理作家協会賞を受賞。『疫病神』『文福茶釜』『国境』『蒼煌』『暗礁』『悪果』『大阪ばかぼんど』『蜘蛛の糸』『煙霞』『螻蛄』『繚乱』など著書多数。

落英
2013年3月20日　第1刷発行

著　者　黒川博行
発行者　見城 徹

発行所　株式会社 幻冬舎
〒151-0051 東京都渋谷区千駄ヶ谷4-9-7

電話:03(5411)6211(編集)
03(5411)6222(営業)
振替:00120-8-767643
印刷・製本所:中央精版印刷株式会社

検印廃止


ISBN978-4-344-02355-0 C0093
幻冬舎ホームページアドレス　http://www.gentosha.co.jp/

この本に関するご意見・ご感想をメールでお寄せいただく場合は、
comment@gentosha.co.jpまで。